PLEINE LUNE

Du même auteur

Beatus Ille
Actes Sud, 1989
et Seuil, coll. « Points Roman » nº 573

Un hiver à Lisbonne
Actes Sud, 1990

Beltenebros
Actes Sud, 1991

Les Mystères de Madrid
Actes Sud, 1994

Le Royaume des voix
Actes Sud, 1994

Le Sceau du secret
Seuil, 1995

ANTONIO MUÑOZ MOLINA

PLEINE LUNE

roman

TRADUIT DE L'ESPAGNOL PAR
PHILIPPE BATAILLON

OUVRAGE TRADUIT ET PUBLIÉ
AVEC LE CONCOURS DU CENTRE NATIONAL DU LIVRE

ÉDITIONS DU SEUIL
27, rue Jacob, Paris VIe

Titre original : *Plenilunio*
Éditeur original : Alfaguara, Santillana, S.A.

ISBN original : 84-204-8356-7

ISBN 2-02-032381-8

Pour Elvira,
qui avait tellement envie de lire ce livre.

1

Jour et nuit il marchait dans la ville à la recherche d'un regard. Il ne vivait que pour cette obligation, même s'il tentait de faire d'autres choses ou feignait de les faire, il ne faisait que regarder, il épiait les yeux des gens, les visages des inconnus, des garçons de café, des vendeurs des magasins, les visages et les regards des prisonniers sur les fiches d'identité. L'inspecteur cherchait le regard de quelqu'un qui avait vu une chose trop monstrueuse pour être amortie ou estompée par l'oubli, des yeux dans lesquels devait subsister quelque trait ou quelque conséquence du crime, des pupilles dans lesquelles la culpabilité pourrait être découverte sans hésitation, rien qu'à les scruter, comme les médecins reconnaissent les signes d'une maladie rien qu'en approchant des yeux une lampe minuscule. Le père Orduña le lui avait dit, « cherche ses yeux », et l'avait regardé avec une fixité telle que l'inspecteur avait légèrement frissonné, un peu comme longtemps auparavant, de ces yeux petits, myopes, fatigués, perspicaces, qui l'avaient reconnu dès qu'il s'était présenté à la Résidence aussi instantanément que lui-même, l'inspecteur, devrait reconnaître l'homme qu'il cherchait, ou que le père Orduña avait reconnu en lui, il y avait bien des années, le désarroi, la rancœur, la honte et la faim, et même la haine, sa haine constante et secrète de l'internat et de tout ce qui s'y trouvait, et même du monde extérieur.

Ce serait probablement le regard d'un inconnu, mais l'inspecteur était certain de l'identifier sans hésitation et sans erreur dès que ses propres yeux le croiseraient, ne serait-ce qu'une seule fois, de loin, d'un trottoir à l'autre, à travers la vitre d'un café. Il était aidé dans sa recherche par la circonstance favorable d'être encore presque totalement inconnu dans la ville puisqu'il n'y avait été muté que quelques mois auparavant, au début de l'été, presque par surprise, alors qu'il croyait que sa requête resterait sans réponse, du moins jusqu'à l'année suivante quand seraient à nouveau examinées les demandes de mutation. Quand on a si longtemps attendu une chose, mieux vaudrait qu'elle n'arrive jamais : l'inspecteur avait montré à sa femme la notification qu'elle attendait depuis des années mais elle ne laissait voir aucun signe de joie, pas même de soulagement, elle se contentait d'approuver, pas encore coiffée, absente, comme à peine levée bien qu'il fût trois heures de l'après-midi, elle avait remis dans son enveloppe la notification avec son en-tête et sa prose officielle, l'avait posée sur le buffet et demeurait un moment la tête baissée, frottant ses mains l'une contre l'autre comme si elle avait oublié où elle allait.

Ce qui arrive après une aussi longue attente semble ne pas être vraiment arrivé, ou pis encore puisque la réalisation à contretemps de ce qu'on a tellement désiré finit par avoir un arrière-goût de dérision. Mais pendant longtemps il s'était refusé à demander sa mutation, ou bien il lui mentait à moitié, lui racontant qu'il avait fait sa demande ou que la date limite avait été avancée, des prétextes pour ne pas lui dire que la peur ou le danger étaient pour lui moins importants que le risque du déshonneur, de la déloyauté envers ses camarades, envers ses amis assassinés ou défigurés et paralysés pour toujours après une explosion. Ces choses étaient importantes pour lui, pas pour elle : elle, elle attendait du matin au soir, parfois tout au long de la nuit, elle attendait assise à côté du téléphone devant le téléviseur allumé, ou derrière les rideaux d'une fenêtre, surveillant la rue, sursautant au moindre événement, un coup de sonnette, la pétarade d'une voiture, une alarme qui se déclenchait dans une boutique du voisinage. Elle avait attendu heure après heure, jour après jour pendant des années, tant d'années que maintenant cela faisait trop d'années et qu'à la fin elle ne questionnait plus, ne demandait plus, n'entamait plus comme par hasard à l'heure du dîner une conversation qui allait se dérouler jusqu'à ce qu'elle trouve l'occasion de l'interroger sur sa mutation.

Mais alors qu'était arrivé l'avis officiel (qui en réalité était un ordre et peut-être même une incitation à la retraite) il y avait déjà un certain temps qu'elle ne posait plus de questions, non pas seulement sur sa mutation mais sur quoi que ce soit, et que si l'inspecteur rentrait très tard sans l'avoir prévenue par téléphone, elle ne l'attendait plus en chemise de nuit pour le quereller ou éclater en sanglots. Il rentrait chez lui et s'apercevait avec un soulagement infini que les lumières étaient éteintes, il enlevait ses chaussures, le pistolet dans son étui, entrait à tâtons dans la chambre, éclairée seulement par les rais de lumière des réverbères de la rue, se déshabillait discrètement, l'entendait respirer dans l'obscurité où ne luisaient que les chiffres rouges du radio-réveil, se glissait dans le lit, accompagné d'une lourde nausée de cigarettes et de whisky, fermait les yeux, tâtonnait à la recherche de ce corps que depuis longtemps il ne désirait plus, se rendait compte qu'elle n'était pas endormie, et il feignait alors se s'endormir, pour fuir la peur des questions possibles, tant de fois répétées, comme les sanglots et les plaintes, pourquoi avait-il dû l'emmener dans un pays aussi hostile, aussi éloigné du sien, pourquoi ne la touchait-il plus jamais.

L'inspecteur, encore inconnu dans la ville, encore observé avec un mélange d'admiration et de méfiance par le personnel du commissariat parce qu'il avait apporté avec lui du nord une vague légende de détermination et de courage, mais aussi d'accès d'instabilité, allait par les rues à la recherche du visage de quelqu'un qu'il reconnaîtrait, il en était sûr, instantanément, peut-être avec une seconde de stupeur, comme lorsqu'on se voit dans une vitrine sans savoir de qui il s'agit, parce ce que ce que l'on voit n'est pas l'expression calculée que vous renvoient d'habitude les miroirs mais une expression différente, celle que voient les autres, qui vous est la plus inconnue de toutes. « Cherche ses yeux », lui avait dit le père Orduña, et il était sorti ce soir-là de la Résidence, à la recherche de visages et de regards dans la ville presque vide et l'obscurité d'un hiver précoce, entre les portes et les volets fermés contre l'hiver et la peur, parce que depuis la mort de la fillette il semblait que la peur ancestrale des menaces de la nuit fût réapparue, et les rues restaient vite désertes, l'obscurité semblait plus profonde et les lumières plus faibles. Les pas de n'importe qui résonnaient comme les pas de cet homme dont l'inspecteur recherchait le regard, n'importe quelle silhouette solitaire qu'on croisait pouvait être celle que personne n'avait vue remonter depuis le petit parc de la Cava la nuit du crime, quelqu'un qui devait tenter de simuler un certain naturel en revenant à la lumière, qui sans doute avait secoué la terre qui maculait son pantalon et avait remis avec ses doigts de l'ordre dans ses cheveux tandis qu'il se glissait entre les haies abandonnées, entre les bancs où ne s'asseyaient plus les couples de fiancés sous des lampadaires qui n'étaient plus jamais allumés parce que, chaque fin de semaine, les bandes de jeunes qui allaient boire dans les jardins les cassaient à coups de pierres. Il avait dû marcher sur le verre des lampadaires et des bouteilles de bière tandis qu'il sortait du parc, laissant derrière lui, sur le replat du talus, la tache pâle sous la lune d'un visage aux yeux fixes et ouverts. Quelqu'un, en ce moment même, marche dans la ville et garde en lui le souvenir de ces yeux, du dernier instant où ils ont été capables de voir, une seconde avant d'être vitrifiés par la mort, et quiconque a provoqué cette agonie, y a assisté, ne peut plus regarder comme n'importe quel autre être humain, dans ses pupilles doit bien rester un reflet, un résidu, une étincelle de la terreur installée dans ces yeux d'enfant. Quarante ans plus tôt, le père Orduña promenait ses yeux sur les enfants alignés qui soutenaient son regard tandis qu'ils attendaient une punition et il reconnaissait sans difficulté le regard du coupable puis, après l'avoir démasqué et lui avoir fait honte devant les autres, il souriait et déclarait : « Le visage est le miroir de l'âme. »

Mais l'inspecteur était sûr que certaines personnes n'ont pas d'âme, et ce qu'il cherchait, sans que cette pensée se précise beaucoup, était un visage qui ne reflète rien, le visage neutre et les yeux inhabités qu'il avait vus parfois au cours de sa vie, pas trop souvent par chance, de l'autre côté d'une table d'interrogatoire sous les tubes fluorescents des commissariats, et aussi sur des photos, quelques visages de suspects ou de condamnés, qui provoquaient chez lui, plutôt que de la peur ou du mépris, une sensation très désagréable de froid. En réalité, pensait-il maintenant, il n'en avait connu que peu, il n'était pas très fréquent, même pour un policier, de rencontrer un visage sur lequel il n'y ait pas le plus léger reflet d'une âme, et des yeux où ne passait rien de plus que l'acte de regarder.

– Mais cela n'est pas vrai, lui avait dit le père Orduña. Tout le monde a une âme, même le pire des assassins a été créé par Dieu à son image et ressemblance.

– Vous le reconnaîtriez ? dit l'inspecteur. Seriez-vous capable de l'identifier dans un alignement de suspects, comme lorsque vous nous mettiez en ligne parce que l'un de nous avait fait une sottise et que vous nous regardiez attentivement, un à un, et que toujours vous découvriez le coupable ?

– Le Christ a su que Judas était le traître rien qu'à le regarder.

– Mais dans son rôle il était avantagé. Vous autres dites qu'il était Dieu.

– C'est avec sa part humaine qu'il a reconnu Judas – le père Orduña avait pris une expression très sérieuse – avec cette peur humaine qu'il avait d'être torturé et de mourir.

Il cherchait des yeux un visage qui serait le miroir d'une âme embusquée, un miroir vide qui ne reflétait rien, ni le remords ni la compassion, peut-être même pas la peur de la police. Il était resté des traces de sang masculin, des restes de peau, des cheveux et des poils pubiens, des mégots avec de la salive. Au long des trottoirs, derrière les vitrines des cafés dans les premiers crépuscules hâtifs et froids de l'automne, l'inspecteur voyait les visages des gens comme des taches sans détails ni volume et parmi eux surgissait à l'improviste le visage imaginé de sa femme avec qui il avait parlé au téléphone avant de partir de son bureau. Il appelait tous les soirs, à six heures, lorsque commençait l'heure des visites à la clinique, et parfois, quand il lui demandait comment elle allait, elle se taisait, restait contre le téléphone, silencieuse, respirant fort, comme lorsqu'elle était couchée dans l'obscurité de la chambre.

Mais d'autres visages s'imposaient alors à lui, dans un effort de sa volonté qui était aussi une manière instinctive de fuir sa honte insurmontable. Maintenant il ne pouvait pas se laisser distraire, maintenant il devait chercher, chercher encore le visage de l'inconnu, et la force qui l'entretenait dans sa recherche obsessionnelle, qui ne le laissait ni dormir ni s'occuper de quoi que ce soit d'autre, n'avait rien à voir avec son sens du devoir ou son orgueil professionnel et moins encore avec une quelconque idée de justice : ce qui le poussait était l'urgence d'une réparation impossible et une rancœur passionnée qui, sans que personne ne le sache, était un désir précis de vengeance. Il devait trouver le visage d'un inconnu pour le châtier d'avoir tué et pour l'empêcher de recommencer à tuer, mais surtout, il voulait le trouver pour le regarder dans les yeux et s'accorder pendant quelques secondes ou quelques minutes un emportement d'intimidation, et attraper cet individu par ses revers ou par le col de sa chemise et le regarder au fond des yeux, de tout près, et lui cogner la tête contre le mur pour qu'il crève de peur, pour qu'il se pisse dessus comme tant d'années auparavant pissaient les étudiants et les prisonniers politiques dans les commissariats.

Il sortait de son bureau, disait au revoir d'un geste aux agents de garde à la porte, observait la rue d'un côté et de l'autre avec sa peur ancienne encore intacte, avec cette méfiance à regarder ceux qui s'approchaient ou à vérifier qu'il n'y avait pas une voiture garée de façon suspecte, et il lui suffisait de s'éloigner vers le centre de la place où se trouvait la statue du général pour devenir un inconnu et commencer alors sa recherche, un visage après l'autre, surveillant sans être identifié, retournant toujours vers les mêmes lieux, la papeterie du Sacré-Cœur où la fillette avait été vue pour la dernière fois, descendant vers la promenade de la Cava et vers le jardin, à l'extrémité sud de la ville, le long de la descente qui se terminait dans les jardins maraîchers, aux premières ondulations de la vallée.

Certains après-midi il surveillait les grilles des écoles à l'heure de la sortie. Il écoutait de loin le vacarme des enfants, ou restait immobile sur le trottoir parmi les mères qui attendaient, et alors lui apparaissait le visage de la fillette morte, celui des photographies et de la vidéo de sa première communion, le visage qu'il avait lui-même vu à la lumière des lampes électriques et des photos au flash que prenait Ferreras, le médecin légiste, sous les hautes coupoles des pins, sur le talus en pente où des balayeurs municipaux l'avaient trouvée par hasard après une nuit et un jour entiers de recherches. Vers neuf heures du soir, guère plus tard, avait dit ensuite Ferreras pendant qu'il dégageait ses mains des gants de caoutchouc avec un bruit désagréable, puis les lavait sous l'eau chaude d'un robinet. « Elle est morte vers neuf heures, répétait-il, ce que nous ne savons pas, c'est combien de temps elle a mis à mourir », et il s'approchait à nouveau de la table où était étendu le cadavre jaunâtre, violacé, maigre et nu, avec ses genoux écorchés, ses chaussettes blanches. Elle ressemblait à une mariée avait dit la mère devant l'inspecteur en regardant la vidéo de la communion, dans la tristesse horrible de l'appartement où la fillette, Fátima, n'était pas revenue depuis qu'elle était sortie pour acheter un bristol et une boîte de Crayolors à la papeterie d'en face, et où ses photos étaient maintenant disposées comme des images dans une chapelle, l'une d'elles sur une étagère du meuble de la télévision et l'autre accrochée au mur dans un cadre doré, une de ces photos en couleurs tirées sur une matière semblable à de la toile.

L'inspecteur était assis sur le canapé et la femme, avec une hospitalité saugrenue, lui avait apporté une bière et une soucoupe d'olives, l'invitant à se servir tandis qu'elle se tamponnait le nez avec un mouchoir en papier, puis elle avait mis le magnétoscope en marche et sans préliminaires ni avertissement le visage de la fillette était apparu en plan rapproché, avec des anglaises et un serre-tête, avec une robe blanche et beaucoup de mousseline, la même qu'on lui avait mise après sa mort, mais elle avait grandi depuis sa communion, l'année précédente, et on avait dû la laisser ouverte par-derrière, de même qu'on avait dû lui maquiller le visage pour dissimuler autant que possible les traces, les taches violacées, pour que ne se remarque pas ce que l'inspecteur avait vu sur le talus, sous les pins malades de sécheresse, les yeux ouverts et aveugles, vitreux, agrandis, aussi ouverts que la bouche.

Mais la bouche était obstruée par quelque chose, ce qui l'avait asphyxiée, un tissu déchiré et taché de sang que le médecin légiste n'avait extrait que plus tard, de façon lente et progressive, encore humide, alourdi de salive, de sang, mais pas de sperme avait dit Ferreras en désignant une des taches de la pointe de son stylo à bille, et l'inspecteur avait ressenti un sursaut de dégoût et de froid, un début de nausée qui avait tout de suite laissé place à une rageuse envie de pleurer. Mais cela lui était impossible, oublié, même à l'enterrement de son père il n'avait pas pu ou pas su pleurer et peut-être arrivait-il la même chose au père de la fillette, il avait les yeux secs, secs et rouges, de qui n'a pas dormi et ne va pas dormir de longtemps et qui, même s'il dormait, ne trouverait pas le repos parce que, dans ses rêves, il revivrait régulièrement la disparition de sa fille, et sa peur, et sa recherche, et puis l'appel du téléphone, la sonnerie de la porte, l'inspecteur et les deux agents qui avaient enlevé leur casquette avant que personne ne dise un mot. L'homme n'avait pas pleuré, il avait ouvert la bouche en avançant très fort la mâchoire inférieure et le cri qui n'arrivait pas à sortir c'est sa femme qui l'avait alors poussé, elle qui était restée dans le couloir sans trouver le courage de s'approcher de la porte quand la sonnette avait retenti. Elle avait crié, était tombée par terre, et une autre femme était venue pour l'aider et depuis lors il avait semblé à l'inspecteur qu'il n'avait pas cessé d'entendre sa plainte, pas même quand il quittait leur maison et revenait au commissariat avec un vague dessein de faire quelque chose, de justifier son travail, d'imaginer que le crime ne resterait pas impuni, qu'il y avait des actions et des recherches possibles, des ordres qu'il était seul à pouvoir donner.

La nuit, dans son lit, au long de tant de nuits d'insomnie, étendu dans le noir, regrettant sans véritable conviction l'alcool et les cigarettes, il voyait se succéder dans son imagination les divers visages de la fillette, celui qu'elle avait quand il l'avait vue pour la première fois et celui qu'elle avait eu dans la salle d'autopsie quand le médecin légiste avait écarté le drap pour lui expliquer les lésions, et aussi le dernier visage qu'il avait vu d'elle, celui de la vidéo de sa communion. Il voyait ces visages puis, comme si l'obscurité s'était faite plus dense, il voyait l'autre visage, sans traits, celui de quelqu'un qui peut-être en ce moment même ne pouvait pas non plus dormir, de quelqu'un qui se trouvait sans doute dans la même ville, qui marchait au long de ses rues, allait au travail et saluait ses voisins. Alors, quelquefois, l'inspecteur se redressait, comme quelqu'un qui souffre d'une brusque tachycardie au moment de s'endormir, avait la sensation impossible d'être au bord d'un souvenir, mais rien ne se passait, le sommeil ne lui venait même pas, ou n'arrivait que lorsque l'aube pointait et il pensait à l'aube de ce jour-là, à un début de clarté qui avait dû définir peu à peu le visage de la fillette, la forme de son corps qui de loin devait ressembler à un tas de vêtements jetés là, sur le talus où certains malappris jetaient des déchets, des tessons de bouteilles, des cartons de mauvais vin et de jus d'ananas. Ce matin-là l'avait surpris éveillé lui aussi, il avait vu l'arrivée graduelle de la lumière et il n'avait compris qu'il s'était endormi qu'au moment où la sonnerie du téléphone l'avait réveillé comme un coup de feu.

Il avait craint confusément qu'on l'appelle de la clinique. Il craignait aussi, simultanément, qu'on lui annonce un attentat, la mort d'un camarade du commissariat, mais en même temps qu'il reprenait conscience il se rappelait qu'il n'était plus affecté à Bilbao, qu'on lui avait accordé sa mutation quelques mois plus tôt après une si longue attente, quand il était peut-être déjà trop tard, comme toujours, ou presque. Les choses arrivent toujours quand il n'y a plus rien à faire, il se rappelait la façon dont sa femme l'avait regardé quand il lui avait montré la notification, l'enveloppe officielle déchirée sur un bord dont sortait une feuille de papier. La fixité de ses pupilles vues de si près le blessait, mais elles ne le regardaient pas, elles regardaient à travers lui, non pas vers le téléviseur allumé ou la fenêtre où elle avait si souvent guetté, mais vers le mur, vers le papier peint du mur de cet appartement où ils avaient passé tant de temps sans jamais se rendre compte que c'était là qu'ils vivaient, des années dont ils n'avaient compris qu'au moment de partir qu'elles avaient passé sans attention ni profit, depuis la fin de la jeunesse jusqu'à un âge qu'on ne pouvait pas raisonnablement appeler mûr et où l'inspecteur sentait qu'il habitait comme dans une précarité inhospitalière, peut-être définitive, semblable à celle de l'appartement vide où il revenait chaque soir, épuisé d'avoir tant marché en regardant des visages d'inconnus, ou celle du lit où il lui semblait déjà que l'attendait l'insomnie, comme l'attendrait de nouveau sa femme quand on la laisserait sortir de la clinique.

2

« Loué soit Dieu », dit le père Orduña, et sur les lèvres de l'autre monta la réponse automatique qu'il n'avait pas prononcée une seule fois en plus de trente ans : « Qu'il soit à jamais béni et célébré. »

Il paraissait plus petit, mais pas beaucoup plus vieux, il portait des lunettes aux verres très épais et aux montures démodées mais ses cheveux étaient toujours fournis et presque tous noirs, et s'il marchait un peu courbé, en traînant les pieds, ce n'était nullement à cause de son âge puisqu'il marchait déjà comme cela quand il était beaucoup plus jeune, non pas à cause de sa maladresse mais de sa négligence et de sa préoccupation. On était même étonné de voir qu'il ne portait pas la soutane, qu'il n'entretenait pas sa tonsure ou ne tendait pas sa main à baiser au nouvel arrivant. Il fallait s'incliner ou s'agenouiller en arrivant devant eux, il fallait baisser la tête et baiser avec précaution le dos de leur main et on remarquait alors de tout près l'odeur de la soutane et celle du savon ou de l'eau de Cologne qui imprégnait les mains blanches, très douces, toujours très froides, des mains glacées à la consistance de cire et de soie. Aujourd'hui les mains du père Orduña étaient ce qu'il y avait de plus méconnaissable, de plus changé en lui, des mains grandes et endurcies par des années de travail physique, avec encore des restes de callosités dans les paumes, les mains non pas d'un curé mais d'un ouvrier, bien que de cela aussi il se soit retiré depuis longtemps. Aujourd'hui il n'était plus qu'un retraité, disait-il, un vieux machin toujours menacé par une nouvelle attaque cardiaque qui peut-être le tuerait. Il ne fumait plus, ne se permettait même plus un petit verre de vin aux repas, il ne goûtait plus d'autre vin que celui de l'eucharistie, disait-il en riant, et de celui-là c'est à peine s'il s'humectait les lèvres, le sel lui était interdit même si cette privation l'attristait moins que celle des cigarettes auxquelles il avait pris beaucoup de plaisir quand il était jeune : assis derrière sa table, sur l'estrade de la salle de classe, il roulait lentement une cigarette tandis qu'il interrogeait sur le catéchisme. La nuit, au dortoir, on entendait sa toux bronchiteuse et quand le visage de l'enfant s'approchait de sa main droite, il pouvait sentir le tabac et voir les taches jaunes de la nicotine sur l'index et le majeur. La soutane du père Orduña sentait le cierge, l'église, l'encens et le tabac en paquets.

« Loué soit Dieu », dit-il après quelques secondes d'hésitation surtout provoquées par l'étonnement de voir quelqu'un l'attendre dans la petite entrée. C'est à peine s'il recevait encore quelques visites, à l'inverse d'une autre époque où ce logement avait été un lieu de consolation, de discussions politiques et même de refuge pour certains, dans les temps difficiles. Un jour, des policiers avaient fait irruption, enfonçant la porte, à la recherche de quelqu'un qu'ils ne trouvèrent pas, ils avaient retourné les livres et les papiers du père Orduña et s'en étaient allés en laissant tout jeté par terre et la porte à moitié arrachée de ses gonds. De cette époque, quelques reliques restaient au mur, des affiches vieilles de vingt ans qui aujourd'hui paraissaient incroyablement anciennes, un portrait du Che Guevara, une affiche d'Antonio Machado avec quelques vers dans le bas, une autre où l'on voyait une carte en vert et blanc et une femme jeune et maladroitement dessinée qui semblait vouloir se réveiller d'un rêve et se lever du sol avec difficulté : « Lève-toi et marche, Andalousie », tout cela jauni, pendant au mur avec des plis, fixé par des punaises. Il demeurait, par-dessus tout, comme une apparence familière et vieillotte de pénurie, les chaises et le canapé recouverts de skaï vert avec d'anciennes brûlures de cigarettes, comme dans un appartement de pauvres, un frigo sur lequel trônait, depuis des temps immémoriaux, un vase à col étroit, bleu électrique, avec des fleurs séchées, et à côté, au mur, un calendrier des pères rédemptoristes avec une image vieillie de la Sainte Famille travaillant dans l'atelier de charpentier de saint Joseph.

Le père Orduña qui était indifférent au confort, l'était plus encore à la décoration parce que l'ascétisme inné qui ne l'autorisait pas à remarquer vraiment le goût de sa nourriture lui rendait invisibles aussi les détails matériels des choses qui l'entouraient, leur banalité ou leur anachronisme, leur état de délabrement. Il lui était indifférent que le lit étroit où il dormait ait une têtière en formica, ou que les chaussures qu'il portait, ses godasses de vieux curé voyageur, aient le bout arrondi ou le large talon qui avait été à la mode vingt ans plus tôt, et aussi de manquer d'un tapis où poser les pieds en se levant chaque matin pour éviter de marcher sur le carrelage glacé. Dépouillé de tout, son petit logement, aussi étriqué qu'un appartement de banlieue ouvrière, avait quelque chose du musée involontaire d'un autre temps, pas très lointain mais très discrédité, et même une grande partie de ses livres ressemblaient à des reliques d'un passé qui avait cessé d'être moderne après avoir à peine existé, des volumes de théologie et de marxisme-léninisme, débats passionnés et oubliés sur la foi et l'engagement, sur l'Homme, la Société et la Transcendance, dialogues de communistes et de catholiques, et même quelque roman banal, de ceux qu'on trouvait aujourd'hui à petit prix dans les librairies d'occasion, au titre ranci et scandaleux, *Les Nouveaux Prêtres, Les Prêtres communistes.*

Qui aujourd'hui se souvenait de cela ? Même le père Orduña avait oublié la ville qui l'avait renié, sa partie catholique et cléricale, les sinistres réactionnaires qui avaient eu honte du fils prodigue, qui avaient demandé son exil, son expulsion de la Compagnie et même de la prêtrise : venant d'où il venait, portant le nom qu'il portait. Sur le canapé, sur les fauteuils de skaï vert, dans ce petit séjour de famille pauvre s'étaient tenues des réunions d'une clandestinité de christianisme primitif, des eucharisties de pain partagé à la main et de vin non pas bu dans des calices d'or ou d'argent, mais dans de grands verres incassables, ces verres des cantines à bon marché et des salles à manger de familles prolétaires, ceux-là mêmes, dépolis à force d'usage, dans lesquels le père Orduña offrait un café au lait tiède au visiteur qu'il avait reconnu sans avoir besoin d'entendre son nom. Du Nescafé décaféiné, du lait concentré et de l'eau que le père Orduña ne s'était guère appliqué à chauffer sur le petit réchaud électrique qu'il conservait dans son armoire.

« Bénissez ces aliments que nous allons manger » : des verres Duralex, quelques biscuits Maria, un plateau en matière plastique avec le sigle répété de la Caisse d'Épargne. Comme dans les Actes des Apôtres, les justes se réunissaient en secret pour partager la pauvreté et la persécution. Entouré de jeunes gens qui étaient montés le voir en cachette, le père Orduña, en chandail de laine sombre et pantalon de toile bleue, levait les mains comme un orant archaïque, et il les avait grandes et robustes, fortifiées et usées par le travail. Ils discutaient à voix basse l'épître de saint Pierre et les écrits de Lénine sur l'activisme syndical, et soudain il leur sembla qu'un piétinement violent montait l'escalier et la porte sauta, la serrure brisée à coups de pied, inutilement parce qu'il n'y avait ni verrou ni clef.

Avec cet assaut de la police le père Orduña avait connu les premières alertes sur la fragilité de son cœur. Ses supérieurs le dispensèrent avec une bienveillante hypocrisie de tous ses devoirs pastoraux, lui interdisant de célébrer d'autre messe que celle de sept heures et demie du matin, à laquelle personne n'assisterait. Peu à peu, un matin après l'autre, il y avait davantage de silhouettes sur les bancs : il lui était interdit de prononcer des sermons mais il choisissait des passages du Nouveau Testament et des Prophètes et les lisait d'une voix très claire, qui résonnait en cette heure encore nocturne sous les nefs froides et sombres de l'église.

Maintenant presque personne ne lui rendait visite et ses seuls contacts avec le monde extérieur étaient les confessions auxquelles il consacrait régulièrement une partie de la matinée, après sa messe, la première de la journée, à sept heures et demie, encore la pleine nuit en hiver, mais il avait plaisir à la dire même quand personne n'y assistait, ou seulement deux ou trois femmes sérieuses et isolées sur les bancs du fond, dans les zones d'ombre de l'église. Il prenait son petit déjeuner et se nourrissait avec une extrême frugalité dans la petite salle à manger qui restait ouverte pour les membres de la communauté qui n'avaient pas encore été transférés vers d'autres résidences, et comme il avait le cœur bien affaibli, il ne faisait plus ses longues promenades d'autrefois, ses excursions vers les points de vue par des sentiers de campagne. Il n'écrivait pas non plus autant de lettres qu'à d'autres époques. Il passait une partie importante de son temps à mettre en ordre sa correspondance parmi laquelle il y avait des pièces dont il était très fier, comme les lettres que lui avait envoyées Louis Althusser au début des années soixante-dix, ou une autre écrite à la machine par Pier Paolo Pasolini à propos de son film *L'Évangile selon saint Matthieu*. Celle-là, le père Orduña avait eu la tentation de l'encadrer et de l'accrocher au mur de sa chambre, mais après avoir beaucoup délibéré avec lui-même, il était arrivé à la conclusion que faire cela serait pécher par orgueil, ou pis encore par simple vanité mondaine, c'est pourquoi il l'avait classée, pas au milieu des autres cependant, mais dans le tiroir de sa table de nuit, entre les pages d'un Nouveau Testament relié en cuir noir souple qui l'avait suivi depuis ses années de séminaire.

Il écoutait la radio, une petite radio portative qui l'accompagnait le matin dans la salle de bains tandis qu'il faisait sa toilette, et parfois il polémiquait à haute voix avec les journalistes ou avec les hommes politiques qu'ils interrogeaient, c'était une faiblesse qu'il se permettait sans que personne le sache, un reste de son ancienne habitude de discuter méthodiquement, systématiquement, pas à pas, avec une double obstination dialectique de théologien et de marxiste. Toujours très passionné, même si le moindre emportement lui fatiguait immédiatement le cœur, il se permettait des transes de colère biblique contre le scandale des puissants de ce monde, mais il ne les manifestait jamais en public, par lassitude et parce qu'il n'avait guère l'occasion de le faire. Avec quelle conviction aurait-il pu prêcher le règne de la justice sur terre à quelques femmes âgées et solitaires, aux manteaux noirs, qui venaient s'agenouiller tous les matins à la même heure et occupaient la même place, isolée, dans l'alignement des bancs, qu'il connaissait par leurs prénoms et par la monotonie de leurs péchés qu'elles lui murmuraient ensuite, au confessionnal, sans remords bien sûr, sans aucune volonté d'intéresser ni de surprendre, avec une espèce d'assiduité administrative aux sacrements. Il passait seul trop de temps, se contaminant lentement dans l'amertume d'un isolement et d'une vieillesse à laquelle il n'accordait pas de crédit et ne faisait, au fond, guère attention, pas plus qu'il ne s'arrêtait à considérer sa lassitude de la nourriture sans sel, le froid des carrelages de sa chambre, la laideur et la mauvaise odeur du radiateur à butane dont il se chauffait, contemporain du vase bleu électrique ainsi que des fauteuils et du canapé recouverts de skaï vert. Il ne faisait pas cas de son chagrin, ne se plaignait pas de sa solitude, mais quand il reconnut le visiteur qui se tenait face à lui dans la faible lumière de l'entrée, silencieux, maladroit, ne disant même pas son nom, il eut une effusion impudique de jovialité, un sursaut de reconnaissance qui lui mouilla les yeux et réveilla les émotions les plus secrètes de son âme, tendresse ancienne et nostalgie irraisonnée, remords plus précis et plus fort que les souvenirs déjà en partie effacés qui le provoquaient.

– Loué soit Dieu, dit le père Orduña.

– Qu'Il soit à jamais béni et célébré, répondit l'inspecteur sans qu'intervienne sa volonté ni sa mémoire, de façon automatique, laissant à peine sortir ces paroles de ses lèvres.

3

Quelqu'un renferme un secret, il l'alimente en lui comme un animal qui le dévorerait, un cancer, des cellules se multipliant dans l'obscurité absolue à l'intérieur de son corps, dans l'obscurité douce et humide rythmiquement ébranlée comme par un tambour profond, une conscience que personne d'autre ne ressent et où prolifèrent, tels des tissus cancéreux, les souvenirs obsédants, les images secrètes qu'il ne peut partager avec personne, qui jamais ne l'abandonneront, qui l'isolent sans remède des autres êtres humains. Dans la mémoire et dans les yeux de quelqu'un se trouvent en ce moment les images indélébiles du crime, des yeux qui dans cet instant même regardent en quelque lieu de la ville, normaux, calmes peut-être, comme les yeux de n'importe qui.

Mais les yeux de n'importe qui peuvent vous faire très peur, vos propres yeux. L'inspecteur, quand il se regardait dans la glace du lavabo, dans la petite toilette voisine de son bureau, se rappelait avec une honte secrète un temps pas trop lointain où il se regardait dans les glaces de certains cafés et où l'alcool rendait troubles et menaçants ses propres yeux rougis. Il revint à sa table où se trouvaient en désordre les fiches d'identité de délinquants, des suspects possibles, chacun avec son secret sur le visage, dans les yeux, derrière son regard, chacun avec sa part de défi et de témérité et de haine, yeux intelligents, yeux stupides, yeux impitoyables, les yeux qui avaient regardé les derniers instants de vie de la fillette, ces pupilles où s'était redoublée son image, convexe, rapetissée, comme vue à travers le judas d'une porte. Fixée au mur se trouvait une photo d'elle que ses parents avaient apportée quand ils avaient signalé sa disparition ; c'était un souvenir, l'ordre impératif de continuer à chercher, mais pour l'inspecteur, regarder ce visage à la douceur souriante, ses grands yeux en amande où il n'y avait ni trace de méfiance ni pressentiment de la douleur, c'était aussi une manière de ne pas penser aux autres photos, de ne pas se rappele. le visage aux paupières à moitié fermées et à la bouche grande ouverte qu'il avait soudain vu à la lumière des lampes électriques, sur le replat du talus, contre le tronc d'un pin, sans bien comprendre au début ce qu'il voyait, la peau sans coloration, la position comme désarticulée de la tête par rapport au cou, les jambes si écartées, la grimace impossible de la bouche, aussi grande qu'un trou, qu'un orifice inhumain ou une déchirure, avec le tissu blanc et sali de sa culotte qui en sortait comme une vomissure ou une excroissance que l'inspecteur mit quelque temps à identifier.

Qu'avait pu voir son assassin pendant qu'il l'étouffait, où qu'il aille quel souvenir en avait-il maintenant dans sa conscience, peut-être même dans ses rêves, qu'avait ressenti la fillette à la fin ? Mais cela personne ne pourrait jamais le savoir, personne ne serait capable de comprendre la durée, la profondeur de sa souffrance, la cruauté de sa terreur, personne si ce n'est elle-même, la fillette, Fátima, qui avait cessé d'exister au bout de quelques secondes ou quelques minutes de halètements, la bouche ouverte, des doigts masculins y enfonçant sa culotte, le tissu atteignant la gorge, écrasant la langue, s'introduisant dans le nez, un lambeau de la culotte ressortait d'une des narines. Ensuite, les deux yeux vivants et épouvantés avaient cessé de regarder, chair soudain morte, chair à transparence de verre, et lui s'était assuré qu'elle ne respirait plus et s'était séparé d'elle, agité, par ses efforts et sa colère, par sa luxure répugnante, la pleine lune entre les branches des pins, le visage maintenant plus blanc, arrondi, encore enfantin, encore le visage d'une enfant, pas d'une morte, avec un dernier reflet imaginaire sur ses pupilles, convexe lui aussi et lointain, celui du visage qui se penchait sur elle pour s'assurer qu'elle ne respirait plus.

Il avait remonté le talus, peut-être à tâtons, dans l'urgence de s'enfuir, foulant les aiguilles de pin qui avaient dû crisser sous les semelles de ses chaussures, mais il était possible qu'il ait tout préparé froidement, qu'il ait emporté une lampe de poche en plus de son couteau, même si ce n'était pas nécessaire, c'était la pleine lune ce soir-là. L'inspecteur se rappelait la clarté qui emplissait sa chambre quand il s'était réveillé d'un mauvais rêve et n'avait pas pu se rendormir avant l'aube, il s'était levé pour aller à la salle de bains et avait vu le rectangle bleu de la nuit par la fenêtre et juste au centre, par-dessus les toits et les antennes de télévision, la lune pleine, grande, blanche, avec son éclat froid et phosphorescent qui découpait les volumes sans éclairer l'air. En revenant des toilettes il replia l'oreiller pour ne pas s'étendre tout à fait et resta adossé et réveillé, regardant la lune par la fenêtre, tournant la tête vers le mur pour voir l'heure à la pendule digitale de la table de nuit. Il avait entendu les cloches de la ville sonner les heures, celles de l'horloge de la place, les plus graves et les plus proches, à côté du commissariat, qui faisaient trembler légèrement les vitres de son bureau. Peut-être au moment même où l'inspecteur sortait de son rêve pour se trouver échoué dans l'insomnie, l'autre, le nouvel assassin, s'était allongé dans son lit, encore éveillé, fatigué, excité, il avait dû cacher ses vêtements, projetant de les détruire le lendemain matin et avait dû se doucher méticuleusement, et sans doute la douche lui avait-elle procuré une sensation de soulagement, presque d'absolution, parce que après une douche on ne peut pas ne pas se sentir innocent. Mais s'il ne vivait pas seul, comment avait-il fait pour rentrer chez lui sans attirer l'attention de personne, sans qu'une femme ou une mère ne vienne lui ouvrir ou ne se lève pour lui demander où il avait été, pourquoi il rentrait si tard. Une femme en peignoir et en pantoufles, nerveuse, décoiffée, raide dans l'entrée avec une cigarette qui fumait entre les doigts, et lui, l'inspecteur, immobile à côté de la porte qu'il venait de refermer, trop fatigué ou trop ivre pour inventer un prétexte, un mensonge vraisemblable, cherchant à éviter qu'elle sente son haleine et ses vêtements.

Comment avait-il pu dissimuler devant elles, lui l'assassin, devant une femme ou une mère, où et comment avait-il pu effacer avant de rentrer chez lui les traces de ce qui s'était passé, les taches, la saleté probable dans ses cheveux ou sur ses vêtements, les odeurs aussi qui sait, l'odeur de sueur et de sang. Quel est celui qui marche de nuit ou de jour dans une ville sans cacher un secret, pères de famille qui ont rôdé en voiture au long de la route où sont postées de jeunes prostituées, maigres fantômes aux jambes nues, aux avant-bras marqués par les minuscules piqûres des aiguilles, maris qui en sortant du bureau et avant de rentrer chez eux font un tour dans ces bars où se retrouvent des garçons, ou qui appellent au téléphone un numéro trouvé dans les pages d'annonces roses d'un journal à côté d'une publicité dont les mots sont une promesse d'excitation clandestine, de faute et d'adultère sans traces, sans conséquences à venir, sans souvenir ni remords pensent-ils. Chacun avec son secret, comme avec sa carte d'identité, avec sa dose de honte, petite ou brûlante, avec sa tromperie discrète, avec le souvenir d'une heure d'adultère ou de luxure payée par carte de crédit, avec le secret d'un désir surgi rien qu'à regarder une autre femme de l'autre côté de la rue tandis qu'il marchait au bras de la sienne, avec la présence inconnue d'un virus, d'un remords, d'une maladie.

Seul dans son bureau, le dos tourné au balcon où la nuit était tombée et où il avait commencé à pleuvoir doucement sans qu'il s'en aperçoive, l'inspecteur se rappela la chair pâle et morte de la fillette, ses yeux à demi fermés, sa bouche ouverte, et comme chaque fois qu'il se les rappelait au milieu du large puits de lumière que dessinaient les lampes électriques, il sentit un frisson, une sensation de contrariété absolument physique, de nausée, comme de se réveiller en un lieu humide et inhospitalier, de frôler quelque chose de mouillé et d'inconnu dans le noir, de déplaisir et de pitié, d'indignation désarmée et sans limites, mais aussi de peur, de mauvaise humeur, de rage.

S'il se mettait au balcon et regardait les passants sur la place, il était possible qu'il voie l'assassin, un visage normal, des yeux qui avaient vu ce que personne d'autre dans la ville ne se rappelait. Entre tous les porteurs de secrets misérables ou atroces ou mesquins ou puérils, cet homme était le monarque clandestin, le maître absolu du pire de tous les secrets, de la pire des infamies jamais avouée.

Le secret le plus sacré et le plus nécessaire était celui de la confession, le père Orduña le lui avait dit : combien de secrets avait-il entendus dans la pénombre de son confessionnal au long de tant d'années, sans doute plus d'actions honteuses que l'inspecteur n'avait eu l'occasion d'en connaître durant toute sa vie de policier. Cela lui donna envie d'aller dans les rues sans même ranger les dossiers avec leurs photographies et leurs fiches, de mettre sa veste et son manteau et de partir dans la nuit de novembre et de marcher à travers la ville en regardant les visages un par un, tous les visages des hommes, les visages rudes ou stupides, les visages bouffis, les visages sanguins par excès de nourriture ou d'alcool, les visages brutaux des conducteurs qui vociféraient contre quelqu'un qui traversait trop lentement un passage pour piétons, ou qui klaxonnaient furieusement parce que la voiture qui les précédait n'en finissait pas de démarrer au feu vert : soudain le visage détendu ou placide d'un conducteur changeait et devenait le faciès cruel de quelqu'un qui aurait pu être un assassin, qui criait des insultes, qui provoquait, rouge de colère, la mâchoire tendue, les veines et les tendons du cou saillants, les traits d'un assassin faisant irruption sur un visage banal, le transformant comme le faisait le pelage de l'Homme-Loup dans le film qui était passé quelques jours plus tôt à la télévision, très tard le soir. C'est à une transformation de ce genre qu'avait dû assister la fillette sur le visage de cet inconnu qui l'avait abordée dans la rue, inconnu ou pas inconnu, qui pouvait même le savoir, un homme qui ne devait pas avoir un aspect menaçant et qui soudain s'était transformé pour elle en un monstre plus horrible que ceux des pires cauchemars : une métamorphose, comme dans le film, une figure humaine transformée en un masque bestial, respirant au-dessus d'elle, sous les pins, se jetant sur elle comme un animal à quatre pattes, comme une bête carnivore.

C'était l'heure de son appel quotidien à la clinique mais l'inspecteur n'avait pas la patience de rester enfermé dans son bureau, il voulait sortir dans la rue, habillé de son anorak vert sombre, pratiquement invisible puisque très peu de personnes encore le connaissaient dans la ville, et les regarder tous, un par un, examiner leurs regards, ceux qui croiseraient le sien et ceux qui l'éviteraient ou resteraient fixés au sol ou dans le vide. Halluciné par le manque de sommeil, il sentait qu'il serait capable, s'il fermait les yeux et se mettait dans un état de tension intellectuelle maximum, de voir le visage, de voir devant lui dans le noir non pas les phosphènes des paupières serrées mais les traits qui avaient vu la fillette, ceux que lui-même avait peut-être vus sans savoir les reconnaître : il était possible que le visage soit dans sa mémoire, on disait aussi, il y a un siècle, que le visage de l'assassin demeurait inscrit sur les rétines de sa victime et que si l'on en prenait une photo assez précise on pourrait voir, minuscule et dédoublé, accusateur, définitif, horrifiant et banal aussi, le visage de celui qui l'avait tuée.

Il composa le numéro de la clinique et entendit avec soulagement qu'il était occupé. Il essaierait de téléphoner plus tard, de chez lui, les appels étaient autorisés jusqu'à neuf heures. Il rangea les photos, ferma l'armoire à clef, c'était encore une de ces vieilles armoires de bureau métalliques des antennes de la brigade politique et sociale, il se lava à l'eau fraîche et, en écartant de son visage la serviette humide et pas très propre, quand il vit soudain ses yeux rougis par les insomnies, il eut de nouveau l'impression qu'il était sur le point de voir ou de se rappeler les yeux de l'homme qu'il recherchait, comme lorsqu'on est sur le point de se rappeler un mot qui ne vous revient pas en mémoire, qui pointe à travers elle pour faire irruption dans la conscience, une bulle qui monte de la profondeur, éclate et s'anéantit, un nom que pour une raison quelconque on se refuse à prononcer ou un visage sur lequel il n'y a pas moyen de mettre le nom et le prénom qui lui correspondent, un de ces visages de personne des morts retrouvés en rase campagne et que nul ne viendra réclamer.

Mais le visage d'un mort devient aussitôt anonyme, tous les visages de victimes sur les photos de l'identité judiciaire se ressemblent beaucoup entre eux alors que sont brisés par le crime leurs liens non seulement avec la vie mais aussi avec toute espèce de parenté. L'inspecteur était sur le point de sortir de son bureau mais se ravisa sur le pas de la porte qu'il était déjà en train de fermer, et bien qu'il se soit promis de ne plus le faire, il rouvrit le tiroir où se trouvaient les photos de la fillette morte et mit dans une poche de son anorak l'enveloppe marron qui les contenait et, dans l'autre, la bande vidéo qu'il avait déjà regardée tant de fois, il la connaissait par cœur, la vidéo de communion de la fillette, célébrée l'année précédente, en mai, les mauvaises images aux couleurs banales, avec la caméra qui bougeait et les cris, le bruit des assiettes et la musique, les garçons et les filles qui approchaient en rang pour recevoir la communion, et soudain elle, qui maintenant se détachait du groupe, comme choisie par le malheur, avec sa robe blanche et son serre-tête, son visage brun et souriant, les mains jointes sous le menton, des yeux qu'aujourd'hui l'inspecteur n'associait pas à ceux qu'il avait vus sur le talus, au point que le visage ne semblait pas être le même.

Il fut sur le point de se rasseoir, d'allumer la lampe de bureau et d'oublier qu'il était si tard, mais à l'horloge de la tour, tout près, il entendit les coups de cloche de huit heures, qui firent vibrer faiblement les vitres de la fenêtre du balcon, et il sortit alors avec un air plus énergique, il descendit l'escalier jusqu'au vestibule plongé dans la pénombre, où des policiers de garde fumaient en écoutant à la radio un match de football. Il n'allait pas dormir, pensa-t-il, il n'allait pas dormir et rien ne pourrait occuper le temps, camoufler sa lenteur, ni un livre, ni un film, ni un match de football – la voix du commentateur et les hurlements du public se mélangeaient aux sifflements et aux messages radio de la police – rien, le temps aussi vide qu'une pièce inhabitée, l'insomnie que les cigarettes n'apaisaient pas, que l'alcool ne troublait pas, n'adoucissait pas, qu'aucune présence ne venait distraire. Depuis le balcon, avant de quitter son bureau, l'inspecteur avait examiné la place, les pavés noirs et brillants sous la pluie, l'espace étroit planté d'arbres, face au commissariat, où s'élevait la fontaine avec sa statue et où s'alignaient les taxis : personne de suspect en apparence, personne ne rôdait, aucune voiture mal stationnée. Les gardiens avaient pour l'interdire des instructions très sévères qu'il avait lui-même données, à cause bien sûr de ses habitudes de méfiance et de précautions extrêmes, à cause de la peur assidue qui jamais ne le quittait vraiment, pas même quand il l'oubliait, de plus en plus fréquemment à mesure que passaient les semaines. Il remarquait qu'il s'habituait peu à peu à respirer d'une autre façon, que très bientôt il commencerait à perdre sa vivacité, ses réflexes, son intuition du danger proche. Maintenant il allait par les rues sans crainte d'être recherché et suivi, mais en cherchant lui-même, et bien qu'il fût très fatigué il était incapable de s'accorder une trêve, de s'asseoir tout simplement dans un bar et de boire un Coca-Cola ou un café et de lire le journal sans entretenir une vigilance insomnieuse autour de lui. Et soudain il se rappelait qu'il n'avait pas téléphoné à la clinique, il s'accordait l'excuse d'avoir trouvé sa ligne occupée, mais cela n'apaisait pas son remords, et il voyait la galerie où se promenaient à cette heure les pensionnaires femmes, un endroit neutre comme un hôtel banal, avec des rideaux de tissu synthétique et au mur des gravures de paysage bon marché. Une quelconque infirmière ou une sœur allait vers le téléphone et prononçait un nom dans le haut-parleur, d'une voix nette et froide. Les femmes marchaient, rapides et monotones, se croisaient sans se parler, ou parlant toutes seules, et presque toutes portaient des survêtements et traînaient les pieds, chaussées de pantoufles de tissu. S'il retardait tous les soirs l'heure d'appeler, c'est qu'il avait beaucoup de mal à tenir avec elle une conversation suivie. Il lui racontait quelque chose et avait la sensation certaine de ne pas être écouté. Il lui posait une question et elle tardait à répondre, disait oui ou non et restait immobile à respirer dans le téléphone, et quand la respiration devenait plus forte, c'est qu'elle s'était mise à pleurer. Elle pleurait au téléphone comme tant de fois dans l'obscurité de la chambre, en silence, de façon discrète, sans gémissements ni affectation, comme si ses pleurs étaient quelque chose de strictement privé, sans rapport avec lui, son mari, qui gardait le silence sans rien faire ni rien dire, immobile au téléphone, comme lorsqu'il était allongé près d'elle au lit, séparés par une distance incalculable, un fossé.

Chacun avec son secret enfoui dans son âme, qui lui ronge le cœur, toujours inaccessible, non seulement aux inconnus mais aussi à ceux qui sont les plus proches, les couples qui se promènent l'un au bras de l'autre dans les rues nocturnes, les hommes seuls qui conduisent leur voiture en sortant du travail et qui attendent avec impatience que les feux passent au vert, les hommes et les femmes dont l'inspecteur voyait les silhouettes par les fenêtres éclairées des maisons, les formes solitaires qui se glissaient le long des murs, qui tournaient au coin des ruelles avec une allure de défiance ou de fuite. Lui aussi, un inconnu, un étranger dans la ville, presque un nouveau venu, qui vivait seul, se promenait sans répit, qui restait éveillé jusqu'au point du jour dans une chambre conjugale où sa femme n'était jamais venue. Il s'était mis à marcher sans se rendre bien compte où il allait, dans des rues mal éclairées qui commençaient à devenir désertes, il était arrivé sur la petite place d'une église où ses pas résonnèrent avec un bruit très clair, puis il s'égara dans des ruelles où il ne se rappelait pas être jamais allé. Il avait cessé de pleuvoir et un quartier de lune haute et blanche glissait parmi les déchirures des nuages, mais l'air était encore épais d'humidité et de brouillard. Il cherchait une issue en direction de la rue principale mais n'arrivait pas à la trouver. Il ne marchait plus maintenant sur de l'asphalte mais sur un pavé inégal, luisant sous les faibles lumières des coins de rue. Juste à l'angle où débouchait une ruelle il y avait une niche avec un Christ éclairé par une lampe jaune. Il s'étonna d'avoir peur, non pas la peur habituelle de sa vie adulte mais une autre, beaucoup plus ancienne, comme un souvenir de terreur enfantine, la peur qu'ont les enfants de se perdre dans les rues noires et inconnues. Si quelqu'un venait maintenant vers lui et le croisait, si c'était l'assassin de la fillette, il ne pourrait pas le savoir. Il marcha plus vite, sans voir personne, il n'entendait que des bruits de couverts et de téléviseurs à l'intérieur des maisons parce qu'il était sans doute l'heure du dîner. Il déboucha avec soulagement dans une rue plus large, puis sur une place vide et mal éclairée et il s'aperçut qu'il était arrivé au petit parc du bout de la ville, au bord des talus, tout près de l'endroit où l'on avait trouvé la fillette. Il y est sûrement revenu lui aussi, pensait-il en pénétrant dans l'ombre des haies et des cyprès, des rosiers abandonnés, écoutant ses propres pas sur les graviers du parc, sur le verre des bouteilles cassées. Mais c'était comme d'entendre les pas de l'autre, d'avoir sa présence toute proche, à portée de sa main tendue, tranquille et qui attendait à l'endroit exact, parmi les ombres des arbres qui ressemblaient parfois à des ombres humaines.

4

L'hiver et la peur, la présence du crime, étaient tombés sur la ville comme des frissons simultanés, comme un saisissement de rues silencieuses et désertes au crépuscule, battues par une pluie froide et un vent chargé d'odeurs de terre qui en une ou deux nuits avait fait tomber toutes les feuilles des platanes et des marronniers, jaunies depuis avant l'été à cause de la longue sécheresse. De nouveau il y avait des feuilles noires et trempées sur le pavé des places, de nouveau on entendait l'eau dans les gouttières de zinc et il fallait sortir avec manteau et parapluie, acheter aux enfants des imperméables et des bottes de caoutchouc. La pluie, tellement nécessaire, arriva en même temps que les crépuscules hâtifs d'octobre et que la nouvelle du crime, et le changement de saison surprit la ville comme la sortie d'un tunnel au bout duquel apparaîtrait un paysage inconnu. Le passé, l'été de la sécheresse interminable, les jours encore torrides de la fin de septembre étaient aussi loin que le temps qui précédait la disparition et l'assassinat de la fillette, l'arrivée des caméras de télévision et la ruée des journalistes qui s'étaient installés sur la place du général Orduña, devant le commissariat, comme une colonie tapageuse d'oiseaux migrateurs, et qui plus tard repartirent aussi rapidement qu'ils étaient venus, ne laissant en souvenir de leur présence que des gobelets de carton et des emballages de fast-food jetés dans le jardin qui entourait la statue, mais aussi un vague sentiment de mensonge et de mépris. Avec une rapacité de grands oiseaux de proie, ils étaient arrivés de la capitale de la province, de Séville et de Madrid et occupaient les côtés de la place avec leurs voitures et leurs grands camions couronnés d'antennes paraboliques. Ils assaillaient les gens sans respect, le micro à la main, ils montaient la garde devant l'entrée de l'immeuble où avait vécu la fillette, entouraient à toute heure la porte du commissariat, une foule hérissée de micros, de caméras vidéo, de crépitements et de l'éclat des flashes, de petits magnétophones à cassette qui assiégeait l'inspecteur quand il sortait ou rentrait. Au début seulement, bien sûr, quand on avait découvert le cadavre et que le bruit courait qu'un suspect avait été arrêté, que la police avait réussi à localiser l'origine d'un des appels anonymes qui sonnaient chaque soir chez la fillette, juste à l'heure où son père avait commencé à se dire qu'elle tardait trop à rentrer, à sept heures moins le quart, alors qu'elle faisait ses devoirs et qu'elle était descendue à la papeterie acheter un bristol bleu et une boîte de Crayolors et qu'elle n'était plus jamais revenue. Maintenant quelqu'un téléphonait, juste à cette heure-là, à sept heures moins le quart, il appelait et restait silencieux, invisible dans l'ombre quelque part dans la ville, à côté d'un téléphone, sadique et impuni, même si ce n'était pas l'assassin, même s'il n'appelait que par curiosité morbide, pour entendre la voix rauque et désespérée du père. On disait que les appels provenaient d'une maison voisine, peut-être de l'immeuble même, et que l'assassin était une connaissance de la famille, même un parent de la fillette et durant un ou deux jours, les appareils de photo, les magnétophones et les équipes de reportage de télévision restèrent à monter la garde devant le commissariat ou à la porte du tribunal, mais à la fin, comme on ne savait ou ne voulait rien dire, les reporters commencèrent à disparaître avec ce même fracas d'oiseaux migrateurs qu'ils avaient produit en arrivant, et au bout d'une semaine, les informations sur de nouvelles rumeurs ou de nouvelles pistes avaient disparu des journaux télévisés et des premières pages et on ne les trouvait plus que dans la rubrique de faits divers des quotidiens.

Un jour, l'inspecteur vit son propre visage au journal télévisé, pris de très près, et son nom et sa fonction inscrits en bas de l'écran pour le cas où il y aurait quelque doute, et il s'irrita beaucoup et s'inquiéta plus qu'il n'était prêt à le reconnaître. Il était en train de déjeuner à sa table habituelle, au Monterrey, au premier étage, près d'une fenêtre d'où il voyait la place et même le balcon de son bureau. Quand son visage apparut à l'écran, il regarda autour de lui de crainte que les autres clients ne l'aient remarqué, mais il n'y avait que peu de tables occupées et bien que tout le monde eût prêté une attention distraite au journal télévisé, personne ne sembla faire attention à lui. Au Monterrey déjeunaient d'habitude des voyageurs solitaires, quelques fonctionnaires récemment mutés comme lui, des gens de passage dans la ville. Il se demanda si ces images avaient été vues par l'un de ceux qui lui envoyaient des lettres anonymes quand il était dans le nord, et il comprit avec déplaisir qu'il venait d'avoir un accès méprisable de lâcheté, très fort parce qu'il l'atteignait de façon inattendue, quand il n'était pas sur ses gardes, alors que déjà lui venait l'habitude de ne plus avoir peur, en partie parce que jusque-là il avait profité de la tranquillité raisonnable de penser que ceux qui l'avaient menacé de mort quelques mois plus tôt ne pouvaient pas savoir où il avait été muté, en partie aussi parce qu'il était si préoccupé, si retiré de tout, qu'il se consacrait de façon si obsessive à enquêter sur la mort de la fillette que toutes les autres circonstances de sa vie lui semblaient très nébuleuses, nébuleuses et lointaines, tout comme sa femme à la clinique, son passé dans le nord, les coups de téléphone où une voix jeune lui annonçait qu'il allait mourir, les enveloppes non affranchies déposées directement dans sa boîte aux lettres et même une fois jusque sous sa porte, peu de semaines avant que lui arrive l'annonce de sa mutation. Ils avaient sonné plusieurs fois à la porte et sa femme qui était seule n'avait pas osé ouvrir, ni même s'approcher du judas, et elle avait vu, en silence, paralysée par la peur, la ligne blanche qui apparaissait peu à peu sous la porte, l'enveloppe dans laquelle il n'y avait qu'une ancienne photo de l'inspecteur, découpée dans une revue de la police, une chose oubliée, vieille de dix ou quinze ans, et, traversant son visage et comme le barrant, une croix tracée au stylo à bille, des lettres majuscules, *R.I.P.*, la date de naissance de l'inspecteur suivie d'une autre date, à peine quelques jours plus tard.

Il vit son propre visage sur l'écran du téléviseur, mais l'image ne dura pas plus d'une seconde et, de toute façon, ce fut la dernière fois qu'on fit allusion à la mort de la fillette dans un journal télévisé. Il craignait soudain que tout le monde oublie Fátima avec cette même inconstance frivole qui faisait qu'au bout de deux ou trois semaines les journalistes semblaient l'avoir oubliée, et il se fit la promesse de ne pas oublier. Il allait continuer à chercher sur les visages et dans les yeux de cette ville le regard de l'assassin, il passerait en revue un par un tous les épisodes de la découverte et des recherches, toutes les déclarations, les témoignages, le rapport du médecin légiste, les pages de dactylographie serrée maintes fois photocopiées de la prose juridique, des rapports de police qu'il avait lui-même dictés : des pages d'écriture dense, sans accents, avec des fautes d'orthographe, tapées à la machine par des agents qui n'utilisaient que leurs deux index, lues et relues dans une monotonie de nuits sans sommeil, de formules légales qui conservaient intacte la suggestion de l'effroi, le souvenir d'une nuit d'octobre, froide et violette, de pluie légère, de brouillard, les lampes électriques se déplaçant entre les larges troncs des pins et les silhouettes des policiers, émergeant à peine du brouillard, qui croisaient dans la brume leurs faisceaux de lumière diagonale, dans un souvenir de projecteurs antiaériens.

– Elle est morte depuis hier, dit le médecin légiste, agenouillé à côté d'elle dans le cercle de lumière tremblée où se rejoignaient plusieurs lampes dont une, tenue par l'inspecteur. À quelle heure disent-ils qu'elle a disparu ?

– Vers sept heures moins le quart, dit l'inspecteur sans pouvoir quitter des yeux le visage de la fillette, ses paupières entrouvertes et livides, les franges de tissu qui sortaient de sa bouche et d'une des narines. La patronne de la papeterie l'a vue quelques minutes plus tôt.

– Alors je ne pense pas qu'elle ait survécu plus de deux heures.

– Elle a été étranglée, n'est-ce pas ?

Le juge de garde désignait les deux taches violettes sur son cou, translucides dans la lumière des lampes comme des taches anciennes sur une surface de marbre.

– Je crois qu'il l'a étouffée, dit le médecin légiste. Il lui a enfoncé sa culotte jusqu'au fond de la gorge. Elle a essayé de respirer par le nez et cela n'a fait que lui boucher les narines.

– Il voulait l'empêcher de crier, dit le juge.

– Il voulait la tuer, corrigea sèchement l'inspecteur.

Il se pencha à côté du médecin pour examiner de plus près les taches sur le cou de la fillette. La lumière de sa lampe posa un reflet brillant et mobile sur la partie des globes oculaires que les paupières ne masquaient pas. Pendant une seconde, il sembla que ses yeux regardaient, éblouis par la proximité des lampes, minces croissants blancs sans pupilles fugitivement ressuscités sous des cils d'enfant. La bouche ouverte était une grimace de terreur brute aussi intolérable que les jambes très écartées ou la torsion exagérée de la tête sur l'épaule droite, sur laquelle on distinguait des égratignures et des traces violettes semblables à celles du cou : mais dans les paupières, dans la ligne courbe des yeux qu'on apercevait sous les cils, il y avait presque une expression de calme, de douceur, une quiétude préservée et intacte de sommeil d'enfant.

– Elle a fini par perdre connaissance, dit le médecin légiste à voix basse en se penchant sur elle, formulant pour lui-même ou pour l'enfant morte un espoir d'ordre privé, qui n'avait rien à voir ni avec son métier ni avec la présence des autres, ni même avec la justice ou le crime, mais avec l'ultime pitié possible, avec le soulagement ou l'absolution de la mort. Le manque d'oxygène lui a tenu lieu d'anesthésie.

5

Elle était penchée sur son grand classeur à anneaux, penchée et absorbée, indifférente à la télévision dont le son était trop fort et que regardaient son père et ses petits frères, elle faisait ses devoirs comme chaque soir sur la table de la salle à manger dont elle avait soigneusement retiré la décoration de fleurs artificielles pour dégager l'espace qu'il fallait pour ses cahiers à double lignage, ses livres qu'elle avait elle-même couverts de plastique adhésif, la trousse à fermeture éclair où elle rangeait les crayons, le taille-crayon, la gomme, chaque chose à sa place et toutes singulièrement attrayantes pour elle, si douces à toucher, à regarder, à sentir. Elle aimait beaucoup l'odeur des crayons et celle des cahiers, la volupté modeste de l'odeur de la gomme, du bois, de l'encre acide des crayons feutre, elle s'absorbait à écrire avec un crayon bien taillé, sans dépasser la double ligne bleue du cahier, ou à colorier un dessin qu'elle venait de finir, tout entière occupée, avec une délicate gravité d'enfant, sans être dérangée par la présence de son père ni celle de ses deux petits frères qui regardaient la télévision avec le son trop fort.

Elle ne les entendait même pas, il lui suffisait d'étaler sur la table ses cahiers et ses crayons pour se plonger dans un bonheur studieux, les pieds croisés sous la table dans ses tennis et ses socquettes, les cheveux courts tombant des deux côtés du visage jusqu'au menton, coiffés avec une raie à gauche, retenus par une barrette de plastique en forme de lunettes à monture rose.

Personne ne devine jamais rien, personne ne découvre dans l'enchaînement des actions communes un signal qui permettrait de détecter la dernière d'entre elles. La barrette de plastique était maintenant à côté d'elle, arrachée avec violence, retenant encore une poignée de cheveux que le médecin légiste, Ferreras, compta et étudia avant de les ranger dans une pochette de plastique avec une étiquette écrite de sa main, *cheveux victime*, un petit sac muni d'une fermeture hermétique, semblable à celui qui contenait la barrette et à un autre dans lequel était rangé un seul cheveu, qui n'était pas un de ceux de la fillette, un cheveu court, très noir, qui devait être analysé par la suite parce que Ferreras était sûr qu'il appartenait à l'assassin. Elle avait terminé ses exercices de mathématiques, d'histoire et géographie, et rangé le cahier et les livres dans son cartable, mais maintenant elle devait faire un travail manuel, elle s'adressa à son père et lui demanda de l'argent pour descendre à la papeterie, elle avait besoin d'un bristol bleu et d'une boîte de Crayolors. La publicité à la télévision faisait beaucoup de bruit et ses deux petits frères étaient en train de se disputer quelque chose sur le canapé, c'est pourquoi, au début, son père n'entendait pas ce qu'elle disait, il la regardait avec une cigarette aux lèvres et criait avec colère aux enfants de se taire, de baisser la télévision, qu'on ne faisait attention à rien dans cette maison, ces choses qu'il répétait chaque soir, comme si ce soir-là était un soir comme les autres et, comme toujours aussi, la cendre de sa cigarette tomba sur le canapé et Fátima la regarda avec une réprobation cachée, elle n'aimait pas l'odeur du tabac, de la fumée de tabac brun qu'on percevait dès qu'on entrait dans cet appartement si petit et peu aéré, cela sentait le tabac brun et l'huile de tournesol pensa l'inspecteur à peine entré, la vie étriquée et difficile, la pauvreté digne. La pièce de cinq cents pesetas serrée dans sa main, Fátima sortit en tirant la porte derrière elle et son père ne la revit jamais. Elle aimait beaucoup aller à la papeterie, regarder dans la vitrine les cahiers neufs, les boîtes de peinture, les couvertures brillantes des livres, les boîtes de compas et de stylos à plume, de crayons à bille coûteux, mais ce qu'elle aimait par-dessus tout c'était pousser la porte au-dessus de laquelle sonnait une clochette et s'approcher du comptoir, percevant ces odeurs à la fois intenses et légères, de travail et de délices, odeurs du cadeau qu'on ouvrait le matin du jour des Rois. On avait retrouvé le bristol à quelques mètres du corps, il avait roulé sur le talus et se trouvait un peu plus bas, encore attaché par l'élastique qu'y avait mis la papetière après l'avoir roulé sur le comptoir. La boîte de Crayolors avait été piétinée ou écrasée par quelque chose, elle s'était ouverte et une partie des craies était dispersée parmi les aiguilles de pin séchées, peut-être sous la semelle des chaussures de quelqu'un y a-t-il en ce moment même une tache de couleur épaisse et dénonciatrice, pensa Ferreras, un indice infaillible et que pourtant nous ne découvrirons pas, comme il est très possible que les empreintes digitales, l'analyse du sang qui ne provenait pas d'elle et celle du cheveu court et noir, sans le moindre doute d'origine masculine, ne nous servent à rien. Le corps avait commencé à perdre sa rigidité cadavérique quand ils le retrouvèrent, et dans la peau morte et comme cireuse, sur la partie arrière du cou, on distinguait, exactement comme un décalque, les marques de pression d'un pouce et d'un index. À la partie supérieure du survêtement, juste sur l'épaule, il y avait la trace d'une main entière, une main fantôme, précise comme une impression d'encre ou de boue fraîche, tachée d'un sang qui n'était pas celui de Fátima. Personne n'est invisible, personne ne peut passer inaperçu : cette main qui devait correspondre exactement à la tache de sang sur l'épaule du survêtement de Fátima est en ce moment même quelque part, en train de faire quelque chose, une main comme n'importe quelle autre, innocente et neutre, tenant peut-être une cigarette blonde, une Fortuna, il y avait cinq mégots à côté du corps, écrasés à côté des Crayolors cassés, fumés jusqu'au filtre, et Ferreras les ramassa un par un avec une pince à épiler et les rangea dans un sachet de plastique, pensant à la dose minime d'information qu'ils comportaient, de la salive séchée, des marques de dents. Ils rangèrent dans un autre sac de plastique les Crayolors intacts et ceux qui avaient été écrasés ou cassés, ils montrèrent à la papetière la boîte écrasée et le cylindre de bristol bleu attaché par un élastique et elle confirma que c'étaient bien les choses que la fillette avait achetées, elle se rappelait avoir allumé la lumière peu de temps avant qu'elle entre parce que depuis peu on avait avancé l'heure et que donc il était six heures et demie quand la fillette était descendue et qu'il avait commencé à faire nuit. Il lui semblait la voir avec son survêtement et ses tennis, une pièce de monnaie bien serrée dans sa petite main, elle achetait toujours des choses modestes à la papeterie, un crayon, une gomme à encre, un de ces cahiers d'écriture et d'orthographe à l'ancienne que sa maîtresse, Mademoiselle Susana, appréciait tant, et en entrant et en sortant, elle saluait, très bien élevée, dit la patronne de la papeterie, pas comme tant d'enfants d'aujourd'hui, elle disait toujours merci. Personne ne l'accompagnait, elle en était sûre, mais si quelqu'un l'avait attendue dehors elle n'aurait pas pu s'en apercevoir, elle avait attendu avec une patience attentive que la femme mesure et coupe le bristol et ensuite, elle avait mis un peu de temps à choisir la boîte de Crayolors, il y en avait tant qui lui plaisaient qu'elle n'arrivait pas à se décider mais comme elle n'avait que peu d'argent elle avait dû acheter la moins chère. C'était un de ces enfants qui vont faire leurs achats en serrant fort les pièces de monnaie dans leur main et quand ils donnent la pièce dans une boutique, la pièce a pris une chaleur de peau humaine : la patronne de la papeterie se souvenait de cela, de la pièce de cinq cents pesetas que la fillette lui avait remise, du métal tiède et un peu humide, elle lui avait expliqué qu'elle devait remettre le lendemain un travail manuel, elle avait dit au revoir du même ton sérieux et enjoué que les autres fois, et la papetière l'avait vue de dos, avec son survêtement rose, ses cheveux courts, ses tennis blanches et le bristol sous le bras, la porte s'était refermée derrière elle avec son bruit de clochette et elle ne l'avait plus revue, il n'y avait eu personne pour dire qu'il l'avait vue jusqu'à ce que, trente heures plus tard, des employés municipaux la retrouvent, à l'autre bout de la ville, sur le versant planté de pins qui descendait en pente raide depuis les jardins de la Cava jusqu'aux cultures de la vallée. Il semblait que plus personne à part son assassin ne l'ait vue vivante, elle était sortie de la papeterie et s'était soudain enfoncée dans un précipice, dans un fossé d'invisibilité et d'effroi nocturne, et quand on la retrouva sur le talus, ce fut comme si elle avait été avalée par la mer puis rejetée sur un rivage lointain, désarticulée et nue, avec seulement ses chaussettes, livide et raide sous la clarté de la pleine lune dans laquelle les ombres des pins se découpaient avec une précision absolue.

Plus tard, en se souvenant d'elle, dans la stupeur engourdie de la douleur, son père devait ressentir combien il était étrange que la dernière image qu'il avait de sa fille ait été aussi semblable aux autres, tellement faite de répétition et d'habitude, lui assis sur le canapé à côté des deux frères plus jeunes, le second avec encore des couches et une sucette, le téléviseur allumé, si grand et si bruyant dans la salle à manger si petite, déjà encombrée par la bibliothèque qui occupait un mur entier, les enfants en train de goûter en regardant des dessins animés et la publicité. Peu de temps auparavant, Fátima avait préparé pour le plus petit un biberon de jus de fruits, comme le lui avait dit sa mère avant de partir, mais personne n'avait besoin de rien lui rappeler, elle avait le sérieux de ces fillettes qui ont été habituées très petites à aider à la maison et à s'occuper de leurs frères plus jeunes, le sérieux de toujours des classes laborieuses, avait dit à l'inspecteur son institutrice, Mademoiselle Susana, Susana Grey, qui l'avait eue dans sa classe pendant les trois dernières années, et comme elle avait remarqué que l'inspecteur s'étonnait un peu de ce commentaire, elle avait mis un certain soin à bien s'expliquer.

– Je veux dire, lui dit-elle, que c'était ce sérieux qu'apprenaient autrefois les enfants des familles laborieuses ; ils étaient habitués tout petits au sens de l'effort et de la valeur des choses, et les garçons aidaient leur père à l'atelier ou aux champs, et les filles les mères à la maison, et sans très bien s'en rendre compte, sans perdre du tout l'impression d'être en train de jouer, ils atteignaient neuf ou dix ans avec un sens des responsabilités qui dans les dernières générations a disparu sans laisser de traces.

– Et vous trouvez que c'est mal ? dit l'inspecteur.

– Je ne trouve rien du tout.

Mademoiselle Susana avait un air évident de méfiance, d'antipathie sur la défensive, mais on remarquait que c'était chez elle une attitude très forcée, peut-être le produit d'une vague hostilité envers la police et les interrogatoires.

– Je ne vous dis que ce que je sais. Il y a quinze ou vingt ans, les enfants de cette classe sociale étaient plus solides. Ils avaient le sens du travail et de la solidarité. Aujourd'hui, ils sont un peu moins pauvres qu'avant mais ils n'ont rien et ne savent pas se défendre.

Elle parlait comme en doutant qu'un inspecteur de police puisse la comprendre. Pour elle aussi, et avec une rapidité inattendue, Fátima se transformait en une forme du passé, en une dernière image de normalité quotidienne qui soudain s'était brisée et que maintenant sa mémoire ne reconstituait qu'avec un grand effort : on ne fait pas attention à ce qui arrive tous les jours, on ne sait pas quand on dit à demain et qu'on est en train de se séparer pour toujours. Elle était toujours parmi les derniers à sortir de la classe parce qu'elle voulait ranger chaque chose dans sa trousse exactement à sa place, avec beaucoup de soin, disait Mademoiselle Susana, et elle montra la table où s'asseyait Fátima, semblable aux autres vers le milieu de la rangée du côté des fenêtres, une table de panneau synthétique, d'une couleur verdâtre, très abîmée, de mauvaise qualité, comme tout dans la salle, dans toute l'école, tout était usé et malmené, récent et déjà décrépit, fait de matériaux très bon marché, et cette usure se remarquait peut-être plus quand les salles et les couloirs étaient vides et contaminait d'une certaine façon les instituteurs, Mademoiselle Susana, qui pourtant avait un air de jeunesse incertaine et de courage, de dignité dans la fatigue après un jour entier de classe.

Elle montra à l'inspecteur la table de Fátima, semblable aux autres, mais plus vide, parce que c'était maintenant la table d'une fillette morte et que personne d'autre ne l'avait occupée, et sa forme si simple, sa surface synthétique, son usure d'objet récent, mal construit et mal entretenu prenaient soudain une qualité dramatique de fragilité et de désolation, d'espace irrémédiablement abandonné, gâché par l'absence et la mort. Fátima était une absence plus qu'un souvenir parce qu'il est très difficile de penser à une enfant comme à quelqu'un qui est mort. Sa table vide et semblable aux autres vous renvoyait pourtant à elle aussi fortement que les photos ou que le survêtement sali et taché de sang, ou que la petite barrette de plastique rose où restaient pris quelques cheveux.

C'était la table où elle s'était assise chaque jour depuis le début de l'année scolaire et dont elle s'était levée tout juste une heure et demie avant de disparaître pour toujours, au moment où Mademoiselle Susana, qui terminait d'effacer le tableau et ramassait ses dossiers et son sac, lui avait dit, comme elle le lui disait chaque jour, de se dépêcher, lui avait affectueusement reproché d'être si lente en tout, d'être toujours la dernière.

Mais en réalité elle n'était pas sûre de se rappeler avec exactitude cette dernière fois. Peut-être, sans s'en rendre bien compte, était-elle en train de la contrefaire, peut-être utilisait-elle pour la rendre vraisemblable des images de beaucoup d'autres après-midi, comme son père qui, pour autant qu'il se désespère dans son obsession de douleur et de remords, n'arrivait pas à être certain que son dernier souvenir d'elle était véritable, n'arrivait pas à revivre chacun des derniers instants qu'il avait passés avec sa fille, chaque détail de ce qui apparaissait comme la répétition somnolente de tant d'autres après-midi. La souffrance et l'insomnie agissaient comme des acides sur ce passage si bref de sa mémoire, sur cette heure que par la suite il reconstruisit si souvent à haute voix comme il la revivait dans son imagination et ses rêves, dans les rêves insupportablement cruels où sa fille ne lui demandait pas d'argent pour aller à la papeterie ou bien rentrait aussitôt, affairée et courageuse comme toujours, comme chacune des fois où elle était descendue acheter quelque chose à la papeterie ou à l'épicerie puis était rentrée, sans que son père comprenne ou apprécie la valeur de son retour, le don de sa présence intacte et assidue, la douceur et la discrétion de ses affections d'enfant.

– Savez-vous ce qui me réveille souvent ? dit l'institutrice, Susana Grey, debout près de la table de Fátima, le visage tourné vers la cour où quelques enfants des dernières classes jouaient au football, comme pour éviter le regard de l'inspecteur. C'est de penser que si je ne leur avais pas donné à faire ce travail manuel, elle ne serait pas morte.

Si elle n'avait pas dû aller à la papeterie acheter le bristol bleu et les Crayolors, si son père ne le lui avait pas permis, si sa mère, qui en allant faire des courses lui avait demandé si elle voulait l'accompagner, avait insisté un peu plus quand Fátima lui avait répondu qu'elle ne pouvait pas sortir, qu'elle devait encore finir ses devoirs et faire son travail manuel, si elle, sa mère, n'était pas sortie, si quelque hasard minime avait interrompu le cours atroce des choses régulières, si elle n'avait pas été une fillette aussi sérieuse dans son énergique vitalité d'enfant, si elle avait eu moins de goût pour les cartons et les petits ciseaux, pour les règles et les crayons de couleur et pour les grandes lettres majuscules qu'elle coloriait et découpait, puis collait avec un soin minutieux sur les cartons des décorations murales. Dans ses insomnies, dans les courtes heures du sommeil que lui procuraient les somnifères et qu'agitait l'épuisement de la souffrance, son père retrouvait, avec un élancement qui le bouleversait, l'instant exact où sa fille lui avait demandé de l'argent pour acheter du bristol puis était sortie avec un claquement de porte qu'il se rappelait maintenant mais que sans doute il n'avait pas alors écouté : il s'imaginait ou rêvait qu'elle n'était finalement pas sortie, qu'elle rentrait au bout de cinq minutes avec le rouleau de bristol bleu qu'on avait retrouvé plus tard à côté de son corps désarticulé et livide ; il rêvait qu'il la cherchait des heures durant dans les rues et les jardins nocturnes et qu'elle apparaissait soudain, souriante et tranquille, avec cet air de nonchalance qu'elle prenait pour faire les choses qui lui plaisaient beaucoup, et qu'elle leur demandait pourquoi ils s'étaient fait tant de souci, elle n'avait fait que se laisser distraire un peu à la papeterie, ou s'amuser dans la rue avec une de ses camarades de classe.

Toutes les choses se déroulaient avec cette douceur sans contretemps dont on se souvient et qu'on regrette toujours après un malheur, chacune d'elles s'enchaînant avec la suivante pour arriver à ce dernier après-midi de la vie de Fátima, les actions les plus habituelles qui conspiraient maintenant pour la pousser vers la mort, sa table nette dans la salle de classe, près du mur avec le soubassement de carrelages blancs, près de la fenêtre par laquelle on voyait un terrain de sport, sa marche tranquille de l'école jusqu'à sa maison, un peu penchée sous le poids de son cartable, les pas de son itinéraire exactement répétés, la manière qu'elle avait de toujours s'arrêter aux carrefours et de regarder, d'un côté et de l'autre pour voir s'il arrivait des voitures, chaque chose en son temps, à son moment exact, son appel à l'interphone, le goûter, ses frères qui regardaient des dessins animés et la publicité à la télévision et son père qui fumait sur le canapé, à côté d'eux, dans le séjour trop petit où il n'y avait de place pour rien, sa mère qui aurait pu lui sauver la vie rien qu'en l'emmenant faire les courses et qui pourtant était sortie sans elle, tout se répétait, chaque soir de la même façon, avec l'automatisme des actions quotidiennes de la vie, tout cela l'emportait comme un courant invisible et puissant jusqu'à cet instant, entre six heures et demie et sept heures moins le quart, vers ce puits d'obscurité et d'inconnu dont jamais elle n'était revenue : comme de tomber dans un précipice en faisant un pas, ou de se perdre en mer puis reparaître noyé le lendemain soir sur une côte inconnue et déserte.

6

– J'ai pensé que jamais tu ne viendrais me voir, dit le père Orduña.

Lui ne répondit pas, ne tenta pas de s'excuser pour ce si long retard. Il resta debout dans la petite entrée, les cheveux en désordre, mouillés, l'anorak luisant de pluie, une pluie douce et tenace, murmurante et tranquille, comme celle du nord, qu'on entendait frapper sur les toits voisins et les vitres, qui coulait à flots dans les gouttières au-dessus des cours de récréation désertes que l'inspecteur avait traversées pour arriver au logement du père Orduña.

La ville vivait à l'intérieur de la pluie et de l'hiver revenu, tout comme dans la nouveauté absolue de la peur, dans le saisissement nocturne des maisons fermées, des histoires de croque-mitaines, de voleurs de graisse humaine et de tuberculeux buveurs de sang, qu'on recommençait à raconter aux enfants après que deux générations n'avaient connu d'autres émotions imaginaires que celles de la télévision. Pour la première fois depuis longtemps, les enfants retournaient à l'école avec bottes et capuchons et ils se racontaient les uns aux autres, dans les couloirs des écoles, dans le désordre des salles de classe avant l'arrivée du maître, des ragots fantastiques sur l'assassinat de Fátima ou sur l'apparition d'un homme grand, habillé de noir, avec chapeau et parapluie, qui se postait près des grilles de la cour pendant les récréations, ou se faisait passer pour un père comme un autre aux heures de sortie et surveillait les enfants que personne ne venait chercher. La peur des inconnus était de retour, on racontait de nouveau les vieilles histoires d'hommes avec de grands manteaux qui offraient des bonbons ou passaient aux coins des rues avec un sac sur l'épaule : mythologies oubliées de colporteurs et de vagabonds, qui avaient précédé non seulement la télévision mais aussi le cinéma et l'éclairage électrique des rues, reliques des temps où la nuit apportait toujours une obscurité pleine de terreurs et de menaces, les longues nuits d'hiver sans autre lumière que celle des lampes à pétrole ou à huile, dans ces maisons où les bois craquaient et où l'on entendait le galop des souris au-dessus des plafonds de canisse et de plâtre, les sifflements du vent entre les volets qui jamais ne fermaient bien, les voix qui murmuraient des histoires autour du feu ou de la table du brasero, à côté de l'oreiller des enfants.

Maintenant, de même que l'hiver et la pluie étaient de retour, revenaient les terreurs des nuits anciennes, et à peine la nuit était-elle tombée que les rues se faisaient désertes, on fermait les portes des maisons à double tour, on surveillait les trottoirs vides derrière les judas, toujours à la recherche d'une silhouette à laquelle personne ne savait attribuer de traits précis, si ce n'est ceux qu'inventaient les imaginations enfantines excitées, un homme grand avec chapeau et parapluie, un homme jeune aux cheveux bruns et aux lunettes noires, qui tournait par les rues au volant d'une voiture rouge, son visage apparaissant et disparaissant au rythme des balais d'essuie-glace, sous la pluie de cinq heures de l'après-midi, dans le désordre de voitures, de parapluies et d'enfants de la sortie des écoles.

– J'ai entendu dire que vous aviez une piste sûre pour le trouver, dit le père Orduña. Et que vous la gardez secrète pour ne pas l'alerter.

– Nous ne savons rien, ou presque rien.

L'inspecteur enleva son imperméable mouillé et vit avec étonnement et commisération combien le père Orduña traînait sur le carrelage ses pieds chaussés de pantoufles à semelle de caoutchouc pour aller le suspendre au portemanteau.

– Seulement qu'il a les cheveux noirs, que son sang est du groupe O et qu'il fume des Fortuna.

– Et les empreintes digitales ?

– Elles ne peuvent servir qu'à retrouver quelqu'un qui a déjà été fiché.

– Mais tu es trempé, tu vas prendre froid.

Le père Orduña avait soudain cessé d'écouter l'inspecteur et examinait ses vêtements et ses chaussures avec une espèce d'attention maternelle et affairée.

– Attends, je vais allumer le radiateur.

– Ne vous donnez pas ce mal.

– Mais si, écoute, j'en ai pour une minute.

Le père Orduña disparut par une porte voisine qui devait être celle de sa chambre et revint en poussant un gros poêle à butane monté sur roulettes, un objet antique et volumineux, comme ceux des publicités de la télévision du début des années soixante. Il ouvrit le robinet du gaz avec une lenteur alarmante, chercha un briquet dans ses poches et quand, d'une main tremblante, il approcha la flamme du brûleur, le gaz s'enflamma dans un brusque éclat orange et bleuté.

– Celui qui a fait une telle chose doit le porter sur son visage, dit le père Orduña. Il doit porter un signe, comme Caïn quand il avait tué son frère et cherchait à se cacher de Dieu.

Il approcha le poêle de l'inspecteur que l'odeur chaude et malsaine du gaz écœurait, et il s'assit en face de lui, plus vieux encore et tassé dans le fauteuil trop grand pour sa corpulence, sous la lumière d'un tube fluorescent qui donnait au salon l'apparence désolée d'un local administratif. L'inspecteur était surpris de ce que la voix et l'expression du visage de cet homme qu'il n'avait pas vu depuis plus de quarante ans aient conservé si fortement le pouvoir de l'intimider.

– Et maintenant, dis-moi pourquoi tu as attendu si longtemps avant de venir me voir.

Il y avait plusieurs mois qu'il habitait la ville, depuis le début de l'été, et l'une des premières choses dont il s'était enquis était de savoir si le pensionnat des jésuites existait toujours, si l'un de ses fondateurs vivait encore, ce prêtre, jeune alors, qui était, il se souvenait qu'on le lui avait raconté, l'un des parents du général dont la statue, criblée d'anciens coups de fusil, se trouvait toujours au centre de la place, face au balcon du bureau où il était encore en train de s'installer. Un inspecteur adjoint âgé, qui se consacrait surtout à du travail administratif, lui avait dit que le collège était fermé depuis longtemps, mais que le père Orduña était toujours vivant, et il l'avait dit sur un ton moitié de sarcasme moitié de dégoût qui déplaisait à l'inspecteur, même s'il tentait de le dissimuler parce qu'il était encore nouveau venu et qu'il préférait garder une attitude de réserve et de neutralité, conserver une certaine distance pour étudier les comportements et les réactions des inconnus qui dorénavant seraient ses subordonnés, qui eux aussi allaient l'étudier avec la défiance et l'attitude offensée qu'on a envers celui qui vient de loin pour usurper ce qui était dû au mérite des autres.

– Il est toujours vivant, continua l'inspecteur adjoint. Mais il n'est plus le personnage qu'il a été. Les années l'ont beaucoup calmé. Je crois qu'il ne dit même plus la messe, vieux comme il est.

– Est-il vrai qu'il était parent du général, celui de la statue ?

– Et comment !

L'inspecteur adjoint qui avait dans les mains un tas de classeurs de carton regarda lui aussi vers la place : c'était un matin frais, du début de l'été, la tour de l'horloge et le bâtiment du commissariat projetaient leurs ombres sur le jardin central de la place où se trouvait la statue, raide sur son socle, légèrement penchée en avant.

– C'était un neveu du général Orduña, une des meilleures familles de par ici. Vous pouvez vous imaginer le scandale qui a éclaté quand il est parti habiter dans ce nouveau quartier de gitans et de rôdeurs, le Viêt-nam. Il a commencé par se faire embaucher comme manœuvre dans le bâtiment. Ensuite il est entré comme ouvrier à la fonderie qui avait appartenu à sa famille. Vous vous rendez compte, à cette époque-là, un prêtre rouge ! On disait qu'il avait troqué sa soutane contre un bleu de travail.

– Il vous est arrivé de l'amener ici ?

– Plus d'une fois.

Sur le visage de l'inspecteur adjoint s'installa un sourire soupçonneux et carié : c'était un homme à l'aspect malsain et découragé de vieux fonctionnaire, avec une nostalgie évidente des temps révolus.

– La dernière fois, c'est le secrétaire de l'évêque qui a dû venir le sortir d'ici. Ils avaient installé une cellule communiste à la Résidence... Vous l'avez connu vous aussi, à l'époque, dans un autre de ses exploits ?

Il ne répondit pas : il ne voulait pas que l'autre sache combien il avait connu le père Orduña. Il avait entendu, de loin, raconter des choses sur lui, au long des années, mais ce qui était sûr c'est qu'il n'avait jamais essayé de le revoir et que les quelques tentations épisodiques qu'il avait eues de lui écrire n'avaient jamais dépassé le stade de l'intention. Il lui avait écrit au début, bien sûr, après sa sortie du pensionnat, quand grâce à son intervention il avait obtenu une bourse pour finir ses études secondaires dans un autre collège de jésuites. Il lui écrivait avec discipline, toutes les deux ou trois semaines, depuis la froide ville du nord de la Castille où il avait été envoyé, de nouveau interne, obéissant à ce qui lui paraissait alors une destinée invariable de dortoirs, de nourriture ascétique et de couloirs sombres, mais déjà adolescent, exaspéré par l'isolement et l'étude, par la misanthropie du perfectionnisme et de la compétition rancunière avec les autres dans laquelle il ne s'accordait que rarement de trêve. Puis il avait cessé d'écrire, presque au même moment où il cessait de se confesser et de communier, et aux effets de la négligence et de l'éloignement s'était ajoutée une certaine dose de honte, de peur devant la réprobation possible ou certaine du père Orduña. Au début il lui mentit un peu puis il cessa simplement d'écrire. Jamais il ne lui avait dit qu'il était entré dans la police. Mais toujours, même quand il l'oubliait le plus, il conservait en lui-même l'inquiétude d'un remords, la sensation vague et persistante du jugement, de la réprobation générale et minutieuse que sans doute, quelque part, s'il était toujours vivant, le père Orduña continuerait à formuler contre lui. Parfois il se félicitait de n'avoir pas eu d'enfants, pour s'épargner la peur des désillusions, l'obsession de l'ingratitude, pour épargner à d'autres l'accablement de la reconnaissance et de la culpabilité.

– Je pensais que tu ne t'étais même pas soucié de savoir si j'étais encore vivant, dit le père Orduña, avec dans les yeux un reflet humide de joie et de détresse séniles qu'il écarta immédiatement, d'un ton ironique. J'avais envie d'aller te voir, mais tu dois bien imaginer que je n'ai pas de très bons souvenirs de l'endroit où tu travailles.

– Les temps ont changé, père.

– Les temps, oui, mais pas certains d'entre vous.

Sur son expression affable passa une ombre de sévérité.

– Même si je suis à demi aveugle, je suis capable de lire les journaux. Est-il vrai qu'avant d'être nommé ici tu as été dans le nord ?

– Quatorze ans, à Bilbao.

– Et tu as eu peur ?

– J'ai fini par m'habituer.

– Et ta femme ?

– Cela lui a été très difficile. Ils l'appelaient quand elle était seule et la menaçaient de mort, ou ils restaient au bout du fil sans rien dire et rappelaient dès qu'elle avait raccroché. Elle ne pouvait pas laisser le téléphone décroché pour le cas où je l'aurais appelée, où on l'aurait prévenue qu'il m'était arrivé quelque chose.

– Je sais aussi que vous n'avez pas eu d'enfants...

Il avait maintenant changé de voix : elle était soudain plus douce, l'inspecteur ne sentait plus transparaître autant chez lui l'accusation d'un éventuel reproche.

– ... et que maintenant elle a été admise dans cette clinique. Tu vois, un vieux curé n'a pas besoin de courir les rues pour être au courant de tout... Sortira-t-elle bientôt ?

– Le médecin m'a dit que c'était l'affaire d'une semaine, de dix jours tout au plus, quand son traitement serait terminé.

Le père Orduña, pour écouter en se concentrant, acquiesçait de la tête et tenait ses mains croisées, exactement dans la même attitude qu'au confessionnal. L'inspecteur, à qui manquait presque totalement cette habitude débonnaire de se rappeler son enfance, eut cependant comme un instant de clairvoyance au travers du temps et il vit cette même tête, beaucoup plus jeune, s'inclinant comme elle était en train de le faire, dans une pénombre ecclésiastique, les mêmes mains pâles et croisées, et il retrouva l'odeur mystérieuse d'alors, l'odeur de soutane, d'église et de tabac du père Orduña, qui l'interrogeait de façon intimidante, à voix basse, la veille de sa première communion, qui l'écoutait ensuite avec une gravité tranquille, qui élevait sa main pâle et fragile en un geste fugace d'absolution. Pourtant ils n'étaient pas dans une église mais assis face à face dans les fauteuils du salon, séparés par une table basse couverte de vieilles revues, de bulletins syndicaux et paroissiaux, une table et des fauteuils comme ceux d'une salle d'attente où presque personne ne vient s'asseoir car il n'y a plus rien à attendre. Maintenant, calcula le père Orduña, l'inspecteur devait avoir atteint la cinquantaine, mais ce qui lui était le plus difficile n'était pas de se rappeler comment il était dans son enfance, quand on l'avait amené au pensionnat, mais de porter une véritable attention à ses traits d'aujourd'hui, à son visage commun, énergique et marqué, à sa présence robuste et gauche d'adulte sur le déclin. Avec la nostalgie d'une paternité impossible, le prêtre pensait qu'on ne peut peut-être jamais voir tout à fait comme un adulte celui qu'on a vu enfant et dont on se souvient, et que la véritable mémoire des premières années de notre vie ne nous appartient jamais en propre, mais appartient plutôt à ceux qui nous ont connus, élevés et vus grandir. Sur le visage rude et rouge, dans les cheveux gris décoiffés et rares, dans le cou vieilli et assez mal rasé de l'inspecteur, il n'y avait pas trace de l'enfant aujourd'hui invraisemblable et qui pourtant avait existé : le père Orduña sentit avec un orgueil mélancolique que c'était lui le dépositaire du passé intime d'un autre homme, d'un inconnu.

Pendant quelques instants il l'examina en silence, se demandant dans quelle mesure le visage de l'inspecteur répétait aujourd'hui, comme cela arrive aux hommes quand ils vieillissent, quelques traits précis du visage de son père, que le père Orduña n'avait vu qu'une seule fois, il y avait bien des années, et dont l'inspecteur ne parlait jamais. Le visage n'est pas seulement le miroir de l'âme, pensait-il : il devient aussi peu à peu le miroir du visage des morts.

Quarante ans plus tôt, dans cette même pièce, un enfant qui maintenant n'existait plus que dans la mémoire du père Orduña était demeuré bien souvent exactement ainsi, comme se trouvait aujourd'hui l'homme au menton rude, au visage rose et au cheveu rare et gris, encore mouillé. Au loin, derrière le bruit de la pluie sur les toits et les vitres des fenêtres, le glas sonnait au clocher d'une église, et dans cette pièce où deux hommes s'étaient tus et où seul l'un des deux regardait franchement l'autre, la résonance lente et profonde des cloches apportait une impression ancienne de mauvais temps hivernal, de ruelles sombres où se glissent des femmes voilées en direction des parvis éclairés. Il devait alors avoir le même âge que la fillette qui venait d'être tuée, calcula le père Orduña : un enfant maigre, il se le rappelait, avec la cicatrice de quelque coup de pierre bien visible dans ses cheveux très courts, des espadrilles, des chaussettes grises, un tablier gris et un col de celluloïd blanc, des engelures aux mains et aux oreilles, des yeux grands d'étonnement et de désarroi enfantin qui, par chance, ne demeuraient pas que dans la fragile mémoire d'un vieil homme. Il s'était imposé à lui-même la tâche de conserver ce qui aujourd'hui n'importait plus à personne, de préserver ce qui était oublié et perdu, ses lettres de Pasolini et d'Althusser, ses vieux bulletins polycopiés où voisinaient la bonne nouvelle du Christ et les diatribes des prophètes avec les vaticinations scientifiques de Marx, de Lénine, d'Ernesto Guevara. Il avait tout conservé et tout classé et il y veillait aussi jalousement que sur les archives du collège que personne à part lui n'avait regardées depuis des décennies et dont probablement personne ne connaissait ou ne se rappelait l'existence. Des rayonnages métalliques peints de gris, des classeurs en carton, des liasses attachées avec des rubans rouges, des listes de noms dactylographiées, des dossiers avec des photos. C'est lui qui conservait la seule clef disponible. Il l'avait dans sa poche, dans le grand trousseau des clefs qui ouvraient toutes les pièces désertes du pensionnat.

– Viens avec moi, dit-il avec ce ton inimitable du temps passé, et il se leva sans difficulté, avec même une vivacité de vieillard impatient. Je veux te montrer quelque chose.

7

Une femme en deuil, d'une soixantaine d'années, avec un air de malheur et d'église, des chaussures basses et usées de biais, attendait assise sur un banc dans l'entrée du commissariat, tenant un petit sac noir entre ses mains comme un livre de messe, nerveuse et raide, surveillant la porte vitrée de la rue où frappait la pluie et où apparaissaient de temps en temps les silhouettes des policiers qui fermaient un parapluie dont ils secouaient l'eau, maudissant le temps. Chaque fois que quelqu'un en civil entrait, la femme s'imaginait que c'était l'inspecteur principal et interrogeait du regard le planton, assis derrière la table de l'accueil, qui lui faisait de la tête un geste d'ennui : il le lui avait déjà dit, l'inspecteur principal n'arriverait pas de sitôt, il était même possible qu'il ne rentre pas cet après-midi, ces derniers temps il était toujours par les rues, dit-il à la femme. Elle ne regardait pas la télévision ? Elle ne lisait pas les journaux ? Le policier, grand et corpulent, la casquette un peu en arrière et les coudes sur la table comme enserrant les grands feuillets de la main courante et un cendrier de verre plein de mégots, observa la femme de derrière la fumée lente de sa cigarette : non, elle n'avait l'air d'être au courant de rien, elle semblait être une de ces femmes rudes et endeuillées qui viennent des villages des environs pour faire leurs achats ou retirer une carte d'identité, qui ont peur de la circulation et se laissent intimider par les manières des fonctionnaires, surtout s'ils portent l'uniforme. Le dos droit contre le mur, sous une affiche avec des photographies de terroristes, les genoux serrés sous sa jupe de deuil, ses chaussures aux talons également usés de biais, avec cette attitude concentrée d'inertie et de détermination des personnes habituées à toujours attendre, la femme regardait la porte vitrée derrière laquelle on entendait la pluie, et la pendule dont la grande aiguille semblait avancer de temps en temps au hasard d'un spasme, et elle tenait dans son giron son sac noir, le serrant de ses doigts solides et usés par l'utilisation des outils et la cueillette des olives.

– Alors, vous dites que monsieur l'inspecteur arrivera vers quatre heures ?

– Madame, n'insistez pas, on dirait que vous n'entendez pas ce que je vous dis.

Le planton assura sa casquette comme pour affirmer sa position officielle, et écrasa imparfaitement une cigarette fumée jusqu'au filtre parmi les mégots du cendrier.

– Ces jours-ci, l'inspecteur n'a pas d'horaires, pas plus qu'aucun de nous. Je ne sais pas si vous vous rendez compte que nous recherchons un assassin. Vous ne regardez pas la télévision ?

Ils imaginaient un fantôme qu'ils avaient doté de tous les attributs abstraits de la cruauté et de la terreur, et ils savaient en même temps, même s'ils avaient du mal à le croire, qu'il ne s'agissait pas d'une ombre dans un film en noir et blanc, ni de l'un de ces ténébreux voleurs d'enfants des légendes d'autrefois, mais de quelqu'un de semblable à eux, de soluble dans les visages de la ville, caché parmi eux, peut-être quelqu'un qui avait eu des conversations à propos du crime avec ses voisins ou ses camarades de travail, qui s'était mêlé à la grande foule silencieuse qui avait accompagné jusqu'au cimetière le cercueil blanc de Fátima. Toute la ville s'y était rassemblée, débordant de l'avenue de cyprès et de l'esplanade de l'entrée où l'on entendait dans le silence le claquement des appareils des photographes, les moteurs des caméras vidéo des journaux télévisés, une foule de visages sérieux, abattus, accablés par un tel crime dont ils n'arrivaient pas à croire qu'il avait été commis dans la ville, parmi eux, pas à la télévision, pas dans un de ces programmes de faits divers sanglants, mais en plein dans la réalité où ils vivaient, dans les rues où ils marchaient, maintenant liés sans remède à cette irruption de cruauté sauvage qui avait anéanti Fátima. Ils connaissaient la fillette, ils avaient des fils ou des filles dans l'école qu'elle avait fréquentée, ils avaient été les compagnons de son père dans un de ces travaux sporadiques auxquels il se consacrait, ils appartenaient à sa famille, ou à celle de sa femme, ou pouvaient raconter qu'ils la connaissaient comme voisins, ou pour avoir parlé avec elle dans une boutique. Il y a une vanité sordide à se trouver dans le voisinage d'un malheur, comme dans celui d'un succès : on élucidait des parentés, on se targuait de relations confidentielles avec la famille, ou avec la police ou les bureaux du tribunal, n'importe qui connaissait le médecin légiste ou l'employé municipal qui avait découvert par hasard le cadavre, on racontait près d'un étal du marché, on le savait de source sûre, qu'un nouvel inspecteur venait d'arriver de Bilbao ou de Madrid pour prendre la responsabilité de l'enquête, un homme aux grandes connaissances scientifiques qui allait découvrir l'assassin uniquement grâce à l'analyse de la salive qui imprégnait les mégots retrouvés autour du cadavre de Fátima, ou à partir de quelques taches de sang, ou d'un simple cheveu. On avait fait maintenant de tels progrès dans les laboratoires de la police qu'un cheveu, une empreinte digitale ou une goutte de salive suffisaient pour identifier quelqu'un et le mettre en prison.

On recommençait à descendre aux jardins de la Cava où ne venaient plus que quelques vieux et quelques drogués, et où les soirs de fin de semaine campaient des bandes d'adolescents qui se soûlaient de vin bon marché, de bière au litre, de liqueurs douceâtres et assassines : maintenant les habitants des autres quartiers descendaient vers les jardins dans l'intention de voir l'endroit exact du talus où l'on avait découvert le cadavre, mais une bande de plastique jaune fermait le passage et un policier montait la garde en permanence, parce que l'inspecteur arrivé de Madrid ou de Bilbao et le médecin légiste continuaient à rechercher d'éventuels indices, on racontait qu'ils ratissaient la terre avec de minuscules pinceaux et mettaient de côté les aiguilles de pin sèches, qu'ils prenaient des photos avec des appareils spéciaux pour découvrir les empreintes des semelles de chaussures, aussi invisibles et pourtant aussi dénonciatrices que les empreintes digitales. Mais les jours passèrent et aucune des rumeurs fantastiques qui circulaient dans la ville ne se transformait en nouvelle, et le nombre de journalistes, de photographes et de caméras de télévision qui montaient la garde devant la porte du commissariat commença de diminuer, au début de manière imperceptible, jusqu'au jour où sur la place il ne resta plus une seule voiture avec sur le toit une petite antenne parabolique et le sigle aux couleurs violentes d'une chaîne de télévision peint sur la carrosserie. Derrière le manque absolu d'informations, il était possible d'imaginer l'imminence d'une découverte définitive : la police tenait une piste sûre, mais elle gardait le silence pour attraper l'assassin, on avait arrêté quelqu'un et on l'avait transféré en secret dans une autre ville pour éviter qu'il soit lynché. Mais les journalistes partirent au moment même où la pluie commençait et où la ville entrait dans un hiver de ciels gris et de brouillard, comme ceux de bien des années auparavant, et les gens qui eurent la curiosité de descendre aux jardins de la Cava à la recherche de l'endroit du crime trouvèrent la bande de plastique jaune de la police arrachée par le vent, emmêlée dans les haies et autour des troncs noircis des pins, et maintenant ils ne savaient plus à quel endroit exact s'était trouvé le cadavre et n'avaient plus l'occasion de rôder à la recherche de traces non découvertes par la police ou de reliques de la mort de Fátima, parce que la pluie avait imprégné la terre et emporté les aiguilles de pin accumulées pendant les années de sécheresse, faisant tout dévaler au long des talus vers la terre noire et poreuse des jardins, vers les canaux d'irrigation aujourd'hui grossis comme des torrents qui inondaient les anciennes rigoles à sec des oliveraies et les cuvettes des arbres.

Encouragés par l'étrangeté de cet hiver de brouillards et de longues nuits de pluie, si semblable aux hivers dont se souvenaient les vieux, ils vivaient comme dans un temps lourd de passé et la fillette y devenait la morte d'une ancienne légende de crimes, d'images primitives de saints et de martyrs, et l'assassin n'était pas un homme comme eux, un vague concitoyen ordinaire que beaucoup reconnaîtraient quand on l'arrêterait, mais une ombre nette et sans traits, un fantôme qui avait agi sans laisser de traces de son improbable consistance matérielle, empreintes digitales ou marques de semelles, filtres de cigarettes blondes, taches de sang et de salive. Il n'y avait rien, commençaient-ils à penser, ils ne trouveraient rien, cet inspecteur récemment arrivé allait retourner à Madrid avec tous ses instruments inutiles dans ses bagages, avec ses pinceaux à explorer la terre, ses petits sacs de plastique, ses appareils de photo spéciaux, son arrogance de police scientifique.

Ils respectaient le caractère indéchiffrable du crime, l'invisibilité fatale qui avait avalé Fátima trente heures durant et dans laquelle son assassin avait simultanément disparu. Mais il n'est pas possible de disparaître ainsi sans laisser la moindre trace, sans que demeure un seul souvenir, le témoignage de quelqu'un, sans que personne n'ait vu, n'ait fait attention à quelque chose, n'ait été témoin d'une minime partie ou d'un indice de ce qui s'était passé dans cette rue étroite sur une distance d'à peine cent mètres, entre la papeterie et la porte de la maison, entre l'au revoir distrait de la patronne et la légère inquiétude du père puis sa panique progressive : le trottoir étroit où les voitures mal stationnées étaient montées, si près l'une de l'autre qu'on n'avait pas la place de traverser, les boutiques que les policiers visitèrent une à une, posant toujours les mêmes questions avec une monotonie et une patience invariables, montrant une photo de Fátima, notant des choses dans leurs blocs-notes, des choses inutiles, aussi répétitives et prévisibles que les questions, oui, ils connaissaient Fátima, ils la voyaient passer le matin et à la sortie de l'école, ils n'avaient rien vu de particulier ce soir-là, ils ne se rappelaient pas avoir vu quelqu'un de suspect, ils s'en seraient sûrement aperçus, dans le voisinage tout le monde se connaît, par ici nous sommes tous des gens bien.

De petites boutiques dans un quartier pas très prospère, la crémerie, l'épicerie, le bazar qui s'emplissait d'enfants à la sortie de l'école, la pâtisserie où le matin Fátima avait acheté un Carambar le jour de sa disparition, tous la connaissaient, tous se rappelaient combien elle était douce et bien élevée, certains étaient capables de raconter des choses insignifiantes survenues il y avait longtemps, les ballons que Fátima avait achetés au bazar pour son anniversaire, la feuille de papier où étaient toujours inscrites les petites courses d'épicerie dont sa mère la chargeait à des heures indues. Il y avait comme une volonté commune du souvenir de Fátima, de tendresse blessée et même d'affront à venger, un mouvement unanime pour montrer à ceux qui ne l'avaient pas connue la qualité de son innocence, l'horreur du crime qui ressemblait aux antiques martyres d'enfants, aux histoires de croque-mitaines et de voleurs de sang ou de viscères d'enfants. On se souvenait d'elle, dans certaines boutiques on avait fixé au mur la photo en couleurs publiée par un magazine, et le visage de Fátima acquérait soudain un air de martyr religieux et abstrait, d'éloignement dans la mort, avec cette pointe de défaillance dans le regard et le sourire qu'acquièrent les morts des photographies. On racontait des choses, on se corrigeait l'un l'autre en précisant des détails, on maudissait, on revendiquait la peine de mort, l'exécution immédiate de l'assassin, on tirait les verrous des boutiques dans les nuits de froid et de pluie qui arrivèrent avec l'hiver et l'on regardait dans le noir, au fond de la rue, avec la vigilance de l'appréhension, en se méfiant des inconnus, de n'importe quelle ombre solitaire qui surgissait entre les voitures stationnées, de l'abri des auvents et des porches. Mais il n'y avait personne pour déclarer qu'il l'avait vue juste au sortir de la papeterie, personne n'avait vu le moindre rôdeur, n'avait repéré une quelconque voiture d'aspect peu familier qui aurait tourné lentement dans les rues, peut-être en gênant la circulation, personne n'avait vu Fátima penchée vers la portière d'une voiture au moteur en marche, comme on s'approche pour indiquer une direction, personne ne l'avait vue monter sur un siège avant. Elle était devenue invisible, soudainement, elle était sortie de la papeterie, avait marché un moment sur le trottoir avec son bristol bleu marine roulé sous le bras et sa boîte de Crayolors dans la poche de son pantalon, elle s'était peut-être arrêtée pour regarder d'un côté et de l'autre avant de traverser vers l'entrée de sa maison, comme elle le faisait toujours, et elle avait purement et simplement disparu, même si c'était ou si cela paraissait impossible, dans une rue étroite, très fréquentée, avec ses boutiques ouvertes, déjà éclairées dans ce crépuscule précoce d'octobre, il y avait eu un moment où son père, assis devant la télévision avec ses frères plus petits, s'était aperçu qu'elle tardait un peu, sans s'inquiéter encore, elle avait pu se laisser distraire dans la rue en bavardant avec une camarade d'école, ou avec les commerçantes, de la papeterie ou de l'épicerie. Plus tard on avait dit qu'elle aimait parler avec elles comme une grande personne, bien qu'elle n'eût pas la présomption antipathique de ces enfants qui se prennent pour des adultes, c'était un don évident qu'elle avait, disait par la suite Susana Grey, son institutrice depuis plusieurs années, un don avec lequel certaines personnes naissent, ce don de prêter attention à ce que les autres vous disent, de les encourager à raconter leur vie, et de s'expliquer minutieusement avec eux. Pour écouter ce qu'on lui racontait, elle ouvrait grands les yeux et sur ses lèvres apparaissait un léger sourire de satisfaction, comme quand en classe elle était attentive à l'explication de quelque chose qui lui plaisait beaucoup. Qui sait si ce n'était pas comme cela qu'elle avait été attrapée, si celui qui lui avait arraché la vie ne l'avait pas envoûtée en lui racontant quelque chose pendant son trajet quotidien entre la papeterie et sa maison, n'avait pas sollicité son attention de telle manière qu'elle, par courtoisie, n'avait pas su refuser.

Ils avaient fait des recherches dans tous les immeubles, dans chacun des appartements dont les fenêtres donnaient sur la rue, ils avaient posé des questions à tous les garçons et toutes les filles de sa classe, à tous ceux qui la connaissaient, peut-être que celui qui l'avait enlevée avait parlé avec elle à la sortie de l'école, peut-être y avait-il eu un incident, la possibilité d'une vengeance, même d'un malentendu, on aurait pu voir un homme inconnu parler avec elle, ou l'attendre à la sortie, mais cela était inutile, cela semblait incroyable, personne ne savait, ne se rappelait, n'avait remarqué quoi que ce soit, à cette heure-là précisément, l'après-midi entre six heures et demie et sept heures moins le quart, dans cet espace si restreint où inévitablement la rencontre s'était produite, où il était impossible que personne n'ait remarqué la chose étrange et peut-être violente qui avait bien dû se passer, le claquement d'une portière de voiture fermée avec une brusquerie excessive, l'expression de quelqu'un qui entraîne une enfant, ou qui se penche sur elle avec une attitude douteuse. Par les matins pluvieux, dans les après-midi écourtés par le ciel gris et la tombée précoce de la nuit, on voyait les policiers revenir à ces mêmes boutiques où déjà ils avaient posé d'autres fois les mêmes questions, les agents en uniforme et les inspecteurs en civil, certains d'entre eux envoyés en renfort depuis la capitale, trempés et tenaces, dirigés par un homme au cheveu gris et rare et à l'accent castillan qu'on voyait parfois s'arrêter, préoccupé, au milieu de la rue ou sur le trottoir à côté de la maison de Fátima, l'anorak ouvert, les mains dans les poches, indifférent à la pluie et à la circulation, observant tout, les visages et les choses, avec une expression de perplexité absorbée et de vigilance obsessive, comme s'il ne voyait rien de ce qui l'entourait et qu'en même temps il épiait tout sans rien laisser paraître de sa recherche. Ils appelaient à tous les interphones l'un après l'autre, ils montaient dans tous les appartements, essuyaient leurs pieds mouillés sur les paillassons des entrées, présentaient leurs excuses et demandaient des précisions, construisaient de leurs annotations l'édifice accablant et inutile de tout ce que tout le monde avait fait ou remarqué dans cet après-midi d'octobre, reconstruisaient l'histoire infime et exhaustive du voisinage, la cartographie infinitésimale de chaque minute et de chaque action, de ce qui était arrivé avec certitude ou de ce qui n'était qu'idées ou fragiles conjectures, pur mirage induit par une volonté rétrospective de préciser des détails. Mais il y avait une fissure, une bulle ou un brouillard d'invisibilité dans le temps où Fátima s'était noyée au sortir de la papeterie, avec son survêtement rose, son rouleau de bristol bleu et sa boîte de Crayolors, et il semblait alors que ces minutes étaient précisément les seules pendant lesquelles personne n'avait rien vu et que, dans ce tronçon précis de la rue, personne n'était passé à ce moment-là, que personne n'avait rien vu d'aucune des fenêtres.

C'est alors que, par un après-midi de novembre si couvert et pluvieux que les lumières des bureaux et des boutiques étaient allumées bien qu'il ne fût même pas quatre heures, cette femme en deuil, d'une soixantaine d'années, pas trop bien habillée, avec un certain air de malheur et d'église, de rude travail aux champs, avec les mains rêches et rouges qui tenaient son sac dans son giron, se présenta au commissariat en disant qu'elle voulait parler à l'inspecteur principal ou à quelqu'un qu'il déléguerait, et quand l'agent de l'accueil la pria de lui expliquer le motif de sa visite, elle refusa de le lui dire, avec douceur et obstination, et elle s'assit sur un banc au dossier raide, celui où plus d'une fois s'étaient assis des prisonniers menottés, sous une affiche avec des photos en couleurs de terroristes, et quand l'inspecteur entra, deux heures plus tard, à la nuit déjà bien tombée, elle le reconnut et se dirigea vers lui sans l'avoir pourtant jamais vu jusque-là, et se débarrassa d'un coup de coude de l'agent grand et corpulent qui voulait la retenir : je veux vous parler, dit-elle nerveuse et obstinée, et elle ouvrit son sac et en sortit une feuille pliée, une coupure de revue avec une photo en couleurs de Fátima. Montez avec moi, dit l'inspecteur, et la femme regarda l'agent de l'accueil de travers et avec mépris, l'homme qui venait d'arriver était bien celui qui commandait, cela se voyait tout de suite, et le suivit en montant l'escalier, puis dans un couloir très laid avec des faïences marron, comme celles de l'entrée, l'inspecteur ouvrit une porte et alluma la lumière sans entrer, pour lui céder le pas, c'est à ces détails qu'on remarque qu'un homme est un caballero, et l'invita à s'asseoir, ses cheveux étaient mouillés et l'anorak qu'il n'avait pas encore enlevé brillait sous la lumière électrique. La femme déplia la feuille découpée dans la revue, la lissa sur la table, montra le visage de Fátima de son index solide et recourbé, à l'ongle large, cassé et un peu noirci au bord : « j'ai vu cette petite, dit-elle, ma sœur m'a montré la revue et j'ai eu un coup au cœur, et soudain je me suis tout rappelé ». Ses yeux se mouillèrent et il semblait que le deuil qu'elle portait était celui de Fátima, elle vivait presque toute l'année dans une ferme au bord du fleuve, mais de temps en temps elle montait en ville pour voir une de ses sœurs et ce soir-là, en sortant de chez sa sœur, elle avait vu la fillette, « je vous le jure, dit-elle, comme je vous vois en ce moment, et elle marchait avec un homme jeune, brun, oui monsieur, on aurait dit son père ou son oncle, il la tenait en lui posant une main sur l'épaule et je les ai croisés sur le trottoir ». L'inspecteur était très excité, se dominant avec peine, se méfiant encore, il lui demanda pourquoi elle l'avait remarquée, ce qui avait attiré son attention et la femme dit, de nouveau au bord des larmes, ses yeux humides brillant dans son visage marqué, « je l'ai remarquée parce que l'homme avait du sang sur l'autre main et qu'il le léchait, et j'ai pensé, il pourrait faire attention, il va tacher de sang les vêtements de la fillette ».

8

Elle fumait face à la fenêtre de la salle des professeurs, regardant avec indifférence la pluie et la circulation, les immeubles de l'autre côté de la rue, blocs d'appartements sans ordonnance qui maintenant entouraient l'école, balcons et cuisines avec des fermetures en aluminium et terrasses où du linge était étendu, le tout surgi en à peine plus d'une décennie, à peu près dans les quinze dernières années, car lorsqu'elle était arrivée dans la ville l'école était un bâtiment solitaire sur un terrain nu, un peu au-delà des dernières maisons qui aujourd'hui avaient disparu sans laisser de trace, des maisons blanches, campagnardes, voisines de la route du cimetière dont elle voyait alors les murs et les cyprès se découper sur le bleu des lointains et des oliveraies par les fenêtres de la première salle où elle avait fait la classe, en un autre septembre, lointain, qu'elle se rappelait très différent des septembres torrides d'aujourd'hui, septembre de petites pluies, de jaune intense dans les champs où demeuraient les chaumes du blé et de l'orge. Près de l'école avait fonctionné un archaïque moulin à huile – elle ne se souvenait pas quand il avait disparu – d'où venait, en hiver, une très forte odeur d'olives écrasées. À cette époque-là, en septembre, on voyait encore des mulets et des ânes chargés de paniers débordants de raisins noirs et blancs, même si n'étaient pas passées autant d'années que sa mémoire le lui suggérait et si les changements avaient été très rapides, comme du jour au lendemain pensait-elle maintenant alors qu'elle attendait l'arrivée de ce policier auquel elle croyait avoir déjà tout dit, solide et ennuyée face à la fenêtre par laquelle on ne pouvait plus voir les murs et les cyprès du cimetière, ni les maisons basses et blanches qu'elle avait remarquées, découragée d'avance, la première fois qu'elle était arrivée dans la ville par l'autocar de Madrid, à la fin de l'été où elle avait réussi son concours. À vingt-deux ans, cela lui semblait incroyable, tout commençait, sa vie d'institutrice, son mariage, sa grossesse, le début de presque toutes choses, et pas la moindre habitude, tout était nouveauté, incertitude et surprise, l'appartement où ils avaient emménagé sentait la peinture et le plâtre frais, chaque sortie en ville était une exploration, chacun des enfants qui s'était assis en face d'elle à son pupitre, le premier jour de cette première année scolaire, était une énigme qui l'émouvait et la déconcertait.

Elle s'était mariée deux semaines avant de partir pour la ville et elle était encore étonnée, quand elle se frottait les mains, de sentir une alliance à son annulaire, de dire « mon mari » quand elle parlait avec quelqu'un, de se voir soudain elle-même, sans y avoir beaucoup réfléchi, comme une femme définitive, déjà faite, avec toute la vie devant elle comme on disait, mais une vie réglée, avec quelques certitudes que son esprit n'avait pas encore appris à évaluer, en partie parce qu'elles lui faisaient peur, l'assurance d'un travail qui durerait jusqu'à sa retraite, le terme rituel mais surprenant aussi que le juge avait assigné à son mariage : jusqu'à ce que la mort vous sépare, elle était trop jeune pour avoir la notion d'une durée aussi disproportionnée. Elle mesurait encore le temps en étés et en années scolaires, en vacances et en périodes d'examens, et cette année-là, pendant qu'elle était soumise aux angoisses du concours, elle avait eu la sensation de passer comme toujours un mois de juin de chaleur et de nuits blanches à réviser ses cours et, tandis qu'elle travaillait, il ne lui arrivait pas de penser que ces examens n'étaient pas de la même nature que ceux qu'elle avait préparés depuis qu'elle avait l'âge de raison, que si elle réussissait elle en tirerait un bénéfice plus réel que celui des bonnes notes, un passeport en bonne et due forme pour entrer dans la vie adulte, dans la vie pratique des gens qui travaillent pour gagner leur vie, qui se marient et ont des enfants.

Elle éteignit soigneusement sa cigarette dans le cendrier qu'elle tenait de sa main gauche, sans pourtant quitter la baie vitrée, bien qu'elle eût cru entendre des pas qui pouvaient être ceux de l'inspecteur, de rudes pas masculins dans le corridor large et vide de l'école, déjà évacué par les enfants mais pourtant encore occupé d'une certaine façon par des vestiges d'agitation, de cris, de pas, de cavalcades dans les escaliers, par un reste d'odeurs enfantines et adolescentes répandues dans l'air, un air qui, quand elle le respirait, lui semblait usé ou fatigué, aussi usé que le mobilier ou les livres ou les installations sanitaires, aussi fatigué qu'eux tous, les instituteurs, si épuisés à la fin de la journée en comparaison de l'incontrôlable énergie physique des élèves. Tous les après-midi à cette heure-là, quand elle se disposait à quitter l'école en longeant les couloirs plongés dans la pénombre, en descendant les escaliers déserts, elle remarquait en elle-même une fatigue montante qui n'était pas exactement physique, pas non plus complètement mentale, un mélange d'épuisement ancien et de découragement intime qui durait d'habitude jusqu'à ce qu'elle rentre chez elle, dans ce lieu où maintenant, depuis quelques mois, elle ne vivait avec personne. Très sensible à la qualité matérielle des choses qui l'entouraient, il lui semblait que sa fatigue était plutôt une détérioration semblable à celle des objets qu'elle voyait à l'école et qu'elle touchait de ses mains, tous soumis à une lente usure comme celle de l'érosion marine, à une espèce de dégradation involontaire et acceptée dont elle semblait être la seule à se rendre compte. Elle s'était retournée vers la porte de la salle des professeurs, supposant que celui qui allait y apparaître serait l'inspecteur, mais les pas continuèrent, maintenant ils s'éloignaient, et la légère déception qu'elle ressentit, l'irritation encore naissante de continuer à attendre, lui fit regarder avec plus d'acuité le lieu où elle avait passé tant d'heures mortes de sa vie, où elle avait assisté à tant de réunions, d'assemblées, de conspirations, de murmures, de tragédies banales et secrètes, où elle était arrivée quinze ans plus tôt avec un mélange d'attente, de peur et de joie, quand elle était une très jeune femme et qu'elle portait dans son ventre, sans le savoir encore, un embryon de vie humaine. Elle perçut la banalité écrasante que même elle n'avait pas toujours été capable de remarquer avec autant de précision, les affreuses images de clowns ou de bouquets de fleurs, peintes bien des années auparavant par les élèves de ce qu'on appelait aujourd'hui « expression plastique » et jamais décrochés, la photographie sous verre et décolorée du couple royal qui était déjà là quand elle était arrivée, les calendriers publicitaires d'une papeterie, les rayonnages garnis de vieux livres de textes et de liasses de compositions ou de dossiers, la machine à écrire qui n'avait pas encore été reléguée par l'apparition récente d'un ordinateur tout comme la photocopieuse n'avait pas réussi à supplanter totalement le papier carbone. Des cendriers de plastique jaune avec les marques Ricard ou Cinzano, d'anciennes affiches de semaine sainte : chaque chose comme une offense personnelle, une preuve de traîtrise de l'écoulement du temps, comme les douleurs de dos, les lignes des rides aux coins des yeux, la graisse sous la peau des hanches et des cuisses, une dégradation et au fond une défaillance de la volonté, une reddition à la fatalité de l'ennui et du vieillissement.

Dans la glace de son poudrier elle examina l'éclat de ses yeux et l'état du trait qui soulignait ses paupières, et tandis qu'elle passait un bâton de rouge sur ses lèvres, elle découvrit dans ses yeux une expression de défi envers elle-même : qu'es-tu en train de faire ici se dit-elle, et au début cette question avait le même sens général que d'autres fois, que faisait-elle dans cette ville où rien ni personne ne la retenait plus, mais brusquement, quand à nouveau des pas s'approchèrent de la salle des professeurs, la question acquit une précision inattendue, urgente, contre laquelle elle n'arriva pas elle-même à se défendre, que faisait-elle à cette heure et en ce lieu, attendant quelqu'un qui était très en retard et à qui elle n'avait pas pensé une seule fois comme à une personne réelle, mais comme à une figure abstraite ou à l'incarnation d'une besogne, la police, l'inspecteur qui enquêtait sur l'assassinat de Fátima : elle n'avait parlé qu'une seule fois avec lui ou plutôt elle avait répondu à ses questions et elle l'avait regardé l'écouter, elle avait noté sa qualité indubitable d'étranger à la région qui dans cette ville si fermée était immédiatement évidente et à laquelle elle s'identifiait de manière automatique, elle avait remarqué sa manière de s'habiller, elle aussi étrangère à la ville parce qu'il portait des vêtements et des chaussures caractéristiques d'autres régions où l'on était plus accoutumé à se protéger de l'hiver, à l'assiduité de la pluie, son solide anorak de toile imperméable fourré, comme pour une fréquentation habituelle des intempéries, du vent marin, des chaussures solides et austères de promenade à travers bois. Et maintenant la voilà qui vérifiait dans sa glace le trait de ses yeux et qui repassait du rouge sur ses lèvres parce qu'elle attendait cet inconnu, peut-être pas parce qu'il lui semblait attirant mais parce qu'il était d'ailleurs et donnait l'impression de ne pas s'installer facilement dans cette ville, et que cela faisait qu'elle l'imaginait vaguement semblable à elle.

Elle avait entendu lors d'une conversation de salle des professeurs que l'inspecteur venait pratiquement d'arriver, et quelqu'un avait baissé la voix et dit qu'il savait, de source sûre, qu'il avait été muté d'urgence depuis le pays Basque, et que son affectation dans cette ville si petite était peut-être pour lui une sanction. Mais elle se refusait à partager ces conversations, en partie parce qu'en elle l'horreur et la souffrance dues à l'assassinat de la fillette étaient trop intimes pour accepter l'avilissement malsain des rumeurs et des commérages, en partie aussi parce qu'elle se sentait un besoin très fort de se débarrasser de toutes les attaches quotidiennes avec l'école et la ville, une urgence à préparer son départ, à demander sa mutation et s'accorder à elle-même le privilège de s'évader avant de partir, cet état d'esprit qui en d'autres temps s'emparait joyeusement d'elle à la veille des voyages, dans les débuts de cette vie qu'elle avait entamée à vingt-deux ans, avec son diplôme d'institutrice et son alliance de jeune mariée, avec son fils encore embryonnaire et secret qui grandissait comme un organisme primitif dans son ventre.

Elle s'était donné à elle-même un délai sans appel, une trêve qu'elle ne renouvellerait plus comme tant d'autres fois, si souvent, en commençant les classes, pendant ces journées encore très chaudes de la mi-septembre, quand elle arrivait à l'école et qu'elle y trouvait cette même odeur particulière qu'elle y avait laissée à la fin de juin et qui l'attendait, odeur de craie et de sueur d'enfants, et avec elle les mêmes couloirs, les mêmes classes un peu plus vieillies et négligées, les mêmes cours où elle allait encore passer tant de matinées à surveiller la récréation des petits et des élèves les plus âgés, déjà plus grands qu'elle, ceux des dernières classes, méconnaissables même si elle leur avait appris à lire et essuyé le nez des années plus tôt, qui maintenant s'exerçaient à la brutalité, descendaient les escaliers comme des chevaux lâchés, écartaient à grands coups les petits qui eux aussi, quelques années plus tard, se transformeraient de la même façon qu'eux, des adolescents à moustache et sourcils froncés, acné sur le visage, pantalons bouffants, T-shirts larges et avachis, chaussures de sport noires, semblables aux adolescents des séries américaines, se balançant en marchant comme eux, certains, les plus hardis, avec des casquettes de base-ball portées à l'envers, mâchant du chewing-gum en classe, avec les jambes écartées et le corps affalé sur leurs pupitres comme ils l'avaient vu faire à la télévision.

Elle se l'était promis, elle l'exigerait d'elle-même, cette année scolaire serait sa dernière dans la ville, elle tâcherait d'activer d'anciennes influences pour obtenir sa mutation à Madrid, mais le premier jour de l'année dans la salle des professeurs, tandis qu'elle échangeait les mêmes mots avec les mêmes collègues que les années précédentes, un peu plus vieux, encore bronzés, elle pensa qu'elle ne supporterait pas neuf mois de vie supplémentaires dans cette école et dans cette ville où elle avait la sensation d'avoir vécu en vain tant d'années, sans rien recevoir en échange de ce temps si long, presque la moitié de sa vie, sa vie adulte tout entière, parce qu'elle avait très vite terminé ses études et que l'année qui avait suivi sa maîtrise elle avait réussi le concours. Au lieu de demander un poste près de Madrid, elle avait adopté avec plus de docilité que d'enthousiasme le projet de son fiancé qui désirait s'installer avec elle dans la ville où il était né, où il y avait tant de choses à faire, assurait-il radieux et entreprenant, débordant de projets et de principes, d'idées sans appel sur le juste et l'injuste, sur le couple et la famille et la paternité et les affaires ; sur chacun des aspects de la vie humaine, de l'histoire, de la politique, de la morale, il avait une opinion ferme et précise, et aussi, bien entendu, sur son métier à elle, qui était devenue institutrice un peu par hasard et avait un esprit trop pratique pour se nourrir du genre d'abstractions et de prosélytismes pédagogiques qui lui plaisaient tant et qu'il désirait appliquer aussi fougueusement à l'école qu'à l'éducation des enfants, quand ils en auraient, quand ils y verraient clair tous les deux, car il n'était pas partisan de laisser quoi que ce soit au hasard ou à l'improvisation, au spontanéisme comme il disait, et ce caractère consciencieux, méticuleux, faisait que par comparaison elle se sentait frivole, et lui provoquait un sentiment qui ressemblait à de la culpabilité, au soupçon de ne pas être à la hauteur de ses convictions si solides, tout comme elle ne se considérait pas à la hauteur de son intelligence.

Elle aurait voulu se marier sinon en robe longue du moins en blanc, avec une jupe courte, de hauts talons et des bas de soie, et au fond d'elle-même cela ne l'aurait pas gênée de se marier à l'église, mais bien sûr elle ne lui avait rien dit de tout cela, lui qui avait aussi des idées claires et nettes sur la cérémonie du mariage, et quand sa mère et son père émirent le commencement d'une plainte, elle se révolta contre eux et prit avec une conviction agressive le parti de celui qui allait être son mari, comme si à le défendre si jalousement elle défendait sa propre indépendance et dissipait ainsi ses incertitudes les plus inavouées. De sorte qu'ils se marièrent au tribunal, devant un juge qui ostensiblement ne croyait pas en la valeur de cette cérémonie impie et qui leur servit une fougueuse imitation de sermon ecclésiastique, et puis, ahuris et découragés par la rapidité de cette formalité, ils furent pratiquement mis dehors par un huissier, parce qu'il y avait beaucoup de couples et de groupes d'invités qui attendaient, de grosses femmes avec des capelines qui riaient aux éclats en jetant des poignées de riz, tout cela dans une agitation de dispensaire de la Sécurité sociale, avec une hâte et un dégoût de ces formalités qui lui mirent au cœur une angoisse insurmontable, un désir violent de s'enfermer pour pleurer à l'endroit même, dans les toilettes du tribunal, où des propositions d'hommes et de femmes étaient écrites au stylo à bille sur des papillons et collées au scotch sur les portes.

Maintenant, à trente-sept ans, elle découvrait en elle-même des choses qui avaient beaucoup affecté sa vie sans qu'elle les ait comprises ou acceptées, et souvent pas même ressenties, par exemple la manière dont des détails mineurs l'influençaient, la laideur ou la beauté des lieux ou des objets qui l'entouraient, la peine horrible que lui avaient faite ces annonces écrites au stylo à bille et collées n'importe comment sur les portes des toilettes, ce qu'il y avait d'acceptation inconditionnelle et inattentive des pires horreurs et des pires désordres dans l'abandon de certains détails, dans la négligence des choses quotidiennes : l'hiver, à l'une des tables à brasero de la salle des professeurs, pendant la récréation, certaines institutrices prenaient un verre de Cacolac avec des biscuits qu'elles apportaient de chez elles enveloppés dans du papier d'aluminium, elles s'installaient sous les pans de couverture du pourtour de la table pour profiter de la chaleur du brasero électrique en trempant les biscuits dans leurs verres, et cela provoquait en elle une désolation, bien sûr ridicule mais très intense, comme celle qu'elle avait ressentie après son mariage en faisant l'expérience de certains détails de la vie conjugale, en découvrant par exemple que son mari ne tirait pas la chasse après avoir uriné, une désolation qu'elle ne pouvait que difficilement confier à quelqu'un et qui la faisait se sentir un peu coupable, se soupçonner elle-même de frivolité par rapport à la droiture austère de son mari.

Il l'avait emmenée dans sa ville où il pensait exercer le métier de potier dans l'atelier qu'il avait hérité de son père : peu de temps après, il l'y avait laissée seule avec un garçon qui était né au bout de sa première année d'enseignement et qui n'avait pas encore trois ans quand lui partit, toujours rigide et torturé, expliquant tout avec cette redoutable ambition de sincérité qui le dispensait de toute délicatesse. Soudain la vie nouvelle était une autre vie, un égarement de solitude et de travail, d'humiliation d'avoir été abandonnée et d'effroi de ses retours possibles, l'angoisse des nuits passées seule avec son fils malade, du moment où le matin elle attendait la jeune fille qui devait le garder, de quitter à toute vitesse une réunion à l'école pour le récupérer à la garderie, de l'emmener aux urgences à quatre heures du matin parce qu'il lui semblait qu'il étouffait dans son berceau et que la fièvre ne tombait pas.

Et maintenant, si elle avait la nostalgie de quelque chose, ce n'était pas de sa jeunesse ni de ses illusions d'alors, de ce qui s'était cassé pour toujours quand avait pris fin sa vie conjugale – une innocence en grande partie inacceptable pour quelqu'un d'adulte, une propension à la crédulité et à la confiance qu'elle ne retrouverait jamais plus –, c'était de la pure sensation de nouveauté, de la vie ouverte et à peine commencée, aussi bien dans la tendresse que dans la douleur, dans la joie que dans la peur : quand elle était arrivée dans la ville le monde n'était pas usé, comme maintenant, n'était pas prévisible, ne pouvait pas être vécu de façon supportable sur fond de désenchantement et d'astuce. Les choses surgissaient et changeaient d'un jour à l'autre, l'arrivée du premier hiver dans cette ville et dans les pièces du premier appartement qu'ils avaient loué avait été le début excitant d'une saison nouvelle, d'une vie qui sentait les choses faites de neuf, les pièces fraîchement peintes, le bois nouveau des meubles, l'odeur qu'elle commençait à remarquer quand elle rentrait de l'école et qu'elle identifia tout de suite comme une particularité et aussi comme un symbole de la vie nouvelle.

Rien ne pesait sur eux, rien n'était tout à fait sûr ni définitif, ils avaient construit un rayonnage avec des planches posées sur des briques, utilisaient comme tables de nuit deux vieilles chaises qu'elle avait rapportées de l'école, ils apprenaient à cuisiner dans le livre de Simone Ortega, même si lui n'avait jamais la patience ni le goût pour les nourritures élaborées qui lui plaisaient, et les pièces de l'appartement tout comme les heures de la journée avaient pour eux des usages en grande partie interchangeables, ils pouvaient rester à parler et fumer jusqu'à l'aube avec certains amis (surtout Ferreras et sa fiancée d'alors, cette sainte-nitouche aux cheveux sales et aux seins plats, penserait-elle plus tard avec une rancune tardive et tout à fait inutile), ou se lever à trois heures de l'après-midi le dimanche, ou faire l'amour dans la cuisine dans un transport d'urgence, ou passer l'après-midi entier à lire au lit à la lumière nuageuse de l'hiver en se protégeant du froid, bien couverts.

Avec son premier traitement elle avait payé la première mensualité d'une grande chaîne haute fidélité, presque le seul meuble solide et de valeur de la maison, luisant de boutons chromés et d'aiguilles indicatrices qui oscillaient comme celles des sismographes, à cette époque d'avant les techniques digitales. Ils avaient quelques rares disques, un *Carmina Burana* que lui aimait beaucoup, qui l'enthousiasmait au point qu'il faisait comme s'il chantait dans les chœurs ou mimait la direction de l'orchestre, un disque double des Beatles, un peu de musique sud-américaine qui n'était pas encore tombée en discrédit. Mais il y avait un disque qu'elle aimait plus que tous les autres et qu'elle connaît encore par cœur même si elle ne l'écoute plus depuis longtemps, une sélection de chansons de Joan Manuel Serrat qu'elle tâchait d'écouter quand lui n'était pas là, non qu'il l'ait critiqué ouvertement mais parce qu'il en souriait avec une certaine condescendance, un sourire qui était une de ces expressions qui résument un caractère et vous alertent à son endroit, sourire de dédain et de résignation, d'infatigable vocation pédagogique. Dans ce disque, elle aimait surtout une chanson, *Temps de pluie* : il lui semblait qu'elle parlait juste de cet automne de sa vie, celui de ses vingt-deux ans et du commencement de tout, un automne lent de cieux clairs le matin et de crépuscules nuageux et ventés, quand ce qui était le plus doux était d'entrer dans le lit à la nuit et de ressentir la caresse déjà chaude et agréable des draps sur la peau, débarrassée maintenant de la sueur de l'été, plus sensitive, renaissante, avec une sensibilité excessive qu'elle n'attribuait pas encore à sa grossesse, au brin de vie qui grandissait dans son ventre. Après-midi de pluie où le soleil revenait quand on attendait déjà le crépuscule après l'assombrissement trompeur des nuages : elle regardait depuis la fenêtre, encore sans rideaux, la pluie qui reluisait dans le soleil oblique du soir, et en se retournant vers l'intérieur de la pièce presque vide, elle voyait exactement l'endroit que décrivait la chanson :

C'est le temps de la pluie,
vivre de baiser en baiser
entre des murs blanchis
et laisser courir les jours...

La chanson était faite pour elle, pour ce mois de septembre et précisément pour cet après-midi où elle ignorait encore qu'elle aurait un fils à la fin du printemps suivant, que ce serait ainsi la saison inaugurale de sa maternité, comme cet automne devenait celui de son entrée dans le travail et la vie conjugale. *C'est le temps de la pluie,* écoutait-elle ensuite, elle le chantait elle aussi, à voix basse, *temps de s'aimer à mi-voix.*

Elle n'avait pas non plus, après sa séparation, de grande nostalgie du sexe : elle conservait dans son cœur comme des gisements de vague tendresse qu'elle préférait ne pas se rappeler en détail, et bien sûr elle ne regrettait pas celui qui avait été son mari, il lui était même désagréable de penser qu'elle pourrait coucher à nouveau avec lui, ou de se rappeler, même fugitivement, quelque épisode sexuel datant de dix ou quinze ans. Progressivement, à mesure qu'elle surmontait l'horreur et l'humiliation d'avoir été abandonnée, elle comprit qu'en réalité il n'avait jamais été un amant mémorable, pas même les premiers temps, pendant ce premier automne de sa vie nouvelle, dans cette ville, nouvelle aussi. D'une chose pourtant elle avait la nostalgie : cette sensation chaude, incroyable, secrète au début, d'être enceinte, c'était la nouveauté la plus grande, celle qui résumait et exaltait les autres, qui les enveloppait dans une douceur récente elle aussi, qu'elle n'avait jamais ressentie jusque-là, et bien entendu absolument personnelle, parce qu'elle avait même la sensation de ne pas la partager du tout avec son mari. C'était une douceur dont le propre était de ne pas pouvoir être partagée, sauf avec celui qui allait naître dans sept mois, un bonheur que rien n'amortissait et qui même ne diminuait pas, ne se dégradait pas avec le temps, pas même quand il devenait un événement familial.

« Mais soudain il ne voulait pas que nous gardions l'enfant », devait-elle dire un soir à l'inspecteur, à peu près deux mois après qu'ils s'étaient rencontrés dans la salle des professeurs de l'école, quand elle avait déjà pris l'habitude de lui parler sans qu'il lui pose de questions, sans qu'il lui raconte grand-chose, il lui offrait seulement une attention silencieuse et concentrée. « Il disait que c'était trop tôt, que cela mettait tous nos projets par terre, qu'aucun de nous deux n'était émotionnellement assez mûr pour assumer la paternité. » Ses mots d'alors. Les mots, ils semblent être exacts et véridiques, et ensuite les voilà qui arrivent et repartent comme les chansons de l'été.

Elle n'avait même pas la nostalgie de son fils, qui ne vivait plus avec elle depuis la fin de l'année scolaire précédente, celle que Fátima avait terminée avec les meilleures notes de sa classe, sérieuse et souriante au moment de les recevoir, heureuse et penaude de sa propre excellence dans des scrupules de timidité ou de réserve. Son fils avait quatorze ans, mesurait un mètre quatre-vingt-dix, se rasait tous les jours et laissait son rasoir sale et la bombe de mousse à raser ouverte sur le lavabo. Il ne nettoyait pas la cuvette après avoir uriné et oubliait d'habitude de tirer la chasse. Qu'il ne vive plus avec elle était un soulagement inavouable qui comportait aussi, comme d'habitude, sa part de culpabilité. Elle ne regrettait pas l'adolescent qui était parti vivre temporairement chez son père, la laissant seule pour la seconde fois dans cette ville qui n'était pas la sienne. Mais elle avait une très forte nostalgie de l'enfant qu'il avait été, depuis qu'elle l'avait senti palpiter et bouger dans son ventre, jusqu'à ses neuf ou dix ans, et elle se rendait compte maintenant que dans sa nostalgie il y avait une part de deuil parce que l'âge qu'elle regrettait chez son fils était celui-là même dans lequel la mort avait arrêté pour toujours Fátima. Il n'y avait pas de différence. Le lien du sang ne comptait en rien. La fillette morte, elle regardait ses travaux d'école et son pupitre vide, saisie d'un deuil et d'un abandon profonds, comme si à elle aussi on avait arraché la vie d'une fille.

Elle était si préoccupée que, lorsque la sonnerie du téléphone retentit, elle eut un sursaut d'angoisse et de précipitation, comme après la sonnerie d'un réveil. Maladroitement, comme quelqu'un qui a été réveillé en sursaut, elle décrocha et demanda qui parlait et au début elle ne reconnut pas la voix de l'inspecteur. Il était arrivé quelque chose, disait-il, il lui serait impossible de la rencontrer à l'école, peut-être si cela ne la dérangeait pas pourrait-elle passer à son bureau, à n'importe quel moment de la soirée, il l'attendrait.

9

Il terminait son café, serré, trop fort, qui lui laissait un arrière-goût amer au palais, il tournait la cuiller dans le fond de sa tasse et la ressortait enduite de sucre liquide, noir, comme du caramel fondu, et il le savourait avec une certaine délectation enfantine, à cette table où dès le premier jour il s'était assis et que le garçon lui réservait de façon tacite, une table petite, voisine de la baie vitrée qui donnait sur les arcades de la place et à laquelle il s'installait de façon à pouvoir regarder commodément à l'extérieur et surveiller en même temps l'entrée de la salle à manger. On lui avait appris qu'il ne fallait pas tourner le dos aux portes et que dans un lieu public il est préférable de voir le plus tôt possible les nouveaux venus. On pouvait se trouver dans un bar ou un restaurant comme le Monterrey, déjeunant seul au menu, regardant le journal télévisé de sa table habituelle, et soudain quelqu'un d'apparence normale poussait la porte de verre, habillé de jeans, de chaussures de tennis, avec une veste ou un blouson de Tergal, il portait la main à son côté, levait le bras et en une seconde vous appuyait le canon de son pistolet sur la nuque et faisait feu, et la nappe de tissu à carreaux bon marché ou de gros papier blanc était tachée de sang et de matière cérébrale. Quelques secondes plus tard le nouveau venu était déjà reparti, avec détermination, avec calme, brandissant toujours le pistolet, comme un avertissement, et on continuait d'entendre immuablement le son de la télévision, et personne ne s'approchait encore de la table où la tête fracassée d'un homme reposait sur une assiette à moitié pleine.

Ce à quoi l'inspecteur avait le plus de mal à s'habituer, c'était l'absence de la peur. Il avait vécu et respiré la peur pendant trop de temps, il se l'était administrée à lui-même comme un vaccin, comme une dose de poison nécessaire pour arriver à une certaine immunité et maintenant, alors qu'il n'en avait plus besoin il continuait à vivre avec la peur, toujours, une habitude trop ancienne pour s'en débarrasser en quelques jours ou quelques semaines, les quelques mois passés loin de Bilbao. Il répétait des précautions aujourd'hui inutiles, regarder dans la rue à peine levé, depuis la fenêtre de sa chambre, recherchant une présence inhabituelle, une voiture ou une personne étrangère au voisinage, mémoriser des immatriculations, changer d'itinéraire entre le commissariat et son domicile, se retourner tous les dix pas pour s'assurer qu'il n'était pas suivi, regarder sous sa voiture avant d'y monter. Et bien que maintenant il ne s'en servît que très peu, chaque fois qu'il s'apprêtait à tourner la clef de contact, il le faisait avec un mouvement d'attente, une fraction de panique instantanée. Ce geste minime en avait tué d'autres, et il se demandait toujours s'ils avaient pu s'en rendre compte, s'ils avaient eu le temps de comprendre qu'ils étaient en train de mourir, qu'en quelques dixièmes de seconde ils seraient déchiquetés et réduits en morceaux au milieu de la ferraille, lambeaux de tissus humains et de vêtements, de plastique brûlé, fumée dense et suffocante, fenêtres aux vitres brisées où au début personne ne se montrait, on préférait ne pas regarder, ne pas savoir.

Peut-être que non, pensait-il, il se pouvait qu'ils ne se soient rendu compte de rien, qu'ils aient été distraits par quelque chose et anéantis sans plus par la mort, un geste bref et une fraction de seconde étaient la seule distance entre vivre et être mort, entre monter dans sa voiture en pensant il fait froid ou je vais arriver en retard ou le match de football d'hier soir était un désastre et soudain n'être déjà plus rien, rien de vivant ni même d'identifiable à un homme, morceaux de chair, guenilles de vêtements ou de viscères, sang et matière cérébrale sur les garnitures et le tableau de bord d'une voiture démantibulée par une explosion, dans une rue où après le bruit des vitres cassées tout était redevenu silencieux, un silence comme d'avant l'aube, et un visage blanc et méfiant qui se montrait à peine à l'une des fenêtres du haut.

Chacune des quelques lettres qui lui arrivaient, il l'ouvrait en se souvenant de ceux qui avaient perdu les mains ou les yeux en déchirant une enveloppe, en enlevant l'emballage d'un paquet qui n'avait rien de suspect. La mort instantanée était préférable à l'horreur d'être aveugle, amputé des mains, aux fauteuils roulants et aux sinistres appareils orthopédiques : mais il ne voulait pas non plus de cette espèce de mort-là, s'ils étaient à ses trousses et qu'il ne pouvait pas y échapper, il préférait qu'on le tue vite, mais pas au point de ne pas pouvoir s'en rendre compte, pas sans que d'une certaine façon il comprenne qu'il allait mourir et l'accepte. Fátima avait subi plusieurs heures d'un lent supplice pour comprendre ce qui allait lui arriver, mais peut-être la terreur l'avait-elle hypnotisée au point d'aveugler sa conscience : elle n'avait pas souffert à la fin, avait dit Ferreras, l'asphyxie avait agi sur elle comme un anesthésique.

Il l'attendait, il avait rendez-vous avec lui à son bureau mais il avait la paresse de se lever et de sortir dans la pluie et dans le vent, et il s'accorda quelques minutes de trêve : quatre heures n'avaient pas encore sonné à l'horloge de la tour. Terminant les dernières gouttes de son café froid, il se rappela sans nostalgie mais pas sans remords les fins de repas d'une autre époque, les cigarettes et les verres de whisky, le simulacre d'ardeur, de lucidité et de courage que lui procurait l'alcool. Il pensa à la boisson comme à cet autre lieu aujourd'hui lointain qu'il avait abandonné, bien qu'il se demandât toujours si en partant c'est lui qui l'avait fui ou si on l'en avait simplement expulsé.

À quatre heures juste il vit par la fenêtre que Ferreras arrivait sur la place en moto et qu'il la garait sur le trottoir devant le commissariat, couvert de son casque et de sa longue veste de cuir comme d'une armure, portant énergiquement son grand cartable râpé, plein de soufflets et de boucles. Il enleva son casque en s'approchant de l'agent de garde, et l'inspecteur vit celui-ci faire des gestes, devina sa réponse négative une seconde avant qu'il l'ait formulée, le vit désigner l'autre côté de la place en direction des arcades du Monterrey. L'inspecteur aimait regarder les gens à cette distance, depuis un endroit surélevé et protégé, comme lorsqu'il avait dû surveiller quelqu'un pendant longtemps et qu'il avait fini par acquérir une familiarité très intime avec la démarche et les habitudes de cet inconnu que plus tard, s'il le voyait de près, il n'identifierait pas du tout avec l'objet de sa surveillance. De loin, l'identité se diluait, il n'était pas difficile de voir les personnes comme les silhouettes d'une maquette à l'échelle, se déplaçant dans des rues réduites aux proportions d'un petit théâtre, entrant dans des maisons dont en réalité les façades étaient en carton et dont les fenêtres se découpaient, éclairées du fond de la scène par une lanterne ou une bougie.

C'est ainsi qu'il voyait alors la place dans la tranquillité endormie de l'après-déjeuner, la statue centrale comme la silhouette d'un soldat de plomb, les acacias avec leur profil trop arrondi, la tour de l'horloge et les toits couleur de vieux carton maintenant imbibé de pluie, silhouettés sur un ciel sombre où les nuages passaient à vitesse accélérée, comme dans un mauvais diorama. Ferreras laissa sa moto devant le commissariat et l'inspecteur le vit traverser en direction des arcades du Monterrey, il pouvait calculer, comme dans une partie d'échecs, chacun de ses pas l'un après l'autre, le moment exact où il le verrait apparaître à la porte de la salle à manger, le casque de moto dans une main et le cartable dans l'autre, respirant fort à cause de l'excitation ou de la hâte avec laquelle il avait traversé la place et monté l'escalier du restaurant.

Ferreras mit un moment à le voir, bien qu'à cette heure il ne restât presque personne dans la salle : celui qui attend sur ses gardes a toujours un avantage sur celui qui ne fait qu'arriver, les dixièmes de seconde que celui-ci met à ajuster son regard à la situation des objets et des personnes. Ferreras ressemblait à tout sauf à un médecin légiste, et pas seulement à cause de la veste, des bottes et du casque : il ressemblait plutôt à un photographe d'actualités, à un envoyé spécial dans quelque contrée, quelque région dangereuse ou difficile d'accès. Il avait le visage très brun, comme s'il venait de rentrer d'une guerre tropicale, rapportant avec lui quelque chose de très précieux, un message ou un trophée, le contenu de son cartable, d'un cuir aussi malmené que celui de sa veste, avec des boucles et des soufflets, comme le bagage d'un explorateur. Sa présence suggérait des intempéries boueuses, des témérités, des dangers. Mais quand il enlevait sa veste ou quand il était à la morgue, vêtu de sa blouse blanche, il ressemblait soudain à un médecin, un médecin très sérieux et absorbé, qui donnait de soigneuses explications techniques et se préoccupait ensuite de les rendre compréhensibles pour son interlocuteur, parfois avec une dose excessive de pédagogie et d'indulgence. C'est lui qui avait pris les photographies du cadavre de Fátima. Il défit laborieusement les nombreuses boucles de son cartable et posa sur la table, dont on n'avait pas retiré la nappe, une grande enveloppe blanche. De plus près on voyait que la peau hâlée de son visage avait une nuance terreuse, et que ses yeux étaient rougis et dilatés. Il appela le garçon et lui commanda un verre de cognac.

– Vous n'en voulez pas ?

L'inspecteur avança la tête, désignant sa tasse de café. Ferreras remarqua les trois bouteilles de Coca-Cola vides qui étaient sur la table.

– Vous ne buvez que du café et du Coca-Cola ? C'est pour cela que vous avez cette tête à ne jamais dormir.

– Vous non plus ne semblez pas avoir beaucoup dormi.

– Mais c'est que moi je suis toujours sous pression, toujours speedé comme si j'avais pris quelque chose.

Dans le parler de Ferreras comme dans son habillement il y avait comme un excès ironique, une dose acceptée de parodie de lui-même, de cet air de jeunesse ou d'efficacité que ses paroles et ses vêtements ou sa moto attestaient.

– J'ai fini d'écrire cela à huit heures du matin, je ne trouvais même plus les touches de l'ordinateur.

Le garçon apporta le verre de cognac et Ferreras en but la moitié d'un trait. Dans l'air demeurait une rude odeur d'alcool. L'inspecteur commanda un Coca-Cola. Ferreras se passa une main sur le visage puis, dans une grimace involontaire d'épuisement, il enfonça les doigts dans ses cheveux qui étaient gris et très abondants.

– Je voulais remettre aujourd'hui même le rapport d'autopsie au juge, dit-il, j'en ai apporté une copie pour vous.

Il allait boire une autre gorgée de cognac mais il attendit que le garçon apporte le Coca-Cola et quand l'inspecteur l'eut versé dans le verre sur les glaçons, il fit mine de trinquer de façon burlesque. Les gens réservés le rendaient nerveux, lui donnaient la sensation désagréable d'être à son désavantage. Il lui en coûtait beaucoup de rester silencieux et il pensait avec résignation que sa loquacité le mettait toujours en position d'infériorité. Maintenant, par exemple, l'inspecteur le regardait en silence, buvant son Coca-Cola à petites gorgées, et même s'il était indubitable qu'il était pressé d'avoir des nouvelles de l'autopsie, il ne montrait pas d'impatience : c'était lui, Ferreras, lui qui savait déjà tout, qui était nerveux, qui ne tenait plus en place. Ensuite, à mesure qu'il le fréquentait davantage, il se mit à penser que l'attention de l'inspecteur n'était pas moins intense que la sienne, mais qu'elle procédait d'une conscience beaucoup plus retirée en soi, comme d'un lieu où l'inspecteur aurait toujours été seul, d'une maison où il n'aurait jamais reçu la visite de personne.

– Il ne l'a pas violée, dit soudain Ferreras en terminant son cognac. À aucun moment il n'a éjaculé, ce salaud. Pas trace de sperme ni dedans ni dehors d'elle. Il lui a déchiré le vagin, ça oui, sûrement avec ses doigts. Il y avait un poil pubien dans sa gorge.

– Et le sang ?

– Presque tout provient de lui, à part l'hémorragie vaginale, qui n'a pas taché ses vêtements puisqu'elle était déjà nue.

– C'est le même sang que celui de l'ascenseur ?

– Le même. Groupe O. Il a dû se couper profondément avec quelque chose.

– La fillette aurait-elle pu le mordre ?

– Je ne crois pas. Il n'y avait pas de traces de résistance, ni de restes de peau de l'individu sous ses ongles, ni de cheveux arrachés. Si elle l'avait mordu nous aurions trouvé quelques restes dans les dents de Fátima, et bien entendu un peu de sang.

Mais du sang il y en avait dans l'ascenseur, une trace rouge à côté du tableau de commande, et aussi sur la rampe de l'escalier, et sur le mur, une trace de main presque complète comme ces traces de main bleues qu'on voit sur les façades de certaines maisons, dans les villages du Maroc, dit Ferreras que ses superbes allures d'explorateur n'avaient jamais poussé plus loin que le nord de l'Afrique, à l'époque des voyages à la recherche de haschisch. Donc son assassin ne l'avait pas assaillie dans la rue, mais probablement dans l'ascenseur, quand Fátima revenait de la papeterie. Il avait dû la voir pendant qu'il rôdait près de l'entrée et passer en même temps qu'elle, et quand l'ascenseur commença de monter, tandis que la fillette demeurait en silence dans cet espace si étroit avec sa boîte de Crayolors et son bristol sous le bras, il avait fait un geste qu'elle n'avait pas compris, qui ne l'avait pas encore inquiétée, il avait tendu la main et pressé le bouton d'arrêt, et il saignait déjà. Avec quoi a-t-il bien pu se couper dit l'inspecteur, comment, et il revit la trace de cette même main d'homme sur l'épaule du survêtement de Fátima, les traces exactes des cinq doigts, comme dans la marque d'empreintes digitales, la main sanglante qui avait agrippé la clavicule et l'épaule délicate de la fillette, serrant les os si fragiles, déchirant plus tard, écartelant.

– Il a dû essayer de la pénétrer sans en être capable, dit Ferreras du ton le plus neutre qu'il pouvait prendre, mais il n'arrivait pas à contrôler ses nerfs, il passait sa main dans ses cheveux gris et frisés et observait de côté la manière méthodique dont l'inspecteur buvait son quatrième Coca-Cola. Cela leur arrive parfois. Alors il a dû l'obliger à lui faire une fellation. Il a dû utiliser un couteau. La fillette a une incision très nette au cou. Mais il se contrôlait : il a enfoncé la pointe de moins d'un millimètre.

Aucun d'eux n'avait vraiment envie de penser à ce qu'il était en train de dire. Ils mettaient des détails en évidence mais se refusaient à imaginer les circonstances qu'ils révélaient, l'épouvante mise en chiffres dans chacun d'eux. La main sanglante, les deux doigts qui avaient laissé leurs traces indélébiles sur la partie postérieure du cou, la déchirure dans le sexe enfantin, le poil pubien, noir et frisé, collé à l'intérieur de sa gorge. L'inspecteur ne voulait pas s'attarder à savoir ce qu'avaient scruté les yeux clairs et attentifs de Ferreras sur la table d'autopsie, ce qu'avaient touché ses mains grandes et brunes, mains de reporter ou d'explorateur et non pas de médecin. Il pensa probablement à une étrange confrérie dont Ferreras et lui étaient membres, mais à laquelle personne n'aimait appartenir : ils partageaient un secret et un souvenir avec l'homme qui avait assassiné Fátima. Comme les yeux de Ferreras maintenant rougis et dilatés par le manque de sommeil, par l'horreur de ce dont ils avaient été témoins, les yeux de cet homme devaient avoir une expression insondable, ils devaient emporter, infinitésimal, derrière leurs pupilles, comme en un éclair, ce même visage que l'inspecteur ne pouvait pas oublier et qui était immobilisé sur les photographies, le visage que même les parents de Fátima n'avaient pas pu regarder.

– Et il se promène par ici, dit l'inspecteur en montrant les gens qui passaient sur la place, silhouettes en manteau, cachées par des parapluies, penchées sous la pluie, employés qui retournaient au bureau ou dans les boutiques après avoir mangé et fait un rien de sieste sur un divan, une femme avec une voiture d'enfant garnie de plastique, un vieillard avec un chapeau et une écharpe qui jetait des grains de blé ou des miettes de pain sur le dallage du centre de la place, attirant dans un bruit de battements d'ailes les pigeons qui abandonnaient les sommets des acacias et les épaules marquées de rouille de la statue du général. Il se promène par ici ce grand salaud, au milieu de nous, bien tranquille, parfaitement sûr que nous n'avons aucun moyen de l'attraper.

– Nous avons ses empreintes, dit Ferreras nerveux, soutenu par sa colère, penché en avant, écartant les bouteilles de Coca-Cola pour faire place aux feuillets dactylographiés de son rapport. Nous avons son sang, sa salive, son poil et sa peau, le dessin de la semelle de ses chaussures, et j'attends qu'on m'envoie de Madrid les données de son ADN. On ne peut plus maintenant faire tout cela sans laisser aucune trace, vous le savez inspecteur, rien qu'avec ce poil qui était dans la gorge de Fátima nous pouvons l'identifier. C'est fantastique, vous vous rendez compte ? Dans un poil, dans un éclat d'ongle, dans une goutte de salive se trouve notre vie entière, plus d'informations que ce que contient la plus grande bibliothèque du monde, tout ce qu'est chacun de nous, ce qu'il sait et ce qu'il ne sait pas de lui-même, son origine et son destin, la maladie dont il mourra.

Mais pour l'instant, rien de tout cela ne m'est utile, pensait l'inspecteur en approuvant les paroles de Ferreras avec cette distance renfermée où l'autre le voyait, il se rappelait les paroles du père Orduña, cherche ses yeux, son visage au milieu des gens, et non pas son code génétique ni son groupe sanguin ni même ses empreintes digitales, qui pour l'instant ne servent à rien puisque le plus probable est qu'il n'est pas fiché, cherche ses yeux, son visage, le miroir de son âme, le miroir le plus trouble dans lequel quelqu'un de cette ville puisse se regarder, maintenant même, tant que le cadavre glacé et recousu de Fátima repose non pas sous la terre mais dans un frigorifique d'aluminium, tandis que la pluie recommence à tomber comme en un retour des hivers du passé et que les nuages sont si bas et si noirs que certaines fenêtres de la place se sont déjà éclairées, les tubes fluorescents des administrations et des commerces, des bureaux du commissariat.

Quelqu'un sort en ce moment, banal et clandestin, quelqu'un de jeune, vingt et quelques années, les cheveux noirs et frisés, robuste, avec du sang de groupe O courant dans ses veines, avec des mains larges, aux doigts courts et épais, des empreintes digitales nettement dessinées dans les documents de la police, avec la même exactitude qu'est enregistré le dessin des semelles des chaussures de taille quarante que peut-être il porte encore en ce moment, et qui confirment qu'il ne peut pas être très grand, un mètre soixante et quelque, assure Ferreras en faisant de ses mains un geste exagéré comme pour modeler en l'air une silhouette de plâtre, quelqu'un qui fume des Fortuna, qui doit avoir les doigts tachés de nicotine si l'on en juge par le nombre de mégots qu'il a laissés sur le talus, les filtres marqués par ses dents, tachés et ramollis par sa salive dans laquelle il y a des traces d'alcool, quelqu'un qui ressemble à n'importe qui mais qui ne peut être en rien semblable aux autres, il doit y avoir dans son allure un trait qui le dénonce, un seul, aussi indubitable que les détails de son code génétique, l'expression de son visage, l'éclat de ses yeux, mais son visage est un espace vide, un visage flou ou effacé ; quelqu'un marche en ce moment même dans la ville et peut-être traverse-t-il à pas furtifs et lents cette place où l'inspecteur et Ferreras regardent la tombée précoce du soir, et il a des mains et des chaussures et des cheveux et des empreintes digitales et dans sa poche un paquet de cigarettes blondes et peut-être un couteau, mais on ne peut ni l'identifier ni le reconnaître parce qu'il n'a pas encore de visage, pas même les traits rudimentaires et menaçants d'un portrait-robot.

– Regardez qui passe par là.

Ferreras, en lui parlant, l'a distrait de ses sombres réflexions, comme s'il l'obligeait à ouvrir les yeux, à se réveiller d'un rêve : il lui montrait une femme qui traversait la place à la hauteur de la statue, l'inspecteur ne la voyait pas bien parce qu'à ce moment son parapluie lui couvrait le visage.

– Susana, Susanita Grey. Il faut l'avoir connue quand elle est arrivée dans cette ville, il y a je ne sais combien d'années.

10

Le prêtre lui demanda de l'accompagner d'un geste de la tête, celui par lequel il donnait en d'autres temps ses ordres les plus définitifs, ceux qui n'avaient pas besoin de la force d'intimidation de sa voix ni des gifles. Il fit ce geste de sa tête penchée de côté puis le précéda en traînant les pieds sur le dallage des couloirs avec une espèce d'agilité puérile, de rapidité tremblante de très vieil homme.

Lui ne se souvenait de rien, étrangement les lieux par lesquels ils passaient ne rappelaient absolument rien en lui, aucune des choses sur lesquelles le père Orduña attirait son attention n'éveillait en lui de souvenirs ou de réminiscences instinctives. Les couloirs lui rappelaient par instants la clinique où peut-être, en ce moment, sa femme faisait sa promenade monotone. Les dortoirs vides, les grandes salles de classe où restaient encore des estrades couvertes de poussière et de grands tableaux noirs appartenaient à un autre monde, à un passé lointain qui ne lui semblait pas être le sien. Dans cet espace noir de sa mémoire se détachaient le visage du père Orduña et celui d'un autre prêtre instructeur, comme dans ces tableaux dont le fond est neutre ou abstrait, pure suggestion de vide ou de pénombre. Il ne se rappelait pas non plus les visages et les noms de ses camarades d'internat, rien que des alignements de têtes soumises et rasées, au rassemblement ou à la messe, rien que les taches bleues des tabliers dans le soleil, jouant au football les dimanches matin.

– C'est ici qu'était la salle de chimie. Tu te rappelles ?

– Je ne me rappelle rien.

Le père Orduña ne prêtait guère attention à son manque d'émotion apparente devant ce qu'il voyait, sans doute parce que lui non plus n'était pas très sentimental. Il voulait lui montrer quelque chose de précis et c'est là-dessus qu'il se concentrait, avec la détermination obsessionnelle des vieillards. Quarante ans plus tôt, habité par quelques centaines d'enfants en tabliers bleus, le collège des jésuites avait été une construction imposante, un labyrinthe de vastes salles et de couloirs ombreux, entouré de terrains en friche sur lesquels s'étaient peu à peu construits les bâtiments bas des ateliers, de la ferme et les terrains de jeu. Maintenant une grande partie de la propriété avait été vendue à une société immobilière, les ateliers et la ferme avaient disparu, comme les tabliers bleus et les têtes pâles et rasées des internes. Maintenant, disait le père Orduña, le collège avait déménagé ailleurs, loin dans les environs de la ville, sur des terrains de beaucoup moins de valeur : tout ce qui restait de l'ancien collège était l'église et le bâtiment où se trouvaient les salles de classe et les dortoirs des internes, et où n'habitaient plus que le concierge et quelques très anciens employés, aussi âgés que lui, un jardinier qui n'avait presque plus de plantes à soigner, la cuisinière qui leur préparait leurs repas, les femmes qui entretenaient quelques rares chambres où de temps en temps s'installait un jésuite de passage dans la ville, un invité qui venait participer à une rencontre ou donner une conférence.

– Tout cela est si grand, si démesuré, dit-il avec une monotonie de vieillard grognon. Les potagers, les ateliers, les terrains de football, la ferme. Nous nous sommes tués au travail les premières années, en ville on nous critiquait de retrousser les manches de nos soutanes et de nous mettre à gâcher du mortier et à transporter des briques avec les maçons. On se méfiait de nous, mais pas encore trop. Personne ne pouvait penser alors qu'un curé puisse être un rouge. Nous imaginions une société parfaite, comme la Sainte Famille, comme les premières communautés de chrétiens : le travail, la religion, une bonne nourriture, le plein air, les dortoirs aérés. Tout cela pendant des années horribles, les pires, celles où les gens tombaient morts de faim dans les rues et où la nuit nous entendions encore les fusillades dans le cimetière. Mais nous allions construire ici une citadelle de Dieu, une île de charité et de travail. C'est pour cela que le père recteur avait accepté l'idée de prendre comme internes des orphelins de l'autre bord ou des fils de ceux qui étaient en prison. Nous voulions apprendre des métiers honorables aux enfants des pauvres et des années durant nous l'avons fait, dans la mesure de nos forces, je suis encore ému en pensant à l'odeur de bois de l'atelier de menuiserie, et aux garçons avec leurs combinaisons bleues et leurs outils dans celui de mécanique. Et maintenant tu vois : tout est devenu vide, inutile à force d'être grand, même l'église. Mais nous avions construit quelque chose je crois, avec toute notre ignorance et notre aveuglement idéologique, nos yeux ne s'étaient pas encore ouverts à la justice mais nous nous rendions déjà compte que le véritable royaume de Dieu est celui des pauvres. Maintenant, je regarde tout cela et je ne sais pas d'où nous avons tiré l'argent et l'énergie nécessaires à bâtir une aussi grande maison. Quand je vais d'un endroit à l'autre mes forces m'abandonnent et je dois m'asseoir pour me reposer dans quelque escalier. Ne vois-tu pas ce couloir qui n'en finit pas ? Te rappelles-tu que lorsqu'il pleuvait nous ne vous laissions pas sortir dans les cours et que vous restiez dans les couloirs tout le temps des récréations ? Le bâtiment entier était étourdi de vos cris, nous sonnions la cloche, nous donnions des coups de sifflet pour vous faire mettre en rangs mais c'était inutile, vous n'écoutiez pas.

Le silence dans lequel résonnait la voix du père Orduña rendait ces souvenirs plus lointains encore : les pas de l'inspecteur sur les dalles, le glissement des semelles de caoutchouc du prêtre, sa respiration sourde et agitée, le bruit des clefs dans une de ses poches. À mesure qu'il se fatiguait sa tête se penchait un peu plus sur sa poitrine mais il avait le menton très en avant, sa mâchoire inférieure s'avançait comme si c'était elle qui tirait tout son corps. Dans son imagination résonnaient les cris et les visages des enfants qui l'avaient entouré dans ces lieux mêmes, mais c'est à peine s'il pouvait penser à ce qu'ils devaient être aujourd'hui, ceux qui étaient encore vivants, à leurs vies d'hommes et à leurs visages qui avaient laissé la jeunesse loin derrière eux. D'une certaine façon, les enfants d'alors continuaient à lui appartenir, étaient ses contemporains. Mais les hommes en qui ils s'étaient transformés lui semblaient des hommes d'un autre temps, d'aujourd'hui, gras et mûrs, amnésiques, les traits durcis ou émoussés par les années, avec une apparence de cruauté dans des visages sans trace d'innocence, dans les doubles mentons qui débordaient du col de leur chemise et de leur nœud de cravate. Quand il les voyait enfants il pensait avec appréhension à ce qu'ils seraient plus grands, il les imaginait semblables à leurs pères, campagnards et pauvres, mal nourris, avec aux yeux la peur, l'obéissance et la rancune. Certains d'entre eux, bien sûr, avaient été comme cela, s'étaient perdus de retour dans la misère dont la charité les avait provisoirement délivrés, avaient été annulés, avaient disparu sans laisser d'autres traces que les fiches, les cahiers de notes et les photographies que le père Orduña classait et mettait en ordre depuis des années, sans qu'on le lui ait demandé, de plus en plus maladroit et aveugle, approchant les papiers tout près de son visage pour voir les noms et les traits de tous ces gens oubliés : visages alignés dans les cours du collège, au-dessus des pupitres de bois rude avec leurs encriers, au-dessus des prie-Dieu de l'église, solitaires dans la pénombre derrière la grille du confessionnal, visages et voix d'enfants murmurant leurs péchés avec une rhétorique épouvantée de catéchisme.

D'autres, beaucoup plus qu'il n'aurait pu l'imaginer, s'étaient affermis, avaient prospéré, étaient devenus arrogants, s'étaient transformés en hommes qui ne ressemblaient en rien à ce qu'ils avaient été enfants. Mais qui donc ressemble à celui qu'il a été, méditait le père Orduña en regardant de biais l'inspecteur qui marchait à côté de lui, se souciant de ne pas le laisser en arrière, qui donc au hasard d'une expression conserve un trait, une lueur d'éclat enfantin dans les yeux ? Parfois, quelqu'un qui disait être un de ses anciens élèves le saluait dans la rue et lui ne se souvenait pas, même s'il essayait de découvrir derrière le masque de l'adulte une certaine persistance des traits ou du regard d'un enfant. Mais il souriait et approuvait, remerciait, s'intéressait avec une prudente imprécision à des familles, à des métiers. Au début de l'été, quand il ne savait pas encore que l'inspecteur était dans la ville, un homme mûr s'était présenté à la résidence pour lui rendre visite, riche, avec un fond de brutalité contenue dans sa prestance, le cou trop rouge et trop épais, la poitrine trop bombée sous sa chemise dont un des boutons était défait sur le ventre. Il revenait au collège, à l'internat, par un mouvement qui n'était peut-être pas de nostalgie mais de rude revanche sur lui-même, il se promenait à travers les cours peut-être plus perdu dans le présent que dans le passé, caressant à haute voix des souvenirs inexacts qui seraient restés trop cruels si le temps n'avait pas fini par les élimer. Il racontait ses débuts, ses dures origines, à une femme à lunettes noires, cheveux blonds décolorés et bracelets, et à un fils adolescent qui regardait par terre et n'écoutait pas.

Quand ils passaient près d'une fenêtre ils entendaient très fort le bruit de la pluie. « Eau bénie, disait le père Orduña, elle nous faisait tellement défaut. » L'inspecteur sentit surgir à l'improviste non pas un souvenir mais une sensation physique très précise contre laquelle il n'eut pas le temps de se mettre en garde, un épanchement mêlé de rage ancienne et de tendresse, de bonheur et de désarroi : l'odeur de chanvre et de grosse toile des espadrilles mouillées, de la buée réchauffée des respirations et des tabliers humides par un matin pluvieux et sombre d'hiver. Le père Orduña s'arrêta et s'appuya sur son bras pour reprendre son souffle.

– Nous sommes arrivés.

Il sortit le trousseau de clefs qui gonflait la poche de son pantalon et passa un moment à les essayer l'une après l'autre, avec une impatience grandissante, il arriva enfin à ouvrir la porte devant laquelle ils s'étaient arrêtés. Il le fit entrer dans une pièce très petite, sans fenêtre, dans laquelle on n'entendait pas la pluie, ni aucun bruit venant de l'extérieur. Il chercha la lumière à tâtons sans la trouver et demanda à l'inspecteur un briquet ou des allumettes, mais comme celui-ci n'en avait pas, il murmura en parodiant un vieux grincheux « *voilà ce qui arrive quand on arrête de fumer* ». Comme tout au long de sa vie, il était immédiatement la proie de son impatience devant les petits contretemps matériels, ses mains courtes et blanches s'entravaient maladroitement dans n'importe quel objet, aussi bien une machine à écrire dont il voulait changer le ruban qu'un emballage de plastique qu'il n'arrivait pas à ouvrir. Son manque d'attention pour la nature ou le fonctionnement des objets les plus usuels faisait peut-être partie de son indifférence aux biens et aux commodités du monde. La vieillesse, sa mauvaise vue et le tremblement de ses mains augmentaient sa distraction. Il était encore en train de tâtonner sur le mur quand l'inspecteur alluma la lumière : un tube fluorescent au plafond, très haut, qui éclairait une pièce étroite avec une table au centre, les murs couverts de liasses de papiers, de livres de comptes et de classeurs d'archives en carton sur lesquels étaient inscrits les millésimes de lointaines années.

– Et voilà, dit le père Orduña, toute l'histoire du collège depuis que nous l'avons ouvert, en 47. Tout ceci, avant, était dans un état catastrophique mais peu à peu j'ai tout organisé, chaque chose à sa place, année par année, tous les prêtres et tous les professeurs, tous les élèves qui sont passés par ici. J'ai pensé parfois écrire une histoire de notre communauté mais il me semble qu'il est maintenant bien tard pour moi. Mes journées filaient sans que je m'en rende compte, cette pièce est plus silencieuse que la crypte d'une église, mais par chance moins froide, je passais en revue des documents et des photos et j'oubliais même de descendre déjeuner, plus d'une fois ils sont venus me chercher, ils craignaient que j'aie eu une attaque cardiaque. Mais j'étais si bien ici avec mes papiers, un radiateur et mes petits cigares. As-tu envie de voir où tu es ?

L'inspecteur n'en avait pas envie, mais il ne répondit pas. Sa tendresse pour le vieillard aurait facilement pu tourner à la lassitude. D'habitude il ne se rappelait guère son enfance ni sa première jeunesse, il n'était pas accoutumé à la mémoire désintéressée et, bien entendu, il était complètement vacciné contre toute forme de nostalgie. Comme il avait passé une partie de sa vie à taire ses origines ou à inventer des mensonges à ce sujet, il avait effectivement fini par oublier en grande partie ce qu'il s'était tellement efforcé de cacher. Il n'aimait pas du tout le plaisir avec lequel tout le monde ou presque raconte les choses de son enfance, comme si chacun avait vécu des expériences uniques, une mémoire sans doute romancée. La vanité des souvenirs lui faisait défaut, et s'il en conservait un avec une précision particulière, il ne le devait pas à la vivacité de sa mémoire mais au remords. Peut-être s'il avait eu des fils, les images et les sensations de sa propre enfance se seraient-elles réveillées. Mais comme beaucoup de personnes qui ne fréquentent pas d'enfants, il vivait comme s'il n'avait connu que l'âge adulte et la vie des enfants lui semblait un état aussi étranger à son expérience personnelle que celle des chiens ou des chimpanzés. Ce n'était que maintenant, après le crime, qu'il avait commencé à faire attention en détail à la présence des enfants : il les voyait sortir de l'école où avait été Fátima, il en avait interrogé certains, surtout certaines de ses camarades, des fillettes fuyantes et encore effrayées qui le regardaient comme si elles se méfiaient de lui et qui reculaient instinctivement quand il s'approchait un peu plus d'elles.

L'odeur de craie et de sueur enfantine des classes le surprenait comme un monde inconnu, et aussi la bousculade dans les escaliers à l'heure de la récréation, la discordance de tant de cris aigus. L'institutrice de Fátima, qu'ils appelaient tous Mademoiselle Susana, lui était apparue comme une femme fatiguée ou exilée dans un pays d'êtres plus bruyants, de petite taille, inexplicables et combatifs, qui l'entouraient de leurs cris, de leurs pleurs, de leurs demandes urgentes et tiraillaient ses vêtements, comme les Lilliputiens ligotaient Gulliver avec leurs câbles de toile d'araignée. La dernière fois qu'il l'avait vue, au commissariat, il avait remarqué qu'elle portait un rouge à lèvres plus vif que celui qu'elle utilisait à l'école. Sa femme avait les lèvres sèches et craquelées, aujourd'hui c'est à peine si elle les ouvrait pour parler, quand elle parlait, et il était très difficile de comprendre ce qu'elle voulait dire.

– À quoi penses-tu ?

Le père Orduña le regarda de très près avec ses petits yeux toujours inquisitoriaux et comme accusateurs, et posa sur la table une boîte de carton, la lâchant avec tant de brusquerie qu'elle souleva un peu de poussière.

– Voici les documents de l'année où tu es arrivé. C'est là que doit se trouver ton dossier de l'époque.

– Mais pourquoi vous donnez-vous tout ce mal, père ? dit l'inspecteur, remarquant en lui-même un début d'irritation injustifiée contre le vieillard.

Il désirait ne pas être là, dans cette pièce si petite et suffocante de poussière, blindée de silence comme l'intérieur d'une chambre forte souterraine, ne pas entendre la respiration si laborieuse du père Orduña, ne pas sentir son odeur de maladie et de médicaments, ses vêtements pas très propres, l'eau de Cologne bon marché qu'il utilisait.

– Cela ne me dérange pas.

Alors le père Orduña le regarda, très sérieux, se redressant comme lorsqu'il allait réprimander quelqu'un et prenait un air sinon de menace du moins de gravité.

– C'est que je veux que tu saches qui tu étais. Tu n'as pas l'air de bien te souvenir. Aujourd'hui les gens oublient tout, de sorte que personne ne sait qui il est vraiment. Te rappelles-tu ce que dit Don Quichotte ? « Moi, je sais qui je suis. » Quelles paroles terribles. Et ce que Jésus répond à ses disciples : « Mais pour vous, qui suis-je ? » Et l'affaire est qu'ils ne le savaient pas, ils ne pouvaient pas en être sûrs et, ce qui est pis, ne se risquaient pas à le savoir. Moi je sais qui tu as été, mais cela se passait il y a si longtemps que toi tu ne te souviens pas, ou que tu ne veux pas te souvenir, et peut-être ne sais-tu pas qui tu es aujourd'hui.

– Ce que je veux savoir, c'est qui est l'autre.

– Celui qui a tué Fátima ?

– Bien sûr, qui d'autre ? C'est la seule chose qui m'importe aujourd'hui.

– Et savoir qui tu es vraiment, cela ne t'importe pas ?

– Je ne comprends pas pourquoi vous me dites cela, l'inspecteur quitta des yeux le regard du père Orduña, maintenant fâché contre lui-même, craintif au fond, incertain, comme l'adolescent d'autrefois convoqué au bureau pour y subir un sermon. Bien sûr que je sais qui je suis. Peut-être que c'est vous qui ne le savez pas. Celui que vous avez connu n'existe plus. Et c'est une chance. Je n'avais pas une vie enviable, si vous autres ne m'aviez pas recueilli j'aurais fini à l'hospice, ou jeté à la rue, j'aurais mangé le rata des casernes.

Mais il était en train de s'expliquer, presque de se confesser, devant un homme qu'il n'avait pas vu depuis plus de quarante ans, et pourtant il lui parlait sur le même ton que si celui-ci était demeuré sans cesse auprès de lui, le surveillant, devinant comme un policier ses pensées et ses faiblesses, blâmant ses actions comme un père opiniâtre et assommant, avec une volonté accablante de le protéger, de le mettre en garde.

– Regarde qui tu étais.

Le père Orduña avait répandu en désordre sur la table tout le contenu du carton, de ses mains impatientes et maladroites il cherchait parmi les liasses de papiers, parmi les dossiers d'un bleu poussiéreux, se penchant beaucoup pour voir de près les visages des photographies, les listes de noms dactylographiées : il lui montra une feuille où était agrafée une photo dans un des angles supérieurs à côté de l'en-tête avec le joug et les flèches de l'Espagne franquiste.

– Tu t'en rappelais ?

Mais il ne pouvait pas se rappeler, et non par défaut de mémoire, mais parce qu'il n'avait jamais vu de photo de lui enfant. À l'époque on ne faisait guère de photos, les gens n'avaient pas d'appareils, pas d'albums où les classer, pas d'argent pour payer un photographe. Chez Fátima il avait vu des douzaines de photos de la fillette morte, prises presque à partir de l'instant de sa naissance, un visage rouge aux cheveux raides et collés, aux yeux fermés, la grimace d'un cri à la bouche. Dans la pénombre étouffante de l'appartement où le téléviseur aujourd'hui restait éteint en signe de deuil, le père et la mère de Fátima lui avaient montré, comme un trésor bien garni, les bandes vidéo et les photos en couleurs de leur fille, photos d'anniversaires, de bals costumés, de fêtes de fin d'année, de communion, grandes photos encadrées du salon, accrochées aux murs ou disposées sur les rayonnages et sur le téléviseur comme dans une chapelle, un catalogue inépuisable qui ne restituait pas la présence ni ne soulageait la douleur, qui peuplait tout de fantômes pathétiques et successifs, aujourd'hui alignés en direction de la fin, épisodes nécessaires dans l'accomplissement du destin : vers les dernières photos, en noir et blanc, celles qu'avait prises Ferreras et que personne d'autre qu'eux n'avait vues.

Mais le visage de sa photo d'enfant ne lui semblait pas du tout celui de quelqu'un de doté d'une identité précise. Il ne voyait pas le visage d'un enfant pourvu d'un nom et de prénoms, de traits distincts de ceux de n'importe quel autre, mais une effigie plutôt abstraite, comme celle d'une monnaie, un visage d'époque, d'un certain temps et d'une certaine condition sociale, le cheveu coupé à zéro, l'expression effrayée, grandes oreilles, chemise sans col aux bordures effrangées, fermée jusqu'au dernier bouton. Même dans la peur qui agrandissait les yeux il n'y avait rien de personnel : c'était la peur enfantine des procédés et de l'autorité des étrangers, la peur et la surprise du flash. Les mains envahissantes des adultes serraient, tordaient le menton, palpaient douloureusement le ventre ou les genoux ou le cou, sur le drap froid d'une infirmerie, introduisaient leurs doigts dans la gorge, les doigts de l'assassin dans la bouche et la gorge suffoquée de Fátima, dans son vagin avait dit Ferreras, déchirant tout. Les mains pâles des curés se dressaient verticalement en l'air, ou s'abaissaient pour être baisées sur leur revers, ou s'abattaient cruellement sur le visage d'un enfant pour une gifle.

– Nous vous battions, dit le père Orduña, maintenant sans regarder les photos qui étaient devant lui, retiré en lui-même. Avec la main ouverte sur le visage, sur la nuque avec les doigts repliés. Nous vous menacions de coups de règle ou des châtiments de l'enfer, nous vous racontions le martyre sadique des apôtres, et les morts horrifiantes des hérétiques et des grands pécheurs. Comme s'il n'y avait déjà pas assez de peur et de malheur dans vos vies, nous vous en administrions plus encore, quelle honte. Tous les jours, te rappelles-tu ? Du matin au soir, depuis la messe jusqu'au rosaire, dans les sermons à l'église, dans les exercices spirituels. Plus tard j'ai beaucoup réfléchi à cela, durant toutes ces années, surtout les dernières, quand je me suis trouvé plus seul. Je venais ici, je voyais vos visages sur les photos, et ils me donnaient envie de demander pardon, à vous tous, un par un.

– C'était une autre époque, père, dit l'inspecteur. Vous agissiez et vous parliez comme tout le monde.

– Ce n'était pas une excuse...

Le père Orduña regardait ses mains croisées avec une expression triste qui accentuait son air de vieillesse, et il semblait qu'en les regardant il y voyait toute la douleur qu'en des années lointaines elles avaient infligée, ces mêmes mains aujourd'hui douces, tremblantes, couvertes de taches au revers.

– Nous vous condamnions à rester à genoux les bras écartés, nous vous menacions, nous vous épiions toujours, nous empoisonnions votre âme de l'obsession du péché. Voilà ce que nous faisions.

– N'importe quel père corrigeait alors ses enfants à coups de ceinture. Ce n'est pas de votre faute si l'époque était comme cela.

– Mais regarde-toi bien, tu n'as même pas fait attention, dit le père Orduña en rendant à l'inspecteur la feuille de papier et la photo qu'il avait reposée sur la table sans presque l'avoir regardée. Tu étais exactement comme cela quand tu es arrivé. Je regarde cette photo et c'est comme si je te voyais. Je vous avais mis en rangs quand on vous a amenés de la gare et j'ai pensé : « Celui-ci, c'est le plus faible. » Tu n'osais même pas goûter le bol de chocolat que nous vous avons donné comme petit déjeuner.

Le père Orduña aurait pu lui montrer n'importe laquelle des autres photos des archives et il aurait pu croire aussi bien que c'était la sienne : s'il avait une certitude, ce n'était pas à cause du visage en noir et blanc d'un enfant d'une autre époque, mais de son nom et de ses deux prénoms dactylographiées sur la feuille en lettres majuscules. Il lut en haut la date et l'en-tête : Madrid..., la prose officielle outrageante qui résumait en quelques lignes ses origines, la souillure avec laquelle il était né et l'avenir qu'on lui assignait, *sa mère se trouvant sans ressources et empêchée par la maladie, et son père purgeant la peine de prison ci-dessus indiquée*, en lisant cela il sentit qu'il rougissait et que le père Orduña allait s'en rendre compte. L'enfant de la photo n'était pas lui et la nuit où on l'avait fait voyager dans le wagon de troisième d'un train glacé et extrêmement lent, sans lui dire où il allait, se situait dans une autre époque du monde, et pourtant, la honte et le remords de la ressentir étaient en revanche pleinement siens, des attributs intimes de son identité personnelle.

– Nous devions vous redresser, vous christianiser, dit le père Orduña. On nous avait dit qu'on vous envoyait ici pour que nous arrachions la mauvaise graine que vos parents avaient semée dans vos âmes. Nous étions comme des missionnaires, des évangélisateurs.

– Vous avez cru cela, à l'époque ?

– Bien sûr que je l'ai cru.

Maintenant c'était au père Orduña de baisser la tête : chacun porte en lui son propre remords, sa variété personnelle de honte.

– J'avais mes idées sur la charité et sur les pauvres, mais j'étais un prêtre intégriste. J'avais fait la guerre, et du côté de ceux qui l'avaient gagnée.

– Comme aumônier ?

– Non, allons donc ! Si seulement..., le père Orduña faisait semblant de ranger sur la table les cartons d'un fichier d'élèves. À coups de fusil, comme aspirant. L'idée de devenir prêtre m'est venue plus tard. Une vocation tardive. Comme la tienne pour les forces de l'ordre.

Le ton d'impertinence affectueuse n'arrivait pas à cacher une trace persistante de réprobation, quelque chose qui se tenait dans les yeux, cette espèce de censure qui est la plus efficace parce qu'elle ne se formule pas sous forme de mots et qu'elle se renforce ainsi dans la culpabilité de l'autre.

– D'une manière ou d'une autre, il fallait que je gagne ma vie.

– Est-ce que ton père l'a appris ?

– Je crois que non.

L'inspecteur haussa les épaules et reposa sur la table le papier avec la photo : il voulait signifier que sa visite était terminée, sortir au plus vite de cette pièce.

– Il est mort avant que j'aie terminé mon droit. Mais cela lui semblait déjà un malheur assez grand que son fils veuille être avocat, et apolitique.

– Personne ne peut être apolitique.

– C'est exactement ce qu'il disait.

– Vous discutiez beaucoup ?

– Je le voyais à peine. Il a eu une attaque et quand je suis venu à l'hôpital, je crois qu'il ne m'a pas reconnu. Sûrement il pensait de moi la même chose que vous, mais lui n'était pas capable de me le dire en face.

– La même chose que moi ?

Tout près de l'inspecteur, plus petit et plus gros que lui, le père Orduña se redressait pour le regarder dans les yeux.

– Que sais-tu de ce que je pense ?

– Que j'ai commis une espèce de trahison envers les miens. Quels qu'ils soient. Vous autres, vous passez votre temps à rechercher des traîtres et des apostats, des gens à excommunier.

– Vous autres ?

– Dans les deux camps je veux dire – l'inspecteur, qui n'avait pas l'habitude d'avoir de vraies conversations avec personne, avait beaucoup de mal à s'expliquer – les curés et ceux du parti de mon père. Mon père considérait Staline, Fidel Castro ou Hô Chi Minh comme aussi infaillibles que vous le pape. C'est pourquoi ils ont fini par s'entendre aussi bien. Ils avaient le même penchant : diviser le monde entre fidèles et traîtres.

– Nous avons quelque chose en commun toi et moi, c'est que moi aussi on m'a appelé traître – dans la voix du père Orduña revenait une intonation de tendresse. Il reste dans cette ville des gens qui m'appellent encore ainsi, tu ne peux pas t'imaginer comme ils sont. Ils disaient que je lisais à la messe des pamphlets communistes, et ce n'étaient que des fragments de textes des Évangiles, des Épîtres ou des Prophètes. Te rappelles-tu l'épître de saint Jacques ?

L'inspecteur répondit que non. Quand il s'était marié, quelqu'un lui avait offert une grande bible reliée en faux cuir avec les titres et les tranches dorés, mais il ne l'avait jamais lue. Ces bibles faisaient alors partie du mobilier des jeunes ménages, comme le meuble bar et le crucifix de la chambre à coucher. Le père Orduña ferma les yeux et récita de mémoire, sans hésitation, d'une voix rauque et forte :

– « Or maintenant, vous, riches, pleurez et poussez de grands cris à cause des malheurs qui s'en vont tomber sur vous. Vos richesses sont pourries, vos vêtements sont rongés par les vers, votre or et votre argent se sont rouillés et leur rouille sera en témoignage contre vous et dévorera votre chair comme le feu... » Tes prédécesseurs au commissariat m'ont inculpé de propagande illégale. Bien sûr ils ont dû classer l'affaire quand ils ont compris que je n'avais fait que lire quelques versets du Nouveau Testament. Le curé de la paroisse de la Trinité demandait publiquement dans ses sermons qu'on m'expulse de la prêtrise. Le pauvre homme, Dieu a eu de lui miséricorde et l'a rappelé très peu de temps après la mort de Franco.

Le père Orduña, dans son grand âge, avait très vite les yeux humides, et cette propension aux larmes lui déplaisait beaucoup, lui semblait presque un péché d'impudeur. Il essuya maladroitement ses yeux et les verres de ses lunettes avec un mouchoir, et avant de le plier n'importe comment et de le remettre dans sa poche, il se moucha.

– Je dois partir, père, dit l'inspecteur. Il y a beaucoup de travail au commissariat.

Il l'avait dit à voix si basse, après l'avoir longtemps pensé sans oser parler, que le père Orduña ne l'entendit pas. Il rangeait de nouveau les chemises et les dossiers, carnets de notes, fiches de carton avec des photos, noms et dates qui résumaient d'autres vies d'enfants, aussi semblables à celle de l'inspecteur que l'étaient leurs visages d'enfants, vies oubliées, faites de désarroi et de pauvreté, de peur des coups de règle, des soutanes et des châtiments de l'enfer. Plus de quarante ans plus tôt, quand cet enfant anémique et effrayé avait commencé à grandir salutairement, s'était mis à écrire et à lire avec une vivacité inattendue, le père Orduña le regardait jouer dans la cour ou écouter en classe et, en secret, lui venaient à l'esprit ces paroles de l'Évangile que jusqu'à ce jour il n'avait peut-être pas comprises : *Celui-ci est mon fils bien-aimé, qui a toute ma faveur.*

– Père, répéta l'inspecteur plus fort, mais le père Orduña ne levait pas les yeux qui pour sa honte s'étaient à nouveau troublés de larmes. Maintenant je dois repartir.

Le père Orduña feignit à nouveau de nettoyer les verres de ses lunettes et rassembla n'importe comment le désordre de la table, rangeant ensuite la grande boîte de carton à sa place sur les rayonnages. Il attendit que l'inspecteur sorte pour éteindre la lumière et, au moment de le faire, il s'immobilisa un instant, comme perdu dans une réflexion, regardant le dos des cartons alignés sur les rayonnages métalliques.

– Je ne sais pas comment je n'y ai pas pensé plus tôt, dit-il. Lui aussi pourrait être ici.

– Que dites-vous ? L'inspecteur commençait vraiment à perdre patience, il se faisait très tard et s'il y avait une urgence, personne ne savait où le trouver.

– Cet homme que tu recherches, dit sombrement le père Orduña, celui qui a tué la fillette. Peut-être a-t-il été de nos élèves, et sa photo serait dans les archives.

11

Sa vie entière, sa connaissance, sa volonté se résumaient maintenant à une seule interrogation, immobile et fanatique, toujours répétée, dès qu'il ouvrait les yeux à l'aube dans le lit où il dormait seul depuis des mois, quand il se réveillait au milieu de la nuit et savait qu'il ne retrouverait pas le sommeil, maintenant sans cigarettes ni alcool pour distraire les heures, sans personne à son côté, sans une femme qui lui tourne le dos en feignant de dormir, seul avec sa propre conscience, avec son système nerveux aiguisé à l'extrême par l'insomnie et l'excès de lucidité que provoquait l'absence de la nicotine et de l'alcool dans son sang. On a bu en croyant que l'alcool réveillait la force, excitait l'intelligence, et soudain on s'arrête de boire et on découvre juste le contraire, qu'on avait vécu sous l'influence non pas d'un stimulant mais d'un narcotique, et que débarrassé du poids terrible et en grande partie méconnu de l'alcool, le système nerveux et la faculté de raisonner acquièrent une rapidité et une transparence presque intolérables, sans mirages ni repos, mais aussi cependant sans réconfort, une clarté froide de tempête qui était le nouveau pays où habitait maintenant l'inspecteur, son identité dont il ne savait pas si elle était récente ou recouvrée, si elle était aussi fallacieuse que les autres, celles que durant des années lui avait fournies le double déguisement de la simulation et de l'alcool. Il vivait dans une autre ville, recherchait quelqu'un, déjeunait et dînait à l'une des tables individuelles de la cafétéria Monterrey, téléphonait tous les soirs, entre six et sept, à la clinique dont on ne laissait pas encore sortir sa femme, s'endormait tard et à l'aide d'un Valium, se réveillait automatiquement avec la lumière du jour dans une pièce semblable à une chambre d'hôtel, n'utilisait sa voiture que le dimanche matin pour aller à la clinique. Il préférait ne pas en savoir beaucoup plus sur lui-même. Il ressentait le soulagement d'avoir disparu, d'être maintenant surtout une absence dans les lieux où il avait auparavant vécu, dans les rues où sans doute il avait été suivi et où on aurait pu le tuer, dans la maison où tant de fois avait retenti la sonnerie du téléphone et où lui ou sa femme avaient entendu une voix plus bête que menaçante, « nous savons qui tu es, on aura ta peau, espèce de salaud ».

Moi, je sais qui je suis, lui avait récité le père Orduña, avec sa voix profonde et archaïque de prédicateur, *Mais pour vous, qui suis-je ?* Mais lui ne voulait pas descendre aussi profond, ni se perdre dans ce qui n'était peut-être qu'une confusion de mots, dressés et ourdis, comme disait Ferreras, pour occulter une évidence physiologique inacceptable, la reconnaissance de ce qu'un être humain est en vérité, à l'intérieur, insistait Ferreras, c'est-à-dire, au sens le plus littéral du terme, en dessous de la peau et des os du crâne, de la puissante armature des côtes : un spectacle comparable, y compris dans les odeurs qu'il répandait, à l'étal d'une triperie sur le marché. On peut donner un nom à un visage, à l'éclat de certains yeux, à la surface la plus fragile d'un corps humain, à une voix, mais comment en donner un à un kilo et demi de masse cérébrale à peine extraite d'un crâne, à des poumons, à un foie, à une masse d'intestins que l'assistant de Ferreras, le garçon d'autopsie, déposait dans un grand seau de plastique, avec la même brusquerie qu'un tueur d'abattoir.

« L'âme, avait dit Ferreras au Monterrey, avec moins de détachement scientifique que de mélancolie, sans doute mis en colère par l'horreur de l'autopsie de Fátima, par le simple effet de son second verre de cognac, l'inconscient, les souvenirs, le moi. Littérature, ou simplement la peur, l'incapacité de regarder les yeux grands ouverts ce que nous sommes. Vous rappelez-vous ce Russe qui était sorti dans l'espace et qui avait dit en revenant qu'il n'avait vu Dieu nulle part ? Moi, je regarde à l'intérieur de quelqu'un et je n'y vois que tissus et organes. Dès que j'ai enlevé la peau du visage, le cuir chevelu, ouvert la cage thoracique, l'identité humaine de celui qui est devant moi devient un acte de foi, ou plus exactement, si vous ne vous étonnez pas de me voir employer ce mot, de miséricorde. Avec les adultes c'est différent, je veux dire avec les morts adultes. On voit les effets de l'âge, des maladies ou des vices, les poumons noirs, ruisselants de goudron, le foie gonflé, on accepte que le destin de notre propre matière soit la décadence et la mort. "Le mécanisme est ingénieux, mais les matériaux très médiocres." Je ne sais pas où j'ai lu cela. Mais avec un enfant, on ne peut tout simplement pas accepter. Tout est intact, organisé pour la vie, les poumons sont d'un rose si propre, les os sont encore flexibles, ils ne se cassent pas comme ceux d'un adulte, avec ce bruit sec qu'ils font. Le nombre d'autopsies qu'on a pratiquées n'y fait rien. Hier soir, contre toutes les règles de mon éthique professionnelle, j'ai dû accepter de mon assistant un horrible verre d'anis sec. Lui, tout cela lui est égal, il dit qu'il a ouvert mille cinq cents cadavres. Je crois qu'au fond de lui il me méprise comme un sergent-major méprise le petit lieutenant juste sorti de l'école. J'ai scié le crâne de la fillette et j'ai extrait le cerveau, et je l'ai senti si humide et si souple malgré les gants de caoutchouc. Et alors j'ai pensé que dans cette matière étaient ou avaient été en quelque sorte toutes les sensations et tous les souvenirs de la fillette, le monde entier renfermé, si l'on y réfléchit... »

Mais l'inspecteur ne voulait réfléchir à rien d'autre qu'à sa première et unique interrogation, et le *qui ?*, seule chose importante pour lui, manquait des obscurités d'une âme catholique ou des détails organiques qui ensorcelaient et dégoûtaient Ferreras : il se résumait à un nom et à deux prénoms, à un visage qui serait photographié de face et sur les deux profils. Lui, recherchait tout simplement un homme de vingt et quelques années qui avait enlevé et assassiné une fillette qui en avait neuf, et dans cette énigme il pouvait y avoir des obscurités mais pas d'incertitude, quelqu'un porte sur ses mains les empreintes digitales que Ferreras a identifiées sur la peau et sur les vêtements de la fillette, quelqu'un a ce groupe sanguin-là et porte aux pieds les chaussures dont les semelles sont maintenant dessinées dans le dossier de la police, avale cette salive dont il a laissé quelques gouttes dans les filtres de cinq cigarettes blondes.

L'autre peut dire dans le secret de son impunité *Moi, je sais qui je suis*, il sait qu'il a enlevé et qu'il a tué et peut-être pense-t-il, ou sait-il aussi, que cet aveu intime ne comporte aucun danger, il sait qu'il n'y a pas de témoins, excepté une femme qui n'est pas capable de se rappeler son visage, mais seulement le sang qui coulait de sa main gauche et qu'il léchait. Mais ensuite, quand l'inspecteur lui avait montré l'album avec les photos des délinquants sexuels, la femme les avait regardées une à une en faisant non, mécaniquement, de la tête, elle en était sûre, aucun de ces hommes n'était celui qu'elle avait vu. Alors on avait frappé à la porte et le planton avait dit à l'inspecteur que l'institutrice l'attendait, et au début il ne comprenait pas de qui il s'agissait, tant il était abruti par le travail et le manque de sommeil, l'institutrice de Fátima avait dit le planton, elle me dit que vous lui avez demandé de venir.

Ne partez pas, dit-il à la femme en deuil qui regardait les visages louches, de face et de profil sur les fiches de police, avec la même attitude d'ennui que si elle revoyait dans un album de famille les visages de parents morts, niant toujours de la tête, « non, monsieur, ce n'est aucun de ceux-là, si je le voyais vous pouvez être sûr que je le reconnaîtrais, je vous le jure sur Notre Seigneur et sur la Vierge ». Il sortit du bureau et l'institutrice l'attendait debout dans une petite antichambre aux murs décorés jusqu'à mi-hauteur d'horribles faïences marron, que son regard n'avait pas dû remarquer grâce à ce don qu'elle avait de ne pas percevoir les offenses de la laideur quotidienne des choses. Elle portait une grande parka, mouillée aux épaules, et fumait une cigarette en tenant un cendrier de la main gauche. Sans beaucoup de diplomatie l'inspecteur la pria de l'excuser de l'avoir fait tant attendre, d'abord à l'école puis maintenant au commissariat : l'institutrice, Susana Grey, atténuant son ironie d'un sourire, dit que cela n'avait pas d'importance, qu'elle avait commencé à s'habituer, et c'est alors que l'inspecteur aperçut le rouge de ses lèvres qui, d'une certaine façon, contrastait avec l'allure utilitaire et pratique de sa coiffure et de ses vêtements, de sa présence même, car elle était habillée pour son travail et pour l'hiver, et portait sur son visage la fatigue d'une journée entière passée avec les enfants. Elle avait les cheveux noirs, coiffés avec une certaine négligence, une frange très courte, et les sourcils nets et foncés. Quand elle enleva ses gants, l'inspecteur observa à la lumière de la lampe de sa table de travail qu'elle avait des mains grandes mais pas masculines et qu'elle ne portait pas de bagues ni de rouge aux ongles. L'absence d'alliance l'étonna : Susana Grey avait une allure très précise de femme mariée avec enfants.

– Cette dame a vu Fátima et son assassin juste quand ils sortaient de l'immeuble, dit l'inspecteur en désignant la femme en deuil qui fit mine de se lever et inclina timidement la tête, comme pour reconnaître l'autorité supplémentaire de l'institutrice. J'aimerais que vous écoutiez sa description avec soin, pour savoir si vous avez le soupçon d'avoir vu cet individu aux abords de l'école. Regardant par la grille de la cour par exemple, ou attendant à l'heure de la sortie parmi les parents.

– Bon, vous allez voir, dit la femme.

Et elle commença de répéter mot pour mot pour Susana ce qu'elle avait déjà rapporté à l'inspecteur, minutieuse, exaspérante, monotone, faisant vivement un signe de croix quand elle nommait Fátima, cet ange, disait-elle, et elle avait les larmes aux yeux, elle ajoutait des détails maintenant bien incertains ou tout à fait imaginaires, elle s'accusait elle-même, comment avait-elle fait pour ne pas avoir de soupçons, pour ne pas se rendre compte qu'il y avait quelque chose de bizarre chez cet homme qui semblait cacher sa bouche derrière sa main et qui en réalité suçait son sang.

La femme parlait à Susana Grey en lui concédant une supériorité bienveillante, sans doute comme elle aurait parlé à une doctoresse au dispensaire de son village. Debout, le dos contre la vitre froide du balcon, l'inspecteur l'écoutait avec découragement et ennui et pensait que toute tentative de description était inutile parce que cette femme avait vu l'assassin quelques secondes, plusieurs semaines auparavant, et aussi parce qu'il était bien possible qu'il n'y ait en lui rien de particulier qui puisse être décrit avec précision, rien que de banal, de tellement lisse et commun, rien qui puisse être conservé dans aucune mémoire. À part le détail du sang, qui était comme une tache de couleur violente dans la grisaille d'une photocopie, la femme, en réalité, ne se rappelait rien, elle n'était sûre que de ce que cet homme n'était pas, ce à quoi il ne ressemblait pas, il n'était pas grand, mais pas non plus très petit, ne portait pas la barbe, n'était pas habillé d'une manière spéciale, il était jeune, bien sûr, mais pas très jeune, il n'était pas gros, corpulent peut-être, mais pas beaucoup non plus, il ne ressemblait à aucun des violeurs qui attaquaient au couteau, ni aux hommes sombres et vieillissants qui s'approchent des fillettes dans les jardins publics ou qui touchent les cuisses des garçons dans les fauteuils des cinémas, à aucun des membres de cette confrérie sordide de regards et de profils qui était cataloguée dans un album exactement semblable à ceux utilisés pour les photos de famille, avec des feuilles adhésives recouvertes d'un film de plastique.

– C'est bizarre, dit plus tard l'institutrice, quand l'autre femme fut partie et que l'inspecteur lui demanda de rester encore un peu et de regarder les photos avec attention. Je n'imaginais pas les archives de la police comme cela. Vous n'avez pas d'ordinateur, de grands fichiers informatiques ?

– Ici non, pas encore, mais même si nous les avions...

L'inspecteur était assis derrière sa table, séparé de Susana par la lumière de la lampe et l'album ouvert. Dans ses relations avec les autres, surtout avec les femmes, il préférait toujours la sécurité de la distance physique, le soulagement de la correction professionnelle.

– Le plus probable est que cet individu n'a jamais été arrêté. Par conséquent, pour l'instant, c'est exactement comme s'il était invisible. Aucun de ces visages ne vous dit rien ? Faites bien attention. Beaucoup de ceux-ci rôdent autour des écoles. L'un d'eux peut-être vous a même importunée.

Elle demanda à l'inspecteur si elle pouvait fumer, il lui fit un geste positif de la tête et lui offrit un cendrier. Elle sortit de son sac, non sans difficulté, un paquet de cigarettes et une boîte d'allumettes de cuisine plutôt incongrue, et ensuite, au lieu d'allumer une cigarette, elle sortit aussi un étui à lunettes, et quand elle les mit cela changea son visage, il devenait plus sérieux, plus précis, un air de femme plus jeune et en même temps plus maîtresse de ses actes, sans le rien d'imprécision trompeuse qu'il y avait dans ses yeux myopes quand elle ne les portait pas. Elle pouvait avoir trente-sept ou trente-huit ans évalua l'inspecteur, quarante ans tout au plus. Au fond, qu'elle ne soit pas beaucoup plus jeune que lui le tranquillisait. Il ne savait pas s'y prendre avec les personnes très jeunes, hommes ou femmes, à moins qu'ils n'appartiennent au monde familier et prévisible de la délinquance, et même avec ceux-là, bien souvent, il ne savait pas s'y prendre, les plus jeunes de tous, ces adolescents qu'il avait vus casser des vitrines et incendier des autobus à Bilbao, menacer de mort à visage découvert les policiers qui les regardaient immobiles, passifs, derrière leurs casques et leurs boucliers.

– Ces visages vous disent-ils quelque chose ?

– Ils me font tous peur.

Elle frémissait en regardant les traits de ces hommes, certains très jeunes d'autres septuagénaires, décoiffés, pas rasés, renfrognés en face de l'appareil photo de la police, jamais avec un air de repentir ni de peur, mais de ressentiment, de fureur silencieuse et de défi : tous sans exception, dans les vues de face et les profils, dans leurs joues mal rasées, la fixité de leurs pupilles, lui semblaient les masques d'une masculinité brutale, non pas de dérangement mental ni de luxure, mais d'orgueil et de haine, de détermination froide et de cruauté cachés sous des traits presque toujours normaux. L'un d'eux pouvait sévir cette nuit dans quelque ruelle : elle-même, au moment de pénétrer dans l'entrée sombre de sa maison, pouvait sentir soudain le bâillon d'une main sur sa bouche et le fil d'un couteau sur son cou. Cela lui déplaisait de regarder les photos, il lui en coûtait beaucoup de fixer son attention sur chacune d'elles. Elle avait ressenti quelque chose de semblable une fois où elle s'était trouvée obligée, dans une réunion d'amis, de regarder un film pornographique.

– Faites surtout attention aux plus jeunes, dit l'inspecteur. Celui que nous recherchons ne doit pas avoir plus de vingt-cinq ans.

– Quel enfant de salaud ! Susana Grey quitta l'album des yeux et regarda la photo de Fátima que l'inspecteur laissait affichée au mur. Il faut être vraiment atteint pour faire cela à une enfant.

– Il est probablement incapable de le faire avec une femme adulte.

– N'allez pas me dire qu'ils sont malades, dit l'institutrice dans un accès de gravité et de rage. Qu'ils ne peuvent pas faire autrement. C'est comme de dire que les militaires serbes de Bosnie ne peuvent pas surmonter leurs pulsions de tuer et de violer des femmes.

– Je ne voulais pas dire cela.

« Il n'a pas éjaculé », avait dit Ferreras, « ce grand salaud n'a peut-être même pas eu une érection complète ». Mais il a utilisé ses doigts qui étaient très gros et dont les ongles étaient mal coupés, avec un bord très tranchant, d'après les traces qu'il a laissées sur la peau de Fátima. Donc il est certain qu'il fait un travail manuel : l'inspecteur fut étonné de ne pas y avoir pensé plus tôt, les ongles aux bords cassés de quelqu'un qui travaille de ses mains, il regarda les ongles sans rouge des mains de Susana, glissant sur les feuilles plastifiées de l'album, à la lumière d'une lampe entourée par la pénombre, car il faisait nuit noire, et il eut la sensation de s'être réveillé d'un rêve très court et inattendu, un rêve dont il revenait avec un fragment de souvenir minime mais précieux, presque de divination, les ongles de quelqu'un, capables de déchirer plus que de griffer, sans doute bordés de noir, conservant dans leur crasse des restes infinitésimaux du sang et de la peau de Fátima.

12

Il entend le réveil dans la chambre éclairée par la lune, la voix de la radio, la voix susurrante et chaude d'une femme qui assure un programme d'appels nocturnes, quelle pute, il le pense, il le dit à haute voix, avec précaution, pour qu'on ne l'entende pas, il est très tard mais on ne sait jamais, les murs ont des oreilles, la fille a tout à fait la voix d'une pute, cette voix qu'elles prennent quand elles s'approchent du comptoir dans le bar et qu'elles disent, salut, tu m'offres un verre, et qu'elles avancent une cigarette en demandant du feu, et le verre c'est toujours du mousseux, ou encore pire, du cidre mousseux, d'une marque bon marché, comme elles, celles qui travaillent dans le bar au bord de la route, à la sortie de la ville, après les derniers immeubles, après les concessionnaires de voitures et les dernières stations-service, les lumières rouges qui papillotent, qui vous appellent de loin, la lumière rouge ou bleue derrière les vitres dépolies, et après, une vraie misère, une escroquerie, des matelas sans draps, des verres de cidre mousseux à l'odeur de vomi et des serviettes de papier jetées sur le sol en ciment. La voix le réveille tous les matins, à quatre heures pile, à trois heures les samedis, même si bien souvent, quand la radio se met en marche, il est déjà réveillé, à regarder dans le noir les chiffres rouges de la pendule en attendant la voix, ou alors simplement il n'est pas arrivé à s'endormir, étendu, comme cette nuit-là, fumant couché sur le dos, avec la lumière de la pleine lune par la fenêtre, dans toute la chambre, après la pluie, la lune pleine, immobile, comme fuyant parmi les grands nuages que disperse le vent, nettoyant le ciel, avec un halo de lumière qui entoure la lune et entre dans la chambre et se pose sur les objets, soulignant leur forme, comme si toutes les choses étaient faites de la même matière, de lumière et d'ombre et de cendre de lune, le portemanteau et le lit, l'armoire et sa glace qu'on appelle aussi *luna*, et dans laquelle il pourrait se regarder à l'instant même, s'il se levait, sans besoin d'allumer la lumière électrique, tant la nuit est devenue claire.

Au fond l'insomnie lui plaît, ce pouvoir de rester éveillé et attentif pendant que les autres dorment, ce privilège, parfois, de marcher dans les rues vides à trois ou quatre heures du matin, surtout en ce moment, par cet hiver où la pluie et le froid gardent les gens encore plus renfermés chez eux, la pluie et le froid et la peur en plus, il ne faut pas l'oublier, le plaisir de conduire la fourgonnette sans risque de tomber sur personne, de tourner et retourner sans aucun but, accélérant sur les avenues des quartiers neufs, en direction des limites inhabitées de la ville, du papillotement des lumières rouges, ou faisant crisser les freins et les pneus aux coins des ruelles, éclairant soudain les yeux d'un chat avec les phares, un de ces chats sauvages qui rôdent dans les maisons et les cours en ruine du quartier San Lorenzo, que ses parents s'obstinent à ne pas vouloir quitter. « Quand nous serons morts tu vendras la maison, dit la mère, mais en attendant, non. » « Il n'y en a plus pour longtemps », dit le père, goguenard et macabre, avec des sifflements de bronchite chronique entre les mots, et peut-être aussi de cancer du poumon, j'espère bien, il le pense, il le dit à haute voix, seul dans sa chambre, en face de l'armoire à glace, où il s'examine et se jauge, debout, nu et pâle en ce moment à la lumière de la lune, sans honte, arrogant, où chaque fois qu'il rentre, de peur d'une maladie, il se regarde les yeux, la peau du visage, les dents, il ouvre grande la bouche et approche une lampe de poche et penche la tête et tourne les yeux pour inspecter plombages et caries, et met ses mains jointes devant sa bouche pour sentir son haleine, et doit retourner les laver.

Cette odeur toujours sur ses mains, cette odeur dont il s'étonne que personne ne semble la remarquer, encore que peut-être par dégoût ils fassent semblant et ne disent rien, comme lui-même si souvent dissimule, souriant au-dehors et mort de dégoût et de rage au-dedans, oui madame, tout de suite madame, et ça sera quoi aujourd'hui pour madame, vous faut-il autre chose, tu peux bien pourrir et crever. Le jour, quand les vieux sont debout, il sort de sa chambre avec des précautions d'invité furtif et il s'enferme dans la salle de bains, il ferme le verrou, comme autrefois, il y a dix ou douze ans, quand il s'enfermait pour ses premières branlettes, pour se regarder faire comme si c'était quelque chose de prodigieux et de menaçant, se dressant pour lui tout seul, rougissant, avec cette fente comme un œil vide, et ensuite l'odeur qui envahissait tout, aussi dénonciatrice et clandestine que la fumée nauséabonde des premières cigarettes. Il devait se laver les mains avec un savon très fort, il les frottait tellement qu'elles restaient rouges, mais au moins à l'époque c'étaient des mains plus fines, mais pourtant plus des mains d'enfant, des mains d'étudiant, de fils à papa sans durillons, sans les ongles cassés et sales, comme maintenant avec toujours cette ligne noire, il semble qu'il n'y a rien à faire pour la faire partir. Lui, le matin, quand il prend son premier café accompagné d'un coup de cognac, il a l'habitude de se nettoyer les ongles avec un cure-dents, comme d'autres se nettoient les gencives, mais cette crasse est trop tenace et la pointe du cure-dents se brise, il faudrait les laisser plongées des heures dans l'eau bouillante, et même comme ça. Il se douche avec l'eau à la température la plus élevée que peut supporter sa peau, comme elle coulait aux douches de l'armée, bouillante ou glacée, pas de moyen terme, on se brûlait, et soudain on était bleu de froid, ça vous rétrécissait tout, et les soldats se faisaient des grosses blagues, regarde-moi celui-là, il n'a pas de pine, faut lui faire une greffe. Avec le bruit de l'eau, il n'entend pas le bruit des coups à la porte de la salle de bains, qu'il prend la précaution de fermer au verrou, c'est le vieux qui veut entrer, parce qu'il passe son temps à pisser, qu'il pisse donc dans l'évier, ce saligaud, il le pense, il le dit à haute voix, parce qu'avec le bruit de l'eau et la porte fermée il peut se le permettre, et le père s'en va en jurant, dit qu'il dépense trop de gaz, qu'avec lui il n'y en a jamais assez même si on achète une bonbonne par jour. Il se touche lentement, il commence à imaginer des choses, et remarque qu'elle commence à grandir, violacée et obstinée sous l'eau, mais pas comme dans les films et les revues, on ne peut pas dire le contraire, mais ces types doivent tous être opérés, et beaucoup sont des pédés, et en plus ils ne peuvent même pas s'en servir tellement elle est grande, ça n'entre pas, c'est ce qu'on racontait à la caserne sur ce type des Asturies, il allait chez les putains, et elles ne voulaient pas de lui quand elles voyaient son engin, et en plus il avait mis sa fiancée enceinte parce qu'il avait éclaté le préservatif au moment de jouir. On va voir ça, on va appeler l'Asturien, il va faire le donneur d'organes pour celui-là, au moins quelques centimètres, moi je n'en ai pas besoin, disait un autre, celui qui l'avait vu sortir de la douche avant qu'il ait pu se couvrir avec sa serviette. Il grelottait et ça la lui avait rétrécie, mais dès qu'elle se réchaufferait, qu'on le laisse un moment avec une de leurs fiancées ou de leurs sœurs, alors ils verraient ça. Mais il n'y a pas moyen d'être tranquille pendant la journée, quand ils sont tous les deux réveillés, il faut toujours s'enfermer dans la salle de bains ou dans la chambre, c'est pour ça que c'est mieux la nuit, l'insomnie, même si après ça il marche toute la matinée comme un somnambule, à coups de cafés arrosés, complètement sur les nerfs, sur la force de ses muscles, des doigts de ses mains, et pourtant il ne fait pas de gonflette aux hormones, comme ces pédales de culturistes avec leurs biceps couverts de veines et luisants d'huile. La vieille, quand elle l'a vu visser le verrou, lui a fait une tête d'enterrement, comme elle fait toujours, on dirait une enterrée vivante. Écoute mon fils, tu ne devrais pas te cacher de nous. Toujours s'enfermer, comme à douze ans, dans le noir et sous les couvertures en tâchant de ne pas faire de bruit avec les ressorts du sommier, dans les cabinets de la cour puis, quand on l'a eue, dans la salle de bains, les revues cachées sous sa chemise, et plus tard les vidéos enveloppées dans les sacs des commissions, pourtant, à part les photos des boîtes, rien à faire, parce qu'ils ne savent pas brancher l'appareil ni faire passer un film, ils sont tellement balourds que ça leur a pris un temps fou de s'habituer à la télécommande, et maintenant ils ne la lâchent plus, la mère appuie sur les boutons aussi vite qu'autrefois elle passait les grains de son chapelet, celle-là, l'adresse qu'elle a maintenant pour sauter d'un feuilleton à l'autre, et pour monter le son à fond, un coup de doigt et la maison résonne du haut en bas, seulement ça leur est égal, il pourrait y avoir un tremblement de terre ou un incendie et ils continueraient à regarder la télévision, mais sans rien y comprendre, ni aux films ni aux informations, ni à la messe qu'ils regardent le dimanche matin, surtout si c'est le pape qui la dit, et la vieille se met à pleurer et lui envoie des baisers, et le père la regarde en coin avec haine et ne dit rien, il ne fait que respirer avec ses bronches et ses poumons embourbés, avec son emphysème ou son cancer, s'il n'avait pas tant fumé de ce tabac puant, ce tabac en paquets qui vous asphyxiait, ces cigarettes roulées et baveuses qu'il gardait, une fois éteintes, dans ses poches de pantalon.

Verrou pour la salle de bains et la chambre, les tiroirs de l'armoire fermés à clef, et la vieille toujours tâtonnant comme si elle était aveugle, et à dire, écoute, comme si j'allais te voler. Mais même la nuit on ne peut pas être vraiment tranquille, pas même quand cette voix de femme se met à chuchoter dans la radio, comme une putain, aussi sournoise, elle rit quand un type lui dit une cochonnerie au téléphone, elle fait comme si elle était scandalisée, comme si elle allait raccrocher, et si je t'appelais une de ces nuits, il le pense, si je te racontais. Mais pas même maintenant ça n'est vraiment le calme, on les entend ronfler, ils toussent dans leur chambre, et même ils parlent ou se disputent à voix basse, avec ces voix si bizarres qu'ont les gens à l'heure de dormir, tous les deux couverts jusqu'au menton par le revers du drap, leurs têtes réunies, visages de morts, il s'avance quelquefois sans raison dans leur chambre et alors il les voit, à la lueur du couloir, les deux visages joints, sans leurs râteliers, l'odeur de la vieillesse, gaz rances sous les draps et pisse dans le pot de chambre qu'ils continuent à utiliser, aujourd'hui alors que plus personne ne le fait, c'est quand même un pot de chambre en plastique, pas un de ces vases en faïence émaillée qu'ils avaient encore il n'y a pas longtemps, fossiles incorrigibles, tous les deux rassemblés comme des momies sous la têtière de leur lit et sous le crucifix, celui qu'on leur avait offert pour leur mariage, tout comme le vieux réveil de la table de nuit, avec une brillance usée de phosphore sur les chiffres et les aiguilles, qui devait être une nouveauté il y a trente ans, c'était une pendule si moderne qu'on n'avait pas besoin de lumière pour lire l'heure. Sur chacune des tables de nuit il y a un verre en plastique avec un râtelier, et une petite vierge du Gravellar en plastique, peinte comme si c'était de l'argent. La vieille allumait toutes les nuits devant la sienne une petite veilleuse à huile, jusqu'au jour où elle avait failli mettre le feu à la maison, elle voulait prendre le verre de son râtelier et la flamme de la veilleuse avait enflammé la manche de sa chemise de nuit, et lui avait été réveillé par ses cris, ça faisait à peine une demi-heure qu'il dormait et il n'était plus arrivé à fermer l'œil, c'était clair, il n'avait même pas le droit de dormir la nuit après s'être tué au travail. Ils auraient pu griller sur place, comme brûle de l'amadou, au milieu de ces gaz et de ces vêtements de laine et des couvertures et des vieux draps qui donnaient cette odeur dans le noir, et avec eux toute la maison aurait pu brûler, avec ses plafonds de canisse au-dessus desquels la nuit on entendait les courses des souris, et ses poutres de bois où s'affairaient les vrillettes. Il n'y a jamais de silence, il n'y a pas moyen d'être à l'abri, de s'installer tranquillement pour regarder un film à une heure du matin, ça serait bien le moins, on se tue à travailler plus d'heures que n'en compte le cadran et après ça on a bien le droit de boire quelques verres et de regarder une vidéo, mais pas moyen, ils le dérangent tout le temps, ils se lèvent à deux heures du matin pour boire de l'eau ou pour pisser, ou parce qu'ils ont oublié de faire tremper leur râtelier, c'est dégoûtant, alors il a fini par acheter un autre téléviseur, il l'a installé dans sa chambre et y a branché la vidéo, il pouvait faire ce qu'il voulait de son argent, et que le vieux vienne lui demander quelque chose, s'il osait. Depuis, il s'enferme pour regarder des films, aussi bien protégé que lorsqu'il s'enfermait aux waters avec une revue, mais il prend la précaution supplémentaire de baisser le son, ce qui l'empêche d'écouter les cris et les halètements et les barbotages aussi fort qu'il le voudrait, comme il les entendrait si une de ces femmes était vraiment avec lui et lui disait à l'oreille ces choses qu'elles disent, tirant sa langue si longue pour lui humecter le tympan de sa pointe mouillée. C'est comme ça qu'on entendait les films au cinéma Le Principal, avant qu'il soit fermé, deux films différents chaque soir pour le prix d'une séance, mais c'était une plaie que le cinéma soit aussi près de chez lui, le portier le connaissait sûrement, mais il prenait son courage à deux mains et ça lui était égal, son courage et sa raison, il ne faisait rien de mal, c'est pour ça qu'il travaillait plus d'heures que n'en compte le cadran, qu'il s'échinait, qu'il y passait sa vie, il achetait le ticket avec son argent et il avait le droit de voir le film dont il avait envie, il était adulte, il l'avait été, bien avant d'avoir dix-huit ans et de partir au service. Rien de tout ça ne diminuait l'angoisse de s'approcher du guichet en regardant de côté, au cas où quelqu'un de connu apparaîtrait, surtout les premières fois, et de remettre son ticket au portier, mais quand il s'avançait dans la pénombre des couloirs qui sentait le désodorisant bon marché et l'humidité des vieux murs, tout lui devenait égal, il semblait que le sol penchait un peu vers l'avant dans le seul but de donner plus de douceur et de détermination à ses pas, il avançait dans un tunnel réchauffé par le chauffage et éclairé ici et là par la lumière rouge des lampes de secours et avant de pousser le lourd rideau rouge ou grenat d'une loge, il entendait déjà les gémissements, les mots, les cris, les chuintements de succion ou de pénétration, et quand il s'asseyait, au début il était ahuri par la dimension inimaginable des choses qui remuaient sur l'écran, les contorsions, les détails gynécologiques des corps écartelés, les corps tellement détaillés en gros plans ou repliés et entassés dans de telles postures qu'il lui fallait un moment pour les distinguer et les identifier. Et autour de lui, dans les fauteuils de la salle, dans la pénombre où il restait encore quelques éclats d'un luxe faux et décati depuis bien des années, il voyait quelques têtes solitaires et immobiles, peu nombreuses, jamais en groupe, surtout des têtes de vieux, des gens qui restaient dans le cinéma sans enlever leur manteau et qui sortaient aussi vite qu'ils étaient entrés, peut-être par peur qu'on allume par traîtrise les lumières de la salle, qui en réalité ne s'allumaient jamais. On entendait parfois dans le silence attentif de la salle presque vide une plainte ou un soupir, une toux, quelqu'un qui s'agitait sur un fauteuil et provoquait un grincement de vieux bois ou se levait soudain pour partir de sorte qu'il n'y avait même pas moyen de se concentrer sur le film. C'était la même chose dans sa chambre quand il était enfermé et qu'il entendait dans le couloir les pas et la toux du vieux, il s'apercevait soudain que le verrou n'était pas fermé et tout se gâchait, au moment recherché et choisi, à l'instant le plus doux, quand sa jouissance allait coïncider avec celle du tâcheron qui éclaboussait dans le film la bouche et le visage d'une femme qui ensuite se léchait avec sa langue longue et rouge. Sûr qu'on devait leur mesurer la langue avant de les engager. « Autrement je ne sais pas, mais comme artiste porno tu ne gagneras pas ta vie, mon salaud », lui avait dit le type dans les douches de la caserne en lui regardant ouvertement l'entrejambe d'un air rigolard, sans se couvrir, il n'avait pas honte lui, la sienne se balançait pesamment tandis qu'il se frottait avec sa serviette, sûr que dans sa douche cette putain d'eau n'avait pas été aussi glacée. Il entend la voix de la fille à la radio et rien qu'à l'entendre le voilà qui s'échauffe, trois heures et quart dit la voix en chuchotant, elle parle à la deuxième personne comme si elle ne parlait que pour lui, dans sa chambre, « où que tu sois, tu dois savoir que je te tiens compagnie », dit-elle, et lui pense quand il se lève, sans allumer la lumière électrique, pâle en face de la glace à la lumière de la lune, si tu savais où je suis, si tu savais qui je suis. Il s'habille en vitesse, en silence, regardant le réveil, bougeant comme un chat, il se l'imagine, dans la pénombre parmi les choses éclairées par la lune, il guette, immobile, depuis sa porte, dans le couloir, il écoute les ronflements des vieux, ceux du père comme s'il avait des cailloux ou de la cendre dans les poumons, ceux de la mère plus doux, il enfile son blouson, il noue les lacets de ses chaussures de tennis, il ouvre avec sa clef le tiroir de l'armoire, il essaie son couteau avant de le mettre dans la poche arrière de son pantalon, la lame sautant souplement, blessée par la clarté de la lune, ensuite le briquet et le tabac, les clefs de la camionnette, celles de la maison, un jour il en aura assez et il les laissera enfermés, ensevelis dans leur lit de morts et il ne reviendra plus jamais. Mais il est encore tôt quand il sort dans la rue, la ruelle pavée dont ils ne veulent pas partir, l'air est très doux et calme, comme la clarté de la lune, il lui reste encore plus d'une demi-heure avant quatre heures et sans faire attention il se laisse entraîner, au long des petites places et des ruelles vides, des coins de maisons abandonnées ou habitées seulement par des vieux. Son cœur, sans raison, se met à battre plus fort à mesure qu'il marche vers il sait déjà où, il a allumé une cigarette, aspire à fond et la fumée, âcre dans l'air de la nuit, s'éclaire dans la ruelle autour de sa tête baissée, il avance, la poitrine tremblante comme s'il s'approchait du cinéma Le Principal, comme s'il avait garé la voiture sur le bas-côté de la route déserte, par une nuit très sombre, et qu'il s'approchait du papillotement rouge et bleu d'une enseigne, d'une maison dont les fenêtres sont colorées d'une clarté sale et rougeâtre.

13

Ils attendaient tous les quatre dans le salon où maintenant le grand téléviseur restait toujours éteint en signe de deuil, un deuil archaïque et aussi irrévocable que celui qui bien des années auparavant faisait recouvrir les images de tissus violets dans les églises, après le vendredi saint. Quelques minutes plus tôt ils étaient encore en train de parler, sur le ton qu'on prend pour les veillées funèbres ou dans l'antichambre d'un malade, ils disaient des choses banales, déjà sans rapport avec Fátima, commentaires habituels sur le temps qu'il fait ou sur l'école, après lesquels demeurait toujours comme un excès de silence, qu'il fallait surmonter jusqu'à ce que quelqu'un, la femme ou Susana, dise quelque chose d'autre, quelques mots banals et laborieux qui recueilleraient l'approbation muette d'un mouvement de tête, ou resteraient sans écho car l'homme, le père, ne semblait pas écouter, ne voulait rien savoir d'eux ni du monde, ne faisait qu'attendre, attendre en se tordant les mains que le téléphone sonne, attendre d'affronter une fois encore l'assassin de sa fille.

Peu à peu, à mesure que l'heure approchait, ils demeuraient en silence, le père et la mère assis sur le canapé, l'inspecteur sur un fauteuil à côté du téléphone qui allait sonner, qu'ils attendaient et qu'ils redoutaient, juste à sept heures moins le quart, et Susana Grey, Mademoiselle Susana, en face d'eux tous, de l'autre côté de la table basse en verre où se trouvaient sa bière sans mousse, le cendrier et ses cigarettes, droite sur sa chaise, sans lunettes, le dos mal calé, les genoux joints dans son pantalon de velours côtelé, son pantalon d'hiver usagé, celui de l'école et du travail. C'est elle qui avait appelé l'inspecteur, pressé par la mère qui au début ne voulait pas que son mari sache qu'elle demandait de l'aide : « Il dit que ça ne sert à rien, que la police ne nous aidera pas, mais que si vous venez aussi, il ne le refusera pas. »

Maintenant, à sept heures moins vingt, en écoutant le mécanisme lassant de l'horloge, ils évitaient de se regarder, sans dire un mot qui aurait justifié de croiser leurs regards, sans phrases neutres qui auraient rendu supportables pour l'inspecteur et Susana les yeux de l'homme et de la femme bouleversés par le malheur, leurs visages défigurés et ravagés de douleur, de haine, de larmes et d'insomnie. Assis tous les deux sur le canapé trop petit, involontairement proches, l'un contre l'autre, obsédés sans soulagement possible par l'immensité et l'injustice de leur malheur, ils ressemblaient à des intouchables, à des personnes séparées des autres pour toujours, comme les lépreux d'autrefois, devenus indifférents à la répulsion et à la pitié. Le père se tordait les mains entre les genoux, soupirait et serrait les mâchoires, tirant la peau mal rasée de ses joues, passant dans ses cheveux noirs et rudes une main aux doigts tendus pendant qu'il se penchait un peu plus, absorbé par quelque chose qu'il ne voyait peut-être pas, une figurine de verre ou la pointe de ses souliers. Il ne pensait qu'à une chose, disait-il, il ne vivait que pour ceci, attraper ce type-là et le tuer, comme il l'avait fait à ma fille, aussi lentement, lui et moi tout seuls, et il se tordait de nouveau les mains, avec un désespoir et une force doublement inutiles, parce que cela faisait des mois ou des années que ses mains ne lui servaient plus à travailler et qu'il était très probable qu'elles ne lui serviraient pas non plus pour étrangler l'assassin de Fátima, dont il parlait comme s'il le connaissait, il disait « *celui-là* », jamais « *il* », et la stérilité de sa propre rage l'échauffait et l'empoisonnait plus encore, de sorte qu'il n'était plus capable de ressentir autre chose que de la haine. La haine était la substance de ses rapports avec les autres, le seul lien qui lui restait avec eux : il haïssait l'assassin mais aussi les policiers qui n'avaient pas été capables de l'attraper, et les journalistes qui les premiers jours avaient rôdé de façon si malsaine dans la rue, s'étaient glissés sans respect dans l'entrée et dans l'ascenseur puis étaient repartis avec la même indifférence frivole qu'à leur arrivée, comme si la mort de la fillette était un fait divers banal, un racontar qui s'oubliait en deux jours ; plus que les policiers ou les journalistes il haïssait les juges qui relâchent les criminels, et aussi les gens qu'il ne se risquait plus à regarder dans la rue pour ne pas rencontrer d'expressions de curiosité douteuse ou de pitié, il haïssait l'institutrice qui avait donné à faire ce travail manuel à sa fille et aussi sa femme, qui aurait pu l'emmener faire ses courses et ne l'avait pas emmenée, mais surtout il se haïssait lui-même, de l'avoir vue partir et de ne pas le lui avoir interdit au dernier moment, d'avoir tant tardé à s'inquiéter et à avoir des soupçons, de n'avoir rien fait depuis, rien que de sécréter de la haine et de l'alimenter et de se tordre les mains assis sur le canapé, devant le téléviseur éteint, dans le salon où ils gardaient toujours les rideaux tirés, pour ne pas voir les voisins qui se mettaient à la fenêtre d'en face, très proches dans cette rue si étroite, ni ses deux mains grossières et inutiles de chômeur de plus de quarante ans qui conservaient, comme son visage, les traces des intempéries subies sur les échafaudages et dans les excavations des chantiers, lui qui sûrement ne retrouverait plus un travail honnête et durable, jamais plus de sa vie.

– Sept heures moins le quart, dit Susana à voix basse.

– Il va appeler, le père parlait sans regarder personne, fixant ses mains réunies sur ses genoux. Il doit s'approcher du téléphone.

En parlant il ne regardait pas non plus sa femme. Il avait une expression invariable de ressentiment et d'hostilité difficilement contenue, parce qu'il entretenait contre tout le monde la rancune d'être le seul à qui ce malheur était arrivé. On pouvait lui faire des condoléances, lui envoyer des télégrammes, lui proposer de l'aide, tout cela n'était que des mots. Puisque les filles des autres n'avaient pas été enlevées et assassinées, personne ne pouvait comprendre ni partager sa souffrance, qui l'isolait dans une capsule hermétique de désespoir dans laquelle ne parvenaient les consolations de personne : bouches remuant en silence, mains et visages écrasés contre un verre infranchissable. Il ne pouvait reconnaître pour son semblable personne qui n'aurait subi le même malheur que lui ; mais il s'éloignait aussi de sa femme, et de ses fils plus jeunes qu'il ne tolérait plus avec cette patience indifférente qu'il avait eue pour assister des soirées entières à leurs disputes, à leurs pleurs féroces, à leurs jeux et à leurs catastrophes domestiques dans ce salon où il y avait si peu d'espace et tant de choses fragiles à casser ou à tacher : bouteilles de Cacolac renversées sur le tissu du canapé, figurines de verre brisées, risquant de se planter dans leurs pieds toujours déchaussés, et lui qui pendant ce temps-là regardait la télévision, des matchs de football, ou d'interminables retransmissions de motocyclisme et de golf, qui donnaient le tournis à sa femme, plus encore que les cris des enfants.

On les avait envoyés dans un village des environs, avait-elle dit, chez une de ses sœurs, pour l'instant, au moins un ou deux mois, et en racontant cela elle servait des bouteilles de bière tiède et un Coca-Cola pour l'inspecteur, avec mélancolie et attention, timide et serviable devant ces visiteurs qui l'impressionnaient, surtout l'institutrice, plus que l'inspecteur, parce qu'elle se sentait pour Susana une dévotion inconditionnelle, partagée des années durant avec sa fille et maintenant héritée d'elle, la dévotion reconnaissante d'une femme, qui connaît sa propre ignorance et en souffre, envers l'institutrice qui aurait aidé sa fille à éviter le destin auquel elle, sa mère, n'avait pas pu échapper. Elles étaient presque du même âge mais elle la voyait résolue, plus jeune, avec une souveraineté de femme travailleuse et libre qui avait eu le courage de ne rien devoir à personne et d'élever seule son fils. Elle la vouvoyait avec respect, bien sûr, la servait avant les autres, lui demandait avec inquiétude, les mains dans son giron, si la bière était à son goût, si elle voulait plus de cacahuètes ou de fromage, debout à côté d'elle, sans oser s'asseoir, attentive et absente à la fois, égarée elle aussi par la douleur, une douleur pourtant qui ne ressemblait guère à celle de son mari car il y manquait la lente ségrégation toxique de la haine.

– Voulez-vous une autre bière, mademoiselle Susana, je vous apporte d'autres olives ?

Bière et Coca-Cola tièdes, soucoupes avec des tranches de charcuterie légèrement rances, des cacahuètes, des petits cubes de fromage, choses que presque aucun d'entre eux ne touchait pour ne pas entendre dans le silence les craquements de la mastication, et parce qu'à mesure que les minutes s'avançaient vers sept heures moins le quart, ils n'étaient plus capables que d'attendre, immobiles, écoutant l'horloge, les bruits confus qui venaient de la rue, comme d'un autre monde, celui qui avait existé jusqu'au jour et à l'heure où Fátima n'était pas rentrée de la papeterie avec sa boîte de Crayolors et son rouleau de bristol. La tête baissée, nerveux, avec un désir insupportable que les minutes s'écoulent et de pouvoir s'en aller, Susana et l'inspecteur détournaient discrètement leurs regards sur les objets. Le manche du décapsuleur avait la forme d'une coquille Saint-Jacques et servait aussi de cendrier : *Souvenir de Compostelle*. La photo de communion de Fátima était accrochée au-dessus du canapé, rendue plus voyante par un cadre pompeux et doré et par ses couleurs violentes, par le tirage qui imitait la trame et les irrégularités d'une toile peinte à l'huile. La robe de la fillette avec ses dentelles et ses voiles de mariée, le visage enfantin, les yeux souriants et les dents écartées, se retournant à demi sur un fond qui virait du noir au bleu électrique.

– Allons, mademoiselle, goûtez les olives, elles sont faites à la maison, celles que vous aimez.

Mais c'est à peine s'ils goûtaient quelque chose et la bière réchauffait dans les verres et perdait sa mousse, comme s'éteignait la conversation à mesure que passaient les minutes, peut-être les dernières de cette attente, parce que quelques semaines après la mort de la fillette, l'appel du téléphone qui les premiers jours avait sonné exactement à sept heures moins le quart s'était répété, pas tous les jours pourtant, mais chaque mercredi, jour de la disparition, et à la même heure. Le téléphone sonnait dans l'appartement resserré où l'on n'entendait plus de cris d'enfants ni de musique ni les voix de la télévision, et l'homme et la femme, à l'entendre, restaient paralysés, parce que pour eux cette sonnerie resterait toujours le bruit des nouvelles atroces. Ils attendaient avec un soubresaut au cœur, hypnotisés par le bruit, sans décrocher le téléphone, peut-être dans l'espoir que la sonnerie s'arrêterait, mais elle continuait avec une stridence croissante et alors l'homme décrochait brusquement et disait « allô » sans trop approcher l'appareil de son visage, avec cette voix rude et cassée qui lui était restée depuis l'enterrement, et au début on n'entendait rien dans le téléphone, peut-être une respiration ou le bruit des parasites de la ligne, mais avant qu'il raccroche ou qu'il éclate en malédictions, une voix masculine disait, sur un ton très bas, mais de façon parfaitement claire et prononçant soigneusement chaque syllabe très près du combiné :

« Fátima. »

Alors il raccrochait et ne rappelait que le mercredi suivant. L'homme gardait le téléphone à la main même après que la communication eut été coupée, il jurait, il brûlait sa fureur en criant à un combiné déconnecté les pires injures que lui fournissait sa langue, puis, soudain tout rouge, debout, il restait immobile et silencieux et sa bouche se décomposait dans la grimace rigide d'un sanglot enfantin.

Mais il se refusait à demander de l'aide, à téléphoner une nouvelle fois à la police, à quoi bon, qu'est-ce qu'ils avaient fait, à quoi avaient servi l'enterrement et la foule avec des pancartes et des photos de Fátima et les bougies allumées sous les parapluies, qu'allaient-ils faire sinon lui répéter toujours les mêmes questions, lui demander de signer des imprimés et des déclarations, noter le numéro de sa carte d'identité et lui dire que oui, patience, on avançait, on trouvait des pistes, on interrogeait des suspects, mensonges criait-il en tournant et retournant dans la salle à manger trop remplie de meubles, d'objets, de tableaux et de photos encadrées, de napperons au crochet, d'assiettes décoratives, de figurines de verre ou de porcelaine, incapable de travailler et de faire justice de la mort de sa fille, un parasite, un impotent disait-il en se mettant à pleurer la bouche ouverte et le visage caché dans les mains, comme si on m'avait châtré.

Un soir, la femme se présenta à l'école quinze ou vingt minutes après l'heure de la sortie parce qu'elle ne voulait pas voir les enfants, et quand elle rencontra Mademoiselle Susana elle se jeta dans ses bras et elles se mirent toutes deux à pleurer en se rappelant tant d'autres visites qu'elle avait faites pour savoir comment cela allait avec sa fille, pour se sentir secrètement flattée par les paroles qu'allait lui adresser l'institutrice. « C'est une merveille votre fille, de toutes ces dernières années il n'y a pas eu trois élèves comme elle à l'école. » « Il faut la tenir serrée, mademoiselle, elle est un peu distraite, ce qui est dommage c'est que je ne peux pas l'aider, elle me demande des choses pour ses devoirs et moi je lui dis, ma pauvre fille, c'est à moi que tu viens demander ça. » Elle voulait que sa fille étudie, elle avait passé avec Susana un pacte implicite qui avait quelque chose d'un secret et d'une conspiration de femmes pour arriver à ce que sa fille ait une vie moins douloureuse et soumise que la sienne. Les garçons lui importaient moins, parce que les hommes sont toujours avantagés même s'ils sont plus rustres, mais la fillette devait se préparer sans perdre une année, même une journée, sans échouer à un examen, elle avait besoin de tout le savoir et de toute l'intelligence que les hommes brandissent et dilapident sans bénéfice, et aussi de toute la force de volonté, de persévérance et d'astuce des femmes, pour devenir forte, pour vivre une fois adulte une vie dans laquelle elle ne serait pas à la merci d'un homme, de sa gentillesse ou de sa cruauté, piégée par ses enfants et son mari et les tâches ménagères monotones qui vous exténuent jusqu'à l'anéantissement sans rien vous laisser, ni résultats ni remerciements. Une fois, le dernier jour de l'année scolaire écoulée, quand elle lui avait donné les notes de Fátima, Susana lui avait demandé ce qu'elle souhaitait que fasse sa fille une fois adulte, et elle avait répondu sans hésiter, avec une certitude fascinée : « Je veux qu'elle soit comme vous. »

L'horloge sonna laborieusement le quart d'heure et ils tournèrent tous, instinctivement, la tête vers le téléphone, qui demeurait muet à portée de main de l'homme.

– Rappelez-vous, dit l'inspecteur, vous devez essayer de le retenir, au moins une minute, pour nous laisser le temps de localiser l'appel.

– Et vous allez faire ça avec quoi ? dit l'homme en le regardant de côté, avec une expression de fatigue ou de sarcasme à la bouche. Vous n'avez même pas apporté de magnétophone.

– Qu'est-ce que tu racontes, il sait bien mieux que toi ce qu'il doit faire ! – et la personne que regardait la femme pour l'excuser n'était pas l'inspecteur mais Susana.

– On enregistre la communication au central téléphonique, dit l'inspecteur.

À cet instant, les faisant tous sursauter comme s'il n'y avait pas aussi longtemps qu'ils ne faisaient que l'attendre, la sonnerie du téléphone retentit comme un coup de fouet aigu.

– Laissez-le sonner plusieurs fois, l'inspecteur retenait la main du père de Fátima. Maintenant. Parlez-lui, faites-le patienter au moins une minute.

Il avait parlé tout bas, comme s'il prenait des précautions pour ne pas être entendu par celui qui était au téléphone. Susana, très droite en face de lui, avait allumé une cigarette sans le regarder, le visage grave et les yeux sereins derrière la fumée. Ils écoutaient la pendule, les secondes lentes et les chocs qui s'avançaient lentement vers une durée qui leur semblait éternelle, une minute. Mais l'homme ne disait rien, il avalait sa salive, il serrait très fort le combiné dans sa main droite dont la paume devait être moite de sueur contre la surface de plastique. Ils tentaient de prêter l'oreille mais dans le téléphone on n'entendait rien, pas même la respiration des autres fois, rien qu'un silence qui rendait plus sombre et trouble cette présence à l'autre bout, cette intention de moquerie et de cruauté qui en ce même instant animait quelqu'un, peut-être pas l'assassin, cela l'inspecteur l'aurait juré. Il fit à l'homme un signe de la main, le pressant de parler, mais lui demeurait absent, absorbé dans le silence de l'autre, il remuait les lèvres et l'on n'entendait que le claquement de sa langue dans une salive rare. Il écarta un peu le combiné de son oreille, et alors ils entendirent tous les quatre une respiration de plus en plus forte, puis la voix, faible et sombre, à la fois lointaine et voisine, avec une proximité d'affût et de répulsion physique, qui disait le prénom, séparant soigneusement les syllabes, et puis s'interrompait alors qu'il ne s'était même pas écoulé quarante secondes.

« Fátima. »

14

« Il se lève tous les matins à huit heures. La première chose qu'il fait est de se mettre à sa fenêtre en pyjama. Il écarte le rideau quelques secondes, regarde en premier les fenêtres d'en face, puis la rue. Il observe les voitures stationnées pour vérifier les immatriculations. Il sort vers huit heures et demie. Costume, cravate, anorak vert sombre. Troisième étage gauche, 14, rue Granados, immeuble de cinq étages, deux ascenseurs. Quartier de petite classe moyenne, séparé du centre ancien. Femme de ménage dans l'entrée mercredi et vendredi. La rue donne dans une avenue à forte circulation qui se termine sur la route périphérique, à deux kilomètres du carrefour de la route de Madrid. Sortie plus facile à pied jusqu'à l'avenue, et de là, quatre-vingt-dix kilomètres de mauvaise route jusqu'à l'autoroute, à Bailén. »

Mais qui peut vérifier vraiment quelque chose au moyen de son intelligence ou de son intuition si personne ne suspecte ni ne découvre rien, si ce n'est grâce à un aveu ou à une dénonciation, n'importe quel visage est un déguisement parfait et il n'est pas d'yeux qui ne brillent embusqués derrière le noir d'un masque. Les morts parlent, disait Ferreras, à la différence des vivants ils ne cachent aucun secret, ils sont au-delà de la pudeur comme de la vie, ils montrent sans phrases tout ce qu'ils ont été, le plus intime et le plus misérable, le plus dépouillé, le plus vil, la bouillie jaunâtre et à moitié digérée de ce qu'ils ont mangé quelques heures avant de mourir, les traces de leurs vices, le goudron dans les poumons, le foie gonflé par l'alcool, les caries, le cérumen des oreilles, l'irritation des sphincters par manque d'hygiène, les séquelles du travail sur leurs mains, les traces de nicotine, les brûlures acides du ciment, les traces d'encre – Fátima avait une tache d'encre de stylo feutre sur le bout de l'index de sa main droite, et un petit durillon au majeur, comme il en vient aux enfants quand ils écrivent en serrant très fort leur crayon.

« ... Il a une vieille Renault 18, immatriculée à Bilbao, gris métallisé, la même que nous avons notée d'autres fois. Il ne la laisse jamais en stationnement dans la rue. Place de parking louée dans un garage surveillé vingt-quatre heures sur vingt-quatre. Il n'utilise presque jamais sa voiture. Il la prend le dimanche à dix heures du matin, et part dans une direction inconnue. Rentre en fin d'après-midi. Modifie chaque jour son trajet en direction du commissariat. Il y arrive toujours un peu avant neuf heures. »

Mais Ferreras n'était pas très sûr d'éprouver une véritable pitié pour les vivants parce que ce qu'il éprouvait de plus en plus, à mesure que passaient les dernières années de sa jeunesse, c'était de l'incompréhension, du désarroi, de la colère, de la méfiance et de la peur, un désir de plus en plus clair de se mettre à part du monde et de l'observer à distance, et de n'y intervenir que par la pratique rigoureuse de son métier, qui constituait pour lui comme une forteresse de la vérité, de la raison et du modeste espoir humain de voir certaines choses, accomplies avec tout le talent et toute l'adresse dont certains peuvent être capables, améliorer si peu que ce soit l'ordre des événements, aider de façon peut-être infime mais pourtant précieuse et irréductible à ce que la déraison et le désordre ne prévalent pas inconditionnellement. Les années passant, il avait relu Albert Camus : il ne comprenait presque rien de ce qui se passait autour de lui, les pages politiques des journaux ne l'intéressaient pas, et à vivre si longtemps dans sa ville isolée, il avait perdu l'habitude de se tenir au courant des nouveautés du cinéma et du livre, auxquelles il avait consacré dans sa première jeunesse une part qu'aujourd'hui il jugeait excessive de son énergie intellectuelle. Mais ce désintérêt pour les choses extérieures était compensé par une volonté toujours plus réfléchie et urgente de faire son travail le mieux possible, de se tenir au courant des innovations de la science et de la médecine légale, et de soigner ses analyses et ses rapports avec un souci de précision, de clarté et de rigueur qui ne se relâchait jamais, et dans lequel il ne s'accordait ni l'excuse de la fatigue ni celle d'une capitulation devant cette tendance de plus en plus universelle à faire les choses n'importe comment, puisque si on les faisait avec négligence ou avec maladresse, ou tout simplement mal, cela n'avait pas d'importance ou bien personne ne s'en rendrait compte, et si on les faisait bien, personne ne vous en serait reconnaissant à l'intérieur d'un système méticuleusement régi par l'incompétence et la corruption. Il achetait le journal et la journée passait sans qu'il l'ait lu, mais il visitait tous les matins sa boîte aux lettres avec avidité, surveillant l'arrivée des revues internationales auxquelles il était abonné, et il restait à lire très tard, prenant des notes et des résumés, consultant manuels et dictionnaires, avec une allure de concentration sévère et calme que personne peut-être ne remarquait, parce qu'il n'avait pas l'habitude de l'afficher dans la vie quotidienne ni dans ses relations avec les autres, de même qu'il ne portait ses lunettes que quand il était seul, par une coquetterie juvénile de quadragénaire.

Dans le domaine de son travail, de sa stricte spécialité, qui est pourtant inépuisable puisqu'elle englobe pratiquement toutes les possibilités de la vie et de la mort des hommes, les énigmes pouvaient être expliquées et résolues avec des degrés divers d'approximation ou de certitude, mais il y avait toujours des faits indubitables sur lesquels s'appuyer, des évidences anatomiques et des processus chimiques qu'il était possible de déterminer sans ambiguïté : au moyen des taches violacées et du degré de rigidité des membres, il avait su calculer depuis combien de temps Fátima était morte et, grâce à une analyse relativement simple, il était sûr que la majeure partie du sang retrouvé sur ses vêtements n'était pas le sien mais celui de son assassin, mais ensuite, au-delà des mots techniques de son rapport, du point final et de sa signature, commençait une zone d'obscurité devant laquelle Ferreras ressentait de plus en plus de peur. Avec un soin infini, avec une délicatesse qui jamais ne pourrait être suffisante, il examinait de temps en temps, par une nuit de garde, une femme violée, il prélevait des restes de sperme et de flux vaginal, et peignait très soigneusement la toison du pubis à la recherche de poils du violeur : il pouvait alors déterminer l'évidence des voies de fait et le groupe sanguin de celui qui les avait commises, et ces données seraient peut-être utiles pour obtenir une condamnation, mais pas pour savoir quoi que ce soit de ce qui s'était réellement passé dans l'esprit de la femme violée, de ce qui s'était brisé pour toujours et de ce qui pourtant était possible de réparer et de soigner, de ce qui battait si confusément dans la conscience du violeur, la luxure dégoûtante ou l'arrogance ou la haine qui l'avaient poussé à l'acte.

– Je m'entends beaucoup mieux avec les morts, avait-il dit à l'inspecteur, en riant, par exemple avec Albert Camus ou avec Quevedo, qui est un mort plus ancien encore. Je dis comme lui, que je vis en conversation avec les défunts...

– « Et j'écoute de mes yeux les morts », l'inspecteur continua la citation et Ferreras resta à le regarder, déconcerté, même s'il tentait, par courtoisie, de dissimuler sa surprise.

– C'est un curé qui m'a appris cela, il y a un siècle, l'inspecteur souriait comme pour s'excuser de son érudition inattendue. Il m'obligeait à apprendre des versets de la bible et des sonnets de Quevedo.

« Entre dix heures et dix heures et demie, il sort prendre un café au lait et un croissant à la cafétéria Monterrey, à peu près à cent mètres du commissariat, de l'autre côté de la place. À l'arrière il y a une sortie sur une ruelle. Beaucoup de policiers y prennent le petit déjeuner ou y boivent une bière en quittant leur service. Il reste debout au bar, tourné vers la porte d'entrée. Il y rencontre les autres inspecteurs qui le saluent sans beaucoup de confiance. On voit qu'ici aussi il ne se rend pas très sympathique. Celui avec lequel il se retrouve le plus souvent est un médecin légiste. Pour l'instant il n'a pas d'autres relations vérifiables que celles de sa profession. »

Mais qui peut rien vérifier des vivants, qui découvrira ce qui est au fond des yeux, derrière le masque et le déguisement des traits d'un visage d'homme, qui peut savoir ce qu'il y a au-dedans d'une âme, ce qui se trouve plus à l'intérieur, ou même plus bas, plus enterré, plus profond, ce que quelqu'un porte caché en lui-même sans le savoir, le virus qui a commencé à lui empoisonner le sang ou la cellule cancéreuse qui se multiplie, encore infinitésimale, dans un tissu, l'instinct de cruauté ou de meurtre qui s'éveillera en lui comme un mécanisme violent, automatique, comme un aveuglement d'éclairs rouges dont il se réveillera un instant plus tard pour découvrir un monde qui lui est devenu méconnaissable, une intoxication d'adrénaline ou d'alcool qui le transformera en une créature pour laquelle il ressentirait de l'horreur s'il pouvait la voir dans un miroir.

Quelqu'un a assassiné une enfant et peut-être voit-il l'annonce du crime à la télévision, pendant le dîner en famille, et il n'en finit pas de reconnaître le visage de sa victime sur les photographies publiées par le journal, sur les images d'une vidéo rudimentaire tournées le jour de sa première communion ; quelqu'un hausse la voix, indigné, au milieu d'un groupe de femmes qui commentent les rumeurs du marché, il exige une vengeance, la peine de mort, un châtiment exemplaire. Quelqu'un marche sur le trottoir, une main appuyée sur l'épaule de la fillette qui avance à son côté et personne ne se rend compte que cette main n'est pas simplement posée, qu'en réalité elle saisit, qu'elle s'enfonce de toute la force de ses doigts courts et nerveux dans la peau sous le tissu du survêtement, qu'elle laissera ensuite sur l'épaule et sur la nuque un hématome semblable aux taches de sang que personne non plus n'a remarquées dans un ascenseur. « Ils ont des yeux et ils ne voient pas », murmure le père Orduña dans sa chambre monastique, « ils ont des oreilles et ils n'entendent pas », dit-il à haute voix, pour personne ou presque, dans l'église à sept heures et demie du matin. Quelqu'un se rappelle les années lointaines où il était un espion au milieu des autres, un étudiant à l'allure de boursier pauvre et volontaire, réservé mais attentif et sans doute loyal, un masque modelé avec les traits mêmes de son visage et la matière même de sa peau, une voix faite du timbre de la vraie voix, dressée à répéter des noms, des conversations, des numéros de téléphone, des numéros d'escaliers et d'appartements dont la porte sera enfoncée à quatre heures du matin par des policiers en gabardine ou en uniforme gris : qui pouvait suspecter, savoir, qui pouvait découvrir ce qu'il y avait derrière ce visage balourd et comme inachevé, avec encore des traces d'adolescence, un teint brouillé où demeuraient une pâleur d'internat et une pénombre de confessionnal. Quelqu'un voit par hasard ce même visage trente ans plus tard, quelques secondes seulement, les images bougées d'une caméra de télévision portée et déséquilibrée au milieu de la bousculade d'une foule, parmi des appareils de photo, des projecteurs, des micros qui assaillent la porte d'un commissariat : un homme apparaît, de face, le cheveu gris et rare, décoiffé, avec un solide anorak vert sombre, il découvre qu'on le filme et en même temps qu'il avance la main pour repousser la caméra ou celui qui la porte il détourne la tête de côté, mais il est déjà trop tard, les choses définitives bien souvent ne mettent pas un dixième de seconde à se produire, une minute plus tôt ou plus tard et la vie de Fátima n'aurait pas croisé irréparablement celle de son assassin, un instant ou un geste et quelqu'un n'aurait pas vu et reconnu ce visage au journal télévisé, et décidé une chose qui lentement commence à s'accomplir, inexorable et secrète, tout comme la progression d'une maladie ou la chute progressive dans la folie.

Quelqu'un décide, annote, téléphone, prononce des mots significatifs mais qui ne peuvent pas compromettre, qui ne pourraient pas éveiller le soupçon, parce que les mots savent être aussi dissimulateurs que les visages, quelqu'un ouvre un atlas encyclopédique et cherche le petit cercle et le nom d'une ville sur une carte, quelqu'un demande des dépliants touristiques et consulte une liste d'hôtels et rien de tout cela n'est suspect, ce n'est pas un délit de noter des noms, de consulter des dépliants en couleurs dans un bureau de tourisme, de discuter avec l'employé d'une agence de la manière la plus commode de faire le voyage, des horaires de cars et de trains et des tarifs de location de voitures. Le visage est le miroir de l'âme, dit le père Orduña avec sa foi inébranlable, non pas tant dans la miséricorde divine que dans la simple compassion, dans la pitié que mérite chacun des êtres humains : mais le visage n'est le miroir de rien du tout ou peut-être un de ces miroirs de film d'épouvante qui ne reflètent pas les vampires. Quelqu'un se fait faire une photo d'identité avec des lunettes et une fausse moustache, choisit un autre nom et son visage est déjà autre, quelqu'un voyage par le train et, sur les quais de la gare de Chamartín à Madrid, se confond avec les autres voyageurs et son visage en dit aussi peu sur ce qu'il est véritablement que le nom qui figure maintenant sur sa carte d'identité et son permis de conduire, quelqu'un loue une voiture avec un naturel parfait dans un bureau aux meubles blancs, avec des employées jeunes et vêtues, comme des hôtesses de l'air, d'uniformes et de calots bordeaux, il remplit des formulaires en écrivant chaque lettre en majuscule dans la case correspondante, note les numéros de carte d'identité, de carte de crédit, inscrit en bas de l'imprimé une signature simple qu'il a pourtant mis bien des heures à expérimenter, remplissant des feuilles et des feuilles qu'ensuite il a déchirées en tout petits morceaux, avec un soin méticuleux, le même soin qu'il a mis à ranger dans un sac de voyage plusieurs rechanges de linge, quelques livres, un walkman, des cassettes de musique, des cahiers, des crayons, des jumelles, un appareil Polaroïd, du modèle le plus sensible et maniable, il tient dans le creux de la main et peut se déclencher sans que personne ne s'en aperçoive.

Quelqu'un arrive un soir dans une ville où il n'a jamais été, mais dont il possède un plan détaillé et plusieurs guides touristiques, il baisse la vitre de sa voiture à un carrefour pour demander où se trouve l'hôtel où il a fait une réservation au nom qui est inscrit sur son permis de conduire et ses cartes de crédit, il salue avec un sourire de sympathie parfaite, parvenant à effacer complètement son véritable accent qui serait ici plus remarqué parce qu'il est inhabituel, s'installe à l'hôtel où il répète, sur la fiche d'arrivée, la signature de sa carte d'identité, du revers de la carte de crédit et du permis de conduire, ce qui n'est pas du tout facile, donne un pourboire raisonnable au groom qui lui porte son bagage, pas trop petit mais pas non plus démesuré, pour éviter autant que possible qu'ensuite il se le rappelle, mais en réalité il n'y a aucun danger, personne ne se rappelle, personne ne fait attention, ne veut s'informer, par précaution ou par dégoût, par simple distraction ; ils ont des yeux et ils ne voient pas, ils ont des oreilles et ils n'entendent pas.

Quelqu'un téléphone pour prévenir qu'il est arrivé, mais sans prononcer aucun nom, quelqu'un prend une douche prolongée et s'étend ensuite sur le lit, assoupi par la fatigue du voyage et décide qu'il n'y a pas d'urgence, que jusqu'au lendemain matin il n'est pas nécessaire de commencer son travail, qui d'après les échantillons qu'il porte dans sa serviette noire à fermoirs dorés est celui de représentant d'une fabrique de peinture installée à Villaverde Alto, province de Madrid. Il choisit un restaurant dans le guide, décide de faire un tour ce soir-là dans la partie ancienne de la ville où, d'après ce qu'il a lu, il y a des bâtiments très remarquables, des églises et des palais Renaissance. Cinq jours plus tard il s'installe dans un appartement de location, avec quelques vieux meubles. Tous les soirs, après avoir dîné d'un sandwich et d'une boîte de bière, il branche un petit ordinateur portable et écrit, très vite, avec deux doigts, se trompant et corrigeant avec la même impatience, se penchant beaucoup sur l'écran, au point que lorsqu'il éteint l'ordinateur il a mal au dos et à la nuque.

« ... Le soir du 10 octobre et celui du 23 octobre, au lieu de rentrer à son domicile après le travail, il a pris une nouvelle direction et s'est rendu dans un bâtiment ecclésiastique, presque en bordure de la ville, accès et retraite très faciles en voiture, avec des rues latérales très larges. Visite de trois heures, on ne sait pas si elle est en rapport avec les investigations dont il est chargé. Change fréquemment de trottoir. S'arrête aux vitrines et se retourne brusquement. Déjeune tous les jours entre deux heures et demie et trois heures et demie à la cafétéria Monterrey, toujours à la même table individuelle : surveille la place par la fenêtre et se trouve face à la seule porte d'entrée de la salle à manger, en haut d'un escalier qui monte du rez-de-chaussée de la cafétéria. Ne boit plus d'alcool et ne fume plus. À chaque repas boit plusieurs Coca-

Cola. Lumière du salon de son domicile allumée jusqu'à minuit. Ne sort pas dîner. Fait ses achats le vendredi dans un supermarché du quartier, Super Dani 4, avec portillons de contrôle à l'entrée et à la sortie, et à l'arrière un accès aux réserves et au quai de chargement. À une heure du matin, éteint la lumière de sa chambre. Certaines nuits, rallume plusieurs heures plus tard. Ne sort pas le soir sauf pour son travail. Le 15 octobre, une voiture de police banalisée est venue le chercher à minuit quarante-cinq. Son numéro de téléphone n'est pas à l'annuaire. Passe la majeure partie de son temps seul quand il ne travaille pas. Ne reçoit pas de visites. Fait chaque jour la même chose mais jamais de la même manière. À la cafétéria Monterrey le 4 novembre à 10 h 15 du matin, pendant qu'il prend son petit déjeuner un journaliste et un photographe, parmi les rares qui attendent encore quelque nouveauté dans l'affaire de la gamine, s'approchent de lui. Il les salue très sérieusement, il regarde l'appareil avec méfiance. Il ne les laisse pas prendre de photos. Le photographe et le journaliste veulent lui offrir le café, mais il refuse, leur dit au revoir et s'en va. Les autres n'attendent pas longtemps pour dire du mal de lui, pas besoin de s'approcher beaucoup pour entendre ce qu'ils disent. Si cette fois il veut me virer mon appareil, je porte plainte, dit le photographe. Commentaire du journaliste, à bien vérifier pour le cas où il serait intéressant de donner suite à l'histoire : “On m'a raconté que ce salaud a commencé comme mouchard de la brigade politique et sociale, à l'université, du temps de Franco, il dénonçait des gens.” »

15

Maintenant il le sent, il a commencé à le sentir et ne s'en rendait même pas compte, il l'a senti, avec la première gorgée, la brûlure douce dans la gorge et dans l'estomac, le premier coup de l'étourdissement, le goût ensuite sur le palais, mêlé à la salive, dissous en elle, mais cela, le premier effet de l'anis, sa douceur qui maintenant se répand dans tout le corps comme le sang dans les veines, ce n'est pas ce qui compte le plus, ni ce qu'il ressent avec le plus de force. C'est une sensation de vertige, de danger, mais aussi de sécurité, une chose chaude qui grandit dans son estomac et monte vers sa gorge tandis qu'il regarde autour de lui le spectacle agité et monotone de chaque jour, des marchands à leurs étals derrière des empilements de légumes ou de fruits, de l'abondance obscène des poissons et des viandes, du bruit de voix des femmes, des cris des débardeurs, des hurlements terrifiants des poissonnières. C'est un pouvoir, une puissance, la conscience exacte et secrète de ce qu'il tient caché dans la poche droite de ses jeans, dissimulé mais saillant un peu car le pantalon est très serré. Il lui suffit, accoudé au comptoir du bar en face, d'un verre d'anis sec qu'il vient de commander et qu'il devra boire en deux coups, en moins d'une minute, avant qu'on ne remarque son absence, de glisser sa main droite sur son côté et de toucher la dureté, l'intuition fulgurante du métal jaillissant avec une rapidité et une discrétion de ressort d'acier, un éclair dans sa main droite, dans ses doigts sales, humides, tellement imprégnés d'odeur que son verre sent déjà autant qu'eux, tout se contamine, s'infecte immédiatement, pourrit, seul le parfum de l'anis est assez fort pour effacer cette pestilence, même si ce n'est que pour quelques secondes, le temps de ce geste d'ivresse et de délice, vider le verre en rejetant la tête en arrière. De son index il reconnaît la forme du couteau fermé dans sa poche, et alors il remarque que son cœur a commencé à battre plus fort, que sa bouche devient sèche, salive et anis dilué, le goût de l'alcool ressemblant dans son âpreté au goût du sang, la blessure du tranchant dans la paume de sa main, très légère, invisible au début, puis qui se transforme en une ligne rouge clair dont le sang sourd avec une fluidité inattendue, sans que lui ait ressenti la douleur ni la profondeur de la coupure : il y avait eu le même frisson, la même urgence, le couteau ouvert dans la main et la paume se refermant autour de lui avec une force à laquelle il était très facile de s'abandonner, comme à l'effet de la première gorgée violente d'anis ou de whisky, ou à l'impulsion de sortir dans les rues pour regarder et chercher, et à la tentation et au vertige de s'arrêter impunément contre une porte, à côté du panneau de l'interphone, s'arrêter et choisir un bouton au hasard et l'enfoncer de l'index, le cœur battant, le dos appuyé à la porte de verre, avec un air parfaitement banal, l'index d'une main pressant les boutons d'appel des appartements et l'autre main frôlant du bout des doigts la forme cachée dans sa poche, résistant à l'envie de glisser vers la braguette gonflée des jeans, un désir urgent, irrémédiable, si fort qu'il se transformait en une pression aux tempes et un début de transpiration comme lorsqu'on a bu par temps de chaleur, en sortant du travail, dans le midi incandescent de l'été. Ses yeux surveillent à droite et à gauche pendant qu'il appelle à nouveau et attend que quelqu'un réponde, mais il n'y a pas de danger, il y a toujours des gens qui appellent aux interphones, coursiers, employés des boutiques, voisins qui ont oublié leurs clefs. Et pourtant le danger fait partie de la tentation, c'est le danger qu'il a ressenti rien qu'à boire la première gorgée d'anis, au milieu de la matinée, au bar du marché. Le garçon a la tête tournée vers le téléviseur et le bruit du programme matinal qui l'absorbe tellement se mêle à la rumeur des pas et des cris des gens, amplifiée par les grandes voûtes à charpente métallique. Un verre, le choc de l'alcool, moins d'une minute, personne ne s'en aperçoit, et puis s'ils s'en aperçoivent il s'en fout, il travaille bien assez pour engraisser les autres. Maintenant, chaque fois qu'il voit un téléviseur allumé, il se souvient du moment où il a vu au journal le visage de la fille, et même s'il sait que c'est impossible il s'imagine que n'importe quand il peut y voir son propre visage, et en passant à côté des magasins d'électroménager de la rue Neuve, il regarde toujours avec méfiance les téléviseurs allumés dans les vitrines, l'un après l'autre, les images bougeant en silence, semblables ou multiples, la présentatrice d'un journal, un paysage africain avec des animaux sauvages, un de ces feuilletons d'après déjeuner que son père et sa mère regardent toujours. Et soudain, la fille, méconnaissable, avec une autre coiffure, avec un visage souriant, il n'aurait pas été sûr d'avoir compris qui elle était si on n'avait pas dit son prénom, si on n'avait pas montré ensuite les vues du talus, le replat, les aiguilles des pins, le bristol bleu attaché par un élastique que la fille n'avait pas lâché de tout le trajet, à travers toute la ville, et lui, sa main droite lui serrant l'épaule et sentant la forme fragile des os sous le bout des doigts, le battement aux tempes, le feu à l'estomac, comme une première gorgée de whisky ou d'anis après de longues heures de privation, ce soir-là il en avait bu deux. Il avait bu un premier whisky, Double W avec glace, assis sur le tabouret, le couteau lui appuyant sur la cuisse, dans la poche droite de son pantalon trop serré, mais personne ne pouvait savoir ce qu'il cachait là, et même si on avait su, quelle importance, on a bien le droit d'avoir un couteau, exactement autant le droit que de boire un whisky avec glace, d'en commander un autre, ou de marcher dans la rue en cherchant ce que personne d'autre ne sait, personne ne peut se plaindre parce qu'on a sonné à un interphone, qu'on est entré dans un hall et qu'on a regardé les noms sur les boîtes aux lettres, personne ne peut remarquer le tremblement des mains, la pression aux tempes, le feu à l'estomac, la pression violente à l'entrejambe, sous la toile si rude et tendue des jeans, l'instant de vertige quand une femme ou une fille va entrer dans l'ascenseur et lui qui retient la porte et entre aussi, rapide, souriant, muet, avec cet air de distraction et d'excuse qu'on prend toujours dans les ascenseurs, tellement près des autres, des inconnus, dans la boîte fermée, dans la cellule sans issue qui monte, qu'on peut arrêter d'un simple geste de l'index, une seconde avant que l'autre personne ne sorte de sa réflexion et le regarde d'une autre manière, encore sans crainte, sans peur, étonnée seulement, pendant quelques dixièmes de seconde avant de voir la tache de sang dans la paume de sa main, avant d'entendre le crissement du couteau qui sort de la poche droite du pantalon si ajusté qu'il faut y enfoncer les doigts avec une certaine difficulté pour le saisir. Il avale sa salive, il a trop serré les dents et maintenant au goût de la salive et de l'anis dilué s'ajoute celui du sang, comme se mélange l'intensité du souvenir à celle de l'anticipation, à la pulsion qu'il ne veut ou ne peut contenir, la tentation d'arriver à la limite, de ne pas la franchir, de suivre une jeune fille ou une enfant jusqu'à l'ascenseur puis au dernier moment de faire comme s'il allait prendre l'escalier, la volupté d'arrêter les choses au point exact de la plus grande tension, de s'approcher d'elles et de ne jamais aboutir, un acquittement secret, la suspension au dernier moment d'une condamnation sans appel et qui pourtant reste inconnue de celle qui avait été sur le point de la subir.

Mais personne ne le sait, c'est incroyable, de quoi rire, tous en train de chercher, les journalistes et les policiers, tous ces imbéciles venus de Madrid et de Séville, même de l'étranger paraît-il, campés sur la place sous la statue avec leurs caméras et leurs trépieds et leurs antennes paraboliques, courant vers la porte du commissariat lorsque quelqu'un va sortir, le commissaire ou inspecteur à cheveux gris qui a fait ensuite une apparition au journal télévisé, qui a tout de suite détourné la tête et bousculé le type de la caméra, on a entendu des cris et les images bougeaient. De sorte que c'est lui le détective, mais en Espagne on ne les appelle pas détectives, même si on voit que ce sont aussi des imbéciles, mais le type est timbré et il dit dans le journal qu'il a une piste, non, un profil c'est ça qu'il dit, lui, il se rapproche tout tranquillement de la place, caressant en douce la forme du couteau dans son pantalon, et quand il passe entre les journalistes il pense, couillons, si vous saviez, si je vous racontais ce que personne d'autre que moi ne sait, personne au monde, vous qui êtes tous si malins, si résolus, on voit bien qu'ils arrivent de la capitale, envahissants, avec de mauvaises manières, les femmes surtout, même la blonde qui présente un programme le soir l'a fait en direct depuis la place parlant au pied de la tour de l'horloge, une moitié de la ville la regardait à la télévision et l'autre moitié était accourue pour voir la blonde en chair et en os, une foule aussi nombreuse que pour la procession du vendredi saint, tous entassés les uns contre les autres derrière les barrières gardées par la police. Il faisait nuit noire, il avait commencé à pleuviner et les projecteurs fumaient et répandaient une clarté blanche insupportable, et la présentatrice blonde, plus maquillée qu'une putain, le visage blanc de poudres et de crèmes, parlait sous un parapluie. « Dans cette cité historique », disait-elle, « dans ce joyau de la Renaissance », et le lendemain matin les femmes au marché bavardaient comme des folles, excitées, plus braillardes encore que les jours ordinaires. Elles avaient même oublié la morte, celle dont elles parlaient c'était l'autre, la présentatrice blonde, fausse blonde bien sûr, décolorée et opérée, qui ensuite avait franchi les bandes de plastique tendues par la police et avait fait son émission de l'endroit même où l'on avait retrouvé la fille morte. On voyait tout, disaient les femmes, se racontant l'une l'autre ce qu'elles avaient toutes vu, les jardins de la Cava, le mur du cinéma abandonné, les pins du talus et le replat. Lui aussi avait vu, à côté des deux vieux, comment faire, tous les trois assis à la table du brasero, la vieille en train de pleurer et le vieux qui murmurait tout bas comme s'il mâchonnait ou qu'il mordait, « ce type, il mérite plus que la mort », il disait, « ce type, il faut lui couper les couilles et le saigner, à mort, et qu'on l'enterre à la décharge, je ne veux pas qu'il soit dans les parages quand on me mènera au cimetière ».

Il mâchonnait ou mordait, enlevait son râtelier et le posait sur la table, les fausses gencives roses et les dents salies par des restes de nourriture sur la vieille toile cirée qu'il voyait depuis qu'il pouvait se rappeler quelque chose, ce vieux dégoûtant, le râtelier ne lui allait pas bien et il le laissait toujours traîner, n'importe où, et même dans le verre de plastique où il le mettait à tremper, et ça n'était même pas un verre, mais une bouteille d'eau minérale coupée par le milieu, le vieux grigou, il s'était amusé à la couper lui-même avec les ciseaux, faisant le même bruit qu'avec ses bronches et ses poumons. Il ne veut rien dépenser, il n'a confiance en personne, il passe son temps à regarder et à recompter son livret de Caisse d'épargne et les factures d'électricité, d'eau et de téléphone, faut voir comment il mange, le bruit de sa bouche et celui du larynx ou des bronches ou de n'importe quoi qu'il y a là-dedans, un cancer qui sait, comme ce voisin qu'il y avait dans la ruelle il y a très longtemps. On l'avait opéré et on lui avait enlevé quelque chose dans la fressure, disaient ces imbéciles, ils parlaient des personnes comme des animaux, on lui avait enlevé quelque chose dans la gorge et après il ne pouvait plus parler normalement, et il avait gardé un trou au-dessus du dernier bouton de la chemise. Il parlait en mettant un micro à côté de ce trou, il bougeait les lèvres mais les mots ne lui sortaient pas de la bouche, et sa voix métallique faisait encore plus peur que le trou noir dans sa gorge, c'était dégoûtant et on n'arrivait pas à le quitter des yeux, ce creux qui remuait au milieu de sa peau ridée. Il ne se rappelle plus comment s'appelait ce voisin, qui est mort il y a bien des années, pas comme ceux-là qui vont durer éternellement, parce que aujourd'hui les vieux ne meurent même pas à cent ans, ils peuvent durer vingt ou trente ans en se chiant et en se pissant dessus, et ceux-là tout le monde les mettrait à l'asile. Le vieux passe son temps à le dire, il veut mourir chez lui et dans son lit, eh bien qu'il meure comme il veut et qu'il ne casse plus les pieds. Pour l'instant ils se débrouillent encore mais dans quatre ou cinq ans qui sait, pourtant ils ne sont pas encore si vieux ni l'un ni l'autre. Mais c'est qu'ils ont toujours été vieux, du moins lui ne se les rappelle pas jeunes, elle toujours en noir avec les cheveux gris et sales, lui avec sa casquette et une veste de velours, la chemise boutonnée jusqu'à la pomme d'Adam avec une trace noire autour du col, parce qu'il ne se douche que tous les trente-six du mois, et quand il s'assied à table, non seulement il faut le voir et entendre son râtelier, ses poumons et ses bronches pourries, mais en plus sentir son odeur, l'odeur incrustée de la crasse de tant d'années de travail immonde, et aussi l'autre, la plus récente, l'odeur de vieux qui ne se lave pas, comme si aujourd'hui il n'y avait pas de douches, de salles de bains et d'eau chaude, comme si on devait encore se laver dans ses mains au robinet de la cour. Mais il ne veut pas non plus dépenser de butane, il fait un scandale chaque fois que lui allume le chauffe-eau, on dirait que la flamme bleue du gaz lui brûle les mains au vieux, met le feu à son livret de Caisse d'épargne. Et allez donc, dit-il en mâchonnant, encore une douche, et en plus il va rester deux heures enfermé au vater. Il dit toujours vater et jamais toilettes, les argents au lieu de l'argent, les os de la bouche au lieu des dents, et il dit aller du corps, et roter, et l'escayer au lieu de l'escalier, quel animal, on dirait qu'il est né dans une grange, dans une caverne des montagnes. Il regardait la présentatrice blonde et il répétait toujours la même chose, « ce type, à mort, le garrot au milieu de la place, comme autrefois ». Lui, il se taisait, s'ils savaient, la tête dans l'assiette, regardant le téléviseur de côté, ne voulant par regarder vers le râtelier qui était tout près de lui sur la toile cirée fendillée, et la mère pleurait à tout bout de champ, elle pleurait en regardant la photo de la fille autant que pour les séries sud-américaines d'après le déjeuner, pas moyen de regarder la télé avec eux, ils n'y comprennent rien, ils rouspétaient toujours, mais ça, ils ne l'éteignaient jamais, du matin jusqu'à minuit, avec la télécommande sur la table du brasero ou sur les genoux, comme autrefois les femmes tenaient leur chapelet. Quand ils voulaient changer de chaîne, ils se trompaient et ils n'arrivaient qu'à monter le son à fond ou à effacer complètement la couleur des images, une catastrophe après l'autre. Pour allumer le chauffe-eau, ils laissaient partir très longtemps le gaz parce qu'ils n'arrivaient pas à attraper l'allumette, et parfois ils avaient éteint le radiateur à butane en soufflant la flamme, comme si c'était la même chose que d'éteindre une bougie dans ces hameaux où ils étaient nés, aussi rustres et aussi noirs que des porcs dans la soue ou des mulets à l'écurie. Encore un mot que le père ne disait pas, porc, il dit toujours cochon, il dit il fait besoin au lieu de il faut, et officine à la place de pharmacie et pour le cognac il dit la cogna, l'imbécile, n'importe quel soir ils pouvaient souffler la flamme du poêle au lieu de l'éteindre comme il faut, ils s'empoisonneraient tous les deux, ils s'atouferaient, comme ils disent, endormis tous les deux et puis morts sur le canapé, en face de la télé allumée, tous les deux la bouche ouverte et la tête en arrière. Morts et bien morts, s'il y a quelque chose de trop dans le monde c'est bien les vieux, on s'échine à travailler plus d'heures que n'en compte le cadran et ensuite le gouvernement ramasse tout pour payer des retraites aux vieux qui n'en finissent pas de mourir, aux invalides, aux étudiants, pour que ces fils à papa aillent à l'université et gardent les mains propres, sans avoir à se les sentir avec dégoût et à se les laver vingt fois par jour, sans se les abîmer, sans avoir à gagner leur vie en disant tout le temps oui monsieur et oui madame et en se levant avant tout le monde. Et puis le vieux, cet imbécile, est-ce qu'il ne disait pas, « aujourd'hui, il vaut mieux un bon métier que des études, des types avec leurs études de médecin ou d'ingénieur, j'en ai vu qui tiraient les sonnettes pour aller balayer les rues ». Quelle connerie, aujourd'hui, ce qui vaut le mieux c'est ce qui a toujours été le mieux, une place, pointer à huit heures, et à trois heures si tu m'as vu oublie-moi, et on va boire des bières avec les mains propres, salut à demain, et des vacances à tout bout de champ, comme les instituteurs, et des payes extraordinaires sans jamais avoir à se lever tôt, sans endurer le froid de l'hiver à trois ou quatre heures du matin, quand les mains se gèlent dans l'eau froide et s'écorchent au moindre accroc, on croit que ce n'est rien et soudain, sur la peau ramollie apparaît une ligne rouge qui devient tout de suite un flot de sang. Lui, le vieux, ça lui était bien égal, il s'était bien débrouillé même s'il avait l'air idiot, retraite anticipée pour invalidité, l'emphysème ou la bronchite ou le cancer, ou ce truc qu'ont les mineurs, la silicose, il a pris la retraite avant l'âge mais c'est qu'il ressemblait déjà complètement à un vieillard, une ruine, comme elle, ils ont toujours été vieux, comme la maison et comme tout le quartier où ils habitent, vieilles maisons et décombres, ils ont la même tête que leurs parents et leurs grands-parents sur une photo qui est suspendue au-dessus de la commode de leur chambre, mais voilà, comme ils sont vieux depuis toujours, ils vont aussi durer on ne sait combien de temps, plus longtemps qu'un costume de velours suspendu à un cintre, comme dit le vieux, ils sont indestructibles, à moins que le chauffe-eau leur explose au nez ou qu'ils s'asphyxient un soir avec le gaz du radiateur, qu'ils s'abrutissent peu à peu pendant qu'ils regardent un film sans rien remarquer, en faisant des commentaires furieux ou en posant des questions stupides, mais alors, qui est-ce qui l'a tuée, ça n'était pas le type à moustache, le père de la fille, puisqu'à la fin il est jeune et qu'avant il était vieux.

Et il n'y a rien à faire, rien que se taire, et aller voir l'autre télévision dans sa chambre, pour se passer des vidéos, le verrou bien fermé, le son baissé même s'il est très tard, ces deux-là ne dorment jamais, ou ils ne font que somnoler.

Ce soir-là, il avait fait très attention pour ouvrir la porte en rentrant, il n'avait même pas allumé la lumière de l'entrée ni de l'escalier, il avançait tout doucement en tâtant les murs, la main courante de la rampe bancale, en arrivant en haut il avait entendu la respiration cancéreuse ou bronchiteuse ou siliceuse du vieux, et juste quand il venait de prendre du linge propre et un sac à poubelle pour y mettre celui qu'il portait sur lui, sali et taché, il avait entendu la voix de la mère et cela lui avait presque donné une syncope, pas de peur mais de pure rage, qu'allait-il faire si elle sortait et le voyait. Elle l'avait appelé avec cette voix bizarre et molle qu'elle prend quand elle a enlevé son râtelier, comme si elle n'était pas sûre que ce soit bien lui qui était rentré tant ils ont peur tous les deux des voleurs, elle disait : « Tu te rends compte comme tu rentres tard, nous étions très inquiets pour toi. » Donc aucun des deux ne dormait parce que le père a dit, comme en mâchonnant des mots pleins de salive, « il rentre à des heures pareilles, et ensuite, qui est-ce qui doit le réveiller pour qu'il arrive à l'heure à son travail » : comme s'ils avaient besoin de l'appeler, comme s'il ne se levait pas tous les jours à l'heure et qu'il n'était pas ponctuel à son travail, sans jamais manquer. Il leur répondit n'importe quoi sans cacher le dégoût, le simple mépris qu'ils lui provoquaient tous les deux, il entra dans la salle de bains et assura le verrou qu'il avait lui-même installé, il se déshabilla en examinant avec soin chacun de ses vêtements, les rangeant l'un après l'autre dans le sac de plastique, il l'enfermerait à clef dans son armoire jusqu'au lendemain soir, quand il pourrait le mettre dans la machine à laver. La lessive, bien entendu, c'est lui qui la fait, il passe sa vie à travailler plus d'heures que n'en compte le cadran et puis il rentre à la maison et c'est lui qui doit mettre en marche la machine à laver, parce que la vieille ne sait pas le faire, et que si elle essaie c'est pis que tout, la moitié du temps elle provoque un désastre. Il aurait fallu jeter le linge taché, mais quoi qu'il fasse, ensuite la vieille le lui reprocherait, elle commencerait à poser des questions à répétition, comme par hasard, se croyant très maligne, laissant tomber des questions indirectes, et depuis combien de temps tu n'as pas mis le chandail que je t'ai offert pour ta fête. Donc il vaut mieux tout laver soi-même, un lavage et c'est neuf, comme dit la publicité, il se lave les mains sous un jet d'eau brûlante avec un savon très fort, et il ne reste plus du tout d'odeur, il se met sous la douche à deux heures du matin encore étourdi, effrayé, un peu ivre, se rappelant des choses qui lui paraissent des songes, et quand il en sort rougi et nu devant la glace couverte de buée, alors c'est comme s'il était un autre, comme s'il n'avait rien fait et qu'il n'était pas fatigué, au bord de l'évanouissement, et puis, sans avoir dormi, il descend dans la rue et retrouve la vie de tous les jours, ou plutôt de toutes les nuits et de tous les matins, les ruelles inhabitées, les éboueurs sur la petite place voisine, s'affairant à leur métier répugnant dans la lumière rougeâtre qui tourne au-dessus de la benne, dans le bruit du mécanisme qui écrase et broie les ordures. Sûr qu'aucun de ces éboueurs n'a fait d'études, malgré ce que dit le vieux, mais ça oui, un bon salaire fixe, ils en ont un, avec des heures supplémentaires et des vacances, et l'odeur n'est pas trop nauséabonde, et des syndicats qui les défendent et qui organisent des grèves, faudrait voir ce qui se passerait si un jour lui se mettait en grève, qu'est-ce qu'il obtiendrait, il serait jeté à la porte comme un chien, c'est ça la réalité de la vie, par la faute du vieux qui à quatre heures du matin, par une nuit de pluie froide et de vent, reste si agréablement au lit, avec sa retraite anticipée, à mijoter dans ses gaz chauds et décomposés, tandis que lui se lève bien avant que les putains et les ivrognes ne rentrent.

Sortant de la douche, avec une espèce de pression très forte sur la nuque, avec un peu mal au cœur, avec lucidité et en même temps le vertige, habillé de propre, le visage rasé de frais, sentant la lotion, les mains propres qui se saliront tout de suite, avec cette crasse et cette odeur que seul l'anis efface fugitivement, mais qui tache la surface du verre, les cheveux encore humides, le moteur de la camionnette qui trépide dans la ruelle, les phares qui éclairent le pavé et la chaux des murs, les yeux phosphorescents d'un chat. Mais cette nuit n'était pas comme les autres, et pas seulement à cause de ce qu'il savait et que personne d'autre au monde ne savait : combien d'heures, combien de jours avant qu'ils sachent, qu'ils trouvent ce dont lui seul connaît l'endroit. Dans la camionnette il monte jusqu'à la place du général, qui à cette heure est presque entièrement noire et vide, et il comprend que quelque chose a commencé d'arriver, tellement vite, si rapidement, il en a un coup au cœur, il voit du coin de l'œil que les lumières du commissariat sont allumées, qu'il y a des agents et des hommes en civil à la porte, et plusieurs voitures de patrouille moteur en marche avec des lumières bleues qui tournent en silence, dans la tranquillité froide de la nuit de lune.

16

Maintenant il se repentait vaguement d'avoir accepté, mais il n'y avait plus rien à faire, la voiture de l'institutrice roulait au long d'une rue laide et sombre du nord de la ville, qu'il ne connaissait pas, et déboucha bientôt sur un carrefour éclairé par les lumières blanches et rouges d'une station-service. Il semblait soudain qu'il était très tard et qu'ils étaient très loin. Il y avait beaucoup de signalisations et de panneaux indicateurs et Susana penchait son visage au-dessus du volant pour s'orienter, recherchant en même temps une station sur la radio, puis une cassette de musique dans la boîte à gants où il y avait un désordre de documents, de cassettes en vrac, de boîtes vides et de vieilles peaux de chamois pour nettoyer les vitres. Souriante, nerveuse, elle se détournait quelques secondes pour regarder l'inspecteur avec l'air de s'excuser, elle était une vraie calamité lui disait-elle pour s'orienter dans la circulation et pour ranger ses affaires, et plus encore maintenant car depuis des mois elle ne partageait plus sa voiture avec personne, elle fit tomber quelques cassettes mêlées à des boîtes vides, et en voulant les ramasser à tâtons elle appuya accidentellement sa main droite sur le genou de l'inspecteur et remarqua tout de suite la contraction musculaire, la rigidité réflexe sous le tissu du pantalon, dans la nuque de l'homme qui s'appuyait à peine au dossier et conservait la même attitude de visite conventionnelle qu'un moment plus tôt chez les parents de Fátima. Elle engagea enfin une cassette dans l'autoradio et, à cet instant le feu auquel ils étaient arrêtés passa au vert de sorte que la musique retentit en même temps que démarrait la voiture, roulant maintenant plus vite, sur une route en terrain découvert d'où l'on voyait au loin, se détachant sur le ciel bleu marine, quelques-unes des tours éclairées de la ville. Elle n'avait pas eu l'idée de demander à l'inspecteur quel genre de musique il aimait, imaginant peut-être qu'il y avait peu de chance qu'aucune lui plaise. Elle accéléra avec soulagement sur la route dégagée tandis qu'elle remerciait, dans ce silence difficile, la voix soyeuse d'Ella Fitzgerald chantant une ballade qui lui plaisait beaucoup et qui semblait particulièrement adaptée à la tranquillité lunaire de la nuit, *Moonlight in Vermont*. Elle n'avait toujours pas perdu cette disposition de sa première jeunesse à trouver une correspondance entre les instants de sa vie et les chansons qui lui plaisaient le plus : cette musique si lente, dans la vitesse de la voiture, lui apportait la même chose que ce que voyaient ses yeux, la lune haute et blanche entourée d'un halo dans l'air limpide d'après la pluie, la clarté de laque de l'air bleu foncé.

– Je n'arrive pas à comprendre qu'il continue d'appeler, dit-elle. Cela ne lui suffit pas d'avoir tué la fillette ?

– Je ne crois pas que ce soit lui, dit l'inspecteur, regardant devant lui dans la lumière des phares.

– Comment peut-il y avoir des gens aussi acharnés ? Comment peut-on composer froidement un numéro de téléphone en sachant qu'on va torturer des gens qui sont déjà anéantis ?

– Le téléphone leur plaît. Ils ne courent aucun risque et ils peuvent profiter de la peur qu'ils provoquent chez les autres.

Il se rappelait une autre salle à manger, d'autres appels répétés tous les jours, à n'importe quelle heure, en plein dans le sommeil du petit matin. Les derniers temps, à Bilbao, chaque fois que le téléphone sonnait, sa femme se mettait à trembler. Un jour, la sonnerie l'avait surprise pendant qu'elle portait un plateau avec des tasses et des verres, et le cristal, la porcelaine et les petites cuillers tintaient, comme secoués par un tremblement de terre, durant le temps interminable pendant lequel les sonneries se répétaient, et lui traversait la pièce et tendait les mains vers le plateau juste au moment où celui-ci tombait par terre entre leurs pieds et où les verres et les tasses se cassaient avec des éclatements secs, tandis qu'elle continuait de trembler et regardait par terre la main devant la bouche, sans se rendre compte qu'on n'entendait plus le téléphone.

Se souvenir d'elle accentuait le trouble intime du remords, l'inconfort de se trouver dans une situation inhabituelle qui le déconcertait beaucoup et dont il ne se tirerait pas avant deux ou trois heures au moins. Il avait manqué de la fermeté nécessaire pour refuser l'invitation de l'institutrice bien qu'il fût très fatigué et qu'il eût envie d'aller se mettre au lit avec un Valium et de dormir toute la nuit. Maintenant, tout au fond de lui, à part sa maladresse absolue pour tenir une conversation sans rapport avec son travail, il remarquait l'irritation égoïste de celui qui s'est habitué à des horaires rigides et à n'avoir de relations avec personne, qui n'a plus de patience pour les fictions de la sociabilité et n'accepte pas avec plaisir le moindre changement dans sa propre routine.

– Je pensais que vous n'accepteriez pas, dit Susana.

– Pardon ?

Il restait absorbé, en regardant les phares des voitures qui arrivaient en sens inverse, il entendait de nouveau la voix qui nommait Fátima au téléphone, les autres voix qui murmuraient des menaces de mort à quatre heures du matin.

– Que vous alliez refuser quand je vous inviterais à dîner.

L'inspecteur la regarda un instant et détourna tout de suite les yeux, pour les fixer à nouveau sur la route. Il aurait pu refuser si elle lui en avait laissé le temps, mais elle avait agi très vite et l'avait pris par surprise, sachant parfaitement que jusqu'à un certain point elle lui forçait la main. Ils étaient descendus en silence dans l'ascenseur. Et cela faisait à l'inspecteur une impression bizarre de penser qu'une partie des faits sur lesquels il s'interrogeait lui-même ces derniers temps de manière si obsédante avaient débuté là, avaient eu cet endroit pour cadre, cette même cabine aux parois métalliques où Fátima était montée tant de fois. À l'endroit même où il appuyait maintenant la main, à côté du panneau avec les numéros des étages, on avait trouvé les taches de sang des doigts de l'assassin ; c'est là même qu'il avait dû présenter un couteau à Fátima, qu'il avait dû lui fermer la bouche de sa main en lui coupant la respiration. « Les choses auxquelles on pense beaucoup finissent par vous paraître inventées », devait-il dire plus tard à Susana, et elle avait répondu : « Les choses et les personnes. Quand je tombais amoureuse de quelqu'un, je me souvenais tellement de lui, je le retournais tellement dans mon imagination que lorsque je le revoyais, j'avais du mal à le reconnaître. »

Mais ils n'étaient pas encore capables de parler d'eux-mêmes avec tant soit peu de désinvolture. Dans l'ascenseur, la promiscuité et le silence les avaient rendus tous les deux gauches, ils n'avaient rien en commun à part le soulagement d'avoir quitté l'appartement de Fátima, ce logement étroit de travailleurs pauvres, avec trop de meubles et d'objets, rendu étrange par le deuil, par le manque d'air et les fenêtres fermées, par la souffrance sans remède, la lente distillation de la rancœur. Ils étaient sortis dans le vestibule plongé dans le noir et qui suggérait le danger et la solitude qui semblaient y avoir régné avant même que Fátima le traverse, poussée ou conduite par son assassin qui avait passé une main sur son épaule et lui serrait la nuque.

Ils avaient mis du temps à trouver la lumière du vestibule et au moment de l'allumer chacun d'eux rencontra le regard de l'autre avec un excès involontaire d'intensité qu'ils trouvèrent tous deux embarrassant. Rien n'est plus difficile que d'apprendre à regarder quelqu'un, à être regardé de près par un autre. Avant de sortir, Susana boutonna sa parka jusqu'au cou, passa des gants de laine et enfonça les mains dans ses grandes poches, habituée à l'hiver, au froid de cette ville d'altitude et de l'intérieur, prête à l'affronter. Sur le trottoir, l'inspecteur essayait à la hâte de trouver une formule convenable pour prendre congé quand Susana lui demanda pourquoi ils n'iraient pas boire un verre ensemble, avec une certaine brusquerie, comme quelqu'un qui a réfléchi depuis un moment à ce qu'il vient de dire.

– Nous pourrions aller dans un café près d'ici, dit l'inspecteur un peu étourdiment.

Il connaissait la rue mètre par mètre, même dans le noir, il se rappelait avec précision l'apparence de chacune des entrées et des magasins, les rideaux métalliques maintenant baissés, hostiles à la nuit d'hiver, protégés contre la peur par des alarmes et des verrous. En face d'eux, l'éclairage de la vitrine éteint, se trouvait la papeterie où Fátima avait acheté le bristol et la boîte de Crayolors, un commerce très modeste et peu prospère, sans grande apparence, comme presque tous ceux du quartier, entrées de petits ateliers et de minuscules boutiques. Cette rue le rendait malade, elle aggravait physiquement son irritation contre lui-même de n'avoir encore rien fait d'utile, de ne pas s'être approché, même d'un pas, de la vérité.

– Par ici les cafés sont très déprimants, dit Susana en désignant le petit café du coin dont la lumière était malsaine et d'où provenait, par une bouche de ventilation, une lourde puanteur de friture ; ensuite, très vite, elle ajouta, comme auparavant pour ne pas concéder le temps d'un refus :

– Ma voiture est à côté, si vous le voulez bien je vous invite à dîner dans un endroit que j'ai découvert depuis peu. Cela vous plaira, c'est une ancienne ferme au bord du fleuve.

Elle se mit à marcher, énergique et emmitouflée, entre les voitures en stationnement. Sans conviction, mais non sans être un peu flatté, l'inspecteur la suivit, après avoir discrètement regardé sa montre. Il n'était pas trop tard, huit heures seulement, mais ils étaient restés si longtemps chez Fátima et le jour baissait si tôt qu'il avait la sensation désolante que la nuit était tombée depuis longtemps, comme dans un pays nordique. Certains soirs, vers huit heures et demie, après avoir dîné au réfectoire de la clinique, sa femme obtenait la permission de lui téléphoner depuis sa chambre.

– Regardez ces quartiers, dit Susana. Quand je suis arrivée, aucun de ces immeubles n'existait. Il n'y avait que des champs et des jardins et je les regardais depuis les fenêtres de ma classe. C'est prodigieux de voir comme on a réussi à rendre tout cela horrible.

C'était vrai, même si l'inspecteur n'y avait encore jamais pensé. Ils auraient pu se trouver dans un quartier périphérique de Bilbao ou de n'importe quelle autre ville, avec des murs de brique sale et du linge étendu sur de petits balcons, des parkings et des trottoirs défoncés, des cafés à la lumière graisseuse, des tags sur les murs. Mais tout cela avait été l'espace de la vie de Fátima, le paradis possible de ses trajets vers l'école, de ses jeux avec d'autres enfants sur les marches des immeubles, et de ses visites à la papeterie et aux autres boutiques, une pièce de monnaie bien serrée dans sa paume, tenant une liste de commissions détaillée écrite de sa main. C'est là que s'étaient situés, aujourd'hui défaits par la mort, les itinéraires mystérieux que dessinait son regard d'enfant dans ces mêmes lieux où les adultes ne voyaient que la monotonie et la laideur de leurs vies.

– C'est un vrai restaurant, dit Susana pendant qu'elle cherchait dans son sac les clefs de sa voiture. Avec des nappes en tissu et une carte des vins. Vous vous rendez compte ?

Pendant ses périodes de pire tristesse, elle avait appris quelque chose sur elle-même : sa capacité à revivre et à échapper à la douleur dépendait beaucoup de sensations physiques et d'expériences matérielles, et non pas d'idées et d'intentions, toujours trop abstraites pour lui inspirer confiance. Elle ne pouvait pas soigner son esprit si elle ne soignait pas ses mains et sa peau, et ce qui lui rendait parfois l'envie de vivre était la consistance d'un tissu agréable ou d'un verre de cristal, l'acquisition chez un antiquaire d'un rocking-chair de bois poli par l'usage. Ses états d'âme dépendaient de la porcelaine des tasses du petit déjeuner, de la qualité du pain et de l'huile dont elle se faisait une tartine grillée, de la saveur de son jus d'orange. La désolation morale avait toujours pour elle une évidence physique. Comme lorsqu'elle était enceinte et que son organisme réclamait de toute urgence qu'elle prenne quelque chose de sucré pour ne pas s'évanouir, un gâteau ou quelques bonbons, ce soir-là elle se sentait le besoin de bien dîner pour échapper au souvenir accablant de l'appartement des parents de Fátima, pour se guérir du dégoût qu'avait laissé en elle la voix sombre qui répétait au téléphone le prénom de la fillette.

Elle dit qu'elle égarait toujours ses clefs de voiture : elle sortait des objets de son sac et les posait sur le toit de l'Opel Corsa blanche, trousseaux de clefs de chez elle et de l'école, paquets de kleenex et de cigarettes, boîtes d'allumettes de cuisine, un livret de Caisse d'épargne, une carte de crédit, un étui à lunettes, de vieux reçus de carte bancaire. Elle finit par les trouver, ouvrit la voiture, rangea le tout dans son sac, enleva sa parka avant de s'asseoir, et soudain elle paraissait moins robuste et plus jeune avec son chandail de grosse laine, son pantalon de velours et ses chaussures d'hiver. Pour conduire elle mit ses lunettes et cela lui donna immédiatement, de profil, son menton dessiné ressortant juste au-dessus du col roulé du chandail, un air de sévérité pratique, confirmée par l'efficacité catégorique avec laquelle elle débloqua l'antivol du volant et se mit à le tourner.

– Votre anorak, dit-elle tandis qu'elle manœuvrait en marche arrière pour sortir du stationnement. Je l'ai remarqué immédiatement.

– Et pourquoi ?

L'inspecteur se sentait un peu incertain, comme s'il était guetté par le ridicule ou la fragilité d'être en situation irrégulière, assis dans une voiture qu'il ne conduisait pas, à côté d'une femme qui n'était pas la sienne et pas non plus l'une de ces conquêtes érotico-alcooliques que lui avaient offertes certaines nuits pas si lointaines ni si faciles à effacer qu'il l'aurait voulu. De plus, son siège était très près du tableau de bord, il avait les jambes pliées et n'arrivait pas à trouver le mécanisme qui l'aurait fait reculer. « Le levier est à votre droite, sous le siège », dit Susana en le regardant un instant : qu'elle eût deviné sa pensée le faisait se sentir un peu plus ridicule encore. Il trouva le levier et se sentit grandement soulagé de savoir le manier. Il respira profondément, mais avec discrétion, il étendit les jambes mais n'alla pas jusqu'à appuyer sa nuque contre le dossier.

– Cet anorak, c'est le genre de vêtement que personne ne porte par ici, continua Susana. Solide, fait pour l'hiver, pour un climat moins africain, un niveau de vie plus élevé. C'est pourquoi, rien qu'à vous voir dans la cour de l'école, j'ai pensé : il vient du nord, du pays Basque ou de Santander.

– J'ai vécu pas mal d'années à Bilbao. J'ai obtenu ma mutation au début de l'été.

– Cela vous plaisait ?

– Quelle question, dit l'inspecteur.

Il n'était guère fréquent qu'on la pose à un policier nommé

là-bas, peut-être parce que personne ne la pensait nécessaire. Mais il resta lui-même un peu étonné de la conviction de sa réponse.

– Oui, cela me plaisait, même si cela paraît incroyable.

Aujourd'hui qu'il n'était plus dans le nord, il comprenait qu'il s'était habitué très profondément à certaines choses, aux monotonies et aux nuances des paysages et du climat, à la proximité de l'océan et aux couleurs adoucies par la brume, lavées par l'humidité, beaucoup moins éclatantes que dans le sud où, quand il était arrivé, tout lui avait semblé d'une netteté blessante, aveuglante, sans gradations dans les couleurs ni dans les ombres : la couleur brune ou calcaire de la terre nue, les bleus et les blancs si excessifs du ciel de midi et de la chaux des murs, la crudité avec laquelle les choses apparaissaient soudain dans ces paysages jamais complètement étrangers au désert, un arbre, une maison de campagne, un rocher, même une rivière, pas une de ces rivières brumeuses du nord aux bords estompés par la végétation, mais des cours d'eau rétrécis par des années de sécheresse et coulant entre des rives d'une nudité minérale.

– Vous aviez très peur ?

C'était une femme qui ne reculait devant aucune question. Elle affichait un mélange déconcertant d'extrême courtoisie et de curiosité, un respect inné pour la vie et les expériences des gens avec lesquels elle était en rapport. Il se rendait compte que presque toutes les personnes deviennent méfiantes si quelqu'un montre des signes de curiosité envers elles, et que très peu ont la générosité nécessaire pour porter attention à la vie des autres.

– Très. Je m'attendais toujours à ce qu'il m'arrive quelque chose. Je partais de chez moi le matin et je pensais que je n'y reviendrais peut-être pas le soir.

– On n'arrive pas à s'y habituer ?

– Bien sûr que si. On s'habitue au pire. À vivre avec une maladie, ou avec les jambes coupées, à craindre sans cesse de mourir. Même les parents de Fátima s'habitueront.

– Et votre femme ?

– Pardon ?

– Votre femme...

Susana désigna l'alliance à la main gauche de l'inspecteur.

– Elle s'est habituée, elle ?

L'inspecteur rougit, il ne pensait pourtant pas que Susana ait pu s'en apercevoir : elle conduisait très concentrée sur la route, mais elle tournait fréquemment la tête vers lui, examinant à la dérobée son visage et ses expressions, qui lui paraissaient à la fois neutres et très révélateurs, soumis à un excès de tension qui se relâcherait sans recours, bien plus qu'il ne le souhaiterait, plus même qu'il ne le percevrait lui-même.

– Elle a eu une dépression nerveuse très forte, peu de temps avant que nous arrivions.

L'inspecteur n'aimait pas du tout parler de sa femme, en grande partie parce qu'il ne savait pas comment le faire, quel était le ton approprié pour s'expliquer devant une personne inconnue qui le transportait dans sa voiture, qui l'avait invité à dîner : il se sentait en même temps maladroit envers l'une et déloyal envers l'autre, il se repentait amèrement d'avoir accepté, il regrettait la sécurité tranquille, la solitude et l'ennui de son logis.

– Elle fait actuellement un séjour dans une clinique. On me dit qu'elle sortira bientôt. En réalité, on me dit cela depuis qu'elle y est entrée.

– Elle vous manque beaucoup.

Ce n'était pas une question : elle affirmait. Mais l'inspecteur, s'il avait osé dire la vérité, n'aurait pas répondu oui. Il souhaitait qu'elle revienne, et pas seulement de la clinique, mais du tunnel de désolation et de mutisme dans lequel elle était plongée depuis si longtemps, mais il ne pouvait pas dire qu'il regrettait sa présence auprès de lui, qu'il ressentait son absence à la maison quand il rentrait du travail. Il ne pouvait dire à personne qu'il avait souvent pensé la quitter, non pas parce qu'il désirait une autre femme, d'autres femmes, mais simplement parce qu'il ne l'aimait pas, parce qu'il aurait préféré être seul, sans l'accablement constant de penser qu'elle l'attendait quand il rentrait tard, qu'elle souffrait de chacune de ses manifestations d'indifférence et de froideur : ce n'était pas vrai qu'on pouvait s'habituer à tout, elle n'y était pas arrivée, après tant d'années.

« Regardez la lune », dit Susana. Ils avaient tous les deux fait silence. En face d'eux, au-delà de la vallée moutonnante d'oliviers et de la silhouette de la montagne, la demi-lune blanche demeurait inclinée et immobile comme un ballon, entourée d'une incandescence froide qui éteignait les constellations autour d'elle.

– Comme elle est haute. Connaissez-vous cette chanson ? *Comme la lune est haute*. Je crois qu'on va l'entendre d'un moment à l'autre. Marcel Proust croyait, quand il était petit, que tous les livres parlaient de la lune. Moi, il me semble que ce sont les chansons. Toutes celles que j'aime le plus, ou presque, ont à voir avec elle.

– C'est la lune croissante.

– Et moi qui n'en sais jamais rien. Comment pouvez-vous en être sûr ?

– C'est un prêtre qui me l'a expliqué il y a bien des années et je ne l'ai pas oublié. La lune est menteuse, me disait-il. Quand elle a la forme d'un C, elle n'est pas croissante. En revanche, elle l'est quand elle a la forme d'un D. Je m'en souviens chaque fois que je la regarde.

Il semblait à Susana que la voix d'Ella Fitzgerald était trop triste et elle chercha une autre musique qui lui stimule l'esprit, une cassette de Paul Simon, *Graceland*, qui avait toujours eu sur elle un effet infaillible. Maintenant ils ne parlaient plus, tous deux hypnotisés par les clartés et les ombres du paysage nocturne, la terre pâle, récemment trempée par les pluies, et les silhouettes des oliviers qui se répétaient avec la même exactitude de métronome que les poteaux téléphoniques. La clarté de la lune exagérait et rendait plus proches les reliefs bleutés de la montagne, faisant ressortir les taches blanches des villages sur ses contreforts, avec leur papillotement de lumières jaunes. Ils ne parlaient pas, chacun attentif à l'autre et se méfiant de lui, cherchant des mots, se laissant porter par le mouvement de la voiture et la fascination de la musique dans cet espace clos. Susana observa que l'inspecteur avait enfin appuyé sa nuque contre le dossier. De sa main gauche il frappait silencieusement son genou, en suivant le rythme, non sans une certaine habileté qu'elle remarqua aussi.

– Vous aimez cette musique ?

– J'aime bien l'entendre comme cela, la nuit sur une route déserte.

– Avec elle je m'évade. Quand j'en ai par-dessus la tête de la ville et que ni de lire ni d'écouter des disques ne me consolent plus, je pars en voiture à la nuit tombante et je m'en vais n'importe où, je fuis, je m'imagine que je suis en voyage, très loin. Je vois les lumières d'un de ces villages et je conduis vers elles, avec la musique bien fort, et quand j'arrive, la cassette est terminée, je regarde le village, j'ai le moral à zéro et je repars là d'où je suis venue, mais en pensant que ma vie pourrait avoir été pire si l'on m'avait nommée dans ce village. Mais c'est comme cela que je découvre quelques endroits qui me plaisent beaucoup : le restaurant de la ferme, je l'ai découvert l'été dernier. Je me suis invitée moi-même à dîner, et je n'ai pas bu toute la bouteille de vin parce que je redoutais de repartir toute seule et de trébucher.

Ils étaient arrivés à un pont sur le fleuve qui coulait large et lent, grossi par la pluie récente, avec des éclats de phosphore sous la lumière de la lune. Une voiture venait en sens inverse et Susana dut attendre qu'elle soit passée. « Nous arrivons », dit-elle en montrant un bâtiment, juste de l'autre côté, avec des toits inégaux et de hauts murs qui tombaient à pic sur le talus de la rive. En aval passait une ligne de chemin de fer. À cette distance, en pleine nuit, là-haut, au-dessus d'une pente de roseaux et de genêts touffus, l'endroit suggérait à l'imagination de Susana un château fort fermé où l'on arrive après un long voyage dans un autre pays, à une distance que ne peuvent mesurer les kilomètres. C'était un restaurant et aussi une hôtellerie, dit-elle à l'inspecteur tandis qu'elle garait la voiture le long d'un bosquet d'amandiers, sur l'espace empierré qui était en face du porche d'entrée. Il y avait quelques autres voitures et pendant qu'ils marchaient vers la maison leur parvenait de l'intérieur un bruit amorti et encourageant de voix et de couverts.

– Et voyez le nom qu'il porte, dit Susana en s'arrêtant devant l'arcade du portail, déjà excitée par l'imminence du dîner, des verres de cristal et des couverts d'argent, du plaisir de la première gorgée de vin rouge. « L'île de Cuba ». Je crois que c'est ce que j'ai préféré la première fois que je suis venue ici. J'ai demandé aux garçons mais personne ne sait le pourquoi de ce nom. Regardez la ville comme on la voit d'ici. C'est elle qui ressemble à une île.

Avant d'entrer dans le restaurant, l'inspecteur suivit du regard la direction que lui indiquait la main tendue de Susana et partagea alors avec elle, sans le savoir, la sensation d'avoir fui très loin en à peine une demi-heure, le temps de quelques chansons. Il vit la colline sombre, la ligne des remparts, les lumières lointaines des tours et il lui sembla un instant qu'il regardait une ville où il n'avait jamais été, ou dans laquelle il n'était jamais revenu. Mais il n'oubliait pas, même pas à ce moment, comme un malade chronique n'oublie pas la douleur qui le déchire, ou un obsédé sa manie, il n'oubliait pas que dans cet endroit aussi abstrait que le dessin sans nom d'une ville nocturne, quelque part, marchant dans une rue ou caché dans une maison, éclairé par la même lune, regardant le football au comptoir d'un bar, l'attendait quelqu'un qu'il n'avait jamais vu, qu'il reconnaîtrait dès qu'il l'aurait en face de lui.

17

L'excitation rien que d'y penser, comme le bondissement de quelque chose dans les veines et dans la tête, le choc du café très fort accompagné d'un coup de cognac au centre de la poitrine, la première gorgée d'anis sec ou de rhum, ou l'étourdissement de la première bouffée de cigarette, une de ces blondes mentholées des premières fois, les nuits d'été quand il allait fumer avec ses camarades du quartier dans les jardins de la Cava, à quelques pas, juste là, peut-être sur l'un des bancs qui bordent le talus, tout près des pins, avec leur odeur de résine dans l'air chaud des nuits de juillet, avec ce bruit que faisaient les pas sur les aiguilles sèches qui crissaient pour autant qu'on fasse attention, donc il fallait guetter en faisant très attention, dans le noir, ramper presque comme dans les films pour s'approcher le plus possible sans être découvert, les coudes enfoncés dans la terre, dans les aiguilles sèches des pins, pour épier les couples qui à l'époque descendaient encore pour se donner du bon temps sur les bancs du jardin. C'était une excitation du même genre, le cœur aux lèvres, les coups si douloureux et rapides dans la poitrine, comme un poing qui frappe une porte à coups répétés, le poing de quelqu'un qui cogne désespérément à une maison fermée. Lui et ses camarades, ou plutôt lui tout seul, couché sur le talus, dans l'obscurité du jardin où les éclairages étaient toujours cassés ou en panne, peut-être à l'abri du tronc d'un pin, ou couché sur un replat, le même peut-être, il le pense soudain, allongé et le cœur résonnant contre la terre, voulant voir et entendre, distinguer quelque chose parmi les ombres, l'enlacement des couples de fiancés qui n'avaient pas d'autre endroit où aller, les gémissements, les mots, le frottement des vêtements, les cris brefs comme de douleur, la tache pâle d'un mouchoir qui recueille ou nettoie quelque chose, mais jamais il ne pouvait bien entendre, et moins encore voir clairement, il s'imaginait qu'il voyait des choses, qu'il reconnaissait des mots sales et précis, mais il n'arrivait à voir que des ombres convulsées, et parfois un visage éclairé une seconde par la clarté d'une allumette, la braise d'une cigarette. Il bougeait sans le faire exprès, craignait d'avoir fait un bruit qui le dénonce et s'aplatissait plus fort contre le sol, le cœur résonnant comme s'il était sous terre, la peur d'être surpris, ou aveuglé par la lumière d'une lampe : c'est la même excitation, un étourdissement très fort, un haut-le-cœur, presque un vertige, il tirait une bouffée de sa blonde mentholée et il ressentait en même temps la douceur et la nausée, comme avec le rhum et l'anis, sec, sans glace, sans ces saloperies de Coca ou de tonic, une rasade et c'est la gorge en feu, la tête à cent à l'heure qui fait des tours, comme si le cou avait un système giratoire, mais personne ne le sait et c'est ça qui est le plus fort, incroyable, il s'envoie un coup de rhum, range la bouteille sous clef dans son armoire, met dans sa bouche une pastille de menthe ou un grain de café et personne ne peut le remarquer, il sort de sa chambre, traverse la salle à manger où les vieux somnolent éclairés par la lumière du téléviseur parce qu'ils n'allument pas l'électricité avant qu'il fasse nuit noire, et sans les regarder ni leur dire au revoir il descend dans le vestibule sombre et gagne la porte, s'échappant en vitesse, la force du rhum dans la nuque et les talons, pour ne pas laisser à la vieille le temps de répéter sa litanie, où vas-tu, fais bien attention, ne rentre pas trop tard, il sort dans la rue pavée, claque la porte puis trébuche, il maudit la municipalité, qui ne goudronne pas les rues parce qu'ils disent que c'est un quartier ancien et de beaucoup d'intérêt, plutôt de maisons détruites et d'églises en ruine, mais ils ne réparent quand même pas le pavé, alors il n'y a que des fondrières, si on roule sans faire attention on éclate un pneu de sa voiture, ou si l'on rentre bourré la nuit, comme en plus il n'y a pas d'éclairage, on tombe et on se casse la tête ou le bras, et alors qui est-ce qui va au travail, qui commence sa journée avant l'aube pour la terminer à la nuit, toujours en vitesse, d'un côté à l'autre, entre le fracas des camions des grossistes et les caquetages de poules des femmes, toujours à regarder les yeux et les bouches de femmes qui crient et les yeux et les bouches ouvertes des poissons, des yeux ronds avec des regards de mort et des bouches désarticulées avec des rangées de dents minuscules qui écorchent la peau des mains, toujours à sourire même si au fond il a envie de vomir ou de planter un crochet dans cette bouche ouverte et fardée comme on l'enfonce dans les ouïes d'un merlu, même si l'on a la fièvre et qu'on n'a pas dormi depuis des nuits et qu'on se sent près de s'effondrer dans ce cloaque gluant, dans cette boue d'écailles et de tripes. Eh bien non, lui ne peut pas tomber malade, il n'aura pas de congé de maladie et il n'a pas de syndicat pour le défendre, il peut être en train de crever de l'intérieur, ça n'a pas d'importance, personne n'y fait attention, il ne compte pas plus qu'une merde. C'est ça aussi qui est incroyable, fantastique, que personne ne sache rien, personne ne peut voir derrière un visage ou des yeux, on sort de chez soi avec les jambes encore tremblantes de la secousse violente du rhum et personne ne s'en aperçoit. Une vieille, une voisine qui balaie le trottoir devant chez elle le salue en l'appelant du diminutif écœurant de quand il était enfant, ils ne s'y font pas, ils ne voient pas leurs enfants grandir, toujours la même rengaine, « pour moi tu seras toujours mon petit, tu ne vois donc pas que je t'ai mis au monde ». Il dit au revoir à la voisine, souriant, il se met à sourire dès qu'il sort de chez lui, quel bon garçon, une fois il a entendu la voisine le dire à la vieille, comme il est travailleur, et raisonnable, comme vous devez être fière de lui, si brave, avec les jeunes comme ils sont aujourd'hui, comme il s'est mis au travail quand le malheur est arrivé à son père, avec quelle ardeur, et ce n'était encore qu'un gamin. Qu'elles aillent se faire foutre : un gamin. Elles regardent un type qui a fait son service militaire comme volontaire dans les Tabors, capable de travailler plus d'heures qu'en compte le cadran, et de s'envoyer une fille, et de boire trois verres d'anis sec sans que la force lui manque ni que ses mains tremblent, et ce qu'elles voient, c'est un gamin, c'est bien d'elles, mères et voisines, tantes, grand-mères, clientes. Il les espionnait derrière les persiennes du rez-de-chaussée, et c'était incroyable ce que disait la vieille, de quoi mourir de rire : « Bien sûr que si, ce qu'il y a avec mon pauvre petit, c'est qu'il est très réservé, on dirait qu'il a du mal à se trouver une fiancée. » La voisine se mettait à rire, avec sa touffe de cheveux sales, son châle, ses vieilles espadrilles, son balai, une vraie sorcière : « Ici il est très réservé, mais les clientes, il leur dit de sacrées blagues quand il leur sert le poisson. Mais bien élevé, ça oui, toujours à sa place. » « Il faut voir ce qu'il a appris. Les études il n'a pas pu les finir, mais il a un bon métier, c'est déjà ça, de quoi gagner sa vie comme l'a fait son père, ça vaut mieux que les études, parce que par ici il y a des médecins et des professeurs qui tirent les sonnettes pour être balayeurs. »

Toujours les mêmes idioties, mot pour mot, comme si c'était jamais arrivé, quand est-ce qu'ils avaient vu un médecin travailler comme balayeur, qu'est-ce qu'ils savent des études, et de tout le reste, ils ne savent même pas se servir d'une machine à laver ni de la vidéo, ni allumer un chauffe-eau. Mais il n'y a qu'à s'en foutre, il n'y a qu'à laisser tomber et dire bonsoir à la voisine qui a passé sa vie à balayer toujours le même morceau de trottoir et de pavé, pavé impraticable, trottoir avec des dalles cassées, le même châle sur les épaules et les mêmes espadrilles noires, et jusqu'au même balai, à balayer comme si la moitié des maisons n'étaient pas en ruine et la plupart des voisins morts. Du moins, elle balaie avec un balai moderne, avec des poils de plastique, pas comme les gros balais de bruyère que le vieux achetait encore il y a peu de temps, jusqu'à ce qu'on cesse d'en fabriquer, balais pour les écuries et les porcheries, quel abruti, il disait que c'étaient les meilleurs, bien meilleurs que les balais modernes, parce que pour lui tout ce qui est vieux est meilleur, le brasero à charbon de bois est meilleur que le poêle à gaz, le courant électrique de 125 est plus fort que celui de 220, le jambon est meilleur quand on le coupe à la main et pas à la machine, la terre se travaille mieux à la houe qu'au motoculteur, les anciennes glacières avec des barres de glace conservent mieux le poisson que les chambres froides d'aujourd'hui, toujours la même histoire, quoi qu'il arrive, sans jamais se lasser, mâchonnant ses mots et respirant avec ses poumons empoisonnés de goudron ou de cancer, les mêmes rengaines, les mêmes avertissements, et les mêmes opinions grossières et immuables, les mêmes souvenirs, et les mêmes maladies et les mêmes jurons, et lui qui se tait, qui dit oui à tout, qui se tait au-dessus de son assiette de soupe ou de bouillon graisseux, sans lever les yeux, sans les détourner de son assiette ou de la télévision pour ne pas voir le râtelier du vieux sur la toile cirée, docile, exaspéré de l'intérieur, tandis que sur le téléviseur revient la photo d'un visage d'enfant qui n'est pas identique à celui dont il se souvient, ni la coiffure ni le vêtement, sur la photo elle a des couettes, une jupe plissée, des chaussettes blanches et des souliers vernis. « Un ange, dit la vieille, que Notre Seigneur la tienne en Sa gloire », et lui sent que c'est impossible, qu'il est incroyable que personne ne sache, personne au monde, ni le policier si malin aux cheveux gris qui a détourné la tête devant la caméra comme s'il était un délinquant, ni le juge d'instruction, ni le médecin légiste, personne, aucun des journalistes auprès desquels il passe l'air de rien quand il arrive sur la place, tous les soirs, après une douche et un coup de rhum au goulot de la bouteille de l'armoire, sans but précis, caressant la forme du couteau dans son pantalon, rien que pour faire une petite visite, pour saluer quelqu'un et raconter ou écouter une nouvelle rumeur, pour s'approcher et ressentir l'excitation du danger qu'il imagine, de l'impunité parfaite, comme quand enfant il espionnait sur le talus, se promenant à côté des caméras et des photographes, ou presque contre la porte du commissariat, sans aucun risque, sans éveiller de soupçons, comme lorsqu'il sort de la maison et que la voisine s'arrête de balayer, l'appelle par son surnom répugnant et lui dit, « alors, on va faire un tour ? », avec un sourire de ruse imbécile, de maternité molle et déléguée, le même sourire qu'elle aura pour dire à sa mère « il vient de sortir, bien à l'heure, comme tous les soirs, sûr qu'il y en a une qui lui a tapé dans l'œil ».

Il s'éloigne rapidement, faisant énergiquement sonner ses talons sur le pavé pendant que la voisine s'arrête de balayer pour le voir de dos, blouson, jeans serrés, la bosse dans sa poche, le tintement des clefs de la camionnette. Il s'échappe chaque soir du quartier en direction du nord, de la place du général et au-delà, où il y a de l'ambiance et des lumières, les boutiques de vêtements et d'électroménager, prospères avec leurs vitrines étincelantes, les immeubles d'habitation avec interphone et chauffage central, les rues larges et bien goudronnées, les cafétérias, les ateliers des garages, les vidéoclubs, les bars topless, la vraie vie, les supermarchés qui d'après ce que dit le vieux vont bientôt ruiner les commerces du marché couvert, de plus en plus vieux et sales, de moins en moins fréquentés et de plus en plus nauséabonds. Il monte, excité d'avance, débarrassé de l'ennui des ruelles, des places avec les clôtures des couvents et les clochers des églises, si seulement tout cela pouvait brûler, si un tremblement de terre pouvait survenir et qu'il faille reconstruire à neuf cette partie de la ville dont on dit qu'elle a tant de qualités mais où personne ne veut vivre, tous ces touristes si raffinés qui se sentent émus devant les pierres d'une clôture envahie de mauvaises herbes, il faudrait les voir passer un hiver ici.

La nuit tombe déjà quand il arrive sur la place et en regardant vers la seule fenêtre éclairée, au premier étage du commissariat, là où pend le drapeau, il a comme un pincement d'excitation à l'estomac, plus fort encore, une crispation, le cœur qui cogne si fort et que personne n'entend, même en passant tout près de lui, qui cogne et qui résonne dans sa poitrine comme il le faisait contre la profondeur de la terre et de l'obscurité quand il espionnait les fiancés, s'imaginant qu'il voyait dans la réalité ce qu'il avait vu dans les revues et les films, qu'il entendait les mots précis et dégoûtants que les femmes et les hommes y échangent, surtout les femmes, qui sont toujours les plus obscènes, elles le cachent bien mais c'est la seule chose à quoi elles pensent. À la fenêtre éclairée il y a une silhouette qui bouge très près des vitres : lui ne lève pas les yeux, même si cela ne changerait rien, un degré de plus dans l'audace, et la seule chose qui grandit c'est l'excitation, pas le danger : il se rapproche de l'agent en faction à la porte, lui dit bonsoir, avec une courtoisie vaguement servile, souvenir de son service militaire. L'agent porte la main à sa casquette, il est vieux et gros, et ce qui est certain c'est qu'il n'est bon à rien. Lui, il demande si l'on sait quelque chose, s'il y a du nouveau, très conscient du ton aimable de sa propre voix, plus aimable que d'habitude, comme toujours quand il est très excité ou furieux, plus il est enragé à l'intérieur, plus sa voix devient aimable et obéissante, et pendant qu'il l'écoute il ressent le battement du sang à ses tempes. « Circulez, dit l'agent avec brusquerie et lassitude, en le regardant à peine, sans même considérer sa question, sa courtoisie, son intérêt, nous ne sommes pas là pour tenir des conférences de presse. » Toi non, mais moi oui, pense-t-il en souriant à l'agent, moi oui je pourrais en donner une, et vous verriez ça. « Excusez-moi, je ne voulais pas vous déranger », dit-il d'une voix si aimable qu'elle lui paraît soudain un peu efféminée, et, pour comble d'humiliation et de rage, il sent qu'il va rougir, il se contrôle, respire fort et ne rougit pas, le bout de ses doigts touche la forme du couteau dans son pantalon. Il faut respirer très à fond, très lentement, comme le conseille la revue des horoscopes, pour ne pas rougir et ne pas éjaculer prématurément. Maintenant, il s'imagine qu'il est un terroriste, qu'il sort un pistolet de la poche de son blouson et le braque sur la tête de l'agent et lui éclate la cervelle contre le mur. S'il le veut, si ça le prend comme une envie de pisser, il peut faire la première chose qui lui passera par la tête et il ne lui arrivera rien, il lui semblera ensuite qu'il a rêvé et pourtant ce sera réel, cela sortira dans les journaux et au journal télévisé de trois heures. S'il le veut, s'il en a envie, il peut traverser maintenant la partie de jardin au centre de la place et entrer dans la cabine qui est à côté de la statue, et composer le numéro du commissariat, puis demander l'inspecteur principal, avec une voix aimable, mais pas trop, il est évident que si l'on parle avec trop de courtoisie on ne fait pas attention à vous, une voix aimable mais autoritaire, j'ai quelque chose de très important à lui dire : depuis la cabine il verrait l'ombre s'éloigner des vitres de la fenêtre pour répondre au téléphone. Il peut appeler et raccrocher dès qu'il aura quelqu'un en ligne, il peut le dire et ensuite raccrocher ou bien engager la conversation avec l'inspecteur comme l'assassin du *Silence des agneaux*, qu'il a vu plusieurs fois même si l'histoire lui paraît trop arrangée et fantastique. Il peut dire à l'inspecteur principal qui il est et ce qu'il a fait et qu'il peut le faire où et quand il voudra puis raccrocher et sortir de la cabine et il ne se passera rien, il peut appeler, la nuit, l'émission de radio où tant de gens font bien du mystère pour raconter des sottises et raconter à cette putain de présentatrice quelque chose qui lui coupera vraiment le souffle.

Mais il y a quelque chose d'autre, quelque chose de plus excitant encore, si tentant qu'il ne sait pas s'il peut ou s'il veut résister à la tentation. Il y pense en voyant un vieux curé qui marche devant lui en direction de la rue Mesones et de la rue Neuve, une fois traversées les arcades du Monterrey. Il ne porte pas de soutane, mais lui sait que c'est un curé, il le connaît depuis toujours, c'est un vieux curé, curé éternel, qui marche très lentement, avec une petite croix de bois suspendue sur le devant de son gros chandail bleu marine, avec des tennis noires à semelles de caoutchouc, avançant beaucoup le menton comme pour se laisser porter par un élan de volonté plus efficace que la force de ses poumons ou que la vigueur de ses jambes. Il a commencé à le suivre sans vraiment s'en rendre compte, il a ralenti son pas pour l'ajuster à celui du curé, qui habite sûrement au-delà du bout de la rue Neuve, là où se trouvait autrefois le collège des jésuites. Comme il marche lentement ce vieux salaud, il doit avoir plus de quatre-vingts ans, mais ces vieux d'aujourd'hui sont increvables, même les bombes ne les tuent pas. Il le suit très lentement dans la rue Neuve, grouillante de gens à cette heure-là, avec ses larges trottoirs, ses entrées d'immeubles garnies de marbre et ses grandes vitrines dont les lumières suffiraient à tout éclairer, des boutiques de luxe, de vrais commerces, y compris de bijoux et de fourrures avec leurs vitres blindées, des mannequins nus de plastique blanc qui portent en tout et pour tout une étole de vison. Quels prix, quel mouvement, une foutue culotte de femme plus chère qu'un kilo de merlu, et ces salauds de commerçants qui vivent comme des rois, qui ramassent de l'argent sans se salir les mains, sans se lever tôt ni se tremper ni mourir de froid en hiver, sans s'écœurer de la puanteur en été. Magasins de chaussures, de sacs, d'électroménager, de hi-fi, tout cela neuf et rutilant et hors de prix derrière les vitrines, sans autres odeurs que celles du cuir des chaussures et des parfums des femmes, parce qu'ici l'argent n'a pas la même consistance graisseuse qu'au marché, on ne le voit pas, il n'est pas taché par des doigts sales, on n'a pas à le ranger dans des boîtes immondes, dans des caisses enregistreuses aux touches aussi gluantes que tout le reste, ici l'argent est invisible et on n'entend pas le bruit des pièces, rien que ce bruit que font les cartes de crédit quand on les passe dans la machine, argent propre, magique, instantané, pas de pièces réchauffées dans la main d'une vieille toute tremblante, ni de billets mouillés de sueur, argent électronique. Le vieux dit que tout cela c'est des faussetés, lui, il faut lui donner une liasse de billets attachés par un élastique, comme les liasses qu'avaient autrefois les grossistes en fruits ou en bestiaux, dans des portefeuilles gonflés, attachées avec des élastiques qui résonnaient comme le claquement de l'opulence. Comme il n'a pas confiance ni dans les papiers, ni dans les cartes, ni dans les avis que lui envoie la banque, et qu'en plus il n'y comprend rien l'imbécile, la première chose qu'il fait le premier de chaque mois est de faire la queue à sept heures du matin à la porte de la Caisse d'épargne, comme les autres vieux, ce ne sont pas les vieux qui manquent dans ce monde, tous en file, nerveux, avec leurs casquettes et leurs écharpes dans les matins d'hiver, avec leur livret à la main, la carte d'identité et la carte de retraité préparées pour les montrer au guichet, ils ont peur d'être volés, escroqués par les employés ou que la Caisse d'épargne ait fait faillite ou qu'on les dévalise à la sortie. Il retire tout l'argent de sa retraite et il l'emporte à la maison en billets bien palpables, il les enferme dans une boîte de fer-blanc qu'il cache à son tour sous les carrelages du placard de sa chambre, quel demeuré.

Le vieux curé doit être comme ça, il marche dans la rue sans rien remarquer, sans regarder les bonnes femmes qui entrent et sortent des boutiques avec leur rouge à lèvres, leurs talons hauts et les sacs de leurs achats, laissant derrière elles des effluves de parfum et de tabac blond. Il passe, éclairé par les vitrines, sans remarquer même une fois ni les lingeries féminines ni les téléviseurs, les caméras vidéo, les vêtements de luxe et les manteaux de fourrure, il doit sûrement dire son chapelet, mais non bien sûr, c'est un curé athée, on le disait, le bonhomme est sans soutane, sans même un col romain, mais il est aussi curé que n'importe quel autre, comme l'évêque ou le cardinal ou je ne sais quoi qui était venu dire la messe pour l'enterrement de la fille. Il y avait cinq ou six curés à l'autel, l'un d'eux avec un de ces bonnets hauts que portent les évêques, et on ne tenait plus dans l'église de la Trinité, les marches du parvis étaient couvertes de monde et la foule occupait toute la place, c'était impressionnant à voir ce soir-là dans le dernier journal télévisé. On avait installé des haut-parleurs sur les colonnes des arcades, sur la tour de l'horloge et au balcon du commissariat, et de grandes plates-formes ou des échafaudages pour les caméras, les projecteurs de la télévision qui donnaient une lumière plus forte que celle de midi en plein été. C'était comme lorsqu'il était petit et qu'on avait retransmis en direct les processions de la semaine sainte, tout le monde dans la ville crevait de fierté, on les enregistrait en vidéo, on faisait des grimaces et on agitait les mains devant les caméras pendant que passaient les pénitents et les statues. Il avait commencé à pleuvoir et toute la place et les marches de l'église s'étaient couvertes de parapluies noirs, les projecteurs émettaient une buée épaisse et faisaient briller les gouttes de la pluie qui juste à ce moment-là commençait à revenir après des années et des années de sécheresse.

Et lui là-bas, au milieu de tout cela, un parapluie parmi la mer de parapluies noirs, brillants comme du cuir verni sous la pluie et les projecteurs, sur la place résonnante de cantiques d'église et de la litanie des curés. Et lui seul qui savait, même s'il ne se souvenait pas, ému, presque innocent, semblable à tous les autres, saisi par la même vague universelle de chagrin, de deuil et de rage de vengeance qui traversait la foule comme une violente bourrasque de pluie sur la mer, lui inconnu et seul parmi les parapluies et la foule, anonyme, protégé, répétant avec difficulté les paroles de la messe, tête basse, prisonnier au milieu des autres, semblable à eux, singulier par son secret, son arrogance intime, serrant la main d'une femme qui pleurait à côté de lui quand le prêtre avait dit « échangez fraternellement un signe de paix ». La femme portait à son revers une des photos de la fille qu'on avait distribuées en ville comme des images pieuses mais ce visage n'éveillait pas sa culpabilité, pas même ses souvenirs, ne lui semblait pas le visage de quelqu'un qu'il aurait connu. Lui seul savait et personne d'autre, personne au monde, dans cette foule lente qui montait doucement en direction du cimetière alors qu'il faisait déjà nuit. Ils étaient nombreux, des femmes surtout, à porter des bougies aux flammes fragiles, agitées ou éteintes par le vent, comme dans les processions. Il était le seul à savoir, paisible et lent sous son parapluie, au même pas que les autres, impuni, invulnérable aussi, comme maintenant tandis qu'il suit le curé dans la rue Neuve, après être passé devant l'hôpital Saint-Jacques, en direction de l'église et de la résidence des jésuites, qui était restée isolée à la limite ouest de la ville jusqu'à ce que les curés aient vendu la plus grande partie des terrains à une société immobilière, ils ont dû s'en fourrer plein les poches les salauds, et tout ça avec leurs prières et leurs pénitences.

Il le suit maintenant d'un peu plus loin, parce que sur les trottoirs il y a moins de boutiques et que presque plus personne ne circule, ici il fait plus noir, comme si la nuit était tombée plus tôt que dans la rue Neuve. Il demeure quelques mètres plus en retrait même s'il sait que cette précaution est inutile, plus par plaisir romanesque que pour autre chose, pour se flatter de sa propre astuce, parce que le curé ne le verra pas, il ne peut ni savoir ni imaginer que quelqu'un le suit, il est assez occupé à continuer de marcher avec le menton en avant et la croix de bois qui pend sur le devant de son chandail. Et même s'il se retournait et le voyait, il ne penserait rien de mal de lui, si tant est qu'il ne soit pas trop aveugle pour distinguer les traits d'un visage ou un regard. « C'est sur son visage qu'on voit sa noblesse », avait dit la voisine, et lui l'avait entendue derrière la persienne fermée. Le curé s'est arrêté à côté d'un feu de croisement, il est au rouge pour lui et pourtant il va traverser, peut-être ne voit-il pas la lumière ou ne comprend-il pas les signaux, ou est-il si distrait qu'il ne se rend pas compte de la circulation. Tout cela donne soudain envie de se rapprocher de lui, de prendre son bras et de l'aider à traverser, permettez-moi, mon père, avec sa voix si aimable, alors les vieux font immédiatement un sourire idiot, ils ont toujours envie d'un brave garçon serviable qui leur offre l'assistance de sa jeunesse, le fils modèle qu'ils ont eu, ou perdu, ou n'ont jamais pu avoir, papas ou papys ou tontons par délégation, par gâtisme. Mais il reste en arrière et le curé se dirige vers l'autre côté de la rue, inattentif et suicidaire, provoquant les coups de klaxon d'un camion, tout le monde est si pressé, et pourtant, les vieux... on a l'impression que pour eux le temps n'existe pas, ils sont redoutables quand ils se mettent à traverser, et tu ne fais pas attention et tu t'en chopes un, et alors les emmerdements commencent, comme si des vieux, il n'y en avait pas bien trop, ils agonisent au soleil des jardins ou dans la fumée de tabac du Foyer du Retraité, ils touchent des pensions jusqu'à cent ans, se chient et se pissent dessus sans la moindre honte, bouffent comme des ogres, sans même attraper un rhume.

Lui aussi traverse et un autre coup de klaxon très violent le fait sursauter, comme s'il s'éveillait d'un rêve dans lequel il ne savait pas être tombé, somnambule sans le savoir, avec toutes ces nuits à dormir peu ou pas du tout, et la secousse du rhum et l'excitation jamais atténuée de son secret inviolable. La conductrice d'une voiture l'insulte par sa fenêtre ouverte en agitant une main avec des bracelets et des ongles rouges, « Abruti, lui dit-elle, ouvre un peu les yeux », et lui cette fois-ci qui rougit jusqu'à la racine des cheveux, rouge comme un imbécile, son corps entier le picote, le dos, les aines, les paumes des mains, il s'y enfonce les ongles, de ses deux poings serrés, c'était sûrement une pute, il le pense, il le dit à voix basse tandis qu'il atteint l'autre trottoir, il se retourne pour l'injurier mais la voiture est déjà passée, pourtant il voit la femme de dos, encore furieuse et qui agite les mains, et deux enfants de six ou sept ans qui le regardent du même air d'indifférence et de moquerie, le visage appuyé contre la lunette arrière, un garçon et une fille en uniforme d'une école de bonnes sœurs, évidemment, des fils à papa, enfants de bourgeois, de médecin, bien sûr, de directeur de Caisse d'épargne, la voiture c'est une Volvo, sûr que le salaud qui l'a achetée ne doit pas se lever à quatre heures du matin et travailler plus d'heures qu'en compte le cadran pour payer les traites ; qu'est-ce qu'elle ressentirait, la bonne femme si arrogante avec ses bracelets et ses ongles rouges si le garçon ou la fille sortait de chez eux et tardait à rentrer, s'il ne rentrait jamais.

Mais il ne voit plus le curé, il s'énerve, il le distingue de loin, noir et courbé sous les derniers réverbères de la ville, à côté de la grille de l'église. Il presse le pas, toujours rouge, le visage qui le picote, les marques de ses ongles dans les paumes des mains, encore un coup au cœur, le curé est entré dans l'église par une porte latérale et s'il continue à le suivre que va-t-il se passer, n'importe qui a le droit d'entrer dans une église, un jeune chrétien qui traverse l'allée centrale et s'incline devant le maître-autel, et entre-temps le curé s'est assis dans un confessionnal, qui peut-il bien attendre dans l'église vide. Il ne peut pas le voir, il y a un rideau et une grille, une odeur de cierge, de velours et d'encens : et si maintenant il s'approche, s'il s'agenouille d'un côté du confessionnal, contre la grille, s'il dit je vous salue Marie pleine de grâce avec sa voix si aimable et qu'ensuite il raconte tout, mot par mot, avec tous les détails, ceux que personne ne connaît parce que la police ne les a pas divulgués, pas pour demander pardon mais pour que quelqu'un d'autre le sache sans pouvoir rien dire ni rien faire, il est interdit aux curés de divulguer ce qu'ils ont entendu en confession. Et de plus, celui-là quand il écarterait le rideau ou passerait de l'autre côté de la grille, il ne trouverait personne dans toute l'église, la voix qu'il aurait écoutée serait celle d'un fantôme ou d'un rêve. Il entre dans l'église, peu éclairée, déserte, son imagination le précède et l'étourdit et il lui semble qu'il se souvient déjà des pas qu'il n'a pas encore faits et qui sont irrémédiables, il traverse l'allée centrale, s'agenouille un instant, lève la main vers son front et ses lèvres même s'il ne se rappelle plus bien le signe de croix, ensuite il parcourt un à un les confessionnaux vides. Le curé est dans le dernier, il l'a entendu tousser, comme lorsqu'il allait se confesser dans son enfance, peut-être qu'il l'a vu entrer dans l'église et que maintenant il écoute ses pas, mais il ne peut entendre les coups de son cœur ni les battements du sang à ses tempes. Il va s'approcher, un geste de plus, un mot, et ce qui était inexistant va commencer irrépressiblement à se dérouler, mais il s'arrête, juste au bord, comme sur le point de toucher un fil à haute tension, d'enfoncer d'un millimètre de plus dans sa peau le tranchant ou la pointe de son couteau, ses ongles, il fait demi-tour, ressort de l'église et voilà cette saleté de pluie qui a recommencé, le vent d'ouest pousse contre ses jambes un tourbillon de feuilles brunes et trempées qui ont commencé cet après-midi même à tomber de tous les platanes de la ville.

18

Après, elle ne pouvait pas y croire, elle avait même honte, mais au fond pas trop, elle ne pouvait pas croire ce que sa mémoire lui donnait pour certain, qu'elle ait tant parlé, enhardie par le vin sans doute, mais aussi par le dîner, doucement grisée par les choses qu'elle voyait et touchait autour d'elle, les grands verres de cristal et les bougies sur la table, le bruit du fleuve derrière la petite fenêtre à grille près de laquelle ils avaient dîné, l'amabilité discrète des garçons, qui apparaissaient et disparaissaient en fonction de ses désirs avant même qu'elle les ait exprimés, pour changer une assiette ou un couvert ou servir un peu de vin. C'était la faute du vin, bien sûr, se disait-elle plus tard pour se justifier envers elle-même, pour dissiper la crainte qu'il l'ait considérée comme une de ces femmes prétentieuses qui jamais ne se taisent. Avec un rien de mondanité qui l'étonna, l'inspecteur avait annoncé au garçon qu'il s'occuperait lui-même de remplir les verres : attentif, concentré dans son regard sur elle, il parlait très peu, et tout en donnant l'impression de ne pas s'en soucier il lui versait un peu de vin quand son verre était sur le point d'être vide. Lui aussi avait bu du vin, pour la première fois depuis bien des mois, des gorgées précautionneuses qui lui produisaient un effet immédiat et presque alarmant de douceur, réveillant en lui une partie anesthésiée de son esprit, un début de bonheur qu'il avait ensuite équilibré en buvant beaucoup d'eau, se concédant, tandis qu'il écoutait Susana, quelques secrètes capitulations de sa culpabilité, de son inquiétude à penser que ses subordonnés ne pourraient pas le trouver s'ils avaient besoin de lui pour une urgence, ni si quelque chose de nouveau se passait, si on l'appelait de la clinique.

Des années sans avoir parlé comme cela, récapitulait plus tard Susana, le lendemain, à l'école, remarquant encore un reste de vertige dû au vin, étourdie et absente parmi les cris des enfants, dans la laideur retrouvée de la salle des professeurs, mais sans véritable conviction, satisfaite au fond, ou du moins infiniment soulagée, ne regrettant que les larmes de la fin, l'aveu superflu de son dépit. Elle avait parlé comme presque jamais dans sa vie depuis qu'elle était adulte, comme elle parlait avec ses amies d'adolescence et de première jeunesse, se livrant entièrement dans ses paroles, s'expliquant face à elle-même tout autant que face à cet homme respectueux et taciturne qui l'écoutait et mangeait fort peu, buvait de l'eau, attentif à la servir de vin. Elle avait passé une grande partie de ces dix dernières années à se consacrer, solitaire et monacale, à l'éducation de son fils, et surtout à lire des romans, des livres de poésie et d'histoire, et à étudier sans l'aide de personne les deux langues étrangères qui lui plaisaient le plus, surmontant chaque jour la lassitude de retourner à l'école, l'inertie qui l'aurait laissée s'abandonner à la fatalité monotone et pas trop désagréable d'une vie qui semblait avoir atteint sa forme définitive. Tournée vers elle-même et vers l'enfant, indifférente à la ville mais sans le courage de tenter d'en partir, c'est à peine si elle avait eu quelqu'un avec qui partager les épisodes de son apprentissage personnel, qui lui était ainsi devenu plus inutile et beaucoup plus précieux. Ni des livres qu'elle lisait, la plupart commandés par correspondance, ni des chansons qu'elle écoutait ou des poèmes qu'elle apprenait par cœur elle ne parlait à personne. Vladimir Nabokov, Antonio Machado, Paul Simon, Ella Fitzgerald, Pérez Galdós, Saul Bellow ou Marcel Proust, qui étaient parmi ses compagnons les plus assidus, lui appartenaient de la sorte aussi absolument que la présence de son fils ou les réflexions les plus secrètes de son intimité. Quand son garçon avait laissé derrière lui l'enfance pour se transformer à toute vitesse et avec une conviction accablante en un adolescent, elle avait aussi cessé de parler librement avec lui, en partie parce que souvent elle ne savait que lui dire, et surtout parce que le garçon, plus grand qu'elle dès quatorze ans, désordonné dans ses mouvements, avec une moustache de jeune homme, l'intimidait, l'enfonçait par son silence mi-offensé mi-hostile dans un état de maladresse confuse, d'irritation et de remords, en parts égales devait-elle expliquer plus tard à l'inspecteur, ce sentiment commun aux parents modernes. Elle avait beaucoup parlé avec le garçon jusqu'à ses onze ou douze ans, mais converser avec un enfant disait-elle, c'est toujours se plonger dans une autre langue, presque dans un autre pays, et la conversation ou n'est pas vraiment réciproque, ou bien est traversée de malentendus dont aucun des deux ne s'aperçoit. Elle lui parlait beaucoup quand il était très petit. Elle allait le chercher à la garderie et rentrait en lui parlant, un enfant de deux ou trois ans qui lui tenait la main et levait fort la tête vers elle en marchant, tout rond et lent, comme une caricature de l'attention réfléchie. Mais elle avait commencé à lui parler beaucoup plus tôt, au quatrième ou cinquième mois de sa grossesse, la première fois qu'elle l'avait senti bouger en elle, avec terreur et tendresse, quand elle était couchée dans le noir et mettait les deux mains sur son ventre pour sentir ses mouvements rapides de créature humaine et sous-marine, plongée dans cette mer primitive qui incompréhensiblement se trouvait à l'intérieur d'elle et faisait partie de son corps autant que la circulation de son sang. Elle lui parlait à voix basse pendant qu'elle lui donnait le sein, elle lui chantait des chansons qu'on lui avait chantées dans son enfance et qui avaient le pouvoir immédiat de le rassurer et de l'endormir, elle lui avait appris les mots un par un, lui nommant les choses qu'il lui montrait du doigt, et avec le même dévouement et la même patience elle lui avait appris plus tard les mots écrits que l'enfant retenait très vite, sans aucun effort, épelant penché sur les grandes pages des livres de contes ou s'arrêtant dans la rue pour lire de toute urgence chacun des écriteaux qu'ils rencontraient.

Mais ce soir-là, encouragée par le vin, ce ne fut pas de son fils qu'elle parla le plus, sauf à la fin quand elle sentit que ses larmes approchaient et qu'elle ne pourrait pas les retenir. Elle parlait de l'autre, le père, son ex-mari, avec qui elle ne vivait plus depuis presque douze ans et envers lequel elle ne pensait pas conserver un ressentiment aussi minutieux, aussi exact, de souvenirs ineffacés et de griefs que le temps ne parvenait pas à effacer, peut-être à cause de son propre silence, de la ténacité de son orgueil qui l'avait poussée à se cacher la gravité de ses blessures pour ne pas s'exposer à l'affront supplémentaire de la compassion. Ce n'est qu'à une personne presque inconnue qu'elle pouvait raconter la vérité : et seulement dans ce lieu comme suspendu dans un no man's land, hors de la ville, de la vie quotidienne, au bord d'un fleuve qu'elle voyait éclairé par la lune tandis qu'elle parlait, dans un temps sans origines ni conséquences, sans lien logique avec le temps dans lequel elle se réveillerait le lendemain matin.

« Il était du type engagé-angoissé, dit-elle. N'avez-vous pas remarqué que nous autres, qui nous croyons si originaux, nous sommes toujours la répétition d'un modèle, ou plutôt d'un prototype, qui apparaît à chaque époque, puis change ou disparaît complètement au bout de quelques années ? Moi par exemple. Tout ce que je suis peut se déduire sans grande difficulté d'un prototype : institutrice progressiste, divorcée avec un fils, usée par le travail avec les enfants, découragée par l'enseignement, tellement près des quarante ans qu'il vaut mieux dire que je les ai déjà. Même ma voiture et l'appartement que j'habite doivent entrer dans une certaine statistique. Eh bien mon mari, l'ex, appartenait à un autre modèle, ou plutôt, pour être plus exact, était le mélange de deux types, un croisement. Type engagé et type angoissé. Les engagés, à cette époque-là, ne s'angoissaient pas parce que l'obsession des soucis personnels leur paraissait frivole et petit-bourgeois par rapport à la grandeur de l'histoire et de la lutte des classes. Les angoissés ne s'engageaient pas, ils s'adonnaient à l'alcool, aux drogues ou à la psychanalyse de Wilhelm Reich, ou aux trois à la fois, surtout s'ils étaient des artistes, vous pouvez donc imaginer dans quel état se trouvait leur tête. Pour mon ex, il n'y avait pas de ces distinctions bourgeoises entre le privé et le public, tout faisait partie de notre engagement, qui était avant tout le sien : mon travail à l'école, son atelier de poterie, notre association de quartier, nos amis qui, à part ce pauvre Ferreras, se révélèrent être les siens et non les miens, puisqu'ils disparurent en même temps que lui. L'enfant était à la fois engagement et angoisse : engagement de lui donner une éducation non répressive, angoisse de le voir tomber malade, de ce que nos attitudes comme parents soient correctes et ne lui provoquent aucun traumatisme. D'abord, au nom de l'engagement, ou de l'angoisse, il ne voulait pas que l'enfant naisse. Je me suis entêtée à mener ma grossesse à terme, mais dès que l'enfant vint au monde il se transforma immédiatement en un père des plus névrotiques. Il l'emmenait aux urgences pour un oui ou pour un non, se levait la nuit pour écouter sa respiration, de peur qu'il se soit étouffé, il discourait à grands cris contre les médecins parce qu'il n'avait confiance en personne, je suppose qu'il n'a toujours pas confiance, et de plus, il a une idée définitive sur toute chose, aussi bien sur la chute du mur de Berlin que sur l'usage des antibiotiques. Il est contre les deux, je veux dire les antibiotiques et la chute du Mur. Avant notre mariage, il s'était mis en tête que les modèles de notre couple devaient être Jean-Paul Sartre et Simone de Beauvoir : sincérité, camaraderie, vies séparées, et cetera. Et moi je ne disais rien parce que j'étais très jeune et convaincue qu'il avait toujours raison, de sorte que si l'un de ses jugements ou l'une de ses actions me déplaisait, cela devenait précisément la preuve de mon erreur. »

« J'avais dix-huit ans quand je l'ai connu, je ne savais à peu près rien, j'avais fait mes études d'institutrice par commodité ou par paresse, ou parce qu'il s'agissait d'études courtes et qui ne me paraissaient pas difficiles. Et tous les soirs, quand il venait me chercher, il plantait le drapeau de l'engagement et de l'angoisse sur ce qui pour moi était surtout une routine agréable de notes et de cours, la perspective d'un travail. Comment aurais-je pu contredire un homme qui s'engageait et s'angoissait tant ? Comment lui dire que je ne lisais pas les livres sur les pédagogies révolutionnaires qu'il se chargeait de me procurer, ou que le célèbre couple Sartre-Beauvoir me répugnait, répugnance physique pour ma plus grande honte, elle avec ce turban à ne jamais se laver les cheveux, et lui avec cette allure de vieillard libidineux, sa lèvre tombante et humide et ses dents gâtées ? »

« Il avait des normes pour tout, dit-elle en savourant le vin avec une délectation presque vengeresse. Nous avions rompu avec le genre de vie de nos parents et les idées bourgeoises, et le résultat pratique était que nous étions soumis à beaucoup plus de normes qu'auparavant, plus détaillées et plus dogmatiques, une norme pour chaque geste et chaque instant de la vie, comme les juifs ultra-orthodoxes. Par exemple, les enfants ne devaient pas appeler leurs parents papa et maman : il fallait leur apprendre à les appeler par leurs prénoms pour les habituer à la camaraderie et les libérer de l'autoritarisme. C'est incroyable comme tout cela semble dépassé, j'ai l'impression de vous parler du paléolithique. Nous étions tous pleins de normes, certains plus que d'autres, les engagés avaient des normes différentes des angoissés, mais lui les réunissait toutes, il était comme le Code civil et le Code pénal, un monstre de jurisprudence, juge, procureur et témoin à charge à la fois, l'engagé et l'angoissé, celui qui ne se laissait pas leurrer comme tous les autres par les pièges de la démocratie formelle, ou par les critiques sur Cuba ou le Nord-Vietnam. Moi de plus en plus incertaine et lui de plus en plus ferme, tranquille, avec le sourire qui fait si peur de celui qui ne s'est jamais trompé et qui a prévu les erreurs des autres, surtout les miennes, qui étaient les erreurs dont il avait personnellement à me débarrasser, la croix qui lui était échue, comme on disait autrefois. J'ai tendance par instinct à donner raison à celui avec qui je parle. Lui, n'était pas capable de parler sans discuter. Et s'il discutait avec quelqu'un, il était sans pitié. Avec cette voix si douce et persuasive, avec sa barbe d'engagé et sa pâleur d'angoissé, dédaignant d'abord, puis désarçonnant et humiliant celui qui dans la conversation avait avancé quelque légèreté, avait parlé avec frivolité de n'importe lequel des principes de son orthodoxie. Comment le contredire ou douter de ses axiomes alors qu'il parlait si doucement, sans jamais élever la voix, plus tranquille et assuré à mesure que son adversaire était démonté, parce qu'il ne manifestait son irritation que par une fixité particulière de son sourire, par un ton un peu plus doux encore, comme s'il avait été blessé sans perdre pour autant son équanimité, le calme des justes. Moi, je crois qu'il ne convainquait pas les gens, qu'il les hypnotisait, ou du moins qu'il m'a hypnotisée et m'a rendue somnambule une grande partie de ma jeunesse, bien longtemps encore après notre divorce. Sans m'en rendre compte, je me voyais moi-même par ses yeux, je me jugeais en vertu de ses principes sans qu'il ait besoin de me signaler une erreur ou un défaut, ou de m'énoncer son verdict. Je passais un rouge à lèvres très vif ou je mettais un chemisier décolleté, et dans la glace même où je me regardais il apparaissait pour me réprimander en silence. »

« J'étais une bourgeoise, pauvre de moi, parce que mon père était fondé de pouvoir dans une banque. » Elle souriait, s'apitoyant rétrospectivement sur elle-même, avec l'éclat d'une douce et lente griserie dans les yeux, se rappelant qui elle avait été avec ironie et incrédulité, sans pitié, avec seulement un désir de redevenir elle-même qu'elle n'accomplirait plus. « Lui, en revanche, avait un passé aussi pur que celui d'un vieux chrétien : son père et ses ancêtres potiers, des travailleurs manuels, cela représentait la garantie qu'ils étaient à l'abri de la faiblesse et de la frivolité, celle de presque tous les autres, surtout des universitaires. Quand on lui demandait quel travail il faisait, il répondait, en affirmant son métier comme une accusation potentielle contre n'importe qui, ou comme un argument que personne ne pourrait récuser : potier. Lui n'était pas un parasite, ni un théoricien, il travaillait de ses mains. Pour qu'il puisse reprendre l'atelier de son père, j'ai demandé un poste ici après mon concours. C'est comme cela que j'ai abandonné Madrid et ma vie précédente sans beaucoup m'attarder à y réfléchir, ou en y réfléchissant à travers lui, par commodité, ou parce que j'étais hypnotisée, ou parce que je l'aimais plus qu'il ne me plaît aujourd'hui de le reconnaître ou de m'en souvenir. Nous sommes arrivés ici non pas comme des jeunes mariés mais un peu comme des pionniers, comme ces pionniers puritains et rudes des westerns, moi pionnière de l'école antiautoritaire et autogestionnaire, lui pionnier de la poterie populaire de sa terre, des signes de son identité culturelle, on connaît l'histoire j'imagine. Je crois qu'en réalité il m'a emmenée ici pour me rééduquer, comme ces professeurs ou ces scientifiques chinois qui étaient condamnés à travailler comme ouvriers agricoles dans de lointaines provinces. Je comprends maintenant qu'il n'avait pas d'échappatoire, j'étais une bourgeoise, et de Madrid, et lui de province et prolétaire, potier, rien de moins, c'était le comble du travail manuel et de la culture vernaculaire. »

« Mais c'est à la naissance de notre enfant que l'engagement et l'angoisse et les normes pour chaque chose ont atteint leur sommet. » Elle ne pouvait pas parler de la naissance ou de la première enfance de son fils sans qu'une espèce de sourire intérieur illumine ses yeux. « Toujours le thermomètre, l'angoisse qu'il ait une maladie horrible, qu'il soit né aveugle. Et les normes : il ne devait pas dormir sur le dos dans son berceau parce qu'il pouvait s'étouffer en vomissant ; s'il pleurait fort quand ce n'était pas l'heure de sa tétée, il ne fallait ni le bercer ni le tenir dans les bras de peur qu'il en prenne l'habitude ; avant de le mettre dans son bain, il fallait vérifier que l'eau soit exactement à la bonne température. Avant la naissance de l'enfant, personne n'était plus angoissé que lui par l'inopportunité de sa venue. Mais quand il fut né, il se révéla le père le plus attentif et obsédé qui soit, comme s'il avait existé un championnat d'amour paternel et d'insomnies à cause de ses maladies et qu'il y ait toujours obtenu la note maximum. Il me faisait très facilement me sentir coupable de négligence : je dormais parfaitement, je ne me réveillais pas en pensant que l'enfant pouvait avoir un arrêt cardiaque, je n'appelais pas les urgences d'une voix entrecoupée s'il avait trente-neuf de fièvre. Si quelque chose me préoccupait beaucoup, je faisais mon possible pour le cacher. Lui était insurpassable dans le déploiement et l'exhibition de ses souffrances de père, et comme il n'avait confiance en personne et qu'il était incapable de donner raison à qui le contredisait, il discutait avec le pédiatre qui lui avait dit que l'enfant n'avait rien, ou demandait immédiatement le registre des réclamations, toujours très doux bien entendu, sans élever la voix, avec son visage pâle de père ravagé, de citoyen qui réclame scrupuleusement son dû. Il connaissait tous les règlements, il étudiait les colorants des boîtes de conserve, lisait de haut en bas les notices et les instructions des appareils car il n'avait confiance ni dans les médecins ni dans les ouvriers. Et jamais il ne cessait d'être engagé, d'être angoissé, il était en même temps héros et martyr, Lénine et Jeanne d'Arc, le poing levé et la couronne d'épines. Je sortais de l'école l'après-midi et j'allais l'aider à l'atelier. Deux de ses amis qui vivaient ensemble depuis peu de temps, Ferreras et Paca, commençaient à y venir aussi, ils dînaient avec nous, venaient chez nous écouter de la musique parce qu'ils n'avaient pas de chaîne. Ferreras et lui se connaissaient depuis le lycée. Ils discutaient beaucoup parce que Ferreras était alors un libertaire un peu filou, quand on le voit aujourd'hui, on a du mal à le croire, il est devenu si sérieux, il portait les cheveux longs et passait son temps à fumer des joints. Si alors on m'avait dit qu'il finirait médecin légiste, cela m'aurait semblé impossible. Mais presque toutes les choses qui se sont passées ensuite me paraissaient impossibles. Paca était le contraire de lui, une fille très raisonnable et comme effrayée, qui était employée à la Sécurité sociale, ce qui lui permettait d'entretenir la fainéantise libertaire de son fiancé qui n'en finissait pas avec ses études de médecine. Elle m'avait aidée à préparer le dossier pour l'accouchement, et après la naissance elle venait souvent me voir, se proposait pour garder le bébé le soir afin que mon mari et moi puissions sortir de temps en temps. Je m'étais prise de beaucoup d'affection pour elle, je ne peux m'en empêcher avec ceux qui sont aimables avec moi, et de plus, à part elle, je ne connaissais presque aucune femme dans la ville, excepté mes collègues de l'école qui étaient toutes pas mal plus âgées que moi. Quand mon mari parlait, elle était la seule qui ne le contredisait jamais, elle se mettait même de son côté dans les discussions avec Ferreras qui étaient toujours très ennuyeuses, comme ces matchs de tennis retransmis à la télévision. Je ne soupçonnais rien. Si je m'étais méfiée d'eux en un quelconque moment, j'aurais eu affreusement honte de moi-même. J'arrivais l'après-midi à l'atelier et je voyais qu'elle était arrivée avant moi, et qu'elle y venait sans Ferreras, et je ne voyais rien de mal à cela. »

« Savez-vous ce qui est le pire, ce qui s'efface le moins avec le passage des années ? La sensation du ridicule, l'humiliation d'avoir été trompée avec tant de facilité, à cause de ma propre stupidité, pas même de mon innocence, comme le péquenot qui se fait escroquer en arrivant à la ville. Je le trouvais de plus en plus bizarre, mais je croyais que c'était à cause de l'angoisse et de l'engagement, comme d'habitude, l'inquiétude pour l'enfant et les problèmes de l'atelier, qui n'allait pas trop bien, toujours par la faute des autres, des clients et des fournisseurs. Sa liste des malhonnêtes gens, de ses ennemis et des imbéciles ne cessait de s'allonger. Il est de ces personnes qui se plaignent sans cesse de ce pays, comme ils disent, ce pays de merde, ce pays où l'on n'est pas sérieux, ce pays où il n'y a rien à faire : il était seul contre le pays tout entier, contre ce pays, et aussi contre les maffias de la distribution, contre les grossistes, contre les fournisseurs d'argile et les boutiques d'artisanat, ou plutôt ils étaient tous ligués contre lui, toute la machinerie du capitalisme mondial. Comme l'enfant était tout petit, je n'allais pas tous les après-midi à l'atelier et je ne m'apercevais pas qu'il ne me demandait plus comme avant de venir l'aider. Il rentrait tard, très fatigué, démoralisé, il dormait mal, il restait éveillé au lit, angoissé, si visiblement angoissé qu'il aurait été frivole de s'approcher de lui avec une envie sexuelle, à moins de vouloir le sentir blessé ou harcelé dans sa virilité, ou angoissé par l'angoisse supplémentaire de ne pas accomplir son devoir conjugal. Jour après jour, de plus en plus pâle, le visage blanchâtre, même la voix blanche, il se taisait à table pendant que je lui servais le dîner, plus pointilleux que jamais pour la nourriture, plus rigide, là aussi plein de normes, d'astuces pour économiser, toujours fondées sur le principe qu'à lui, on ne la faisait pas : il n'y avait qu'à acheter de la hampe à la place d'entrecôte, de la hampe et des tranches de foie, j'en mourais de dégoût et lui me disait, en souriant, qu'on voyait bien là mon éducation bourgeoise, ma propension au gaspillage, parce que le foie, comme c'est très bon marché, nourrit beaucoup plus que le filet, que la hampe est bien meilleure que l'entrecôte, que ce qui se passe dans ce pays, c'est que personne ne sait se nourrir. C'est toute une histoire les défauts que ces gens-là trouvent à ce pays, c'est bizarre qu'ils ne partent pas au Groenland ou en Californie ou en Corée du Nord pour ne plus revenir. Du foie grillé, de la limande au lieu de sole, de la roussette au lieu de lotte, du jambon blanc bon marché : c'était une comédie d'aller faire les courses avec lui, toujours à comparer les prix, à examiner les dates limite ou les colorants et les conservateurs, au cas où le commerçant aurait voulu le rouler, s'il demandait cent grammes de quelque chose et qu'on lui en pesait dix de plus, il demandait d'une voix douce qu'on les lui enlève, qu'il savait parfaitement ce qu'il avait demandé, et il disait cela avec un sourire insultant, comme pour faire savoir au commerçant qu'avec lui ces combines-là ne marchaient pas. Non seulement il était le père parfait et le potier parfait, mais aussi le parfait consommateur, l'acheteur de jambon blanc conscientisé. C'est ainsi qu'il ne lui en coûta guère de se transformer un peu plus tard en adultère problématisé, en parfait martyr de ses propres conflits personnels. Après avoir passé un an à nous faire porter les cornes, à son ami et à moi, avec cette fille à qui j'avais ouvert ma maison, il arriva un jour avec une figure plus angoissée et engagée que jamais, encore plus pâle, la voix encore plus douce, le visage encore plus blanchâtre, et il me notifia que par cohérence avec lui-même il devait nous quitter, l'enfant et moi. »

On leur avait servi le dessert mais il restait encore un peu de vin dans la bouteille, l'inspecteur le répartit entre les deux verres et quand Susana sortit une cigarette il s'empressa de lui donner du feu. Pour la première fois depuis des mois, il ressentit une véritable envie de fumer. Mais il la surmonta aussitôt, il préférait observer comment elle fumait, savourant sa cigarette aussi consciencieusement que les dernières gorgées de vin.

« Mais dès qu'eurent passé les premiers mois d'humiliation et de solitude, je me suis mise, sans même le vouloir, à profiter de cette vie que je m'étais laissé confisquer par lui, moins dans mes convictions qui en fin de compte sont trop abstraites pour qu'elles m'importent vraiment, que dans mes habitudes et mes envies, et dans mes goûts personnels. J'ai remis du rouge à lèvres, j'ai porté de nouveau les ongles longs et vernis de rouge, je me suis fait faire une coupe de cheveux provocante et je les ai teints d'un noir très fort, j'ai recommencé à m'acheter des chemisiers de soie, des jupes courtes, des escarpins à talons, des vêtements ajustés, non pas pour conquérir qui que ce soit, et encore moins pour le séduire lui qui pour ces choses a, ou avait, un goût aussi plat que pour la nourriture, mais pour me ressaisir parce que je m'étais laissée aller, pour me regarder dans la glace comme lorsque j'essayais une robe neuve à dix-sept ans et que je commençais à utiliser du rouge à lèvres. C'est comme cela que j'ai survécu, en me reconstruisant seule, ou plutôt avec mon fils, tous deux dans cette ville qui n'était pas la nôtre. Je le laissais avec une jeune fille, et plus tard à la garderie, et je sortais de l'école en courant pour arriver à l'heure et le récupérer, je ne pensais qu'à lui, je ne voulais penser à rien ni à personne d'autre. Maintenant que j'y réfléchis, cela aurait été une vie parfaite, mais lui restait là, le père de mon fils, avec son engagement et son angoisse, lui qui était parti avec ma meilleure amie mais qui parfois revenait, avec une tête de martyr, ou appelait au téléphone pour parler à l'enfant, pour lui demander s'il voulait que papa et maman recommencent à vivre ensemble, oui bien sûr, tous les trois comme avant. Il revenait, puis repartait, portant sa croix d'adultère cohérent, bigame de gauche, il me disait avec cette brutalité qu'alors on appelait sincérité qu'il ne m'aimait plus, parce qu'il avait trouvé chez Paca les satisfactions que sa relation avec moi ne lui donnait pas, et après m'avoir humiliée avec sa voix si douce et m'avoir fait comprendre que je n'étais guère qu'une merde, et que c'était ma faute si nous avions échoué en tant que couple – ce mot, on l'utilisait beaucoup, le couple, il me faisait toujours penser à ce qui va par paires, les bœufs ou les gardes civils – il me rappelait au bout d'une semaine, plus angoissé que jamais, pour me dire qu'il allait très mal, beaucoup plus mal que moi bien entendu, que maintenant il se rendait compte que sa vie était avec nous, l'enfant et moi. J'en avais passablement assez, et si je ne répondais pas ou si je laissais entendre que par expérience je me méfiais un peu, il se mettait aussitôt en colère contre moi, avec cette capacité qu'il a de devenir insultant en une seconde : “Qu'est-ce qui se passe, tu n'as pas confiance en moi, tu crois que je suis en train de jouer avec toi, ou que tout ceci est moins douloureux pour moi que pour toi ?” Il y a une chose qu'il ne pardonnait pas, c'est que quelqu'un prétende lui retirer le privilège d'être celui qui souffrait le plus, le palmarès de la couronne d'épines. Et moi comme une idiote, de nouveau hypnotisée, sans dignité parce que personne ne peut être digne s'il a été trompé, je lui permettais de revenir parce que cela me fendait le cœur de voir l'enfant, qui venait d'avoir trois ans, se mettre à pleurer tous les soirs en demandant son père à l'heure de s'endormir. »

« Il revenait, et sur-le-champ il inspectait et organisait tout, mon habillement et mon travail à l'école, l'alimentation de l'enfant, sa santé, les jouets éducatifs qui lui convenaient pour développer sa psychomotricité ou son intelligence, et ceux à proscrire. Il avait même au lit, un ou deux soirs, une certaine ardeur, inhabituelle chez lui d'ailleurs. Mais cette vague, bien sûr, durait peu, et au lieu de souffrir de l'absence de son fils et de sa femme il commençait à souffrir de celle de sa fiancée, sa partenaire, et certains soirs, il sortait sous un prétexte ridicule – il était trop arrogant pour bien mentir – et je suppose qu'il en profitait pour l'appeler d'une cabine comme d'autres soirs il avait dû en faire autant avec moi. Toujours angoissé, tourmenté, pâle, engagé par sa cohérence, il mentait toujours et devenait agressif quand ses mensonges n'étaient pas acceptés, il mentait à la fois à sa femme, à sa maîtresse et à son fils, faisant peser sur eux trois le poids de sa souffrance, il profitait à la fois des avantages du mariage et de l'adultère, de la sincérité progressiste et des erreurs de toute sa vie, de la paternité et du célibat. Les papiers du divorce étaient arrivés, il s'était beaucoup démené pour l'accélérer, et quand il est venu chez moi pour que je les signe il était plus pâle que d'habitude et avait une voix encore plus douce, le regard encore plus angoissé tandis qu'il regardait l'enfant jouer par terre. “Montre-moi ça, lui ai-je dit, avec le désir qu'il reparte au plus vite, dis-moi où je signe”, et alors il s'est mis à me regarder avec sa plus belle tête de victime, de victime accusatrice bien entendu. “Je n’imaginais pas que tu étais capable de tant de froideur.” Il n’y avait rien à faire, je ne savais pas me défendre de lui, il s’arrangeait toujours pour me laisser brisée de remords. »

« Si seulement il était parti pour de bon, ou s’il était mort à ce moment-là, ou si du moins il avait disparu de notre vie. »

Ce n’était pas seulement le vin, ni la sensation immédiate de fuite et de liberté qui s’étaient emparés d’elle dès qu’elle avait démarré la voiture et conduit vers les faubourgs en écoutant Paul Simon, c’était aussi son attitude à lui qui l’avait poussée à parler, le silence patient et respectueux avec lequel il l’écoutait, tranquille en face d’elle, vaguement paternel même s’il ne devait être que de dix ou douze ans son aîné, avec ses cheveux gris et son visage comme marqué par les intempéries ou par une trop longue expérience de l’isolement et de la douleur, paternel et désemparé en même temps, la regardant de ses yeux gris et attentifs qui ne prenaient que de temps en temps une expression absente, d’inquiétude soudaine, troublés par quelque chose.

« Parce que malgré tout, je vous le jure, je ne crois pas qu’il y ait eu beaucoup de femmes aussi heureuses que je l’ai été ces années-là avec mon fils. Je n’avais presque pas d’argent parce que la plus grande partie de mon traitement passait à rembourser l’emprunt de l’appartement dans lequel mon mari avait tenu à bien nous embarquer peu avant de décider que nous ne pouvions plus continuer à vivre ensemble. Il ne m’a pas seulement trompée : il m’a escroquée, avec sa voix douce de militant orthodoxe et son expression de souffrance, il avait gardé la voiture parce que selon lui il en avait plus besoin que moi, mais les traites continuaient à être présentées sur mon compte, et moi j’ai continué à les payer, comme une idiote, pour m’éviter l’empoisonnement d’une autre discussion épuisante avec lui, pour ne pas me sentir encore une fois coupable, comme d’habitude, l’ex-femme vengeresse qui harcèle son ex-conjoint accablé de difficultés matérielles. Il était angoissé pour son fils et concerné par son éducation, mais il oubliait toujours de me verser la pension, et moi je n’avais pas le courage de la lui réclamer. Mais je ne voulais pas de son argent. Ce que je voulais, c'était qu'il nous laisse en paix, qu'il ne revienne pas bouleverser mon fils en lui faisant des promesses mensongères, qu'il cesse de nous utiliser tous les deux comme témoins de sa vie tourmentée. Malgré lui, malgré le manque d'argent, j'ai été vite heureuse, comme par surprise, je me sentais forte et jeune avec mon fils, nourrie par lui, fortifiée par son existence, découvrant les choses au moment même où lui les découvrait à côté de moi, avec ses yeux si grands et si profonds, il regardait tout si attentivement quand il était petit qu'il ne cillait pas. Il marchait en me tenant la main, sa sucette dans la bouche, il l'enlevait pour me montrer les choses en me disant : "C'est quoi, ça ?" J'allais le chercher à la garderie et dès qu'il me voyait il venait vers moi en courant sur le tapis, trébuchant dans les petites chaussures que je lui achetais. Si j'aime tant m'acheter des vêtements, imaginez le plaisir que j'avais à en acheter pour lui. Il m'embrassait en respirant très fort par le nez, avec ses grosses joues chaudes et rondes pressées contre mon visage. Tous les soirs je devais lui lire ou lui raconter une histoire et je restais avec lui jusqu'à ce qu'il s'endorme, il me le faisait promettre. Très souvent, sans que je m'en rende compte, il se levait pendant que je lisais ou que je regardais un film dans le séjour, et quand j'allais me coucher je le trouvais endormi dans mon lit. »

Elle conduisait pour rentrer en ville, avec de nouveau cet air expérimenté et un peu sévère que lui donnaient ses lunettes, sans musique maintenant, moins absorbée par les lignes blanches de la route et la lumière des phares que par une remémoration qui avait peu à peu cessé d'être heureuse, gagnée par un début d'abattement peut-être causé par l'atténuation des effets du vin et par le simple découragement du retour. À côté d'elle l'inspecteur s'apercevait qu'il lui arrivait quelque chose, un changement rapide et sombre dans son état d'âme, mais il manquait du discernement nécessaire pour comprendre ce que c'était et en tout cas il se savait très maladroit pour toute espèce de consolation. Il ne faisait que la regarder, il l'entendait respirer et maintenant il n'avait plus à l'éviter des yeux parce qu'elle ne se tournait pas vers lui, elle gardait les yeux fixés sur la route, qui montait déjà vers les premières maisons de la ville. À la sortie d'un virage, une voiture qui venait en sens inverse les éblouit et Susana, qui à ce moment-là tâtonnait dans la boîte à gants à la recherche d'un kleenex, dut donner un rapide coup de volant et freiner sec sur le gravier du bas-côté, le long d'un versant planté d'oliviers. Le moteur avait calé et elle, qui s'apprêtait à démarrer à nouveau, laissa tomber ses deux mains et se pencha en arrière et soupirant très fort, dans une subite attitude de capitulation. « Et maintenant qu'il a quatorze ans, il a décrété que je ne le comprends pas et qu'il n'aime pas la vie que je lui fais, que je suis autoritaire, que j'exige trop de lui, qu'à partir de maintenant il veut habiter avec son père. Il doit être son héros, son grand camarade j'imagine, ce fichu salaud qui n'a jamais eu à lui ordonner quoi que ce soit et ne lui a jamais répété dix fois de faire ses devoirs, le père copain, l'engagé, l'angoissé, il a mis dix ans pour m'enlever aussi mon fils. »

19

Il se leva rapidement, encouragé par le pressentiment d'une matinée fraîche et dégagée, qu'il vérifia dès qu'il ouvrit en partie le rideau de la chambre en regardant par habitude instinctive le trottoir d'en face où il n'y avait personne, où les entrées des immeubles étaient fermées et les rideaux métalliques des commerces tirés. Un matin limpide de novembre, plus limpide encore à cette heure-là, neuf heures le dimanche matin, sans circulation, sans urgence, sans rien qui le presse, parce qu'il avait du temps de reste, il lui suffirait de partir de la ville à dix heures pour être à onze à la porte de la clinique, ou plutôt de la résidence comme on l'appelait aujourd'hui, bien que ce fût, selon ses souvenirs, le même endroit que l'on appelait en d'autres temps l'asile de fous : les mots faisaient peur, et pour la contourner on en cherchait d'autres, mais très vite la peur venait les contaminer et il fallait les abandonner à leur tour, on les remplaçait par d'autres encore, des mots pas encore usés, avec lesquels puissent plus facilement commercer la lâcheté ou le mensonge, la contrainte, la dissimulation. Dans le nord, des personnes dignes de respect appelaient lutte armée les massacres des pistoleros, et le terrorisme, de façon abstraite, violence, un coup de pistolet dans la tête de quelqu'un était une action. De même, sa femme n'était pas internée dans un asile de fous, pas même dans une clinique, mais dans une résidence, pourtant la résidence était dans les mêmes lieux et portait le même nom que l'ancien asile de fous, celui où, selon le père Orduña, devaient finir les pensionnaires du collège s'ils ne réfrénaient pas leurs mauvais instincts :

– Vous finirez tous à Nuestra Señora de los Prados, avec la camisole de force.

Et lui imaginait alors, uniquement à cause du nom de l'endroit, un bâtiment blanc mi-médical mi-ecclésiastique, entouré d'un gazon vert et de grands arbres sous lesquels les fous se promenaient en se serrant eux-mêmes dans l'embrassement délirant des camisoles de force. Un des curés du collège avait été emmené comme cela : c'était un prêtre grand et herculéen, et pourtant à la peau tendre et aux yeux saillants, on lui avait passé la camisole de force par-dessus sa soutane et il gémissait comme un veau au long des couloirs pendant qu'on le tirait, ligoté, ses basques noires dépassant de façon incongrue sous la toile de la camisole de force, tandis que tous les pensionnaires restaient enfermés dans les dortoirs par ordre exprès du recteur. Ils voulaient que personne ne voie ce prêtre qui était devenu fou, mais l'un de nous arriva à le voir, un des grands, des téméraires, de ceux qui désobéissaient et se rebellaient au risque d'être fouettés, un de ces élèves brava l'interdiction absolue et regarda par la fente d'une porte entrebâillée, ou vit depuis une fenêtre du haut les silhouettes de deuil ecclésiastique et les blouses et les calots blancs des infirmiers de l'asile se rassemblant à côté de la camionnette aux vitres grillagées vers laquelle ils poussaient le prêtre, plus grand et plus fort qu'aucun d'entre eux, soudain docile, mugissant comme un animal, se tapant la tête contre les portes métalliques aussi aveuglément qu'un taureau contre les palissades d'une arène ou d'un enclos.

– Le père Alonso, se rappela sans difficulté le père Orduña, encore gêné si longtemps après, parce qu'il aurait préféré que l'inspecteur ne se souvienne pas. Son dérangement était tenu secret, même à nous il était interdit d'en parler. Il est mort à Los Prados sans jamais recouvrer la raison. Que Dieu l'ait en Sa miséricorde. Personne n'avait plus besoin de la miséricorde de Dieu que le père Alonso.

– Mais qu'avait-il fait, pour quelle raison l'a-t-on emmené ?

Le père Orduña tarda un peu à répondre : après tant d'années il lui en coûtait encore de rompre un silence qui ne protégeait plus que quelques défunts.

– Il avait enlevé et violé un garçon, un des externes pauvres du catéchisme.

Il parlait la tête basse, fuyant, contre son habitude, le regard de l'inspecteur.

– Il lui avait écrasé la tête. Sa famille avait des relations très puissantes, des titres. Ils ont accepté de l'interner à vie pour éviter le scandale d'un procès. Cet enfant aurait aujourd'hui à peu près ton âge. Je croise encore de temps en temps son père dans la rue, il doit avoir un peu plus de soixante-dix ans mais il est plus sénile que moi, ce n'est pas peu dire. Je le regarde et je pense que, si cela se trouve, il est en train de se souvenir de son fils.

Il se prépara un petit déjeuner rapide dans la cuisine presque intacte, parce qu'il ne l'utilisait presque jamais si ce n'est pour se faire quelquefois du café ou réchauffer au micro-ondes un plat cuisiné qu'il mangeait ensuite distraitement comme dîner, devant la télévision, l'accompagnant d'un Coca-Cola ou d'un verre d'eau. Tandis qu'il déjeunait, debout, sortant juste de la douche, déjà rasé et habillé, sans cravate, avec un pantalon solide et un vaste chandail de laine, il écouta la radio dans la seule intention d'entendre la prévision du temps. À la fin de l'après-midi il recommencerait à pleuvoir. En sortant, quand il se vit dans la glace de l'entrée, il se rappela avec une certaine satisfaction ce que lui avait dit Susana Grey : ses vêtements lui donnaient une allure du nord. Une de ses questions l'avait déconcerté et il se la posa alors à lui-même : elle lui avait demandé comment était sa maison et il n'avait pas su répondre. Normale avait-il dit, comme les autres, mais la vérité était qu'il n'avait jamais fait bien attention à son logis, aux meubles et aux rideaux et aux tableaux choisis des années plus tôt par sa femme et maintenant transportés depuis Bilbao. Dans un mouvement de refus et de pudeur, il pensa fugitivement à la possibilité que Susana voie et juge sa maison. Il vit ce qu'elle aurait vu, une espèce de banalité neutre dont il ne s'était pas rendu compte jusqu'à présent, une maison où pas même les photos encadrées sur les tables de nuit ou sur un buffet ne suggéraient un seul trait personnel, comme ces photos faussement familiales des magasins de meubles. Il la tenait très propre, chaque fois qu'il y rentrait le soir, il lui semblait entrer dans une maison où personne n'aurait encore habité.

Au garage, il inspecta le dessous de sa voiture avec une lampe de poche, puis les fils de l'allumage, les serrures, l'espace sous le siège du conducteur. Au coin de la rue, il y avait une voiture garée sur le trottoir qu'il ne se rappelait pas avoir déjà vue : il prit note de la marque et de l'immatriculation, puis l'oublia immédiatement. Il acheta dans un kiosque le bouquet de fleurs de chaque dimanche, sans lui porter vraiment attention. Les rues périphériques de la ville avaient à cette heure-là un air fantomatique, une pénombre humide de bâtiments trop hauts et trop rapprochés qui ne laissaient pas passer la lumière délectable de ce dimanche matin. Il y avait de grandes poubelles sur les trottoirs, presque toutes vides, certaines renversées avec des sacs de plastique et des ordures répandues alentour, les résidus habituels de la bringue du samedi soir, comme les flaques de vomi et les corbeilles à papier arrachées et brûlées. Il voyait le même spectacle tous les dimanches matin à la même heure, quand il partait en voiture et se rappelait une déclaration consternée de Ferreras : « Je ne comprends pas mes contemporains. Je ne comprends pas mes semblables. »

Mais ne pas comprendre l'affectait moins que Ferreras ou le père Orduña, même que Susana Grey. Pour le père Orduña, la foi religieuse, au lieu de dissiper ses incertitudes, les rendait plus opaques encore : non seulement il ne comprenait pas l'horreur, l'exploitation et la cruauté, mais de plus il n'admettait pas, au fond de son cœur, que Dieu les permette. Pour Ferreras, gauchiste et athée, élevé dans la conviction de la bonté originelle des êtres humains, le mal était une excroissance de l'âme aussi horrible et aussi étrangère à la réflexion et à la volonté que la prolifération d'un cancer dans un organisme sain. Il cherchait en même temps des explications circonstancielles et génétiques, mais chaque énigme en partie élucidée ne menait qu'à une autre énigme antérieure, ou vers la pure déraison du hasard : étant donné un groupe d'hommes pas très important, au cours du temps l'un contractera un cancer ou une cirrhose, un autre commettra un crime, assassinera sa femme dans une crise éthylique, abusera d'un enfant, asphyxiera une fillette de neuf ans en lui enfonçant sa propre culotte déchirée dans la gorge.

Susana Grey s'obsédait à comprendre pourquoi son fils, qu'elle avait élevé et éduqué seule pendant tant d'années, choisissait alors de partir habiter chez son père. Quelles erreurs avait-elle commises, quelle faute cachée expiait-elle par cet abandon qui lui apparaissait, après si longtemps, comme le couronnement sarcastique de la déloyauté de l'autre, de l'ex-mari, redevenu aujourd'hui un père exemplaire, l'homme de dialogue, concerné par l'adolescence de son fils, convenablement tourmenté par elle.

Sans s'arrêter à beaucoup y penser, l'inspecteur avait le sentiment qu'ils étaient tous à la recherche de fantômes. Comprendre n'était peut-être pas si nécessaire, ou pas même possible, ou en réalité n'y avait-il pas grand-chose à comprendre, au-delà de l'évidence crue de ce qui arrivait, non pas dans l'imagination ni dans le subconscient de quiconque mais dans l'extérieur visible des choses et des actes, sous la clarté du soleil, d'un puissant projecteur ou d'un microscope. Un enfant n'a pas besoin de comprendre pour accepter : lui n'avait pas compris pourquoi son père avait soudain disparu, pourquoi sa mère passait des nuits à coudre, les yeux rougis à la lumière d'une bougie, ou pourquoi un soir d'hiver on lui avait passé un tablier, lui avait rasé les cheveux et l'avait fait monter dans un train qui crachait des nuages de fumée dans la gare d'Atocha, à Madrid.

Et il était possible que sa femme, pendant la longue période durant laquelle elle avait vacillé au bord de la stupeur et du silence avant la crise finale, avant son transfert à la résidence, ait décidé en secret qu'elle n'allait plus comprendre, ni essayer de le faire, ni poser d'autres questions, ni désirer autre chose que de rester tranquille dans sa chambre aux rideaux à fleurs qui cachaient des barreaux, tendant le bras quand arrivait l'heure de la piqûre, avalant docilement les comprimés que lui apportait une sœur, tenant ensuite les lèvres serrées et la tête basse, comme après la communion.

Il sortit de la ville par la route de l'ouest, au-delà des murs et des terrains de jeu du collège des jésuites qui s'étaient aujourd'hui transformés en une banlieue dense. Quand il était enfant il ne passait presque pas de voitures sur la route, et elle était bordée d'une double rangée d'ormes qui se prolongeait jusqu'à se perdre dans l'éloignement des premières collines d'oliveraies. Les parallèles sont des lignes qui, pour autant qu'on les prolonge, ne se rencontrent jamais : le père Orduña, une baguette à la main, scandait le rythme de la récitation collective et lui, plus tard, dans les après-midi de promenade, marchant en rangs par deux à l'ombre des ormes, voyait leurs silhouettes s'éloigner et se réunir en un point éloigné et pensait avec un vague déplaisir à l'antipathie de ces deux lignes à la craie sur le tableau, aux rails du chemin de fer et aux rangées d'oliviers qui elles aussi se rejoignaient au loin.

La route descendait vers la vallée et après la traversée du fleuve remontait peu à peu vers les collines du sud-ouest et les premiers contreforts de la montagne. De jour, dans l'air si transparent, sous une clarté qui soulignait et rapprochait l'exactitude de toute chose, le paysage ne lui semblait pas le même que celui qu'il avait traversé peu d'heures auparavant avec Susana Grey, à la lumière de la lune croissante, proche de la pleine lune. Tout maintenant, la terre, les oliviers, les tourbillons du fleuve, le bleu du ciel au-dessus des pierriers de la montagne, le blanc de chaux des hameaux, avait un éclat de monde nouvellement sorti des eaux, une vigueur d'argile rougeâtre assombrie par la pluie et de végétation reverdissant les bas-côtés et les ravins, qui quelques semaines plus tôt, semblaient être devenus aussi arides que les oueds à sec d'un désert.

Contre son habitude, l'inspecteur alluma la radio à la recherche de musique, mais il n'en trouva aucune qui ressemble à celle que Susana Grey avait mise la veille au soir. Il se rappelait une voix masculine qui chantait comme en un murmure des mots en anglais sur un fond de tambours et de voix africaines. Comme il n'avait jamais encore écouté cette musique, il l'associait exclusivement à l'institutrice, à son accent de Madrid et à l'odeur de son eau de Cologne, nuancée de tabac blond et de craie.

Mais il était onze heures moins le quart et comme tous les dimanches matin à la même heure il approchait de la route de la résidence, ex-asile de fous, ancienne clinique. Il remarquait, plus forte que les autres fois, une sourde résistance intérieure à arriver. Quelques minutes plus tard il ne lui resterait plus de préliminaires ni de délais possibles, pas même, comme en d'autres temps, la trêve infime de fumer une cigarette avant de finir par faire quelque chose à quoi il se refusait. Il n'y aurait plus jamais ce genre de délai, de trêve privée, ces parenthèses d'usure du temps qu'il se concédait dans le passé en commandant le dernier verre, ou l'avant-dernier, une dose supplémentaire de brouillard et de remords avant de rentrer chez lui : une cigarette assis dans la voiture devant l'entrée sombre, quelques minutes de trêve supplémentaires tandis qu'il voyait là-haut la seule fenêtre éclairée de tout l'immeuble, à deux ou trois heures du matin, par n'importe quelle nuit pluvieuse du nord. Dès qu'elle entendait la clef dans la serrure elle éteignait la lumière, se blottissait sous les couvertures, faisait semblant de dormir, sans plus jamais consentir à la monotonie des pleurs et des récriminations.

Il n'y aurait plus de ces zones de brouillard, de ces parenthèses de nicotine ou d'alcool derrière lesquelles se retrancher avec des astuces de clandestinité, respirant comme un scaphandrier une lourde atmosphère de dégoût et de culpabilité, plus épaisse que celle que respiraient les autres. Dans la voiture, moteur arrêté, sur le parking de la résidence, une clairière goudronnée entre les eucalyptus et les cyprès, l'inspecteur resta un moment immobile sans autre geste de nervosité qu'un tambourinement rapide et léger des doigts de sa main droite sur le volant, attendant qu'il soit onze heures à la pendule du tableau de bord pour monter les marches vers la porte métallique de la résidence qu'on lui ouvrirait de l'intérieur avec un bruit de ressorts rudimentaires, avec une lenteur de porte d'église tandis qu'on la poussait.

En attendant devant la porte, il eut un instant conscience du léger ridicule de son apparence, une main tenant le bouquet de fleurs bon marché avec son emballage de papier d'argent et l'autre passant mécaniquement dans ses cheveux, ou cherchant d'un geste réflexe le nœud d'une cravate qu'il ne mettait pas le dimanche : pendant une seconde il se vit lui-même de l'extérieur, avec quelque chose d'un galant vieilli, avec la sensation aiguë d'une incongruité, du ridicule d'un prétendant qui ne sonnerait pas à la porte de la demoiselle, mûre elle aussi, qu'il courtise, mais à celle d'une clinique psychiatrique, le mari dévoué, pas encore retombé dans l'adultère, pour l'instant, apportant des fleurs de conjoint coupable, se rappelant sans trop de contrition la femme qu'il avait tenue dans ses bras la veille au soir, sans oser la serrer vraiment, plus par maladresse que par timidité, parce qu'il avait complètement perdu ce qu'il n'était jamais parvenu à vraiment acquérir dans sa jeunesse, l'habitude et la sagacité de la tendresse, l'audace du désir.

Il l'avait entourée de ses bras pendant qu'elle pleurait, maladroits tous les deux dans la voiture arrêtée près du fossé, en face de la vallée plongée dans une brume de clarté lunaire. Il ne savait pas combien de temps Susana avait pleuré, le visage blotti contre sa poitrine, son souffle et ses larmes mouillant la chemise de l'inspecteur. De temps en temps des phares éclairaient un instant l'intérieur de la voiture, le laissant ensuite dans une obscurité plus profonde, qui recommençait peu à peu à être éclaircie par la lune quand les yeux s'habituaient à nouveau. Il l'entendit renifler et lui offrit un mouchoir de papier. Susana s'écarta de lui et sécha son nez et ses larmes, cherchant à tâtons ses lunettes qui avaient glissé de son visage. Elle lui demanda pardon, dit qu'elle n'aurait pas dû boire tant de vin, qu'elle avait honte de l'importuner.

Mais c'était là une autre espèce de pleurs, pas celle qu'il connaissait depuis tant d'années, et dont il allait sans doute être le témoin quand il parviendrait au couloir et à la chambre où sa femme l'attendait. C'étaient des pleurs convulsés, qui se révoltaient et affirmaient quelque chose, qui avaient poussé Susana à rechercher la protection urgente de ses bras, le simple secours d'un mouchoir de papier et d'une retouche à la bouche et aux yeux, un retour immédiat à l'activité, à des tâches minimes et précises qui rompraient l'inertie de la douleur, la tentation d'éveiller la pitié : nettoyer ses lunettes, démarrer la voiture, mettre à nouveau de la musique. « Tu ne peux pas t'imaginer combien Paul Simon m'a tenu compagnie », dit-elle. À un moment du dîner ils s'étaient mis à se tutoyer.

Lui connaissait d'autres pleurs : ceux qu'on n'entend presque pas, étouffés par un oreiller ou derrière la porte d'une salle de bains aux robinets ouverts, ceux qui duraient avec la monotonie de la pluie du nord et qui semblaient n'avoir ni consolation ni fin, le sanglot sec dans l'obscurité, comme la plainte d'une douleur physique qui ne trouverait ni soulagement ni aide, et qui déjà même ne les recherchait plus.

Dans le petit jardin devant la porte d'entrée il y avait une statue de l'Immaculée Conception, blanche, sans doute en plâtre. Sa famille à elle avait choisi le psychiatre et la résidence et les payait tous les deux. Rien que de passer la porte, on pénétrait dans un espace qui suggérait le couvent : au fond, derrière la table de la réception, une infirmière examinait du haut en bas les nouveaux venus, son uniforme blanc et sa toque avaient, comme son visage grand et sans maquillage, une apparence entre médicale et monacale, une pointe de sévérité pénitentiaire. Partout, même dans les chambres des malades et les toilettes, résonnait un faible fond de musique d'orgue ou de chœurs, comme un fil musical spécialement conçu à des fins ecclésiastiques. Le psychiatre en chef, à qui ne manquaient ni les expressions ni les onctuosités d'un prêtre, avait dit à l'inspecteur que cette musique détendait beaucoup les malades, tout comme la peinture légèrement rosée des murs et les tableaux de vallées alpines et de sujets religieux suspendus aux murs à distances régulières.

Il n'y avait pas d'endroit réservé aux visites. Les pensionnaires déambulaient avec leurs visiteurs dans les couloirs, ou les sentiers du jardin de derrière quand il faisait beau temps, ou bien s'asseyaient dans les fauteuils de plastique marron de la salle dite des activités récréatives où se trouvaient une machine à café, plusieurs tables avec des tapis verts, des échiquiers et des jeux de cartes, et un téléviseur que les femmes les plus âgées regardaient en silence des heures durant, décoiffées, en robe de chambre et en pantoufles, certaines fumant et tirant de rapides bouffées humides et utilisant comme cendriers les gobelets en plastique de leur café au lait.

D'autres fois, sa femme l'avait attendu là. Il la chercha parmi les visages vieillis et la fumée de tabac et s'aperçut non sans soulagement qu'elle n'y était pas. Il monta alors à sa chambre, frappa du doigt à la porte en l'appelant par son prénom, mais il ne la trouva pas non plus. Des femmes seules passaient à côté de lui et s'arrêtaient pour le regarder. C'était une chambre petite, avec quelque chose de puéril dans la décoration et les meubles, comme la chambre d'une jeune fille que ses parents auraient laissée telle quelle après son départ. On s'attendait à trouver sur le couvre-lit l'enfantillage dépassé d'un ours en peluche, d'une poupée habillée à la dernière mode de quinze ou vingt années auparavant. Au-dessus de la tête du lit il y avait un crucifix d'où pendait un chapelet. Les seules traces de la présence de sa femme, ou de quiconque, étaient des pantoufles de tissu au pied du lit et une vieille revue de la presse du cœur sur la table de nuit.

Il sortit tout de suite de la chambre, gêné de se sentir intrus, et il la vit venir du fond du couloir, parmi les autres femmes qui marchaient du même pas qu'elle, comme dans une rue où n'auraient circulé que des somnambules, se croisant sans se voir, sans faire de bruit de pieds, toutes chaussées de tennis ou de pantoufles, de mules à pompons, avec des robes de chambre ou des survêtements, certaines décoiffées comme si elles venaient de se lever dans la paresse et le laisser-aller d'un dimanche à la maison, d'autres avec les cheveux très tirés sur le front et les tempes, ou très courts, comme égalisés n'importe comment à grands coups de ciseaux. Elles allaient et venaient le long du couloir, seules, fumant presque toutes, avec des visages idiots ou tragiques ou terrifiés ou sans aucune expression. Parmi elles, douloureusement reconnue et aussi tout à fait étrangère, avec un degré affreux d'étrangeté, comme quelqu'un à qui on aurait laissé le même corps et dont on aurait changé l'âme, à qui on aurait transplanté le cerveau d'un autre, se trouvait sa femme, plus semblable aux autres qu'à celle qu'elle avait été avant d'entrer ici, toujours identifiable cependant, avec ses petits pas, ses bras croisés, le poing sous le menton, dans une attitude de concentration désespérée et vaine, un peu décoiffée, pas trop cependant, suffisamment pour suggérer une anomalie chez cette femme à l'aspect si sérieux et qui portait, à la différence de presque toutes les autres, une jupe et un chemisier assorti, un collier de perles artificielles, des chaussures à talons bas. Lui les avait entendus avant de la voir, ses talons qui sonnaient dans le couloir au milieu de la rumeur des semelles de feutre et de caoutchouc. Elle arrivait lentement, la tête penchée, mais pas assez pour ne regarder que le sol, n'éludant que par instinct le risque de regarder en face quelque chose d'inattendu ou de désagréable, quelque visage ou quelque présence qui l'aurait menacée.

On découvre sur les visages des autres les progrès de l'âge qu'on ne sait ou ne veut pas voir sur soi-même. Alors qu'il voyait sa femme tous les sept jours, l'inspecteur avait l'impression, quand il se retrouvait avec elle, qu'il s'était écoulé non pas une semaine depuis la fois précédente mais au moins un an. Quand il se regardait dans la glace, il énumérait pour lui-même les progrès de la vieillesse, les nouvelles rides, la chute un peu plus prononcée de sa peau sous le menton ou des poches de ses yeux, ses cheveux plus gris, ceux qui restaient pris dans les dents du peigne ou disparaissaient dans l'écume sale par la bonde de la douche. (Le père Orduña sur l'estrade de la classe ou en chaire, levant l'index : « Une feuille ne tombe pas d'un arbre ou un cheveu de votre tête sans que le sache votre Père qui est aux Cieux. »)

Mais c'est quand il voyait sa femme qu'il acquérait une notion exacte et dévastatrice des effets du temps. Ce qui, lui, l'usait lentement, la détruisait. À la maladie de la peur, à l'intoxication de la rancœur et de la mort, lui avait survécu, comme à l'alcool, ravagé mais pas rompu, toujours solide. Mais elle, non. Elle n'avait pu supporter impunément ni le temps ni la solitude ni la peur durant tant d'années. Maintenant elle vivait dans un nuage de psychothérapies catholiques et de piqûres qui la laissaient bancale durant des jours et effaçaient de sa mémoire jusqu'à son propre nom, et de neuvaines et de rosaires dans lesquels elle retrouvait comme une somnambule une religiosité grossière, ancienne et craintive. Avec la même onction qu'elles mettaient à la droguer de Valium, les sœurs ou les infirmières laissaient sur sa table de nuit des images avec des oraisons jaculatoires et des dessins d'une piété rance et puérile, celle de son enfance, la Vierge entourée de visages d'anges et marchant pieds nus sur la tête d'un serpent, l'âme traversant un précipice sur un pont fragile et son ange gardien flottant au-dessus d'elle pour la protéger.

Elle tarda à le reconnaître, parce qu'elle ne levait pas complètement les yeux, mais elle savait qu'il la cherchait, elle avait entendu l'annonce de l'infirmière par les haut-parleurs. Elle s'approchait comme avec la peur de le découvrir, et quand elle leva un instant les yeux et le vit si près d'elle, elle les détourna de nouveau, resta immobile, les yeux enfoncés et un peu vitreux, rendue, comme un animal qui ne fait plus confiance qu'à la démonstration de sa vulnérabilité pour ne pas être agressé par un maître furieux. Elle était immobile au milieu du couloir, tandis que les autres femmes allaient et venaient autour d'elle en la frôlant, avec un air de hâte inutile et de claustrophobie agitée, la hâte sans but avec laquelle les détenus marchent dans la cour d'une prison. Il alla l'embrasser et nota que ses muscles se contractaient au contact de ses mains, mais il la serra contre lui, sans tendresse pourtant, avec un mélange ignoble de froideur et de pitié. Elle ne fit rien, laissa seulement tomber ses bras le long de son corps, et en la regardant d'aussi près il vit dans la profondeur vide et trouble de ses yeux l'effet des comprimés et des piqûres, un calme fangeux qui ne pouvait être secoué par rien, mais qui se briserait en tremblements de peur et en délire de la persécution dès que diminuerait l'effet des médicaments.

– Comment te sens-tu ?

– Bien, comme toujours.

– On t'a fait ta piqûre ce matin ?

– Ils sont venus à six heures mais j'étais déjà réveillée.

– Cela t'a fait très mal ?

– Je me suis couchée dans mon lit et je ne me souvenais de rien. L'infirmière disait un nom et je ne savais pas que c'était le mien.

Le plus difficile n'était pas de regarder ces yeux dans lesquels elle semblait ne pas être mais d'entretenir un simulacre acceptable de conversation, une succession fluide de questions et de réponses. Il devait lui répéter les mêmes choses que les autres fois parce qu'elle les oubliait à peine entendues, et elle ne montrait pas beaucoup d'intérêt à parler avec lui, peut-être parce qu'elle manquait de la mémoire suffisante pour enchaîner une phrase avec une autre, une réponse avec une question. Le traitement atténuait son angoisse, effaçant temporairement sa mémoire, l'amputant d'une grande part de sa conscience et de son identité.

– Ta mère et ton frère sont venus te voir ?

– Je crois que non.

Elle baissa la tête et se passa la main sur le visage.

– Attends. Il me semble que si, hier ou avant-hier.

Il lui donna les fleurs, elle les regarda une seconde, lui sourit pour le remercier avec un froncement de lèvres presque enfantin sur son visage vieilli et gonflé, puis les oublia aussitôt, elle paraissait ne pas savoir quelle utilité leur attribuer, intriguée par le maniement d'un engin inconnu. Il la prit par le bras et la conduisit lentement vers sa chambre, et sans pouvoir l'éviter il saluait d'un mouvement de tête les femmes qui le regardaient le plus fixement, de nouveau mensonger et parodique, comme quand ils étaient un couple de fiancés et faisaient une promenade le dimanche matin, après la messe de midi, avant le vermouth et la petite assiette de gâteaux achetée dans une confiserie, trente années auparavant, dans la capitale d'une province dont elle ne serait peut-être jamais sortie si elle ne l'avait pas rencontré, un étudiant en droit pauvre et discipliné dont sa famille se défiait, même s'il bénéficiait de la protection des jésuites de l'endroit et avait lui-même une certaine allure de séminariste. Ils lui rendaient visite maintenant et le lui disaient, sa mère veuve d'un conservateur des hypothèques et son frère notaire, avec quelque chose d'un veuf lui aussi, ils arrivaient vêtus de noir depuis leur lointaine province, lui rappelaient des griefs conservés durant des décennies comme des trésors d'avarice, d'anciens avertissements qu'elle n'avait pas voulu écouter et que maintenant elle approuvait très docilement, peut-être sans les entendre, « Tu te rends compte, ma fille, avec tous ces bons prétendants que tu avais, et tu vois celui que tu as été choisir, tu vois la vie qu'il t'a faite. »

20

Les mains propres, les mains molles de tant d'humidité, les mains rougies par le travail et le froid, les mains aux doigts grands, aux ongles cassés, avec leurs tranchants rugueux et cornés, des ongles toujours cernés de noir, malgré le savon et l'eau chaude, les jets d'eau brûlante ou glacée sous lesquels on frotte ses mains si rouges et qui enflent, avec leur humidité de viande crue, leur pâleur de mains malades, qui ne correspond ni à leur taille ni à la force d'acier des doigts, habitués à saisir, arracher, se planter comme des crocs dans les ventres écailleux ouverts pour en extraire, d'un seul mouvement rapide, les viscères : mains rapides, expertes, efficaces et cruelles, mains qui soulèvent des casiers glissants d'humidité et de graisse et de crasse de poisson, qui se tordent enlacées l'une à l'autre dans les moments d'inactivité, cachées sous le tablier sale, nerveuses, déformées, vieillies par tout ce travail, par le frottement de surfaces rugueuses, d'objets humides et froids, hérissés de pointes, durcis par le froid des congélateurs, mains bien plus vieilles et ridées que le visage, comme greffées sur un autre corps plus jeune et d'apparence plus faible, qui ne peuvent cacher ni l'agression quotidienne du travail ni l'odeur, l'odeur surtout, qui s'installe partout, sur un verre, sur les pièces et les billets de la monnaie rendue, sur le bouton d'un ascenseur, sur la lame d'un couteau à ressort, qui empoisonne l'air, dont on n'arrive pas à se débarrasser tout à fait sur les vêtements, la peau, les cheveux, malgré le savon, l'eau de Cologne, les habitudes maniaques de propreté, les mains plongées dans l'eau, rouges et ramollies dans le lavabo, surgissant de la buée, de la fumée, dégoulinantes en remontant tels des animaux identiques sortis de l'eau, créatures marines charnues, comme les supions, les pieuvres, les raies, les calmars, les baudroies, mains réunies dans les casiers de poisson, coupées et exposées, mutilées, avec un côté toujours sanglant, comme le corps d'un grand poisson qu'on vient de séparer en deux d'un coup de hache, mains qui bougent seules, qui fouinent, qui entraînent celui qui se sent chirurgicalement cousu après elles, tranquilles et en alerte, pâles dans l'obscurité de l'insomnie, posées sur le lit, réclamant quelque chose, tirant, se creusant contre le visage devant la glace, les doigts écartés entre lesquels les yeux regardent, comme derrière une jalousie, mains d'apparence banale, semblables à tant d'autres mains maltraitées et endurcies par le travail, mains anonymes, comme encapuchonnées à l'intérieur des poches, se repliant sur elles-mêmes comme se rassemblent les pattes articulées et aiguës des crabes, avec des empreintes digitales qu'elles laissent partout, comme elles laissent leur odeur, empreintes ineffaçables, si bien qu'il faudrait les protéger par des gants de caoutchouc pour qu'elles ne laissent que les marques rouges des doigts, le négatif des doigts écartés sur une peau aussi facile à écraser que de la glaise, facile à érafler avec les ongles, leur tranchant corné, toujours cassé et rugueux, et cette odeur que l'on continue de remarquer, malgré le savon et le brossage frénétique, quand on approche les doigts trop près du nez : mains qui saisissent, qui arrachent, qui fendent et cherchent dans l'obscurité, qui ressortent mouillées, gluantes, comme du ventre ouvert d'un poisson, qui écartent les lèvres et les dents serrées, qui scellent une bouche quand un cri va en sortir puis reste ouverte et l'on n'entend plus rien, comme ces yeux si grands ouverts qui ne voient plus, qui ont l'éclat du verre dans la clarté de la pleine lune ; mains qui ensuite ne conservent aucune trace de ce qu'elles ont fait, mains tranquilles, immobiles sur le comptoir des cafés, serrées par d'autres mains ignorantes, mains banales, qui peuvent appartenir à n'importe qui, ne laissent presque pas d'empreintes digitales, mains invisibles, les mains automatiques qui répètent des gestes et leur dextérité et qui sans doute ont une mémoire plus puissante que celle du regard, probablement immunisé contre le remords, conservent une sensation particulière de douceur, de chair fragile, immédiatement vulnérable, de salive, de sang, de matière vivante fendue et déchirée, comme la profondeur des branchies où s'enfoncent les mains, les crocs des ongles, et qui creusent et qui percent et qui arrachent, mains inconnues, dangereuses, dénonciatrices, tachées, cachées dans les poches, impatientes d'atteindre l'abri de l'impunité, de se creuser réunies sous l'eau du robinet, très chaude, pour se débarrasser de tout, si chaude que les mains de personne d'autre ne pourraient le supporter, mains qui frottent et usent le savon et le font mousser et qui une fois rincées recommencent à frotter le savon et à endurer le jet d'eau dont jaillit une buée épaisse et qui, alors qu'elles sont devenues rouges et gonflées, d'une couleur de carapace de crustacé cuit, frottent avec encore plus d'énergie et de rage le tissu granuleux d'une serviette, et on dirait qu'elles ne vont plus conserver la trace d'aucune odeur, mais il reste encore quelque chose, indéfinissable, non pas l'odeur du sang, ni celle de la peau ni de la transpiration ni de la salive ni des vêtements d'enfant, mais l'autre odeur, perpétuelle, l'odeur de poisson, perceptible sous les ongles, dans le cerne noir qui demeure toujours en dessous de leur courbure, dans les fentes de la peau crevassée.

Il regarde les deux mains posées sur le comptoir, par-dessus le paquet de Fortuna et le briquet, inconnues, étrangères, dotées d'une mobilité personnelle, autonome, comme celle des langoustes et des crabes dans les casiers de la poissonnerie, très tôt, bien avant que le marché ouvre au public, encore à la nuit, quand résonnent sous les voûtes à charpente métallique les cris des porteurs et les klaxons des camionnettes, toutes les pattes entremêlées, cherchant à s'accrocher aux carapaces rudes et hérissées, qui peuvent écorcher la peau si on les touche sans précaution, bougeant comme des antennes d'insectes, comme les cils des infusoires sous l'objectif du microscope, il y a tant d'années, au lycée, quand ses mains n'étaient pas encore comme cela, étaient plus douces, sans cicatrices ni durillons, mais déjà clandestines, déjà furieuses et vengeresses, les ongles se plantant dans la paume sous le bois du pupitre, tâtonnant dans sa braguette, dans le noir du cinéma, sous la gabardine pliée sur ses genoux. Il regarde ses deux mains, étranger à elles, avec déplaisir, comme il regarde le garçon et les clients du bar, déplaisir et méfiance, quelque chose comme du dégoût, mais aussi comme de l'orgueil, ce sont des mains plus fortes que celles de n'importe lequel de ces femmelettes qui ont des salaires fixes et ne se lèvent pas matin et peuvent se permettre le luxe de tomber malade et de faire grève, entre le pouce et l'index il peut écraser sans la moindre difficulté la capsule d'une bouteille de limonade ou casser la coque d'une noix, de ses deux mains et en serrant les dents il est capable de plier une barre de fer, qui l'aurait dit, avec ce visage, avait dit la voisine : un jour où il était plus en colère que d'habitude contre les vieux il avait donné un coup de poing sur une cloison de contre-plaqué et il était passé à travers. Il porte la force dans ses mains comme il porte le couteau dans sa poche et le choc du rhum sur sa nuque, qui maintenant se répète, non pas en cachette devant son armoire mais au comptoir du café où il est entré sans faire attention, sans se rappeler qu'il était déjà venu ici l'autre fois, mais alors il n'y avait pas au mur, entre les étagères des bouteilles et les posters des équipes de football, cette photo en couleurs découpée dans une revue, entourée d'un cadre bon marché avec un petit ruban noir de deuil dans un angle, déjà toute salie, brouillée par la fumée et la graisse de la cuisine, le sourire de la fillette affaibli ou effacé par le passage du temps, pas si longtemps cependant, il ne se rappelle même pas, deux mois, deux mois entiers sans monter par ces rues les mains bien cachées dans les poches de son blouson, car cette fois-ci c'est l'hiver, parce que pendant cette période il n'a pas arrêté de pleuvoir. Il est monté dans ce quartier si éloigné sans le faire exprès, comme il aurait pu marcher dans une autre direction, distrait, excité, soudain grisé par la foule, les lumières des boutiques, le bruit de la circulation dans les rues, parlant tout seul, mais sans presque jamais remuer les lèvres, serrant les clefs ou le couteau dans la poche de son blouson. Il a dépassé la place de la statue sans même regarder vers les balcons du commissariat, il est monté par la rue de la Trinité et en passant à côté du perron de l'église, il s'est souvenu de cette fois-là, de la foule sous les parapluies, des projecteurs de la télévision fumant sous la pluie, de l'écho des prières et des chants dans les haut-parleurs, mais il oublie vite, tout passe très rapidement, comme les gens à côté de lui, comme les façades des ruelles ou les panneaux indicateurs quand il conduit au petit matin et qu'il accélère pour s'imaginer que ce n'est pas dans la camionnette de livraison d'une poissonnerie qu'il roule mais dans une voiture de sport, une Ferrari Testa Rossa, ou une de ces tout-terrain impressionnantes qui roulent dans les rues en menaçant de tout écraser. Tout passe très vite au-dedans et au-dehors de lui, dans sa conscience, dans la rue, où il fait déjà nuit et où les lumières des boutiques sont déjà allumées, et plus haut les réverbères du quartier neuf, les avenues modernes qui lui font tellement envie, les blocs d'immeubles avec interphone et chauffage central, avec des cuisines comme on en voit dans les publicités, et non pas cette cuisine horrible et sombre où la vieille prépare les repas, ses plats de pois chiches infects, faits pour nourrir non pas des gens normaux mais des culs-terreux, des troglodytes, et c'est bien ça qu'ils sont tous les deux, enfermés dans leur maison comme des bêtes nuisibles dans une caverne, dans les ruines de ce quartier de plus en plus déserté, le quartier historique, rien que ça !, l'histoire et les pierres des églises ils pouvaient bien se les mettre au cul. Il est monté vers ce qu'on appelle la Tour Neuve, où il y a des bâtiments de huit ou dix étages qui donnent le vertige rien qu'à les regarder, et où se trouve la statue de ce torero que le vieux aimait tant, « Le Garçon Boucher », qui lui aussi travaillait au marché, et regarde comme il a fait fortune, répète-t-il, le boucher devenu une étoile de la corrida, il s'est acheté une voiture comme celles qui autrefois transportaient les messieurs, sûr qu'il n'a pas honte lui d'avoir fait le même métier que son père, comme si boucher c'était la même chose que poissonnier, les bouchers n'empestent pas, eux, ne se promènent pas en laissant leur puanteur sur tout ce qu'ils touchent, comme un mollusque laisse sa bave. La statue semble devenue naine et perdue au milieu des bâtiments, au départ d'une avenue droite qui monte vers le nord, droite et large, avec des immeubles des deux côtés, des grues et des pelleteuses dans les terrains, pas de ruines, pas de murettes mangées de ronces, pas de vieilles églises ni de fenêtres aux vantaux arrachés. Vie, mouvement, boutiques, concessionnaires de voitures, bars tonitruants, quincailleries, immenses vitrines avec des machines agricoles, des moissonneuses-batteuses et des tracteurs, expositions de cuisines et de salles de bains, surfaces brillantes de faïences, de carrelages, de miroirs et de robinetteries dorées, et même des baignoires rondes, pas l'horreur de salle d'eau où il doit se doucher, avec le rideau de plastique, noir de moisissure, mais sûrement pas contaminé par les microbes du vieux, parce que pour ce qui est de se doucher, le vieux ne se douche jamais, robinets dont sortirait un jet épais d'eau bouillante et mousseuse, qui ne deviendrait pas soudain glacée parce que la bouteille de butane est vide. Il reste planté comme un idiot à regarder les vitrines qui l'éclairent dans la nuit précoce de la fin de novembre, les mains dans les poches de son blouson, le col relevé parce qu'il s'est mis à faire froid, le vent a maintenant tourné au nord, face à lui, descendant l'avenue, et au bout de la rue, au loin droit devant lui, la lune immobile au-dessus de l'auvent des toits semble bouger à toute vitesse derrière les nuages poussés par le vent, elle bouge et reste tranquille, sans poids, comme un ballon, grande, jaune, un grand visage élargi aux traits effacés, posté pardessus les toits, regardant tout, lui comme le reste, personne d'autre que lui qui marche dans sa direction sur l'avenue droite, et qui la perd de vue en tournant un coin de rue, sans savoir encore où il va, sans y réfléchir, maintenant par une rue en pente, plus sombre, où seuls sont éclairés un ou deux ateliers de voitures, ateliers petits et sordides, pleins de graisse et de rouille, avec des images de filles nues aux murs, tout cela aussi plein de graisse, taché de noir, sali, dans ce métier aussi on a les mains toujours poisseuses et sales. Il ne connaît pas bien cette partie de la ville, c'est pourquoi il met du temps à s'orienter, rues semblables avec des immeubles et du linge étendu sur les terrasses, boutiques et petits ateliers, cafés avec des faïences au mur et des comptoirs de zinc, tout cela désordonné, construit n'importe comment, trottoirs étroits et défoncés envahis par les voitures et les poubelles, persiennes métalliques fermées, encore des cafés, tous identiques, qui répandent tous les mêmes relents de tabac et de friture, fritures de poisson.

Lui ne pense pas ou ne veut pas penser à l'endroit où il se dirige, où il n'est pas revenu depuis juste huit semaines, il se peut qu'il ne sache pas, qu'il n'ait pas calculé le temps, au début il ne reconnaît pas non plus la rue, l'entrée de faux marbre bon marché avec le numéro sept, le tableau des sonnettes de l'interphone, en fin de compte elles se ressemblent toutes, il peut presser n'importe lequel de ces boutons comme la sphère de la loterie expulse n'importe quelle boule, il peut ne pas tourner à ce coin de rue mais au suivant, parce qu'il a senti soudain une commotion, un vertige, presque un début de nausée, pas le remords, mais l'attrait du danger, l'ivresse du secret, ici plus forte que jamais, maintenant il pourrait s'approcher de la porte et appeler l'appartement où vivait la fille, mais il ne sait pas lequel, il n'a pas su non plus comment elle s'appelait avant le lendemain. Il fait demi-tour sur le trottoir, au moment où il allait s'engager dans la rue, en ce moment même il pourrait croiser le père ou la mère de la fille, à l'intérieur des poches du blouson il presse ses ongles dans les paumes de ses mains, chaudes et protégées et qui se retournent dans leur étroit refuge comme les pattes des langoustes et des crabes et les tentacules des poulpes dans les casiers. Il enfonce ses ongles, un peu plus et il va saigner, il cherche le manche du couteau, cela le tranquillise de le caresser du bout des doigts, mais ce dont il a besoin c'est un coup d'alcool, l'urgence, la salive lui manque dans la bouche, il s'éloigne de cette rue en regardant au passage la vitrine d'une papeterie et pousse la porte du premier café qu'il trouve, peu lui importe l'air épais et renfermé, l'odeur de poisson frit et de tabac : c'est pour cela que les bars à filles lui plaisent, parce qu'ils ne sentent pas l'huile rance et le tabac noir, mais le désodorisant et le parfum et le maquillage des femmes, le tabac blond de contrebande, la chair offerte sans vergogne, qui ne paraît pas complètement réelle même quand on ose la toucher avec avidité et avec crainte, c'est chaque fois comme regarder un film ou une revue, tout est tellement détaillé et visible, jusqu'aux stries de la peau et aux plombages dans les bouches ouvertes pour recevoir le sperme, ou l'urine, ou les deux à la fois, et pourtant il n'y a rien, rien que la surface plane et brillante du papier ou de l'écran du téléviseur.

Il entre en regardant par terre, marchant sur de la sciure mouillée, des carapaces de gambas, des emballages de sucre vides et froissés, il s'installe sur un tabouret et lorsqu'il se rend compte que ce bar où il vient d'entrer pour prendre un rhum-Coca est celui de l'autre fois alors seulement il commence à comprendre la répétition et la duplication de chaque chose, semblable mais légèrement différente, les deux mains semblables, le visage en double devant le lavabo et de l'autre côté du miroir, le rasoir bougeant avec un synchronisme parfait de ce côté-ci et de l'autre, les deux yeux en amande, trop rapprochés, lui-même dans le café, devant le bar et dans le miroir qui est face à lui, se regardant entre les bouteilles alignées, le miroir terni de graisse où est suspendue la photo de la fille dans un cadre bon marché qui commence déjà à se décoller : il allume une cigarette, il regarde sa main droite épaisse avec ses ongles noirs et leurs bords cassés se tendre vers le paquet, les ongles du pouce et de l'index saisissent le filtre de la cigarette, la sortent lentement, la portent à la bouche, puis ses doigts enserrent la forme du briquet et l'allument et l'approchent, dans les deux lieux en même temps, ici et de l'autre côté du miroir, maintenant et il y a deux mois, parce qu'il découvre que chaque chose est identique, comme s'il comprenait soudain la forme d'un dessin géométrique, chaque détail s'ajuste à la case correspondant à son double symétrique : l'après-midi qui est le même, sauf qu'il fait plus sombre, et la rue qu'il voit derrière les portes vitrées, et le garçon qui regarde une quelconque émission de télévision, tellement absorbé qu'il a tardé à le servir, bien qu'il n'y ait presque personne d'autre dans le café, comme l'autre fois, il est entré sur un mouvement soudain et maintenant il est sûr d'être venu s'asseoir sur le même tabouret, il a fait un signe sans que le garçon le regarde, le son du téléviseur est trop fort et lui a une voix très douce, jamais on ne croirait que cette voix et ces mains appartiennent à la même personne, il a dit une nouvelle fois *garçon*, mais plus fort maintenant et il a tapé sur le bar avec son briquet, et le garçon ne s'est retourné qu'à contrecœur pour le regarder et lui l'a reconnu, un type jeune, blanc, mal rasé, avec une chemise assez sale, l'air de ne pas avoir de sang dans les veines, qui doit passer des heures entières à regarder le téléviseur dans ce bar où il est peu probable qu'il y ait beaucoup de clients, je voudrais le voir, ce cadavre, un samedi à onze heures du matin derrière l'étal du marché, servant des femmes qui resquillent et réclament à grands cris, rendant la monnaie et sans se tromper en les servant toutes, leur souriant, leur faisant la conversation, et comment que vous avez raison, ce type si on l'attrape il faut lui couper le cou, et même si on l'exécute il ne paiera pas tout le mal qu'il a fait, mais sûr que s'ils le chopent ils vont le relâcher tout de suite, ils vont le déclarer fou, les voleurs et les assassins ils entrent au commissariat par une porte et ils en ressortent libres par l'autre, c'est moi qui te le dis, gamin, mets-moi une livre et demie de calmars, bon poids, c'est pour du riz...

Et comme ça toute la vie, tous les jours, du lundi au samedi, les mêmes visages de femmes et leurs bouches ouvertes qui dans la somnolence et l'abrutissement de la fatigue se confondent avec les têtes et les gueules et les yeux des poissons, ces bouches avec des dents aiguës et des branchies rouges et les yeux ronds et monstrueux des poissons morts, l'œil énorme et saillant d'un poulpe, qui semble regarder depuis l'intérieur d'un capuchon, d'un masque de chair humide. Ils ne sont pas moins morts que les yeux du garçon qui lui sert un rhum-Coca, et qui se détournent immédiatement pour regarder le téléviseur, une série avec des rires mécaniques ou peut-être un jeu que les vieux sont en train de regarder en ce moment même, et au bruit du téléviseur s'ajoutent celui de la machine à café, puis celui de la machine à sous qui émet l'appel d'une musiquette familière et aiguë, et un moment plus tard celui du distributeur de cigarettes où une voix mécanique dit, lui dit, *votre tabac, merci*.

Tout en double, il le comprend maintenant, il énumère, apaisant son angoisse grandissante d'une longue gorgée de rhum, quand il repose le verre sur le bar il en a déjà bu plus de la moitié, il le voit ici et de l'autre côté, dans la glace où il se voit aussi allumer une Fortuna, deux flammes de briquet et deux braises qui rougeoient, le coup à la nuque et à l'estomac, dans une des poches du blouson les clefs de la camionnette et dans l'autre le couteau, les deux portes du bar qui donnent chacune sur une des deux rues parallèles, si cette fois-là il était sorti par la porte de gauche et non par celle de droite rien n'aurait été pareil, mais il est déjà trop tard, lui ne savait pas, ne sait pas maintenant, il ne fait que sentir l'excitation d'alors se reproduire, le début de témérité et d'audace, plus fort que d'autres fois, plus fort même que lorsque dans un parc il avait aidé une petite fille à monter sur un toboggan, la poussant de sa main forte et ouverte, ou tenait presque tout son petit derrière, sans rien serrer, remarquant seulement la peau douce sous le tissu d'une jupe ou d'un survêtement tandis que ses yeux méfiants regardaient de côté et d'autre à la recherche d'une mère vigilante.

Plus fort, comme maintenant, le rhum vidé d'une seconde gorgée et la cigarette brûlée en quelques bouffées, tout en double, un autre rhum-Coca, il le commande, et il doit le demander deux fois et il rougit, parce que le garçon, avec la télé si fort, ne l'a pas bien entendu, il est médusé, il regarde maintenant, la tête levée et les yeux tournés en l'air, vers l'étagère du haut où se trouve le téléviseur, des filles en bikini qui disent quelque chose aux concurrents tandis que le public se tord de rire, des filles grandes et blondes, avec des talons aiguilles et des slips si petits et ajustés qu'on leur voit tout, la seule chose qu'elles ne font pas c'est de se frotter contre les concurrents, sûr qu'en ce moment la vieille doit vouloir changer de chaîne et le vieux a caché en douce la télécommande, sur ses genoux, sous la couverture de la table, et respire comme un tuberculeux en regardant les filles. Il boit de nouveau, plus lentement, la langue et le palais noyés de liquide douceâtre, le coup instantané aux tempes, qui battent toutes les deux en même temps, le cœur et l'estomac qui se dilatent et se resserrent en des spasmes identiques, et maintenant il n'a plus la patience de rester plus longtemps dans le café et finit son verre d'un trait et jette par terre puis écrase sa cigarette qui finissait de brûler, il frappe le bar avec une pièce de cinq cents pesetas, mais ce salaud de garçon lui dit que pour les deux consommations cela fait sept cents, il le lui dit l'air un peu goguenard, comme en se moquant de lui, et le sang lui monte à la tête et il a envie d'attraper l'autre par le plastron sali de sa chemise et de l'envoyer d'une seule main puissante contre le mur, contre le miroir et les alignements de bouteilles et la photo conchiée de mouches et jaune de fumée dans son cadre à quatre sous et de sortir de l'autre main le couteau de la poche de son blouson et de le faire jaillir devant ces yeux de cadavre, le tranchant à un centimètre de son visage mal rasé, de la peau de son cou : il voit tout cela en un instant, il entend le bruit des bouteilles cassées et la respiration apeurée du garçon pendant qu'il cherche de l'argent dans ses poches et qu'au début il n'en trouve pas, soudain il a peur d'être sorti sans autre chose que la pièce de cinq cents pesetas et le ridicule le fait rougir par avance, mais heureusement il trouve un billet de mille, un billet sale et froissé qui sent le poisson, il s'excuse, veut sourire, mais l'autre ne se dérange pas pour dire un mot ni changer d'expression, il regarde le billet puis il le regarde lui, comme s'il imaginait une possible contrefaçon, puis sort de la caisse enregistreuse trois pièces de cent qu'il pose sur le comptoir sans le regarder, se retournant tout de suite vers le téléviseur. Il dit au revoir, bonsoir, même s'il sait que l'autre ne lui répondra pas, il range les cigarettes et le briquet, chacun dans une poche du blouson, et quand il sort, il ne sait pas s'il le fait par la porte de cette fois-là ou par l'autre, mais cela revient au même, les deux rues vers lesquelles il peut sortir sont identiques, voitures sur les trottoirs et bâtiments avec du linge étendu et des bouteilles de gaz sur les balcons, petites boutiques aux lumières allumées, femmes qui reviennent de leurs courses en pantoufles, un manteau jeté sur les épaules, tout est pareil, l'entrée dont il s'approche, le tableau de l'interphone avec les numéros et les lettres des appartements auprès duquel il s'arrête comme intéressé par quelque chose, comme un vendeur ou un livreur désorienté qui n'arrive pas à trouver une adresse, tout est tellement pareil, ce qui arrive et que ce qu'il se rappelle, l'heure aussi est la même, sept heures moins vingt, il vient de s'en apercevoir en regardant sa montre, et comme l'heure est la même et que l'entrée est identique, la fille traverse la rue depuis l'autre trottoir et passe à côté de lui sans le regarder, pousse la porte qui n'était pas fermée et marche vers l'ascenseur en chantant quelque chose, en fredonnant une chanson la bouche fermée, se balançant un peu comme si elle s'imaginait qu'elle saute ou qu'elle danse au rythme de la musique qu'elle est seule à entendre.

Il est entré en la suivant, la porte se referme lourdement derrière lui mais la fille ne se retourne pas, il doit tout faire de la même façon, chaque geste, même si maintenant elle ne porte pas de survêtement mais des jeans, des sandales de sport ça oui, il s'approche d'elle et n'a pas encore vu son visage, elle est arrêtée, elle fredonne sa musique, devant l'ascenseur, la lumière de l'entrée s'éteint et c'est lui qui va la rallumer, tandis que la fille se retourne un instant, très peu, presque pas, c'est à peine s'il l'a vue de profil, maintenant il pourrait faire demi-tour et il ne se passerait rien, en un dixième de seconde, il se voit lui-même de l'extérieur et de loin, rebroussant chemin vers le quartier sud, de dos, la tête penchée et le col du blouson relevé, mais ce n'est pas lui, il est déjà trop tard pour que ce soit lui, d'une seconde seulement mais déjà trop tard, il n'y a plus rien à faire, l'ascenseur est arrivé au rez-de-chaussée et la fille s'est retournée pour lui demander s'il monte et lui a répondu que oui d'un hochement de tête, le visage n'est pas le même, ce n'est pas tout à fait un visage d'enfant sous la lumière désagréable de la cabine d'ascenseur, identique mais pas la même, avec les mêmes instructions et le même dessin rudimentaire d'une femme et d'un enfant et l'écriteau *ne pas laisser les enfants utiliser seuls l'ascenseur*, et là aussi, quelqu'un a gratté avec la pointe d'un couteau les deux premiers mots de l'écriteau qui maintenant dit *laisser les enfants utiliser seuls l'ascenseur*. La fille seule, tout près de lui, et il se rend compte maintenant qu'elle est plus grande, il ne s'en était pas aperçu, silencieuse, elle regarde les chiffres qui s'allument, où va-t-il, lui a-t-elle demandé, et il a dit, au dernier étage, tout pareil, il n'a pas eu à réfléchir, il n'a rien eu à décider ni à choisir, rien qu'à laisser les choses être exactement identiques, détail après détail, seconde après seconde, et comme tout est identique, la main qui serrait dans la poche du blouson le manche du couteau déjà ouvert se lève maintenant au-dessus de la tête de la fille et s'avance jusqu'à toucher le panneau des commandes, se transforme soudain en un poing serré et donne un coup violent sur le bouton rouge, *Arrêt*.

21

Elle attendait assise sur le lit, dans la chambre qu'elle avait vue pour la première fois vingt minutes plus tôt et qui commençait déjà à lui devenir familière, encore tout habillée, déchaussée, regardant ses pieds joints, ses chevilles minces sous les bas sombres et translucides, avec à l'estomac un vide ou une inquiétude que les cigarettes aggravaient et qui ne trouvait un certain apaisement que dans le gin-tonic qu'elle s'était servi à peine arrivée, après être restée seule et avoir fermé la porte dans un besoin urgent de solitude et d'intimité après toutes ces formalités qui n'en finissaient pas, qui ne laissaient pas d'être humiliantes ou du moins mesquines, en partie parce qu'elle n'était pas habituée, parce qu'elle n'avait jamais donné rendez-vous à un homme dans un hôtel.

Chaque pas avait été une épreuve, la tentation de se repentir, depuis qu'à cinq heures les enfants étaient sortis et qu'elle était retournée à la salle des professeurs où elle avait laissé son sac de voyage noir, elle savait pourtant qu'il ne passerait pas inaperçu, que quelqu'un lui demanderait, sur un ton entre la blague et la médisance, où elle allait avec ce sac : à cela elle avait préparé une réponse, à la laverie, c'est du linge sale, avait-elle dit, et tandis qu'elle se dirigeait vers la voiture le sac à la main, l'accablement des heures de travail s'ajoutait à l'incertitude pour lui suggérer que peut-être elle ne devrait pas aller plus avant, qu'il était encore temps de passer deux coups de téléphone et d'annuler la réservation de la chambre à L'Ile de Cuba. Mais en même temps elle était si excitée par la sensation recouvrée d'expectative et de commencement, elle l'avait nourrie toute la journée d'une sève secrète, la confortant quand les enfants l'étourdissaient ou qu'elle avait mal à la gorge, guettée par le retour de la pharyngite, quand elle regardait les murs tristes avec leurs faïences, les bancs cassés, les affiches et les tableaux décolorés de la salle des professeurs. Elle comptait les heures comme dans sa jeunesse elle avait compté les jours qui la séparaient d'un événement très désiré, dans l'attente d'un bonheur pas tout à fait sentimental ni sexuel, plutôt comme attendent les enfants, avec un abandon presque comblé par l'attente elle-même, elle avait très peur aussi, la crainte de se repentir, redoutant un appel et au même instant le soulagement de penser que lui pourrait ne pas venir, pas seulement parce qu'il avait peur lui aussi et aurait inventé un prétexte, mais pour un motif réel, ou parce qu'on venait soudain de découvrir quelque chose sur l'assassinat de Fátima, parce que sa femme avait eu une crise dans cette clinique où elle était.

Elle déposa le sac sur le siège arrière, resta un moment immobile, assise au volant, comme passant en revue une série de décisions nécessaires et pratiques, elle se vit pâle dans le miroir avec des cernes plus prononcés, le teint fané par la fatigue, quoi de plus normal après tant d'heures en compagnie des enfants, trente garçons et filles de neuf et dix ans, turbulents, de plus en plus nerveux à mesure que la journée avançait, enfermés dans une salle trop petite, où le pupitre de Fátima était de nouveau occupé, même si sa photo restait accrochée au mur parmi les dessins de ses camarades, à côté des bristols bleus où les autres avaient fait leur travail manuel. Elle regardait toujours la photo, elle rencontrait les yeux en amande et le sourire de la fillette qui semblait lui demander calmement de continuer à se souvenir, de ne pas l'oublier, et cet après-midi, à cinq heures, quand la salle était restée vide, elle avait pris un peu plus de temps que d'habitude pour rassembler ses affaires, et parce qu'elle était seule la présence de Fátima s'était faite plus intense dans la photographie, éveillant en elle, sans qu'elle s'en rende vraiment compte, une espèce d'instinct de complicité et de gratitude.

Dans ce qui se passait alors, il y avait quelque chose qui était lié à Fátima, et pas seulement le hasard affreux sans lequel elle,

Susana Grey, n'aurait même pas connu l'existence de l'homme avec qui elle avait rendez-vous une heure et demie plus tard. Fátima, sa dévotion pour elle, son talent enfantin pour l'application et le bonheur l'avaient délivrée plus d'une fois des désillusions et du dégoût de son travail, lui avaient offert une compensation intime et précieuse à certaines déloyautés. Maintenant que la fillette était morte, elle comprenait vraiment combien son attachement avait compté pour elle, combien son désir de savoir l'avait encouragée ainsi que la promptitude avec laquelle Fátima lui démontrait que son travail patient n'était pas tout à fait stérile : elle apprenait tout très vite, et ensuite ce qu'elle avait appris fructifiait dans son intelligence, comme un aliment aux effets immédiats sur la vigueur physique d'un enfant.

Dans le miroir où elle se regardait pour se passer du rouge à lèvres, elle vit que ses yeux, flous sans ses lunettes, prenaient la brillance des larmes, mais elle ne pouvait pas se permettre maintenant cette défaillance ni la consolation des pleurs, qui ces derniers temps l'assaillait à l'improviste même en lisant ou en écoutant de la musique, quand elle lisait un poème d'Antonio Machado ou de César Vallejo, ou qu'elle écoutait certaines chansons pas spécialement sentimentales. Elle mit ses lunettes, choisit une cassette dans le désordre de la boîte à gants qui avait aussi gagné le plancher, Paul Simon, non, pas cette fois ci, quelque chose de plus énergique, de plus approprié pour conforter son audace, The Pretenders, et elle pensa aussitôt que s'il était dans la voiture, elle n'oserait pas lui faire entendre cette musique. Elle regardait ses yeux gris et attentifs et elle ne pouvait pas imaginer ce qu'il pensait, comment il pourrait la voir. Soudain elle était effrayée, par l'idée qu'elle était en train de tomber amoureuse d'un inconnu. Elle accéléra vivement dès qu'elle arriva sur la route, augmenta le volume, répétant à voix basse les paroles de la chanson, et ce n'est qu'après avoir dépassé les dernières constructions qu'elle se sentit résolue, l'esprit clair, gagnée par la force de la musique et la vibration de la voiture, libérée de l'emprise épuisante et minutieuse de l'indécision par la vitesse qui l'emportait inexorablement vers la vallée tandis que le jour tombait et que la lune pleine et jaune apparaissait dans le rétroviseur, au-dessus de la silhouette des tours et des toits qui restaient en arrière à mesure que passaient les kilomètres, aussi vite que les minutes.

Il lui avait dit qu'il arriverait entre six heures et demie et sept heures : elle préférait avoir du temps pour l'attendre, arriver dans la chambre à l'avance, tout examiner, elle avait même pensé prendre une douche et changer de linge pour ne pas avoir sur elle l'odeur de fatigue et de craie et de sueur enfantine de l'école, mais elle décida que non, qu'elle ne voulait pas donner une impression excessive d'assurance, elle ne fit donc que se brosser les cheveux et souligner l'ombre de ses yeux et le rouge de ses lèvres, elle n'était pas l'amante qui se prépare à accueillir son complice hâtif et adultère.

Elle surmonta comme elle put une légère honte, un frémissement d'indignité tandis qu'elle signait la fiche d'arrivée à la réception, montrait son permis de conduire et sa carte de crédit, craignant de tomber sur un visage connu parmi le personnel, le visage d'un voisin ou du père d'un d'élève : tout, soudain difficile, embarrassant, lent, impossible, les détails du formulaire, le garçon qui tardait à prendre son sac, la porte de la chambre qui tardait à s'ouvrir, les pièces pour le pourboire qu'elle ne trouvait pas dans son sac, renversé sur le lit, de tout à profusion sauf des pièces de cent, les kleenex, le poudrier, le rouge à lèvres, les cigarettes, la grosse boîte d'allumettes, elle finit par rassembler trois cents pesetas et les donna au garçon avec l'appréhension irrationnelle de commettre une vilenie, comme si elle le soudoyait pour quelque chose, achetait son silence.

Aussitôt seule, elle se tranquillisa. Il ne lui semblait pas être dans une chambre d'hôtel mais dans une maison de campagne où quelqu'un l'aurait invitée. Les murs blancs, le plafond en pente avec des poutres rustiques de bois verni, le sol de carrelage rouge, une fenêtre aux vantaux solides qui donnait sur le creux du fleuve : en ville, au loin, les lumières s'étaient allumées d'un coup, même s'il ne faisait pas encore nuit noire, il restait une phosphorescence de clarté diurne sur la légère brume du fleuve, sur la terre calcaire des oliviers. Si loin et si près pensait-elle, si protégée et si fragile, un peu étrangère à elle-même dans l'étrangeté générale des objets, du lieu, de l'heure, six heures et demie du soir un jour de travail et elle n'était pas chez elle, ne savait même pas si elle y reviendrait cette nuit, ou si elle retournerait en ville le lendemain matin, à neuf heures moins le quart, comme tous les matins, enthousiaste ou désenchantée, ou pas même cela, avilie par la sensation d'une tromperie, par le repentir douteux du sexe.

Elle passa le mini-bar en revue, hésitant entre le whisky et le gin, se décida pour un gin-tonic et ouvrit pour l'accompagner un paquet d'amandes salées. L'amertume du tonic mêlée au vertige doux du gin lui procura un soupçon d'insouciance, nuancé par le goût salé des amandes qui augmentait l'envie et le plaisir de boire. Il va venir, pensait-elle, assise sur le lit, déchaussée, les jambes droites et les pieds joints sur le couvre-lit, le gin-tonic frais posé sur ses genoux, avec le murmure engageant de ses bulles et son parfum amer de zeste de citron, la cigarette dans le cendrier, à côté de la lampe pas encore allumée sur la table de nuit, se regardant dans la glace au cadre ancien qui était juste en face du lit, il est en train de venir, il va venir parce que je l'ai invité, parce que j'ai eu l'effronterie, la témérité, le courage de lui dire que je l'attendais ici, car je n'ai ni le temps ni l'envie ni la patience de cacher ce que je désire le plus ni de continuer à perdre le meilleur de ma vie, car je ne sais plus dissimuler, ni attendre, ni me résigner, ni dire bonsoir à un homme qui me plaît beaucoup et le voir partir comme si cela m'était égal, comme l'autre soir quand ils s'étaient quittés après le dîner, l'abus de vin et ses pleurs irrépressibles. Combien de temps sans tenir ainsi quelqu'un dans ses bras, sans désirer un homme de cette façon, avec tant d'urgence et de douceur, avec la certitude sans fondement, mais très forte aussi, que si elle avait le courage d'aller de l'avant, plus tard elle ne serait pas humiliée par le remords.

Cette nuit-là, après le dîner et ce qu'elle avait elle-même appelé le spectacle de ses pleurs, ils étaient rentrés en ville en silence, se regardant maladroitement l'un l'autre, dans le refroidissement de la distance retrouvée qui survient après une effusion prématurée, avec la crainte d'une méprise, ou pour le moins d'un faux pas. Elle l'avait reconduit en voiture jusqu'à sa porte, bien qu'il eût dit que ce n'était pas nécessaire, et ils ne savaient ni l'un ni l'autre comment se quitter, ils s'étaient regardés fugitivement et il l'avait remerciée pour le dîner avec une courtoisie trop conventionnelle, immobile, la main entrouvrant déjà la portière, il avait dit bonsoir sur un ton qu'elle reprit pour lui répondre, il était sorti et avait fermé la voiture tandis qu'il regardait, Susana le remarqua, d'un côté et de l'autre de la rue. Il fit un geste d'adieu de la main quand elle démarra et ce fut un adieu impersonnel, une inclinaison légère de la tête et à peine un signe de la main qui tenait ses clefs. Dans le rétroviseur, tandis qu'elle s'éloignait, elle le vit entrer dans l'immeuble et il lui donna une impression de solitude absolue, comme ces gens qui à peine après avoir pris congé sont déjà très loin, et rompent tout lien avec la personne qu'ils quittent, effacent sa présence avec une rapidité mécanique, d'un seul geste et d'un seul mot.

Elle avait mal dormi, à cause du café imprudent qu'elle avait pris après le dîner, irritée contre elle-même et contre lui, par la froideur et la maladresse mutuelles de leur séparation. Le lendemain, un vendredi, à la gueule de bois et au mal de gorge – elle avait fumé plus que de raison – s'ajouta la fatigue de cinq jours de travail consécutifs à l'école : elle restait absente lors des conversations dans la cour et la salle des professeurs, n'avait pas de patience avec les enfants, avait beaucoup de mal à élever la voix. Elle rentra chez elle à la nuit tombante et dès qu'elle eut allumé la lumière de l'entrée le téléphone se mit à sonner. Mauvaise mère, elle se l'était dit en s'avouant plus tard qu'elle avait ressenti une certaine déception à entendre la voix de son fils : il lui parlait avec une tendresse devenue inhabituelle, avec cette voix rauque d'adolescent qu'il avait depuis quelque temps, il lui disait qu'il avait envie de la voir, qu'il irait passer avec elle le week-end suivant.

Après avoir raccroché, elle se sentit coupable d'avoir été peut-être trop froide avec le garçon, ou trop brusque en lui disant au revoir, mais elle avait voulu éviter que son père ne prenne le téléphone, pour lui faire part de la dernière phase de son angoisse ou de son engagement, pour discuter avec elle sur l'état psychologique de leur fils. Tandis qu'elle rangeait la maison et qu'elle écoutait un disque léger et juvénile d'Ella Fitzgerald qui lui remontait le moral, elle se remémora mot par mot la conversation, comme un procureur, à la recherche de preuves contre elle-même, en un examen détaillé et solitaire qui l'obsédait fréquemment. Elle savait beaucoup mieux s'accuser ou se laisser blesser par les accusations des autres que se défendre, et elle comprenait à présent, trop tard et alors qu'elle n'y pouvait sans doute plus rien, que cette faiblesse avait alimenté pendant près de vingt ans le parasitisme émotionnel de son ex-mari, son talent infaillible pour éveiller chez elle l'incertitude et la culpabilité.

« Plus jamais », dit-elle à haute voix, en levant son verre pour elle-même depuis le lit, face au miroir, nerveuse et un peu ivre, impatiente, ne voulant pas regarder trop souvent sa montre, sept heures moins le quart, dans la chambre éclairée maintenant par la lampe de la table de nuit. Quand il arriverait, il ne devait pas trouver trop de lumière, mais pas non plus une pénombre excessive, elle avait encore le temps de vider le cendrier et d'ouvrir la fenêtre pour faire partir la fumée. Les personnes qui ne fument pas sont très sensibles à l'odeur du tabac, surtout les ex-fumeurs, convertis de fraîche date, comme il l'était probablement. De la fenêtre on ne voyait ni le pont ni la route. Mais en l'ouvrant elle entendit s'approcher le moteur d'une voiture qui forçait en montant la côte et elle en eut un frisson, elle referma aussitôt. Dans ces minutes d'attente tout devenait un peu irréel.

Et ce n'étaient pas des minutes mais des jours entiers qu'elle avait passés, d'abord à attendre que quelque chose arrive, puis à se décider elle-même à agir, à réfléchir seule, à imaginer des mots ou des astuces possibles, des hasards qui arrangeraient tout, une rencontre dans la rue par exemple, le samedi, quand elle irait au marché, elle se souvenait lui avoir dit qu'elle faisait ses courses le samedi matin : ça ne serait pas mal qu'il cherche à provoquer une rencontre, mais cela ne semblait guère possible, dans la voiture et pendant le dîner, Susana avait pensé quelque chose qu'elle n'oserait lui avouer que plus tard, qu'il était lui aussi, comme Nabokov le dit de Proust, un héros de la combustion interne.

Pour arriver au marché, elle devait passer par la place où se trouvait le commissariat. Elle vit des agents en uniforme à la porte et une voiture de patrouille dont les lumières tournantes étaient allumées sans que la sirène fonctionne. Elle se sentit un peu ridicule en se rappelant une chose qu'il lui avait dite avec un grand sérieux, mais sans aucune emphase, comme en lui racontant un fait naturel : la seule chose à laquelle il pensait, pour laquelle il vivait, c'était de retrouver l'homme qui avait tué Fátima. N'était-ce pas une méthode subtile, ou simplement lâche, pour l'avertir de ne plus s'approcher de lui ? Mais elle allait au marché avec le projet, pas vraiment précis dans sa conscience, d'acheter quelque chose d'exceptionnel pour l'inviter, si elle osait se décider à l'appeler.

Sur la place, dans la lumière grise du matin, sur l'asphalte mouillé, l'agitation silencieuse des lumières de la voiture de police imposait un sentiment d'alarme, une urgence en quelque sorte dérisoire à laquelle ne correspondait aucune activité visible, ni la tranquillité des agents qui fumaient devant la porte, ni celle des chauffeurs de taxi qui attendaient sous les formes rondes des acacias.

S'il était à son bureau, s'il s'approchait de la fenêtre du balcon, il pourrait la voir passer avec son caddie, son pantalon de velours côtelé, ses chaussures d'hiver, sa parka bleu foncé. Elle ne voulut pas lever la tête ni diriger son regard vers le bâtiment du commissariat. Déçue et cependant soulagée, elle s'éloigna sous les arcades de la rue qui menait au marché, pleine de monde à cette heure, pleine de voitures et de femmes avec des caddies comme le sien, de plus en plus peuplée et remplie de cris et d'odeurs. Son fils, à partir de trois ou quatre ans, aimait beaucoup l'accompagner au marché. Maintenant elle passait seule devant les étalages de jouets bon marché et des bazars, et elle regardait chez d'autres enfants, habillés pour l'hiver avec des anoraks et des bottes de caoutchouc, les mêmes gestes, les mêmes regards que chez le sien, les index dodus qui désignaient ou choisissaient des choses, les yeux grands ouverts, les joues si tendres rougies par le vent, les visages collés à une vitrine, hypnotisés par une voiture de plastique, par un bâton rempli de petites perles d'anis ou par un super-héros apocryphe.

Elle ne pensait pas vraiment l'inviter, mais elle décida de se préparer de toute façon un repas soigné, pour tempérer la solitude et l'ennui de ce samedi nuageux en se faisant fête à elle-même. Pour le cas où elle finirait par se décider, où lui l'appellerait, où ils se rencontreraient dans la rue, elle acheta deux daurades chez son poissonnier habituel, un homme jeune qui lui inspirait un peu de pitié, parce qu'il n'avait pas du tout le style d'un marchand de poisson, le corps robuste et musclé oui, et aussi de grandes mains, pensait-elle, rouges et fortes quand elles maniaient un couperet ou une poignée dégoulinante de calmars ou d'anchois, humides quand elles frôlaient les siennes en lui rendant la monnaie. Mais le visage non, le visage était aussi peu assorti au reste de son corps et à cet étalage de poissons que sa voix, bien élevée et douce, qui lui rappelait avec un lointain désagrément celle de son ex-mari. C'était un visage jeune, mais sans rien de juvénile, comme ancien, de grands yeux en amande très rapprochés et réunis par la longue arcade des sourcils, un visage presque byzantin, absorbé, toujours un peu étranger à l'action décisive de ses mains.

Elle lava les siennes, de retour chez elle, après avoir nettoyé les poissons. Dans un accès réaliste de lucidité, elle reconnut qu'elle n'appellerait pas l'inspecteur, mais aussi qu'il lui serait insupportable de préparer le repas pour elle seule. Sans prendre le temps de la réflexion elle appela Ferreras, peut-être sans trop croire qu'elle le trouverait ou qu'il accepterait : mais à peine le téléphone avait-il sonné qu'il répondit, et même s'il fut un peu déconcerté au début, car ils n'avaient pas l'habitude de s'inviter, Susana et lui, il accepta immédiatement, avec la joie de celui qu'on vient de délivrer de quelque chose.

D'habitude ils se rencontraient par hasard et entraient dans le premier bar venu pour prendre une bière ou un café, bavardant avec entrain, se rappelant le vieux temps, surtout Ferreras, sans pourtant mentionner leurs anciennes blessures, jusqu'à ce que l'un d'eux regarde sa montre et s'aperçoive qu'il était très en retard, ils décidaient qu'il faudrait se voir plus calmement, manger ensemble un de ces jours, et ne se rencontraient de nouveau qu'après des semaines ou des mois, de nouveau par hasard.

Il arriva à deux heures précises, énergique et bronzé avec sa longue veste de motard, son casque dans une main et dans l'autre une bouteille de vin, encore surpris et reconnaissant de l'invitation, un peu intrigué aussi, avec son grand sourire aux dents magnifiques dans un visage bronzé comme par le soleil d'Afrique, les cheveux humides, sentant légèrement l'eau de Cologne, et, à peine la bouteille offerte, le geste vif de saisir Susana par la taille en faisant mine de l'embrasser sur la bouche, mais n'effleurant qu'à peine ses lèvres de sa grande moustache qui déjà grisonnait comme ses cheveux abondants et décoiffés, toujours agités par le vent des intempéries comme son visage, ce visage et cette présence éclatante de correspondant de guerre ou d'explorateur amazonien qui pourtant habitait avec sa mère et une tante célibataire, qui avait peur de l'avion et ne franchissait presque jamais les frontières de sa province natale.

– Susana Grey, lui disait-il plus tard la regardant cuisiner en buvant une boîte de bière, sans verre, peut-être par fidélité au brutalisme de la moto et de sa veste de cuir, Susanita, comme tu me plaisais autrefois, lorsque nous étions si fidèles à ces deux-là qui nous cocufiaient, nous aurions dû nous donner du bon temps toi et moi.

– Si je me souviens bien, tu étais partisan du lit communautaire...

– J'étais un ardent libertaire, mais purement virtuel, à peu près comme maintenant. Ferreras se mit à rire, et la taille et la blancheur de ses dents dans son visage bruni renforçaient son sourire. Ton ex et mon ex à moi nous prêchaient tous deux les préceptes de l'ascétisme révolutionnaire et dès que nous avions le dos tourné ils se lançaient dans la pratique de l'amour libre, de la copulation adultère pour être plus exact.

– Regarde quelle paire d'imbéciles nous faisons, toi et moi, tant d'années passées et encore à nous souvenir.

– Susana, Susanita, Ferreras répétait son nom avec une tendresse presque impudique. Pour te dire la vérité, tu me plaisais beaucoup plus que ma fiancée. Tu me plaisais avec et sans lunettes, avec les cheveux libres ou attachés, avec l'eau de Cologne ou le shampooing que tu utilisais et l'odeur que tu rapportais de l'école, cette odeur que tu as eue ensuite après la naissance de ton fils, cette odeur des tout petits enfants que leur mère conserve. Susana, quelle délicieuse odeur, de lait un peu aigre, d'eau de Cologne de bébé et de talc. Si tu savais, un jour, j'étais venu chercher ton ex, qui bien sûr n'était pas là puisqu'il était en train de le faire avec mon ex à moi, dans ce qui était déjà le mythique atelier de poterie populaire andalouse, tous les deux les mains dans la glaise, si l'on peut dire, bon, mais quand je suis arrivé tu étais seule dans cet appartement si vide, ici même, tu étais seule avec ton fils, il devait avoir quelques mois, nous bavardions de je ne sais quoi, et il s'est mis à pleurer, parce que c'était l'heure de sa tétée m'as-tu dit, et avec beaucoup de discrétion mais avec un naturel parfait, tu as défait quelques boutons de ton chemisier et tu lui as donné le sein sans le découvrir tout à fait, bien sûr, mais pourtant sans me le cacher, et cela m'a donné une sensation très forte, comme de douceur et d'amertume mêlées, j'avais honte même de regarder ton visage, que tu puisses penser que je voulais regarder tes seins...

– Toi aussi tu me paraissais plus attirant que mon mari. Susana avait éteint le four et buvait maintenant un verre de vin blanc appuyée au plan de travail de la cuisine. Ce n'était pas la première fois qu'ils avaient cette conversation, avec des variantes imposées par l'inconstance du souvenir et leurs états d'âme : leur amitié était surtout constituée par l'espace blanc de ce qui ne leur était pas arrivé, par la remémoration du lien involontaire et toujours plus lointain de deux trahisons simultanées commises par d'autres. Mais si je faisais trop attention à toi, je me sentais coupable. Je pensais, quelle honte, il est tellement tourmenté par son atelier de poterie, il rentre chaque soir un peu plus tard, écrasé de travail et les dettes, et moi qui le compare à son meilleur ami, et à son désavantage... Vraiment, j'ai donné le sein à mon fils devant toi, alors que nous étions tous les deux seuls ?

– Et comment. Je m'en souviens comme si c'était hier.

– Mais comme tu étais libertaire et que tu fumais des joints, tu n'aurais pas dû te sentir coupable de regarder celle qui n'était pas pour toi.

– La femme d'un ami, dit Ferreras avec mélancolie et dérision, peut-être avec une certaine pitié pour celui qu'il avait été, assez peu différente de celle que Susana ressentait pour elle-même. La mère de son fils. Susana, Susanita. Comme j'ai eu envie ce soir-là d'embrasser tes seins, que ton fils suçait avec tant de plaisir. Nous aurions dû nous arranger toi et moi, et les quitter au lieu que ce soient eux qui nous quittent. Pour te dire la vérité, de temps en temps l'espoir me revient, même si je n'arrive pas tout à fait à y croire, c'est comme un reste de quelque chose de juvénile, comme quand octobre arrive et qu'on a l'impression que l'année va commencer au lycée. Comme dit ma mère, je suis un vieux garçon, j'ai passé l'âge. Mais aujourd'hui, quand tu m'as appelé, j'ai vu tout à coup le ciel s'ouvrir. Chaque fois que je suis avec toi il m'arrive cette chose douce, comme à un lycéen, comme de penser, « écoute, si nous... ». Je suis arrivé avec la meilleure bouteille de mon marchand de vin, tu m'as ouvert la porte, j'ai entendu cette musique qui te plaît tant et en même temps j'ai senti l'odeur de ce que tu prépares au four, mais l'illusion du bonheur n'a pas duré cinq minutes.

– C'est que j'ai douze ans de plus.

– Mais non, écoute, ce n'est pas ça. Tu es beaucoup plus belle aujourd'hui que quand tu avais vingt et quelques années. Plus achevée, plus fine, à point, comme dit aussi ma mère. Je déteste cette idolâtrie de la prime jeunesse des femmes, tu ne peux pas savoir combien m'ennuient ces top models adolescentes des publicités de jeans qui excitent tant mes amis mariés et pères de famille. Ce qui se passe c'est que je t'ai vue et que je me suis rendu compte de quelque chose de bizarre, je ne sais pas comment, parce qu'en général je suis assez balourd pour réaliser ce genre de choses, j'ai mis un moment à comprendre. Je t'ai vue, j'ai regardé tes yeux, j'ai entendu cette musique, j'ai vu les assiettes et les couverts, la nappe que tu as mise sur la table, et j'ai pensé qu'en réalité rien de tout cela n'était pour moi. Est-ce que toi et moi nous ne pourrons jamais être seuls, sans qu'il y ait entre nous quelqu'un d'invisible ?

« Susana, Susanita » : elle aimait se rappeler la manière dont Ferreras avait répété son prénom. Elle attendait maintenant quelqu'un par qui elle ne l'avait jamais entendu prononcer. Elle pensait aux injustices de l'amitié entre les femmes et les hommes, aux asymétries cachées, immédiatement vexantes : une amitié sereine était peut-être plus humiliante que le refus abrupt des sollicitations du désir, elle qui les écartait par avance, sans vraiment les considérer, *Just friends, lovers no more*, chantait Ella Fitzgerald et elle l'entendait pendant qu'elle bavardait dans la cuisine avec Ferreras, appuyés tous les deux au plan de travail, en buvant un verre, conservant une distance physique instinctive, une méfiance qui chez Ferreras tenait de la capitulation devant un autre, elle ignorait s'il soupçonnait qui, une présence invisible de plus parmi celles qui occupaient l'espace vide entre Susana et lui. Mais elle avait été très flattée par l'aveu de son désir et de sa tendresse qu'elle ne pourrait pas payer de retour, et il lui avait renvoyé au moment où elle en avait le plus besoin, comme un miroir bienveillant, une image encourageante d'elle-même, de sa séduction physique dont elle doutait tant. De cette façon, pensait-elle plus tard, quand Ferreras était déjà reparti et que l'après-midi du samedi déclinait tristement vers un crépuscule de pluie, la force du désir d'un homme, restée sans réponse, joue automatiquement contre lui puisqu'au lieu de le rapprocher de la femme désirée il favorise chez elle la volonté intime de devenir attirante aux yeux d'un autre.

Le dimanche matin elle appela plusieurs fois l'inspecteur : tandis qu'elle entendait la sonnerie persistante et inutile elle se rappela ce qu'il lui avait dit, le dimanche il allait voir sa femme à la clinique où elle était internée. Elle passa toute la journée seule et recluse, sans parler à personne, préférant le silence et la lecture à la musique, ne sortant que pour acheter un journal auquel elle consacra la plus grande partie d'un après-midi court et paresseux, avec des pointes de mélancolie passagère. Après avoir mangé un morceau, elle but un dernier verre de l'excellent vin que lui avait apporté

Ferreras en regardant *Out of Africa* à la télévision, en grande partie par une fidélité ancienne à Robert Redford.

À minuit, le téléphone sonna et cela lui donna un coup au cœur : celui qui avait appelé raccrocha dès qu'elle demanda qui était à l'appareil. Soudain la solitude devenait désagréable et hostile, la porte de son appartement fragile, la nuit derrière les fenêtres aussi menaçante que le téléphone à côté de son lit. Ils aiment le téléphone, avait dit l'inspecteur : on peut terroriser n'importe qui sans le moindre effort par un simple appel. Contre son habitude elle ferma les verrous avant de se coucher. Elle éteignit la lampe et eut peur de l'obscurité de sa maison vide, du couloir derrière la porte fermée de la chambre. Si elle ne prenait pas aussitôt un somnifère, elle verrait arriver les yeux ouverts l'aube triste d'un lundi de travail.

Elle rentrait de l'école le lendemain après-midi quand elle le vit soudain, sans que lui l'ait vue, dans un endroit inattendu, un médiocre jardin pour enfants où il n'était pas improbable que Fátima ait joué quelquefois car il n'était pas loin de chez elle, un espace de terre battue entre les immeubles, avec quelques rares bancs, des corbeilles à papier brisées, une fontaine à boire sans eau, quelques toboggans et balançoires déjà rouillés où s'amusaient des enfants tout juste sortis de l'école, les plus petits surveillés par de jeunes mères qui bavardaient et fumaient en groupe. Dans un coin à l'écart, quelques adolescents, assis par terre, se passaient une brique de vin, discutaient avec des gestes brusques et des mots très grossiers, une vulgarité consciente et acharnée. Susana calcula qu'ils devaient avoir plus ou moins l'âge de son fils. Elle avait dû faire la classe à certains d'entre eux quand ils avaient la taille des enfants qui maintenant jouaient sur les balançoires et les toboggans. L'après-midi sans soleil avait une lumière usée d'hiver, une apparence dégradée semblable à celle des réverbères aux globes de plastique brisés, et du sol de terre nue, jonché de sacs vides et de feuilles d'arbres apportées par le vent depuis d'autres endroits, parce que dans le jardin il n'y en avait aucun.

Il se tenait là debout, dans une position bizarre, un observateur et un intrus qui ne devait pas passer inaperçu, avec son anorak vert sombre et ses grosses chaussures solides de randonneur dans les taillis du nord, en apparence attentif à quelque chose mais en même temps très absorbé, comme s'il n'était pas tout à fait à l'endroit qu'il occupait, vague ou indécis dans son improbabilité même. La direction de son regard n'indiquait pas ce qu'il observait, si toutefois il observait quelque chose, ou s'il ne faisait que rester immobile au milieu des choses, parmi les voix des femmes et les cris des enfants, en ce milieu d'après-midi hivernal de novembre.

Tandis qu'elle laissait s'atténuer l'effet de la surprise, Susana profita délibérément de cet avantage de le voir de si près sans être vue de lui : observer dans la rue quelqu'un qu'elle connaissait qui se croyait seul lui sembla un abus aussi blâmable que de lire sa correspondance, et tout aussi tentant. Il avait son anorak ouvert, les deux mains dans ses poches, le col relevé. Le froid accentuait sur ses joues maigres et ses pommettes un ton un peu rouge de peau anglo-saxonne. Il avait les sourcils froncés, les yeux à demi ouverts, il regardait par terre, levait la tête vers les toboggans et le groupe des femmes, mais il devait être tellement absorbé par quelque chose qu'en réalité il ne voyait rien, qu'il ne vit pas Susana quand elle avança vers lui en agitant la main. Une des femmes l'observait à présent, sans grande attention mais avec méfiance. Une balle en caoutchouc était tombée à ses pieds et il se pencha pour la rendre à un garçon de quatre ou cinq ans, lui caressa furtivement les cheveux. C'était bizarre qu'il n'ait pas eu d'enfants.

Quand il finit par voir Susana, il mit quelques secondes à réagir : il resta interdit, tardant à sourire ou à dire quelque chose, mais elle l'embrassa sur les deux joues avec une désinvolture parfaitement calculée, décidée cette fois à ne pas se laisser vaincre ni pétrifier par l'inertie des conventions. Quelle surprise, dit-elle, est-ce que c'est moi que tu cherchais, et lui nia immédiatement de la tête, comme pris à contre-pied, et il comprit soudain qu'il était discourtois de nier avec trop d'ardeur, et pour effacer sa maladresse ou pour se sortir d'un mauvais pas, il se lança à lui proposer de prendre un café ensemble. Il y a par ici une pâtisserie acceptable, dit Susana et s'il n'était pas trop occupé, ils pourraient goûter à l'ancienne, du café et des petits fours, ou des gâteaux à la crème.

Assise en face de lui, à la petite table de la pâtisserie, elle eut soudain l'intuition que cette rencontre de hasard allait prendre une importance décisive. Pour la première fois son découragement ou son incertitude le rendaient accessible, il ne pouvait pas se protéger derrière son détachement professionnel, comme si, parce qu'elle l'avait surpris dans ce jardin, il ne pouvait ou ne voulait plus se retirer dans cette espèce d'observatoire intérieur où il paraissait vivre. Il la regardait maintenant d'une autre façon, et pas seulement ses yeux, ses mains, le col de son chemisier entrouvert, quand il l'écoutait ses lèvres esquissaient un début de sourire dont il n'était pas conscient, pas plus qu'il ne l'était de l'intensité nouvelle qui émanait maintenant de son regard. Que faisais-tu dans le jardin ? lui demanda-t-elle, et la réponse prit le même ton involontairement personnel qu'avait eu la question, devint une confession découragée.

– Qu'est-ce que je pouvais bien faire ? Le chercher. C'est ce que je fais sans cesse. Voilà presque deux mois que je le cherche et j'en suis à peu près à mon point de départ. Un ami m'a dit : cherche ses yeux. Un homme qui a fait cela ne peut pas avoir le même regard que les autres. Mais je marche dans les rues et peu à peu il me semble que tous les yeux que j'observe peuvent être ceux d'un assassin, ou que personne ne l'est, qu'il a quitté la ville et que je ne l'attraperai jamais. Je connais par cœur les visages de tous ceux dont je t'ai montré les fiches au commissariat. J'ai été dans toutes les boîtes d'entraîneuses et j'ai demandé aux prostituées qui font les routes à la sortie de la ville si elles ne se souviennent pas d'un client très bizarre, qui aurait quelque chose de différent des autres, qui serait impuissant par exemple. Cela, nous avons réussi à ce que les journaux n'en parlent pas. Ferreras dit qu'il n'a pas réussi à pénétrer la fillette, qu'il n'a même pas éjaculé. Mais quand on demande aux putains si elles ont eu des rapports avec un type bizarre elles se mettent à rire, elles disent qu'elles n'ont jamais vu un homme normal. Maintenant, je vais dans les parages des écoles à l'heure de la récréation, et j'observe les hommes qui regardent aux grilles des cours. Certains sont pédérastes, je les reconnais, j'ai vu leurs visages sur les fiches, bien que pour l'instant eux ne me connaissent pas, je crois qu'ils me prennent pour l'un des leurs. Ils ne font presque jamais rien, ils regardent, si je ne les connaissais pas par leurs photos jamais je ne dirais qu'ils sont suspects, ils sont si correctement vêtus, si âgés, il y en a même un de soixante-dix-neuf ans. Mais ceux-là n'ont pas tant d'audace, ils n'ont pas cette force dans les mains. Je vais dans les jardins, à midi ou à la sortie de l'école, l'après-midi, mais au commissariat je ne dis pas que je fais cela, ils me prendraient pour un idiot. Au lieu de manger au Monterrey, je m'achète un sandwich et une boîte de Coca-Cola et s'il ne pleut pas je vais dans un jardin, j'ai un plan de la ville où figurent tous les jardins, je reste des heures à regarder les visages des gens et parfois je vois quelqu'un qui pourrait être celui que je cherche, un individu jeune, qui a un drôle de regard, qui s'approche trop des petits garçons et des petites filles, les aide à monter sur les toboggans, ou leur offre quelque chose, des bonbons ou des graines de tournesol, mais il y a aussi des hommes parfaitement honorables qui font cela et ne sont ni pédérastes ni exhibitionnistes. J'y passe des heures et je me dis que je devrais m'en aller, je finis par avoir les pieds gelés, certaines mères de famille commencent à me regarder de travers, mais je ne m'en vais pas, j'attends encore un peu, jusqu'à ce qu'il fasse nuit et qu'il n'y ait plus d'enfants dans la rue, et quand je pars, je continue de chercher, et arrive le moment où je ne vois vraiment plus rien, plus rien que des visages et des visages répétés, et je continue à les voir la nuit quand je ferme les yeux avant de m'endormir, et ensuite j'en rêve, et parfois l'un d'eux me réveille, parce que j'ai rêvé que c'était celui-là que je cherche, et je ne veux pas l'oublier, je le vois parfaitement, il me semble incroyable de ne pas l'avoir remarqué jusque-là, je dois être sûr de pouvoir le reconnaître, et je ne peux pas attendre le lendemain matin pour aller au bureau, voilà pourquoi je me réveille à cinq heures du matin et pourquoi je ne me rendors pas. J'étais en train d'y penser tout à l'heure, quand tu es arrivée, et c'est pour cela qu'au début je ne te voyais même pas, j'étais en train de penser que la petite est enterrée depuis deux mois et que je ne le retrouverai jamais. Dans une enquête, le pire ennemi c'est toujours le temps, avec chaque jour qui passe il devient de plus en plus difficile de vérifier quoi que ce soit, les pistes s'effacent, les témoins disparaissent, les preuves s'égarent et les gens oublient, nous-mêmes nous devenons plus négligents, nous nous préoccupons d'autres choses, tout s'efface et il arrive un moment où il n'y a plus rien à faire. Mais moi je n'oublie pas, je peux pas me le permettre, je n'en ai pas le droit. Chaque matin quand je me réveille, je m'impose la tâche de me souvenir encore et de ressentir la même rage que le premier jour, que la première nuit quand nous avons retrouvé Fátima, et j'ai la sensation de ressembler de plus en plus à son père, d'être aussi impuissant, de ne rien faire que de regarder mes mains, comme il regardait les siennes l'autre soir, tu te souviens ?

Il avait la main droite posée sur la table, ses doigts tambourinaient légèrement tandis qu'il parlait, dans un geste inconscient de nervosité qu'elle avait observé d'autres fois. Tranquillement, avec décision, discrètement, Susana posa sa main sur celle de l'inspecteur, la pressa avec douceur jusqu'à ce que son mouvement s'arrête.

– Commettre un crime et rester impuni, c'est relativement facile, dit l'inspecteur, sa main maintenant immobile sous celle de Susana, fuyant son regard, surtout par pudeur. Plus facile encore s'il n'existe pas de mobile évident et si de plus celui qui le commet n'appartient pas au monde de la délinquance. Nous autres les policiers et les délinquants habituels, nous nous connaissons tous, comme les instituteurs se connaissent entre eux, je suppose. Oublie tous ces progrès scientifiques qui plaisent à Ferreras. Notre manière habituelle pour élucider un crime est le recours au procédé le plus primitif de tous, le mouchardage. Mais si le criminel agit seul, s'il n'y a pas de témoins et qu'il n'est pas fiché, il y a de grandes chances qu'il reste impuni.

– J'imagine toujours ces assassins qui calculent tout et qui pourtant commettent une seule erreur...

– Du cinéma !, l'inspecteur sourit. Le cinéma a démoli le cerveau des gens. Tuer quelqu'un est en réalité assez facile, cela ne comporte aucun mérite ni aucun attrait, même morbide. Ce qui m'écœure au cinéma, c'est qu'on s'arrange pour que le crime paraisse séduisant, alors qu'en réalité il n'est que cruauté et bâclage, comme lorsque dans une corrida le taureau n'en finit pas de mourir et qu'on continue de l'estoquer n'importe comment parce qu'il faut faire vite pour rentrer à la maison, ou que la nuit tombe. À part les terroristes ou les tueurs à gages payés par les trafiquants de drogue, personne ne prépare rien. Et bien souvent cela n'a même pas d'importance qu'il y ait des témoins parce que les témoins ne parlent pas. Les gens normaux ont peur, il est très facile de les effrayer. Avec un pistolet ou un couteau, le premier venu est tout-puissant, il n'a aucun mérite à terroriser ou à tuer. Il n'y a même pas besoin de couteau : un cri, un geste et la victime est soumise. La force des mains. Tu n'as pas vu, toi, les marques de doigts sur la nuque de Fátima.

– Sans doute ne cherches-tu pas comme tu devrais le faire, dit Susana de façon un peu irréfléchie, et elle regretta instantanément son affirmation : que savait-elle pour juger du travail d'un autre. Mais dans le regard de l'inspecteur il y avait une invitation à continuer.

– Peut-être ne fais-tu pas assez attention aux choses, dit-elle. Peut-être crois-tu les regarder mais en réalité ne les regardes-tu pas. Tu t'enfermes tellement dans ton obsession et dans ta recherche que tu finis par ne plus rien voir de ce qui t'entoure. Tu m'as raconté que ce type est passé par les rues en tenant Fátima et en léchant le sang de sa main, mais seule cette femme l'a vu, personne d'autre, alors qu'il y avait tant de monde. Les gens ne font guère attention à ce que font ou disent les autres.

– « Ils ont des yeux et ils ne voient pas », l'inspecteur se souvenait du père Orduña. « Des oreilles et ils n'entendent pas. »

– Les hommes surtout. Les hommes sont encore moins attentifs aux choses que les femmes.

– Moi, j'ai fait attention à toi.

– Vraiment ? Susana sourit, flattée, incrédule. Je ne crois pas. Tu regardes avec beaucoup d'attention mais on dirait toujours que tu vois ou que tu te souviens d'autres choses.

Ses genoux avaient rencontré ceux de l'inspecteur sous la table. Ils ne bougèrent ni l'un ni l'autre. La difficulté de continuer à parler les accablait soudain, la certitude que le silence allait tout gâcher s'il se prolongeait une seconde de plus. L'inspecteur dit qu'il devait retourner à son bureau. Il appela le garçon d'un geste de la main gauche pour ne pas retirer l'autre, immobile sous celle de Susana. Nous voilà en train de jouer à la main chaude, pensa-t-elle, avec une terreur et une dérision croissantes, de nous frôler les genoux sous la table en formica d'une pâtisserie comme des fiancés démodés, comme les vieux fiancés d'autrefois, mornes couples de célibataires et de veufs qui parvenaient au mariage dans un ennui notarial.

– Je peux te ramener en voiture, dit Susana. Elle est garée près d'ici.

– Laisse donc, je n'en ai pas pour dix minutes.

Ils avaient fini par séparer leurs mains, ils attendaient seulement qu'on lui rende la monnaie.

– Une promenade me fera du bien.

– Comment va ta femme ?

– Stationnaire, me semble-t-il.

Il avait un peu rougi mais soutenait son regard.

– Je crois qu'elle a perdu le contact avec la réalité.

Ils étaient sur le trottoir, la nuit était maintenant tombée, dans la lumière de la vitrine de la pâtisserie, à nouveau incapables de se dire au revoir avec naturel ou de refuser ouvertement de se quitter, chacun résigné à son petit ridicule personnel, aux reproches solitaires de quelques minutes plus tard, quand ils se seraient vraiment quittés et qu'il ne serait plus possible de revenir sur leur silence, leur tourment, leur indécision vexante.

– Je te dois une invitation à dîner, dit l'inspecteur.

– Tu ne dois pas en avoir le temps, ni l'envie avec tout ton travail, une pointe d'ironie était perceptible dans les paroles de Susana.

– Cela veut dire que tu n'acceptes pas ?

– Tu ne m'as pas encore invitée.

– Choisis le jour et l'endroit.

Susana haussa les épaules et enfonça les mains dans les grandes poches de sa parka avec un geste d'abattement ou de résignation, d'impatience usée. Sans bien s'en rendre compte, ils étaient arrivés devant chez elle.

– C'est ce qu'on dit quand on veut retarder les choses, dit-elle. Quand au fond on ne veut pas qu'elles arrivent, ou qu'on n'y attache pas d'importance. Toi, est-ce que tu ne te sens jamais seul dans cette ville ? Est-ce que tu fais quelque chose à part ton travail, est-ce que tu rentres le soir chez toi avec l'envie de ressortir aussitôt et de rencontrer quelqu'un, de prendre un verre et de rester à bavarder jusqu'à point d'heure ?

Ils étaient de nouveau arrêtés sur le trottoir, saisis par l'immobilité, comme le premier soir et, qui sait, comme toujours, craignait-elle, incapable de briser le maléfice des séparations, la paralysie des adieux qui s'achèvent sans le moindre signe de tendresse, de proximité physique. Mais elle n'avait plus le temps, elle n'avait plus le courage de renoncer par avance à ce qu'elle désirait, ne pouvait plus se permettre le luxe ou la prudence de la dignité et de la réserve, ou de la lâcheté que l'on cache parfois sous ces noms-là. Sans s'abaisser à surveiller discrètement si l'une de ses voisines la regardait, elle fit un pas vers lui et l'embrassa sur la bouche sans le serrer contre elle, mais l'attirant de sa main sur la nuque, le bout de ses doigts sur la peau rude, dans ses cheveux courts et gris, comme une exigence plus que comme une caresse.

– Veux-tu que je monte avec toi ? La voix de l'inspecteur sonna plus sombre quand ils s'écartèrent l'un de l'autre. Il avait avalé sa salive avant de parler, encore surpris, effrayé de sa propre audace.

– Faisons quelque chose, dit Susana maintenant téméraire et tranquille, lucide, confirmée, résolue. Si tu ne veux pas, dis-le-moi, ça ne fait rien. Je n'ai pas envie que tu montes chez moi aujourd'hui, l'appartement n'est ni très rangé ni très propre. De plus je me sens très fatiguée, c'est lundi, j'ai passé une mauvaise nuit. Toi non plus tu n'as pas très bonne mine et tu es très inquiet, qui sait si tu ne m'as pas proposé de venir avec moi par courtoisie alors qu'en réalité tu désires retourner au bureau ou t'enfermer chez toi.

Cela faisait longtemps qu'un homme ne m'avait pas vraiment plu. Je sais combien tu me plais, mais pas combien je te plais, à toi. Si tu veux je t'attendrai demain soir. Pas ici parce que les voisines sont très cancanières et que, de plus, certaines sont les mères de mes élèves. Je vais réserver une chambre à L'Ile de Cuba et quand tu arriveras, j'y serai. Si tu ne veux pas, dis-le-moi tout de suite. Je le comprendrai, ça ne fait rien. Si tu dis non, j'accepterai l'explication que tu me donneras. Je ne crois pas que je souffrirai beaucoup, parce que je ne suis pas encore très amoureuse de toi. Quelle heure est-il ?

– Bientôt sept heures.

– Je t'attends demain à la même heure.

– Nous pourrions y aller ensemble.

– Je préfère y aller seule. J'ai envie de t'attendre.

Elle l'embrassa de nouveau rapidement sur les lèvres, poussa la porte et disparut sans regarder une seule fois en arrière.

Il était maintenant presque sept heures et demie, et elle attendait encore. Le gin-tonic à moitié bu était devenu tiède, les glaçons fondus dans le liquide maintenant sans bulles. Peut-être, après tout, ne viendrait-il pas. À aucun moment il ne lui avait promis de le faire. Par la fenêtre, la pleine lune avait une rondeur de lune de carton découpée sur un décor bleu marine. Le fleuve grondait tout près, charriant des pierres et des branches d'arbre dans son courant grossi par les pluies. Il lui sembla entendre derrière le bruit de l'eau le moteur d'une voiture, le sifflement éloigné d'un train. Soudain découragée, comme lorsqu'après avoir fait une sieste trop longue on se réveille à la nuit tombée, la bouche amère et la sensation du temps gauchie, elle alla se laver les dents à la salle de bains pour se débarrasser de l'arrière-goût d'alcool et se regarda dans la glace avec une intention d'objectivité et d'ironie rapidement anéantie par son découragement. Elle demanderait qu'on lui serve le dîner dans la chambre, elle se griserait doucement de vin rouge, le lendemain matin elle se réveillerait tard et appellerait l'école pour dire qu'elle était malade. Huit heures moins vingt. Il aurait au moins pu inventer un prétexte pour ne pas venir, un mensonge plausible, raisonnable. Était-il à son bureau, à regarder le téléphone, incapable d'appeler et redoutant un appel de sa part ? Elle avait commencé à retoucher le rouge de ses lèvres quand elle entendit quelques coups discrets à la porte. Elle ne demanda pas qui était là, elle ouvrit sans crainte d'être déçue par le visage d'un garçon ou d'une femme de chambre. Dans cette manière de frapper à la porte, elle l'avait reconnu avec aussi peu d'incertitude que si elle avait entendu sa voix.

22

Tout est exact, redoublé, identique, tout est répétition et simultanéité, comme le réveil de chaque matin et ses chiffres rouges dans la double obscurité de la chambre et du miroir avec la voix susurrante de la radio, ou bien comme un rêve qu'il se rappelle et répète tandis qu'il est en train de le rêver. Comme dans le rêve il semble que tout se passe dans sa tête, sans que rien d'extérieur n'interfère, sans que personne ne sache ou ne regarde ou ne désobéisse aux instructions dictées par le rêve lui-même, par la volonté ou le désir de celui qui est en train de tout rêver. Les yeux très ouverts, qui regardent vers le haut, pas vers le visage mais vers le couteau automatique qui a sauté comme un éclair dans la lumière de l'ascenseur, vers la main qui l'a arrêté d'un coup de poing entre deux étages, les deux respirations si fortes dans l'espace étroit et fermé, métallique, d'un métal peint à l'imitation du bois, tôle médiocre qui sonne creux sous le coup de poing. C'est un de ces ascenseurs anciens qui n'ont pas de porte de sécurité de sorte qu'un des côtés est un mur de béton, ce qui renforce son sentiment irrationnel mais très puissant de protection et de refuge, comme s'il était dans un puits ou un tunnel blindé, pas dans un immeuble d'habitation où l'on pourrait le surprendre à tout moment. Personne ne l'a surpris l'autre fois, personne ne l'a arrêté, et maintenant tout est tellement identique qu'il regarde le visage de la fille et voit celui de l'autre, pas celui qu'elle avait sur les photos qu'on a montrées à la télévision ou dans les journaux, mais le vrai, celui dont il ne s'était pas souvenu jusqu'à cet instant, celui qui s'était levé vers lui dans l'autre ascenseur identique à celui-ci, et qui au début n'avait pas montré de crainte, pendant quelques secondes elle avait semblé plus intriguée qu'effrayée par le couteau et l'arrêt de l'ascenseur, elle n'avait commencé à avoir vraiment peur que lorsqu'elle avait vu le sang qui coulait de sa main.

Tout est identique, le couteau qui descend vers le cou, mais maintenant il n'a pas à descendre autant que l'autre fois, et soudain c'est une anomalie, une irrégularité déplaisante, mais ça n'est pas grave, ça ressemble plutôt à un défaut de mise au point. La fille est plus grande, et même on ne peut pas dire qu'elle soit tout à fait une enfant, c'est bizarre de ne pas s'en être aperçu plus tôt, comme lorsque dans la pénombre du bar à filles il s'approche de l'une d'elles, décolletée et attirante, et qu'une seconde plus tard c'est une vieille au cou ridé et aux cheveux teints en jaune. Elle est plus grande que l'autre, il ne la dépasse guère plus que d'une tête et les seins ressortent sous sa chemise, elle porte une chemise et un chandail ouvert et pas un survêtement rose, ils ressortent mais pas beaucoup, c'est à peine s'ils commencent à pousser, ce n'est pas pour rien qu'il dit toujours qu'aujourd'hui les seins des filles leur poussent avant les dents. Les cheveux sont noirs, comme ceux de l'autre, mais beaucoup plus longs, très épais quand il les lui tire pour l'obliger à s'agenouiller, et sa nuque est aussi douce, tout maintenant se répète, par-delà les anomalies, l'ascenseur arrêté entre deux étages et le couteau et le temps arrêté par sa volonté tout comme l'ascenseur, et aussi le sang, dans sa main droite, le sang qui coule d'une fine entaille dans la paume de sa main, pourtant moins abondant que l'autre fois, il s'est coupé avec le tranchant du couteau et ne s'en est même pas rendu compte, il se lèche la main et le sang a exactement le même goût que l'autre fois, et pendant qu'il la force à s'agenouiller, et qu'il sent dans la paume de sa main l'odeur de sang et de poisson, la sueur de l'excitation aussi, de l'enfermement dans cette cage si petite, vite, lui dit-il, ouvre-moi la braguette, quelle puissance, la fermeture éclair des jeans va éclater, elle est agenouillée avec le visage à la hauteur de son sexe mais elle ne fait rien, elle lève ses yeux très ouverts et elle regarde le couteau, le sang qui coule de la main, de sorte qu'il doit lui donner un coup sur la nuque, maintenant, tout de suite, il ne peut pas attendre, il va exploser de ce coup de sang, comme les types aux érections colossales des revues et des films, qui s'envoient une fille par n'importe où, dans n'importe quelle position, dans un ascenseur ou contre un mur, il lui écrase la tête contre son pantalon, il l'entend respirer comme sous un bâillon, mais elle ne fait toujours rien, ne bouge pas les mains, elle n'a même pas commencé à descendre la fermeture, et alors on entend des coups, des coups violents dans les portes métalliques, des coups et des cris qui viennent du bas, sûrement de l'entrée, quelqu'un a perdu patience à attendre l'ascenseur. Ce n'est qu'à ce moment que leurs regards se croisent, et sans rien dire il la tire par les cheveux pour l'obliger à se lever, excité par le danger, pas effrayé, aussi totalement invulnérable qu'à l'intérieur d'un rêve, il essuie le sang de sa main sur les cheveux noirs et lisses, la pointe du couteau sur le cou, appuie sur le bouton du dernier étage, les coups résonnent plus fort en bas et maintenant il ne sait plus s'ils résonnaient aussi l'autre fois. Il se souvient et agit en même temps, il voit devant ses yeux ce qu'il a déjà vu, identique, deux mois plus tôt, un palier presque dans le noir, avec des portes d'appartements fermées comme des tombes, avec des judas auxquels personne ne va se poster. L'ascenseur repart, appelé enfin par le voisin qui cognait si furieusement, et maintenant, l'obscurité est complète, au début, ensuite, peu à peu, les choses deviennent visibles, de même qu'on se met à entendre des sons dans ce qui était jusque-là un silence plein de leurs halètements, on entend des bruits ménagers derrière les portes fermées, de faibles cris d'enfants, du remue-ménage dans les cuisines, des publicités à la télévision, mais tout cela lointain, pendant qu'ils descendent l'escalier aussi obscur que celui d'une tour, ou les souterrains d'un château. Jamais personne ne monte ou ne descend l'escalier d'un immeuble sauf si l'ascenseur est en panne. Personne ne sait ce qui se passe dans cette obscurité, au-delà de la lumière brièvement allumée sur les paliers. Ils avancent presque à tâtons, frôlant le mur, le bras de la fille plié contre son dos, les os du poignet aussi fragiles que l'autre fois, comme les os légers et creux d'un oiseau, il pourrait serrer un peu plus et le bras se casserait comme un roseau sec, comme l'arête d'un poisson, il serre et il sait le point exact où il doit relâcher sa pression pour que l'os ne casse pas, comme il sait jusqu'où il peut appuyer le tranchant du couteau sur le cou sans que la peau s'entaille. Mais en réalité il n'a pas besoin de forcer beaucoup, le corps plus tout à fait enfantin semble mou et docile, comme du chiffon, il lui a dit à l'oreille que si elle criait il lui couperait le cou d'un trait et elle a bougé violemment la tête et l'a regardé de ses yeux très ouverts et voilés de larmes, et maintenant il la fait s'arrêter sur le palier intermédiaire, où il n'y a qu'une fenêtre de verre dépoli qui doit donner sur une cour intérieure et par où n'entre qu'une faible lumière à laquelle ses yeux s'habituent immédiatement, une lumière qui lui permet de voir de près le visage raidi de peur, hypnotisé, soumis, les traits paralysés, la bouche ouverte, qui respire très fort, mais incapable d'articuler une parole ou de pousser un cri, l'éclat du couteau qu'il passe maintenant avec douceur le long d'une des joues, comme pour choisir le dessin d'une blessure, d'une future cicatrice. L'ascenseur résonne tout près, mais lui ne l'écoute pas, n'y fait pas attention, la lumière des paliers s'allume avec un tic-tac de chronomètre, on entend des voix proches, des pas, des bruits de clefs, un ou deux étages plus bas, ils écoutent tous les deux, le couteau contre le visage, les yeux de chacun d'eux accrochés aux yeux de l'autre, leurs respirations simultanées, la pression croissante sur le poignet, le tranchant d'acier pénétrant presque la peau tandis qu'à quelques pas de distance quelqu'un est sorti de l'ascenseur et ouvre la porte de chez lui et que l'accueillent les voix et les odeurs de sa vie quotidienne, la promesse d'un repos ahuri, du dîner puis de la somnolence face au téléviseur : qui peut savoir ce qui se passe un peu plus loin, dans le noir où ne parviennent pas les lumières, derrière une porte fermée, dans le creux d'un escalier où jamais personne ne monte ni ne descend. La porte s'est refermée et il relâche légèrement la pression sur le poignet et écarte le couteau, vas-y, dit-il de nouveau en la poussant vers le sol de sa main droite grande et puissante, descends la fermeture éclair, et à ce moment la lumière du palier s'éteint encore, et pendant une seconde ils n'y voient à nouveau rien : il l'entend qui sanglote, elle ne comprend pas ou ne sait pas, mais comment ne saurait-elle pas puisqu'aujourd'hui elles sont putains de naissance, ce sont les mères qui leur apprennent, elles sont encore plus putains qu'elles, une main maladroite tâte le devant des jeans et ne trouve pas la fermeture et c'est lui, impatient, qui finit par l'ouvrir et sort avec difficulté et précipitation ce qui s'est tellement gonflé à l'intérieur, ça ne va pas tenir dans ta bouche, il le pense ou il le dit, de ses doigts il lui serre très fort les os de la nuque, il lui dit ces mots qu'il a lus dans les revues et entendus dans les films, ceux qu'il n'ose pas dire à haute voix même quand il va chez les putains, il ordonne, il exige, il lui ouvre lui-même la bouche dans la pénombre, comme il ouvrirait celle d'un poisson pour lui arracher les viscères, la salive et les larmes mouillent sa main, la salive et la morve, maintenant il l'attire à lui rythmiquement, mais elle ne sait pas bien ce qu'elle doit faire, elle s'étouffe en respirant par le nez qui est plein de morve, il la guide de la main mais elle est si maladroite qu'il n'y a rien à faire, et la lumière de l'escalier se rallume, à nouveau des pas, mais pas de voix, et le bruit de l'ascenseur, il sent qu'il va faiblir, que le gonflement terrible a commencé à rétrécir, à s'affaiblir ou se refroidir, c'est tout un, il pourrait rester immobile et les choses continueraient, comme on dit que les avions volent en pilotage automatique, et il sait bien qu'on ne va pas le découvrir, que la fille ne va pas crier et que personne ne va monter par l'escalier. Il la repousse d'un revers de main contre le mur, la lumière s'éteint, il remonte la fermeture et rattache son ceinturon, allons-y, dit-il, et fais attention, sinon je te coupe la langue.

Très calmement il a rangé son couteau, a sorti une cigarette puis l'a allumée d'une seule main, sans lâcher la fille, s'est passé la main dans les cheveux, a remis ses vêtements en ordre, il respire à fond, se concentre pour maîtriser les battements de son cœur, comme on le disait dans cette revue, une longue inspiration, sa main droite ne saigne déjà plus, pas comme l'autre fois, le sang n'arrêtait pas de sourdre, il le léchait et cela disparaissait, et un instant plus tard la ligne rouge s'était à nouveau dessinée en travers de la paume de sa main. La cigarette dans la main droite, la gauche sur l'épaule de la fille, sur sa nuque, qui serre la peau, les muscles du cou, recherche la forme des vertèbres, encore une volée d'escaliers, un autre palier avec des portes d'appartements fermées, avec des noms sur les plaques dorées ou des images du Sacré Cœur au-dessus des judas, et toujours des voix d'enfants ou des bruits de téléviseurs, ils sont arrivés au deuxième, il compte les marches, dix-huit entre chaque étage, il en reste trente-six pour le rez-de-chaussée et l'entrée, mais il ne ressent pas de peur, juste de l'excitation, le vertige de s'approcher de quelque chose, d'une limite, du point où la main brisera l'os, où le couteau entaillera la peau, un seul millimètre ou un dixième de seconde, tout dépend de cela, comme lorsqu'il était enfant et qu'il regardait sur la porte métallique d'une installation électrique voisine de chez lui un écriteau de mise en garde : *Ne pas toucher, danger de mort.* Il y avait par-dessus les lettres rouges le dessin d'une silhouette humaine foudroyée par un rayon dont la pointe se plantait au centre de la poitrine comme la pointe d'une lance, et lui, chaque fois qu'il passait, s'arrêtait quelques instants et ressentait la tentation de toucher la porte métallique peinte de gris, comme si un aimant très puissant l'attirait vers elle, mais il résistait, il approchait sa main et la retirait quand il ne restait plus que quelques millimètres avant que le bout de ses doigts ne touche le métal, provoquant peut-être une décharge qui le secouerait comme le pantin de l'image. Vingt-deux marches, vingt, le palier du premier, les pleurs d'un bébé et les cris d'une femme, une hystérique, l'indicatif d'une émission pour enfants, les deux dernières séries de marches avant l'entrée, la main gauche qui serre un peu plus fort, plus seulement du bout des doigts à présent mais avec les ongles, mais sans les enfoncer, un millimètre de plus et leur tranchant, leur corne éraillée, traverserait l'épiderme. C'est comme marcher en rêve, comme flotter un peu au-dessus du sol, sans aucun effort, descendre sur un escalier mécanique, maintenant la lumière de l'entrée, blanche et froide comme celle des chambres frigorifiques, la main sur la nuque, sous les cheveux, une longue bouffée de cigarette, rien, ni tremblement des genoux, ni la moindre peur, parce qu'il n'y a personne dans l'entrée et qu'il sait que personne n'apparaîtra, il voit tout cela très net, le futur aussi bien que le passé, cette fois et l'autre, la première, maintenant il ne ressent plus les effets du rhum ni dans la tête ni dans les jambes, il a soudain repris son assurance, comme après une douche froide, rien que l'excitation, plus intense à chaque pas, et qui ne l'étourdit pas mais qui l'affermit, une sensation fantastique de puissance et de danger, d'impunité, d'audace. Près de la porte, il l'oblige à s'approcher un peu plus de lui, il la serre un instant contre son côté, se penche vers elle, si tu dis quelque chose ou que tu essaies de te sauver je te coupe le cou, et avec l'index il fait le geste rapide de l'égorger, la fille prend peur, elle reste immobile, il doit la pousser en avant, comme l'autre, s'il ne la tenait pas elle tomberait par terre, ouvre, il ordonne, et elle obéit, hypnotisée, maintenant ils sont sur le perron, sur le trottoir étroit, envahi par les voitures, éclairé par les réverbères et les lumières des boutiques, on dirait la même rue mais non, voix des passants et bruits de circulation, visages qui viennent en direction inverse comme les phares qui surgissent de l'obscurité quand il conduit de nuit, le trottoir est si étroit qu'ils doivent s'effacer pour laisser le passage à une femme avec une voiture d'enfant, à une vieille avec des sacs à provisions, il baisse les yeux vers elle tandis qu'il la pousse vers l'avant et la fille marche la tête droite, somnambule, sans jamais se retourner pour le regarder. Il cherche les yeux des gens qui viennent vers eux, à la recherche d'une expression de connaissance, de méfiance, d'inquiétude, mais personne ne regarde, personne ne fait attention ni à lui ni à la fille, si par hasard ils les regardent un instant, ils détournent immédiatement les yeux, absorbés par leurs affaires, par la fatigue de la fin de journée. Une pharmacie, une épicerie, le café du coin, le même que deux mois plus tôt, que dix minutes plus tôt, le café vide, comme toujours, avec sa lumière crue qui souligne la crasse, le garçon mal rasé qui lève la tête vers le téléviseur, sûr que lui non plus ne regardera pas, qu'il ne fait attention à rien, qu'ensuite il ne se rappellera pas. Il a l'impression de progresser sans avoir besoin de bouger et qu'en même temps ses pas ne le font pas avancer, comme dans les rêves, que jamais il n'arrivera à tourner le coin de la rue, il voit tout comme au travers d'un verre, d'une bulle à l'intérieur de laquelle lui et la fille seraient enfermés, comme ces explorateurs sous-marins dans les documentaires, qui circulent avec leurs masques et leurs palmes et leurs combinaisons au milieu des poissons et des plantes du fond de la mer et les écartent de simples gestes des mains, sans que les poissons les regardent, leurs grands yeux aussi ouverts et aveugles que ceux des gens qui s'approchent et les croisent et ne regardent jamais.

Il est redevenu invisible, soluble au milieu des gens de la rue, maintenant effacé dans une zone d'ombre, il n'a pas besoin de choisir la direction de ses pas, parce que ses pieds l'emmènent tout seuls, le simple redoublement d'un itinéraire qu'il ne se rappelle qu'à mesure qu'il le parcourt, découvrant des repères oubliés, comme dans les forêts des contes de fées, un vidéo-club, un feu rouge, de nouveau le jardin avec la statue du torero, ils sont maintenant arrivés à hauteur des avenues les plus larges du nord de la ville et il lui semble qu'il a marché des heures durant, invisible et tranquille, la main gauche sur la nuque, sur le cou, sur l'épaule, se posant, se fermant, courbe et aiguisée sous les cheveux comme les pattes des crabes, jouant à caresser, à tirer soudain, à utiliser les cheveux comme une bride devant la lumière rouge d'un feu, tourné vers elle il dit, reste tranquille, il l'attire, toi reste tranquille tu sais ce qui peut t'arriver, ils traversent tous les deux l'avenue par le passage pour piétons, en face d'un alignement de voitures aux phares allumés, des visages de conducteurs qui ne regardent pas une seule fois, et maintenant, même s'il avait pensé continuer à descendre par de petites rues latérales, il décide que non, qu'il va descendre par le chemin le plus court et le plus éclairé, et qui pourtant est aussi le plus dangereux, la rue de la Trinité. Ou plutôt il ne décide pas, il ne fait que répéter, il ne peut pas aller par où il ne serait pas passé l'autre fois, au début de la rue en pente il voit son ombre et celle de la fille projetées sur le trottoir par la lumière d'un réverbère, deux ombres aussi précises que celles que dessine la lumière de la pleine lune, ses jambes aussi longues que celles des géants des contes, et à côté de son ombre, frôlant la sienne, saisie et recouverte par elle, l'autre ombre, qui avance au même rythme, presque du même pas, comme au service militaire, ses chaussures alignées avec les tennis de la fille, identiques aux autres, blanches, un peu usées, les deux ombres qui apparaissent et disparaissent sur le trottoir, les précèdent, les suivent, confondues aux autres ombres qui entrent et sortent des boutiques maintenant sur le point de fermer, une oisellerie, un magasin de machines à coudre, la grande vitrine ancienne du Système Métrique, les rideaux métalliques, les vendeurs qui disent au revoir aux derniers clients en inclinant très bas leurs têtes bien peignées et en frottant leurs mains blanches, comme s'ils avaient toujours froid, et en face, l'église, le parvis où l'autre fois la foule s'était réunie sous les parapluies, et sous la pluie illuminée par les projecteurs. Quelqu'un lui a dit bonsoir et, absorbé comme il l'était, il ne s'en est pas rendu compte, une cliente du marché, il identifie le visage quelques secondes plus tard, quand déjà il a disparu, il serre plus fort le bout de ses doigts sur la nuque, la peau qui transpire, les muscles, les vertèbres cervicales, ils arrivent à la place de l'horloge et de la statue, il peut déjà voir la tour, les taxis, le bâtiment du commissariat, s'ils savaient, si quelqu'un faisait attention, plus par bravade que par nécessité il sort une cigarette, la porte à ses lèvres, l'allume en ne se servant que de sa main droite, range le briquet et fume en serrant le filtre entre ses dents, fermant à demi les yeux, la main dans la poche du blouson qui saisit le manche du couteau automatique. Tout est aussi aisé, aussi docile que le corps de la fille qui marche à côté de lui, que l'autre feu qui passe au vert pour les laisser traverser tous les deux vers la partie centrale de la place, dans le jardin, près de la fontaine, là où s'installaient les photographes et les caméras de la télévision, s'il le voulait il pourrait passer devant la porte même du commissariat, et dire bonsoir à l'agent qui ce soir-là avait été désagréable avec lui, il pourrait entrer dans la cabine téléphonique sans lâcher la fille et composer le numéro de l'inspecteur principal et lui dire salaud, tu vois comme tu es malin, où est-ce qu'elles sont toutes ces pistes que tu avais, ces histoires de témoins et d'immatriculations, de voitures suspectes : ni voitures ni rien du tout, comme l'autre fois, à pied et à travers toute la ville, sept heures ont sonné à l'horloge de la tour, mais il lui semble qu'il y a des heures qu'ils marchent, l'impatience commence à le gagner, pas la hâte, pas la terreur, l'envie d'arriver là où pas un moment il n'a eu besoin de penser qu'il irait, la chaleur qu'il recommence à sentir dans ses doigts, la douceur des cheveux sur la nuque, la fragilité des os, l'odeur âcre du corps, il se peut qu'elle se soit pissé dessus, il le pense, comme l'autre s'était pissé dessus, elle avait tout mouillé de pisse, sa culotte et le pantalon du survêtement, les chaussettes blanches qu'il ne lui avait pas enlevées. De nouveau la pression au sexe, maintenant qu'ils s'éloignent de la place et continuent à descendre vers les jardins de la Cava, il y a de moins en moins de passants et de circulation, moins de lumières, de commerces ou de bars, dès qu'ils auront passé le croisement de la Grande Rue il est bien possible qu'ils ne rencontrent plus personne, personne ne se promène dans ces jardins le long des fortifications quand il fait nuit, surtout en hiver, personne à part quelque drogué qui s'aventure dans le petit parc, au bout de la ville, à la limite du talus planté de pins qui descend vers les jardins potagers, eux aussi abandonnés, presque tous mangés par la broussaille, comme les cours des maisons effondrées du vieux quartier. Mais maintenant cette obscurité lui plaît, il sent qu'elle l'attire et le protège, comme s'il revenait dans sa terre natale depuis un pays étranger, dans son quartier aux ruelles pavées et aux maisons vieilles et vides, il hâte le pas, jette sa cigarette, la crache, se palpe l'entrejambe, vraiment gonflé, bouscule la fille, son cou entier est maintenant enserré dans la pince des doigts, il n'y a personne, personne ne va surgir, comme dans l'escalier et dans l'entrée, chacun de leurs pas les rend plus invisibles, plus confondus aux ombres d'une rue dont l'éclairage devient de plus en plus faible à mesure qu'ils descendent. Et juste à cet instant il s'arrête une seconde, il ne voit pas encore ce qui se passe, mais il a remarqué la rigidité dans tout le corps de la fille, un danger l'immobilise qu'elle a détecté avec un instinct aveugle d'animal, mais il continue de marcher, ses pieds ne touchent pas le sol, un magnétisme l'attire comme lorsque sa main allait vers la tôle et son écriteau danger de mort : à quelques pas devant eux, montée sur l'autre trottoir, il y a une voiture blanche et bleue, une voiture de patrouille de la police, si près qu'il est impossible de faire demi-tour, et même s'il le pouvait il ne le ferait pas, il se rend compte qu'il ne peut ou ne veut pas s'arrêter, qu'il va continuer d'avancer et de serrer la nuque du bout de ses doigts et de ses ongles, de marcher en simulant parfaitement la tranquillité et il dit, la tête baissée et le visage tourné vers elle, je te tue si tu dis quelque chose, je t'égorge ici même. Les lumières intérieures de la voiture sont allumées, le conducteur et un autre agent discutent, ou écoutent la radio, maintenant il peut l'entendre, même s'il ne distingue pas s'il s'agit de l'émetteur de la police ou de la retransmission d'un match de football. Il entend une respiration, la sienne, perçoit la double palpitation de ses tempes, avale sa salive, les ongles de sa main gauche s'enfoncent dans la partie postérieure du cou de la fille et ceux de la main droite dans sa propre paume, dans la poche du blouson, il remarque simultanément la blessure de l'autre peau et celle de la sienne, la griffure double qui se prolonge durant quelques secondes éternelles tandis qu'ils arrivent à hauteur de la voiture de police, passent à côté d'elle, ne les regarde pas ou je t'arrache les yeux, il l'a dit très doucement, oui mais lui les regarde, ne pas le faire serait suspect, suspect et lâche, ils marchent sur le trottoir de gauche et son corps s'interpose entre la fille et les possibles regards des policiers, mais ils ne lèvent même pas les yeux, ils continuent à parler, ou à écouter la radio, on entend les sifflements et les voix métalliques de l'émetteur de police en même temps que la voix d'un commentateur de football par-dessus des hurlements lointains, ce doit être le match que le garçon du bar regardait avec tant d'intérêt, on l'a entendu par rafales, maintenant il s'en rend compte, depuis qu'ils ont commencé à descendre l'escalier, il y a une éternité. Ne te retourne pas, dit-il maintenant plus fort, soulagé, immunisé, tout en la poussant, avec encore le poids du danger sur sa nuque, on n'entend plus l'émetteur de la voiture de police, on ne voit personne, seulement quelques lumières à l'intérieur de maisons fermées, les lueurs bleutées des téléviseurs, le même bruit maintenant lointain du football. Ils continuent d'avancer comme s'ils ne bougeaient pas, portés vers l'obscurité finale et proche des jardins comme par un ruban glissant, il ne reste qu'un espace éclairé et désert et au-delà se trouvent déjà les haies dévastées, les réverbères brisés, la zone d'ombre où se réfugiaient il y a bien des années les couples de fiancés, où les enfants les plus turbulents et les plus audacieux du quartier allaient fumer et les épier.

Tout est identique, maintenant plus que jamais, jusqu'au bruit des pas sur le gravier et le verre cassé des bouteilles de bière, tout est impérieux, proche, irrépressible, ne souffrant ni retard ni secret, jusqu'à la lune qui est la même, haut dans le ciel, sa forme blanche légèrement voilée par des nuages légers comme du tulle, les deux mains déjà impatientes qui cherchent, exigent, l'odeur des pins, de la terre et des aiguilles trempées, le même replat sur la pente où il la jette d'une seule gifle, le visage plus pâle que la lune, maintenant éclairé par elle seule, sur lequel il voit soudain, pendant quelques secondes, de façon parfaitement claire, le visage double et répété, la bouche ouverte, le menton qui tremble, les yeux de terreur et d'incrédulité de l'autre fille, ce visage que lui seul au monde a vu.

23

Il écoutait le fleuve, les yeux mi-clos, dans la zone de pénombre de la pièce éclairée par la lune qui dessinait sur le mur la forme exacte de la fenêtre, avec sa grille en croix, où sa silhouette nue s'était découpée une seconde quand elle s'était levée pour aller à la salle de bains. Dans le rectangle de clarté il avait vu la forme de ses épaules, ses hanches, le profil de son visage et d'un sein en même temps qu'il voyait passer son corps nu, avec un reflet de lune sur la peau, aussi silencieux, pieds nus sur le carrelage, que son ombre même, dans une attitude furtive de pudeur sous son regard masculin. Elle avait allumé la lumière de la salle de bains et fermé aussitôt la porte, et alors, au bruit du fleuve s'était ajouté celui d'un robinet, et ensuite il l'avait entendue uriner, avec l'intuition d'une familiarité et d'une tendresse qui le surprenait. Il l'imaginait nue, les bras croisés sur les seins et les cuisses jointes, soudain transie, dans la lumière froide de la salle de bains, et il désira qu'elle revienne au plus vite, et qu'elle traverse la clarté de la lune pour chercher refuge auprès de lui, sous le drap, sous la courtepointe et la lourde couverture ancienne qui d'une certaine façon était assortie à la chambre, aux carrelages rouges du sol, aux murs blanchis à la chaux et aux poutres inclinées du plafond.

Maintenant il ne se rappelait plus lequel d'entre eux avait éteint la lumière : la clarté de la lune les avait alors inondés et il leur avait semblé qu'ils entendaient avec plus de netteté le courant tumultueux et monotone du fleuve. La zone de lumière et celle de la pénombre étaient séparées par une ligne droite qui passait juste au pied du lit. « Ne me regarde pas », lui avait-elle dit, et elle lui avait tourné le dos pour enlever son chemisier et son soutien-gorge. Il avait rouvert les yeux et elle était debout à côté de lui, plus gracile que ce qu'il avait imaginé à la voir habillée, avec à la fois la plénitude physique d'une femme qui a mis au monde et allaité un enfant et une fragilité de jeune fille dans les épaules, dans la courbure de la nuque, dégagée par les cheveux très courts, dans la forme des seins à la fois pleins, bien profilés et jeunes. C'était une autre femme qu'il regardait, restée jusque-là secrète, plus désirable que ce que son inexpérience lui avait permis d'imaginer ou de remarquer, dissimulée par ses vêtements autant que par son allure de vie quotidienne et pratique, de travail, de résistance solitaire au découragement et à l'adversité.

Quand il l'étreignit il fut surpris par-dessus tout de la douceur exceptionnelle de sa peau. Il manquait de souvenirs et d'attentes à l'aune desquels juger avec lucidité ce qui lui arrivait. Comme celui qui va s'endormir et pourtant reste encore empêtré dans les urgences angoissantes de la réalité, il remarquait que dans la pénombre de la chambre et dans la tiédeur satinée de la peau de Susana se désagrégeaient les obsessions et les servitudes de son travail, son angoisse et sa culpabilité, comme s'il commençait à se laisser porter par un courant identique à celui du grand fleuve en crue qui passait si près. Depuis qu'il était parti du commissariat, qu'il était monté dans sa voiture, la peur de manquer à ses responsabilités l'avait empli de remords, la peur qu'il arrive quelque chose et qu'on ne puisse pas le trouver. Un appel de la clinique, la sonnerie du téléphone résonnant interminablement dans l'appartement vide, aussi aseptisé qu'une exposition de meubles dans un magasin. L'énervement, la lâcheté masculine face à un probable fiasco sexuel augmentaient l'angoisse de la désertion qui à son tour les aggravait. Il était devenu adulte en un temps où les garçons accédaient encore à l'érotisme à travers la sordide masturbation dans les internats et la fréquentation des prostituées. À cinquante et quelques années il n'avait jamais su que pouvait exister entre homme et femme une camaraderie intime comme celle que Susana Grey semblait lui offrir. En arrêtant sa voiture devant L'Ile de Cuba, en montant vers la chambre, ce qu'il ressentait était un mélange assez trouble de panique et d'angoisse, et aussi, en lutte contre elles comme les défenses d'un organisme encore sain contre le virus d'une maladie, une capacité d'espoir dont il avait perdu l'usage, presque un début immémorial d'innocence, qu'en réalité il aurait dû connaître entre quinze et vingt ans mais qui surgissait alors, inattendu et anachronique, gauche et à contretemps comme l'amour chez un vieillard. À l'âge qu'il avait maintenant, son père avait été un homme détruit par la vieillesse, expulsé de la vie normale par trop d'années de clandestinité et de prisons, de fanatisme politique obstiné. « Ça n'est pas juste que tu le traites de fanatique », lui avait dit le père Orduña avec son visage offensé, évitant de le regarder dans les yeux.

Qu'il était loin maintenant de tout cela, d'eux tous, les morts et les vivants, les témoins et les donneurs de leçons, ceux qui exigeaient une reconnaissance et imposaient des obligations, qui revendiquaient ou accusaient sans cesse, avec l'autorité de leur droiture, de leur souffrance ou de la mort. La femme que ce soir il n'appellerait pas à la clinique, les autres policiers, ceux qui aujourd'hui étaient sous ses ordres et ceux qui étaient morts dans le nord foudroyés par un coup de feu ou disloqués par une explosion, le père Orduña qui devait être assis dans son confessionnal, qui n'attendait personne, sauf lui parfois, l'homme qui regardait et tordait ses mains dans une pièce où il faisait déjà nuit et où la lumière n'était pas encore allumée, le vieil homme qui était mort dans la désillusion, toujours rebelle, honteux de son fils unique, refusant de le voir : tous étaient là à exiger, à lui demander des comptes, même depuis l'autre rive de la mort, tous épiaient et scrutaient chacun de ses actes, inoculaient leurs plaintes et leurs accusations dans ses propres pensées.

Loin d'eux tous maintenant, réfugié, caché, provisoirement à l'abri, isolé de tout par la lumière blanche de la lune et le bruit monotone des eaux du fleuve, nu entre des draps d'hôtel qui sentaient le propre, protégé par la pénombre de la honte d'être vu, couché sur le côté il apprenait à s'ajuster à l'étreinte d'une femme qui le traitait avec délicatesse et précaution, qui l'enveloppait en même temps qu'elle se blottissait et se serrait contre lui, le frôlant de l'ample caresse de ses cuisses, de la toison douce de son ventre, recherchait ses pieds au fond du lit pour y réchauffer les siens soudain froids, comme par une nuit d'hiver au temps où cet endroit était encore une ferme.

Il ne ressentait pas comme les autres fois cette impatience sexuelle, toujours crispée par l'alcool et par l'effort secret et vain pour se débarrasser de la culpabilité de l'adultère. Il avait commencé à l'embrasser et à la chercher sous ses vêtements avec une hâte maladroite, pareille à celle qui en d'autres temps l'incitait à vider le premier verre de la soirée. « Attends, lui avait-elle dit à l'oreille, pas si vite », et elle l'avait apaisé par la douceur de sa voix et celle, identique, du bout de ses doigts, elle l'avait acclimaté à sa lenteur et à son naturel, avec adresse et patience, elle avait éteint la lumière (maintenant, il se souvenait que c'était elle), elle l'avait fait s'étendre, s'agenouillant au pied du lit pour lui retirer ses lourdes chaussures, puis ses chaussettes et son pantalon, tout en lui caressant les pieds, en lui embrassant légèrement les cuisses. « Attends », disait-elle en arrêtant la rude hâte de sa main qui la cherchait, et chaque caresse, chaque frôlement de ses lèvres ou de sa peau le dépouillaient un peu plus de sa vie extérieure, de la réalité et du passé, comme une hypnose qui l'aurait conduit graduellement vers le sommeil, l'aurait plongé dans une autre existence, plus apaisante et plus habitable que la vie diurne, qui ressemblait de loin à cette douceur sensuelle dont il s'était souvenu après certains réveils de son adolescence, sans en avoir jamais fait l'expérience dans la réalité.

Il ne faisait pas que découvrir presque à tâtons le corps d'une femme étendue à côté de lui : ce qu'il lui semblait vraiment découvrir était son propre sens du toucher, non pas le retrouver parce qu'il ne l'avait jamais exercé jusqu'à ce degré de subtilité, tout comme il n'avait jamais goûté la saveur d'une bouche comme la sienne. Et tandis qu'il découvrait ce qui en lui serait demeuré muet ou inconnu s'il n'avait pas rencontré Susana, des vagues de sensations ou de souvenirs perdus lui revenaient, souvenirs de quand il avait treize ou quatorze ans, de réveils au petit matin avec une humidité froide sur la peau du ventre, de fragments de rêves qui se répétaient chaque nuit et dans lesquels il entrevoyait une sensualité sans morne aridité ni faute ni repentir. Il rêvait qu'une femme nue était assise en face de lui, nu aussi, ils bavardaient dans un café ou dans le salon d'une maison, peut-être étaient-ils étendus tous les deux sur le lit du dortoir, et ils s'approchaient peu à peu l'un de l'autre, lentement, ils se touchaient à peine, elle le caressait de ses cheveux, d'un mamelon rose, de ses doigts, et alors il s'apercevait qu'il ne pouvait plus se contenir, que la prochaine caresse, aussi minime fût-elle, le ferait s'abandonner, et il éjaculait instantanément, devant elle, sans parvenir à l'embrasser, avec une mélancolie et un désir sans réciprocité possible, avec une effusion brève et très intense de bonheur, frustrée par la conscience de ce que la femme allait s'évanouir et que le rêve allait être interrompu par le sursaut même de l'éjaculation, par l'humidité du sperme refroidi. Il se rappelait son rêve en se refusant en vain à s'éveiller tout à fait, les yeux fermés, dans l'aube de quelque lundi d'hiver, cherchant à calculer dans l'obscurité du vaste dortoir combien de temps lui restait avant que sonne la cloche.

Il comprenait maintenant qu'il était sur le point de lui arriver la même chose que dans ses rêves et qu'il n'y pouvait rien. Comme dans ceux-ci il ne voulait pas s'abandonner, mais il était déjà trop tard, il n'était pas même besoin d'une caresse calculée, un effleurement, un hasard suffiraient, la chevelure de Susana sur son visage, son ventre large et doux se poussant à son côté sur un rythme suave et continu, sa main qui ne serrait même pas, n'exigeait pas, qui seulement se posait, bougeait comme pour dessiner ou modeler une forme dans l'ombre chaude, sous le drap.

Il était resté immobile, vexé, dans une honte masculine et puérile de lui-même, en silence, incapable de dire quoi que ce soit, de se refuser au ridicule qu'il imaginait. Soudain, lâchement, la seule chose qu'il souhaitait était de ne pas être là tandis qu'il sentait la froidure humide qui tachait le drap, qu'elle avait aussi gardée dans sa main. Tout était maintenant inutile, éteint, raté à peine commencé, le désir mort, la femme indifférente et sans doute frustrée qui se taisait aussi, s'essuyait le dos de la main sur le couvre-lit, à nouveau le fleuve, que durant quelques minutes il avait cessé d'entendre, le rectangle blanc un peu déplacé vers la droite, sur le mur, à mesure que la lune montait au-dessus de la vallée. L'urgence ancienne de s'en aller, d'annuler d'un geste la méprise, la duperie, l'accablement d'une présence qui allait devenir plus froide et hostile avec chaque minute qui passerait.

Mais Susana ne s'était pas séparée de lui, lui avait caressé le visage et les cheveux, consciente de son silence, résolue à ne pas se laisser terrasser même par son propre découragement. Il lui était interdit de se taire, elle ne pouvait pas se soumettre, accepter d'avance. Elle le savait incapable d'imaginer que sa réaction immédiate avait été la surprise et la tendresse, et même une certaine fierté. Elle pensait qu'il est des régions du cerveau masculin tout à fait réfractaires à certaines subtilités de l'intelligence et de la sensibilité.

– Je me rappelle la première fois que j'ai couché avec un garçon, lui dit-elle. La première fois que je me suis mise nue devant un homme, pas celui qui ensuite a été mon fiancé, un autre, simplement un garçon de mon quartier qui ensuite est parti de Madrid, je ne sais pas ce qu'il a pu devenir. Nous étions sortis ensemble cet été-là, après avoir terminé la propédeutique, presque toujours en groupe avec d'autres camarades, mais seuls aussi parfois, sans l'avoir vraiment recherché, moi du moins. Nous allions ensemble à la piscine, ou nous nous retrouvions l'après-midi à la bibliothèque municipale du quartier. C'était un soir, le dernier de l'été, en septembre, le temps s'était déjà beaucoup rafraîchi et la piscine fermait le lendemain. Sur la fin il ne restait plus que nous deux. Il me semble que tous les commencements, toutes les découvertes de ma vie se produisent en septembre. Nous nous étions embrassés quelquefois, nous nous promenions dans les rues main dans la main ou enlacés, toujours la nuit bien sûr, et par des rues vides, nous séparant si quelqu'un de connaissance apparaissait, mais ce jour-là, à la piscine, notre honte nous a quittés. Nous nous caressions dans l'eau, nous embrassions la bouche grande ouverte, très maladroits encore, et nos baisers avaient un goût de chlore. Étendus sur nos serviettes, il passait la main sous le bord de mon bikini en se cachant et nous avions tous deux la peau si poisseuse qu'il n'arrivait pas à avancer les doigts, et de plus il ne devait pas trop savoir vers où. À la fin j'avais la peau hérissée de froid et les mains plissées. Les chaises longues et les matelas avaient été rentrés, le bar était fermé et la musique s'était arrêtée, nous sommes partis les cheveux mouillés et lui m'a passé le bras sur les épaules. C'était la première fois qu'il le faisait en pleine lumière, sans se soucier qu'on puisse nous voir. Soudain, à moi aussi cela était égal. Il a approché la bouche de mon oreille et m'a dit d'une voix un peu rauque que je lui plaisais beaucoup, pourquoi ne l'accompagnerais-je pas un moment chez lui, ses parents n'étaient pas là et ne devaient rentrer que le lendemain soir. Ils étaient allés voir quelqu'un hors de Madrid, un parent malade. Il marchait très raide à mon côté, son bras sur mes épaules ne se détendait pas, ne parvenait pas à s'appuyer vraiment sur moi. À la vérité nous ne savions pas nous promener enlacés. Cela aussi met longtemps à s'apprendre. Lui, en outre, avait une difficulté supplémentaire pour marcher, il tentait de cacher le devant de son pantalon avec son sac de sport. Nous étions tous les deux très excités, mais morts de peur, et je crois que se mettre nu lui faisait encore plus honte qu'à moi. Je me rappelle un grand lit et, derrière des persiennes à demi closes, le soir qui se reflétait dans la glace d'une coiffeuse. Nous nous sommes déshabillés sans nous toucher ni nous regarder, sans parler, nous retenions même notre souffle pour enlever nos vêtements plus en silence. Nous n'avions même pas retiré le dessus-de-lit, qui était un grand couvre-lit d'été, blanc, un peu rêche me semble-t-il. Je me suis étendue la première, je suis restée sur le dos, les jambes croisées, et lui s'est couché à côté de moi, et a commencé à m'embrasser avec plus de maladresse et de désir qu'à la piscine et j'entendais très fort sa respiration. Soudain tout était très doux, très harmonieux, comme un commencement de la vie, il me semblait que rien ne pourrait plus être pareil après m'être mise nue devant un homme et l'avoir vu lui aussi tout entier. Il n'avait plus du tout peur qu'on nous surprenne. Il était sur le côté et me caressait avec beaucoup de délicatesse, ou avec précaution, avec délicatesse et brusquerie si l'on peut dire, comme s'il craignait de me faire mal. Ses mains ne glissaient pas bien car nous avions tous deux la peau collante et un peu humide de l'eau de la piscine. J'avais honte que mes seins et mon ventre soient aussi blancs. Sans bien m'en rendre compte je me suis retrouvée à toucher cette chose si gonflée, si dure et chaude, un peu grotesque et disproportionnée par rapport à la maigreur du garçon. Jamais je ne l'avais vue comme cela, de si près, si en détail, mais je ne suis pas arrivée à la saisir, c'est à peine si je savais comment faire, je l'ai couverte de ma main, la pressant doucement, pendant que lui m'embrassait un sein, et alors il a joui, sans que je fasse rien, sans que lui non plus ne bouge, rien que cela qui jaillissait par à-coups sous ma main qui le recevait dans sa paume, qui me coulait entre les doigts et qui même se ranimait et recommençait à fuser comme fuse l'air d'un très long soupir. Avec toi il m'est arrivé la même chose, c'était comme revenir au passé. Il y a une chanson de Violeta Parra qui me plaît beaucoup, *Retrouver ses dix-sept ans*, tu la connais ?

– Mais moi je n'ai pas dix-sept ans.

– Et moi non plus, qu'est-ce que cela peut faire. J'en ai attendu vingt pour me retrouver comme cette fois-là.

– Ne cherche pas à me consoler.

– Ne sois pas stupide. Il n'y a pas d'antidote à la vanité des hommes. Surtout la vanité blessée. Il n'y a rien dont je doive te consoler. Peut-être devrais-je même te dire merci.

Elle l'embrassa sur la bouche, lui ébouriffa les cheveux de ses doigts et se leva résolument du lit, traversant durant moins d'une seconde l'espace rectangulaire qu'illuminait la lune, plus nue peut-être et plus blanche à l'intérieur de cette lumière, les épaules jeunes et étroites et les hanches élargies par le temps et la maternité, sa silhouette amincie et projetée sur le mur, découpée avec une précision de canson noir.

Couché dans le lit, il écoutait les yeux mi-clos le débit du fleuve, émergeant peu à peu du puits de sa déception masculine, il l'attendait avec tous les sens éveillés, concentrés sur elle, sur la simple patience d'attendre, sur la perception de tout ce qui l'évoquait ou l'annonçait, son odeur dans les draps, l'eau du robinet puis le verrou de la salle de bains qui se rouvrait, ses chaussures à talons ses bas et son linge par terre, ses lunettes et son paquet de cigarettes sur la table de nuit, chaque chose avec son ombre exacte dans la pleine lune. De retour, elle marchait silencieusement sur le carrelage, elle se cachait les seins de ses bras croisés dans un geste de pudeur transie. La lune éclaira alors son visage et la haute blancheur de ses cuisses : dans la glace il la vit fugitivement de dos, et il lui parut impossible qu'un instant plus tard cette femme pût être allongée à son côté.

« Fais-moi de la place », dit Susana, presque tremblante, et elle se serra contre lui sous le drap et les couvertures en désordre. Un peu plus tôt, moins d'une heure, quand il était encore possible que ce qu'ils désiraient tous deux ne s'accomplisse pas – ils étaient debout face à face, chacun avec un verre à la main, habillés, sans se toucher, comme s'ils ne se connaissaient pas – elle lui avait demandé pourquoi il était tellement silencieux, pourquoi il était si difficile de savoir ce qu'il ressentait ou ce qu'il pensait.

– Ça doit être par vanité, avait-elle répondu elle-même, par orgueil. Celui qui se cache a toujours plus de prestige que celui qui se montre ouvertement. Ça doit être à cause de ces sottises orientales qui ont été à la mode il y a quelque temps, de cette histoire chinoise ou taoïste de celui qui sait doit se taire, ou de la parole dite qui est d'argent et la parole non dite qui est d'or, toute cette saleté qui plaisait à mon ex, dans ses périodes orientales, car il est passé aussi par là. Je fais le projet de me taire pour me rendre mystérieuse mais je n'y arrive jamais. Je finis toujours par dire ce que je pense juste au moment où cela me vient, c'est pourquoi je suis en position de faiblesse, je n'y peux rien. Toi en revanche, comme tu ne dis rien, il semble que tu portes au-dedans de toi tout le mystère du monde.

Quand il la prit dans ses bras, quand il l'accueillit à son retour de la salle de bains, sa peau sentait le savon et l'eau de Cologne, une hygiène féminine secrète, il lui parlait à l'oreille d'une voix rugueuse et beaucoup moins énergique que son visage ou que sa présence, tardivement il essayait de lui répondre, et ce faisant c'est à lui-même qu'il parlait, sans la regarder, protégé par la pénombre. Il voulait lui expliquer qu'il avait passé une grande partie de sa vie à se cacher, à dissimuler ses origines et ses sentiments, et qu'il avait fini par ne pas connaître lui non plus ce qu'il enfermait vraiment en lui-même. Il n'avait aucun mal à comprendre ceux qui doivent dissimuler pour une raison ou pour une autre, et c'est peut-être grâce à cela qu'il avait acquis une habileté professionnelle notable pour les percer à jour. Il reconnaissait instinctivement les simulateurs, ceux qui mentent par nécessité ou pour le simple plaisir de mentir, et plus la falsification d'une vie était parfaite plus il la percevait avec acuité, comme ces experts qui reconnaissent au premier coup d'œil une fausse signature ou un faux billet. D'autres hommes mariés entretenaient avec leur femme une fiction de normalité sous laquelle il y avait des passions ou des aventures cachées. Lui ne cachait rien, ou presque, pas même sa froideur. Il avait l'impression que sa femme et lui avaient été peu à peu étouffés et refroidis par la vie, non par conséquence de leur volonté ou du manque d'amour mais en vertu d'un principe physique comme celui qui, selon les astronomes, fait que l'éclat des étoiles finit par s'éteindre. La différence était, disait-il, que dans son cas, peut-être pas tout à fait dans celui de sa femme, il n'y avait jamais eu de feu véritable, rien que le temps ait pu épuiser ou éteindre.

– Est-ce que parfois tu l'aimais, dit Susana, au début ?

– Je ne me souviens pas. J'ai tout oublié.

– Peut-être est-il plus facile de ne pas oublier quand on a eu des enfants. Quand ils sont là on ne peut pas effacer complètement le passé : tu le vois tous les jours sur le visage de ton fils. Si lui existe, ce temps-là et les erreurs que tu as commises trouvent une justification.

Presque sans s'en rendre compte il avait commencé à la caresser pendant qu'ils se parlaient à voix basse, aussi lentement qu'elle se réchauffait, ses pieds très froids mêlés aux siens, et tandis qu'il suivait de ses doigts devenus plus sensibles et audacieux le grain de sa peau et les sinuosités déjà familières qu'il recherchait et reconnaissait ensuite de ses lèvres, à nouveau il se rappelait, maintenant sans peur ni honte, avec douceur seulement, presque avec reconnaissance, les rêves érotiques de ses quatorze ans, et il lui semblait qu'il la voyait comme elle était maintenant et comme elle avait été la première fois que des yeux masculins l'avaient regardée nue. Il perdait tout, se dépouillait de tout, comme elle-même avait laissé tomber par terre, au moment de se déshabiller, sa culotte et son soutien-gorge et qu'elle s'était approchée de lui comme émergeant de ces objets inutiles, tombés à ses pieds dans un bruit de soie. Il n'y avait pas d'urgence, pas d'incertitude ni de mouvements de fièvre ou de dureté angoissée. Il la voyait bouger, se balancer, dressée, s'installer lentement sur lui, les cheveux sur le visage confondus avec l'ombre, les épaules en arrière, ses deux mains lui tenant les cuisses avec force. Ils défaillirent tous deux dans la même vague dense de douceur, qu'il ressentait comme si elle lui venait de loin, annoncée, certaine, inconnue, lente et durable, encore vive après la fin, quand ils restèrent tous deux immobiles et qu'elle se détacha peu à peu de lui, se laissant tomber à son côté.

Il ne se rendit pas compte qu'il s'endormait. Il se réveilla dans un bref sursaut et, sans se séparer de Susana qui dormait en le tenant par la taille, il essaya de distinguer dans la pénombre les aiguilles du réveil. Il craignait qu'il soit très tard, il était repris par l'angoisse qu'on le cherche en ce moment même sans la moindre possibilité de le trouver. Il y avait un téléphone sur la table de nuit. Il essaya de se tourner sur le côté mais elle le serrait plus fort et murmurait quelque chose dans son rêve. Tout avait une touche de légèreté et de singularité, de normalité suspendue, comme ces objets identifiables et communs qui devenaient si étranges à la lumière exacte de la lune. Il y avait moins de trois heures qu'il était avec une femme presque inconnue dans la chambre d'une auberge de campagne appelée L'Ile de Cuba, et il se sentait aussi lié à elle, aussi serein à côté d'elle, que s'il l'avait connue de toujours.

Il ne bougeait pas de peur de la réveiller. Avec de grandes précautions il écarta les cheveux de son visage et regarda un moment ses paupières qui ne paraissaient pas totalement closes, ses lèvres entrouvertes qui inspiraient et soufflaient très régulièrement. En murmurant quelque chose, Susana changea de position, elle lui tournait le dos et embrassait maintenant l'oreiller. Il regarda de nouveau le réveil, s'assit dans le lit, composa le numéro du commissariat en espérant qu'elle ne s'apercevrait pas qu'il avait appelé. Dans la voix de l'agent qui prit le téléphone il comprit à l'instant que, par une espèce de compensation punitive, allaient s'accomplir les pires présages de ses remords.

– Mais, chef, où étiez-vous fourré ? Cela fait des heures qu'on vous cherche.

– Il s'est passé quelque chose ?

– Une autre fillette a disparu.

24

Elle tremble, gelée, jamais elle n'a eu aussi froid, elle meurt d'envie d'uriner, elle s'étouffe, ne sait pas qu'elle n'est plus endormie, ne sait pas où elle est, qui elle est, ce qui l'empêche de respirer, quel bâillon l'étouffe, elle veut ouvrir la bouche et ne peut pas, ne peut pas l'ouvrir plus, elle a la mâchoire décrochée mais ne le sait pas, elle veut aspirer de l'air par le nez mais c'est à peine si elle y arrive, un seul filet mince comme une aiguille, un filet d'air et de glace, elle s'étouffe, elle veut bouger les mains mais ne peut pas non plus, ne les sent plus, ne se rappelle pas où elles sont, elle rêve qu'elle est étendue jetée par terre et nue dans le froid glacé d'une nuit d'hiver et que si elle ne se retient pas très fort elle va uriner, elle grelotte, elle tremble tellement qu'elle est prise de convulsions et quelque chose de très humide lui érafle le dos, quelque chose d'humide et rude, qui la pique, comme les aiguilles du froid, comme l'aiguille d'air ou de glace qui entre dans ses poumons, pour contenir son tremblement elle veut serrer les dents mais n'y arrive pas, il est impossible de fermer la bouche, aussi impossible presque que de respirer, si ce n'est par ce minuscule filet d'air qui à chaque instant semble s'interrompre et la laisser définitivement bâillonnée. Elle a rêvé qu'elle se noyait, qu'elle était abandonnée gelée et nue sur une plaque de glace, elle a rêvé un visage et une main qui grossissait démesurément en s'approchant ouverte de son visage et le recouvrait en lui enfonçant quelque chose dans la bouche, un visage et au-delà les silhouettes des arbres et encore plus haut et plus loin la lune, et pour un instant le visage et la lune étaient la même chose et elle s'enfonçait et le visage et la lune étaient le cercle de plus en plus réduit de la margelle d'un puits dans lequel elle tombait, flottant, sans poids, sans respiration ni mouvement, gelée, sans nom, sans aucun souvenir, sans mains ni pieds, se laissant aller à uriner comme un enfant endormi quand il rêve qu'il urine, et puis l'humidité de plus en plus froide, le lit découvert, la paralysie des bras et des mains endormies qui n'arrivent pas à obéir à la volonté et ne cherchent pas les draps et les couvertures à tâtons et ne recouvrent pas le corps froid, le corps pâle, bleuté et congelé, qu'elle voit comme si c'était celui d'une autre personne ou comme si elle le rêvait : elle ne sait pas que cette forme renversée sous les ombres lunaires et précises des arbres c'est elle-même et qu'elle ne rêve plus tout à fait, que ce qu'elle mord et qu'elle trempe de salive, de bave et de sang, est le tissu de coton qui est en train de l'étouffer, lui a envahi la gorge, s'introduit dans les fosses nasales et s'enfonce un peu plus à chaque tentative de respiration, des doigts larges et forts qui poussent, elle se rappelle soudain, elle voit, dans un éclair de clairvoyance et de panique qui s'éteint à l'instant, des doigts qui s'enfoncent et qui se plantent et qui transpercent une matière molle qui est sa propre chair, qu'elle commence à reconnaître maintenant grâce à la certitude de la douleur, la blessure horrible qui transperce et obscurcit la conscience, l'éteint tout à fait, malgré la lune, malgré la lumière invariable qui maintenant lui permet peu à peu de voir les hautes branches des arbres, une coupole vertigineusement lointaine qui se penche et se balance et au-dessus de laquelle se trouve le cercle blanc qui avant était la margelle d'un puits et un visage qui se penchait pour la regarder, une fois de plus comme un éclair de souvenir qui n'arrive pas à prendre corps et qui la plonge à nouveau dans la panique des rêves, la paralysie du froid et le désespoir de l'absence d'air. L'obscurité revient comme dans une pièce où l'on a renversé une lampe, mais c'est elle qui a fermé les yeux, serrant les paupières avec tant de force que ses orbites lui font mal, et avec les yeux fermés le froid est plus intense, et aussi l'asphyxie et l'urgence à uriner : maintenant elle sait du moins qu'elle peut ouvrir et fermer les yeux, elle tourne la tête et quelque chose lui racle et lui humecte les joues et a une profonde odeur de terre, de feuilles trempées et de boue, elle regarde une ombre haute et verticale et elle tressaille en voyant dans cette forme une ombre humaine, des chaussures boueuses et plus haut des jeans et une chose horrible et pâle qui pend comme un lambeau de viande et plus haut le visage blanc, le visage arrondi de la lune qui se penche sur elle en s'agrandissant, déformée comme dans un miroir concave, les yeux tellement fixes qu'elle ne peut pas ne pas les regarder, bien qu'elle ferme les siens elle continue de les voir, bien qu'elle se blottisse et se cache et qu'elle serre les poings et les paupières pour sortir d'un cauchemar elle ne parvient pas à l'interrompre. Mais le visage n'est pas là, elle ouvre les yeux et il a disparu, elle s'est efforcée de briser le rêve et elle a émergé à temps pour ne pas être anéantie au milieu du cauchemar, et ce qu'elle voit n'est pas une silhouette humaine mais le tronc d'un arbre, et le visage tout en haut est la lune. Maintenant elle entend quelque chose, une respiration très proche, de quelque chose ou de quelqu'un qui se traîne et qui s'étouffe, qui l'étouffe, écrase ses poumons, va lui briser le sternum et les côtes, lui bloque la bouche et la gorge, va briser le fil d'air et de glace qui la maintient vivante, quelque chose qui érafle et qui griffe peu à peu, qui retrouve une lente mobilité, s'éveille d'une lourde paralysie de congélation et de rêve, de somnolence identique à la mort et qui débouche en elle comme un fleuve dans l'obscurité immense de la mer : c'est une main qui palpe la terre humide, qui se glisse avec une lenteur de limace ou de chenille et s'approche de son visage et de ses yeux ouverts et c'est sa propre main, mais elle ne lui obéit pas encore, elle la regarde et ordonne à ses doigts de se plier et ses doigts restent immobiles, paralysés de froid, la main pliée passe au-dessus de son visage et maintenant c'est une autre main plus grande et dont les ongles sont cassés et cernés de noir, elle doit fermer les yeux, pour que le cauchemar ne revienne pas, les yeux fermés et le corps entier recroquevillé dans une chambre obscure, mais elle n'a pas d'endroit où se cacher ni rien pour se couvrir, elle ne peut même pas se tourner de côté contre le mur, remonter ses genoux contre sa poitrine et se blottir sous les couvertures, maintenant elle comprend qu'elle est nue, qu'elle n'est pas couchée sur un lit mais sur la terre humide d'un talus, qu'elle n'a rien pour se couvrir : elle veut bouger et ses bras et ses jambes ne lui obéissent pas et les doigts de sa main demeurent gelés, elle veut respirer et plus elle s'y efforce plus elle s'étouffe, elle veut crier et ne peut pas, bâillonnée, étouffée, morte peut-être et rêvant sa mort, elle veut se rappeler quelque chose et le souvenir est aussi impossible que le mouvement ou le cri. Mais elle ne se résigne pas, encouragée par cette obstination qu'on a pour refuser de s'abandonner complètement à l'horreur d'un mauvais rêve, elle grelotte sans que ses dents s'entrechoquent parce qu'elle a les mâchoires si écartées que la douleur est insupportable, mais pourtant pas plus que celle qui lui traverse le ventre, elle remarque les convulsions du froid et alors ne peut plus se retenir et urine interminablement et sans assouvir son envie de continuer à uriner, et alors elle remarque une chaleur très intense au sexe, qui tout de suite se transforme en froid et en humidité glacée et en une brûlure inapaisable, mais ce sont la brûlure et le froid qui la réveillent un peu plus, la douleur ravivée et le grelottement qui raniment la circulation du sang dans l'acharnement vital de continuer à battre et à vivre et qui permettent aux doigts de se plier complètement et de se rouvrir et de s'approcher lentement du visage et de saisir quelque chose et d'accrocher une pointe de tissu trempé de salive et de buée, encore sans force, sans autre détermination ou autre but que celui de l'instinct, les pointes des doigts parviennent à se refermer autour de cette chose mouillée et tirent vers l'extérieur et elle se rend compte que ce bâillon qui lui envahit la gorge et le nez et la bouche peut être arraché et que la respiration qu'elle entendait de si près était la sienne, si proche de l'asphyxie : mais les doigts ne savent ou ne peuvent pas, se dérobent, les ongles lâchent la pointe du tissu, le désespoir de ne pas respirer lui écrase à nouveau les côtes et les poumons, comme si quelqu'un s'agenouillait sur elle : elle le voit maintenant dans une autre illumination de souvenir ou de rêve, les deux genoux fichés dans sa poitrine et son thorax sur le point de se casser comme une coquille sèche, les genoux qui appuient et s'enfoncent et elle écrasée et enfoncée et la bouche trop ouverte et qui ne peut pas respirer, mais quand elle allait de nouveau perdre connaissance et être avalée peut-être par l'amnésie ou l'inconscience ou la mort, les doigts de la main ressuscitent et tâtonnent sur le visage et les ongles rencontrent le bord de quelque chose et tirent et le bâillon ou le tissu ou la gaze qui l'étouffait sort peu à peu, libérant d'abord l'intérieur de la bouche et la langue repliée puis la gorge et les fosses nasales, maintenant elle peut vraiment respirer, elle s'étrangle d'air, goulûment, elle tousse, s'enivre d'air glacé et humide, d'odeur de terre et de végétation, d'écorces de pin trempées d'eau, elle s'entend respirer et sent ses côtes qui montent et descendent et ne peut pas avaler l'air assez profondément parce que la douleur aux poumons et au sternum est aussi insupportable que celle qui lui traverse le ventre, comme la corrosion d'acide que l'urine a provoquée dans sa chair ouverte et saignante. Elle avale sa salive et la saveur du sang dans l'estomac lui donne des nausées, elle se retourne d'un côté et roule de quelques pas sur la terre, vers le bas, vers une obscurité que n'atteint pas la lune : sur le ventre maintenant, la bouche ouverte, sa langue tordue se pique sur les aiguilles de pin et le goût de la terre se mélange à celui du sang, elle appuie ses mains des deux côtés de son corps et arrive à se redresser un peu, et alors elle écoute quelque chose et elle met un temps interminable à découvrir ou à se rappeler ce que c'est, les coups de cloche d'une horloge, de l'horloge de la tour pense-t-elle, une horloge grande et jaune brillant dans la nuit aussi inaccessible et indifférente que la lune pleine tandis qu'elle marchait poussée et emprisonnée par quelqu'un, et que les voitures et les visages des gens appartenaient à un rêve qui n'était pas encore de terreur mais d'étrangeté hypnotisée, de paralysie de la volonté et de la voix, et pourtant pas des jambes, qui bougeaient et obéissaient, non pas soutenues par la fragilité de ses chevilles mais par l'impulsion de la main sur son épaule, sur sa nuque, et des ongles qui s'enfonçaient par-dessous les cheveux. Elle entend les coups de cloche, veut les compter et ne peut pas, chacun semble le dernier mais un autre sonne encore et ce bruit lui a rendu sa mémoire ou sa vision de la ville, même si elle ne se rappelle pas encore qui elle est, si elle n'a même pas conscience d'une identité elle écoute les coups de cloche de l'horloge de la tour et voit les rues se dérouler dans son imagination comme si elles se succédaient dans un film que personne ne regarde : elle appuie les paumes des mains, les genoux, le ventre, sa poitrine est écrasée contre la terre, des éraflures sur toute sa peau comme des griffures d'ongles, elle se redresse mais n'a pas de force dans les bras, s'effondre à nouveau, les aiguilles de pin lui griffent les lèvres et les paupières, elle avance une main, cherche quelque chose, trouve une écorce rude, serre les doigts autour d'elle, tire son corps entier vers le haut, un coude d'abord puis l'autre puis les genoux écorchés qui lui cuisent autant que le sexe, elle respire plus fort, la langue encore tordue entre ses lèvres, maintenant ce sont ses deux mains qui ont réussi à s'accrocher au tronc épais et crevassé, elle avance un peu plus, centimètre par centimètre et parvient à s'agenouiller, s'arrête pour reprendre son souffle la tête enfoncée dans les épaules, elle va mourir de froid, elle voit un peu plus haut la fin du talus, aussi proche et en même temps aussi lointain que la coupole si éloignée de l'arbre et que la lune ou l'horloge jaune, elle tend la main et c'est comme de tenter de saisir depuis l'eau un rebord glissant de carrelage ou de rocher. Mais jamais elle ne se résignera, elle ne va pas se laisser mourir ni avaler par un cauchemar dont elle ne sait toujours pas s'il a été réalité, parce qu'elle ne sait pas qui elle est ni où elle est ni ce qui lui est arrivé et qu'elle n'a que des visions fragmentées d'un mauvais rêve de terreur et des sensations primitives de froid, de douleur et d'asphyxie, et l'impulsion qui la pousse à se lever peu à peu du sol et à avaler avidement l'air est aussi impersonnelle et étrangère à la volonté que la force qui pousse la sève dans les arbres depuis les racines vers le haut. Elle se redresse, avec ses genoux et les paumes de ses mains par terre, avec une conscience aussi exclusivement physique que celle d'un animal engourdi ou blessé et c'est ce même instinct qui lui fait trouver une chemise jetée par terre à côté d'elle sans savoir que c'est la sienne et la passer n'importe comment et monter à quatre pattes le long du talus jusqu'à trouver un espace horizontal où les paumes de ses mains et ses genoux ne trouvent plus de la boue et des aiguilles de pin mais les arêtes des graviers et du verre cassé. Elle est haletante, encore dans une position primitive d'animal effrayé, s'appuie à quelque chose et parvient à se mettre debout, et ce que maintenant elle a touché n'est plus un tronc crevassé mais une surface lisse et froide, le métal d'un réverbère brisé. Les pierres et le verre s'enfoncent dans la plante de ses pieds mais elle ne sent rien, elle voit l'ombre des arbres et des haies et au-delà, de faibles lumières sur des maisons chaulées et une vallée profonde et bleue, noyée de brouillard et de clarté lunaire. Elle fait quelques pas, elle est étourdie, grelottante, ses jambes sont si faibles que si elle ne s'entête pas à rester debout elle va retomber par terre, une chose liquide et froide s'écoule entre ses cuisses, et elle croit alors avoir entendu quelque chose dans son dos et elle se retourne et l'ombre d'un arbre est pendant quelques secondes une ombre masculine au visage très pâle. Elle veut courir mais ne peut pas, elle entend une voix très douce qui l'appelle ou qui l'insulte en utilisant des mots atroces dont elle ignorait l'existence, elle fait un pas puis un autre et le verre s'enfonce dans la plante de ses pieds et elle n'en ressent pas la douleur parce que celle qui lui traverse le ventre comme un crochet est beaucoup plus intense, elle ne veut pas se retourner pour ne pas voir l'ombre, le visage pâle et mort, la clarté de la vallée avec sa profondeur de brouillard et le fond bleu marine de montagnes couronnées de neige qui ressemble à ces vallées de rêve où habitent les morts. Elle ne peut pas courir mais elle rêve qu'elle court, elle est déjà en train de courir et il lui semble qu'elle n'a pas encore réussi à bouger, elle court vers le bout de l'obscurité et entend le crissement sous ses pieds et la précipitation laborieuse de sa respiration. Le vent lui rejette les cheveux en arrière et ouvre sa chemise, elle rêve ou elle imagine qu'elle court en même temps qu'elle s'éloigne de la vallée et de la lune et de l'ombre des arbres et qu'elle arrive en un lieu où il n'y a ni graviers ni verre mais de l'asphalte, et où ce n'est plus maintenant la lune qui l'éclaire mais des réverbères très hauts et inclinés, elle court presque nue dans une rue longue et vide où toutes les portes sont fermées et les lumières de toutes les fenêtres éteintes, et puisque c'est comme si elle courait dans un rêve, elle n'avance pas, ne se fatigue jamais et ne sait pas qui est en train de voir les choses qu'elle voit ni à qui arrive ce qu'elle est en train de vivre : elle court la bouche ouverte, la langue tordue, une chose liquide qui coule le long de ses cuisses comme la salive coule sur son menton, elle court au milieu d'une rue où il n'y a pas d'autre lumière que celle des réverbères et où tout signe de présence humaine a disparu, elle voit au loin, en haut, davantage de lumière et une tour, et sur la tour une sphère jaune qui n'est ni la lune ni un visage, elle doit y arriver mais ne peut pas, peut-être rêve-t-elle et en réalité n'a-t-elle pas bougé du talus où elle demeure congelée et morte, elle trébuche sur quelque chose, le bord du trottoir lui a fait un mal insupportable aux doigts d'un pied, elle trébuche et tombe entre deux voitures et n'arrive pas à avancer les mains à temps et son visage heurte les dalles, mais elle se relève, à nouveau à quatre pattes, haletante, la tête enfoncée entre les épaules, humaine et animale, terrifiée, survivante, une silhouette hirsute et nue au visage sali de boue et de sang, titubante au milieu de la normalité somnambule de la rue vide et des voitures stationnées, elle s'appuie à l'une d'entre elles, sur la tôle gelée, respire fort et écarte les cheveux de son visage et court à nouveau et maintenant ne rêve plus, elle voit d'autres lumières, une statue haute et noire entre les arbres, la tour et l'horloge jaune toujours aussi inaccessible, mais elle écoute des cris et ne sait pas que c'est elle qu'on appelle, elle court et tombe par terre renversée par le vertige d'un évanouissement et perçoit, presque inconsciente, qu'on l'entoure et qu'on lui parle, qu'on la relève du sol, qu'on la couvre, qu'on l'emmène quelque part, qu'on la fait s'étendre et que tout est chaud, et les voix qu'elle écoute, en même temps qu'elles sont à côté d'elle, résonnent avec l'éloignement d'une retransmission de radio. Une main chaude, rude, précautionneuse, lui caresse le visage, quelque chose de très chaud la recouvre enfin, la protège, l'enveloppe, quelqu'un répète un mot tout près de son oreille et elle ne sait pas encore qu'elle est revenue à la vie et que c'est son prénom qu'on est en train de lui dire.

25

« Maintenant elle peut s'habiller », dit Ferreras, qui enlevait ses gants de caoutchouc, sur le même ton qu'il avait employé pour parler à la fillette, Paula, depuis qu'il l'avait vue entrer dans son cabinet, encore très pâle, emmitouflée dans la couverture où l'avaient enveloppée les chauffeurs de taxi quand ils l'avaient recueillie encore hirsute et les yeux marqués de grands cernes violets, accompagnée par son père, guidée par lui qui la tenait délicatement embrassée par les épaules et lui parlait à voix basse, presque à l'oreille, comme s'il lui traduisait ce que les autres lui disaient et qu'elle était encore incapable de comprendre, les instructions des policiers et des infirmiers des urgences, de l'homme robuste aux cheveux gris, visage bronzé et blouse blanche, le médecin légiste, qui faisait tout avec des gestes discrets et précis, qui avait passé un instant sa main sur la tête de la fillette, encore salie de terre et d'aiguilles de pin, et qui l'avait retirée aussitôt devant sa réaction de terreur, aussi instinctive que celle d'un animal battu.

« Sois tranquille, dit le médecin légiste. Je ne vais rien te faire, sois tranquille, ma chérie », et le père s'était approché d'elle qui était assise sur le lit d'examen, lui avait pris les deux mains, il avait les yeux humides et tentait de sourire, il répétait ou traduisait pour elle les paroles de Ferreras, « allons, ma douce, calme-toi, il ne va plus rien t'arriver ». La fillette se jeta dans les bras de son père en serrant sa tête dépeignée contre sa poitrine, elle commença à grelotter et à gémir avec un bruit guttural, suffoqué, pas vraiment humain, un sanglot que Ferreras n'avait jusque-là entendu de personne et qui lui glaçait le sang par ce qu'il suggérait de souffrance primitive et de terreur, d'effroi sans soulagement ni compréhension possibles, semblable à celui qu'aurait pu ressentir une femme d'il y a vingt ou trente mille ans qui aurait été jetée à terre dans l'obscurité d'une forêt par les coups de griffes ou de dents d'un animal carnivore.

Il s'écarta pour ne pas s'interposer dans l'étreinte du père et de la fille, pour qu'ils ne le voient pas, il se mit un peu en retrait et ramassa par terre la couverture dans laquelle la fillette était enveloppée quand on l'avait apportée, il l'examina lentement à la lumière d'une forte lampe, cherchant des indices ; il utilisait ses petites pinces pour recueillir des aiguilles de pin, des morceaux d'écorce, un petit grumeau de boue ou de sang, de boue sanglante. La fillette n'était encore parvenue à rien dire et il avait interdit qu'on lui pose des questions. Elle ouvrait la bouche très grande comme pour crier et se pliait en avant, secouée par des convulsions violentes, son père lui tenait la tête et lui caressait les cheveux pendant qu'elle vomissait une substance jaune. On lui avait injecté un sédatif léger, une infirmière avait essayé de lui faire boire quelques gorgées de tilleul chaud car elle était bleue de froid, elle semblait avoir survécu à un naufrage, à un cataclysme inconnu dont il n'y avait pas eu d'autre témoin qu'elle : témoin presque muet, à la langue encore un peu tordue, une chemise déchirée lui couvrant à peine les cuisses et le ventre maculés de sang.

Le seul soulagement, le seul soutien possible contre la pure rage et le dégoût était comme toujours l'accomplissement d'actes minutieux. Papiers qu'il fallait remplir, dates et numéros matricules, heure d'entrée, nom de la patiente, du père de la mère ou du tuteur, domicile. Il aurait pu demander à une infirmière de se charger de cela, de ces formalités, tout comme il aurait pu ordonner qu'on fasse la piqûre à la fillette, mais il préféra faire tout lui-même, non par méfiance, mais pour se maîtriser intérieurement, pour simuler un début vraisemblable de normalité, de monotonie, d'efficacité. « S'il vous plaît, dit-il au père, dites-moi le nom de votre fille au complet », et l'homme, sans s'écarter d'elle, tous deux assis sur le lit où un peu plus tard Ferreras lui demanderait de l'aider à l'étendre, le lui répéta très sérieusement à voix basse, avec docilité et précision, parce qu'on voyait bien que c'était un homme habitué au calme, doué d'un courage moral instinctif qui sans doute l'aidait alors à ne pas s'effondrer, à dire merci et s'il vous plaît, et à parler à sa fille sur un ton de tendresse sans trace de nervosité, de mépris ou de haine, sans laisser sa propre douleur, la souffrance de toutes ces heures qui avaient passé depuis que la fillette n'était pas rentrée, s'ajouter à la sienne et l'augmenter. On avait donné à sa femme un calmant très fort, expliqua-t-il à Ferreras, comme pour l'excuser de ne pas être là : le lendemain matin, quand elle se réveillerait, elle apprendrait que la fillette était sauvée. « Je vous en donnerai un aussi si vous voulez », dit le médecin légiste, mais il refusa avec fermeté, tenant sa fille dans ses bras, il ne voulait pas dormir, il ne la laisserait pas seule, même une seconde, et ses yeux rougis s'emplirent à nouveau de larmes, il cherchait un mouchoir de papier mais il ne lui restait plus que l'emballage de plastique du paquet. Ferreras en ouvrit un autre et le lui tendit, et l'homme, après s'être séché les yeux et s'être mouché lui dit merci, toujours bien élevé, reconnaissant, il caressait les cheveux, le visage de sa fille, lui donnant à voix basse des diminutifs enfantins, des noms que peut-être il ne lui avait pas dits depuis des années, parce que la fillette était déjà presque une adolescente, il y avait plusieurs mois qu'elle avait ses règles, cinq mois précisa-t-il, avec une familiarité que Ferreras trouva inhabituelle chez un père. Il nota cette information sur l'un des formulaires, boutonna sa blouse blanche et mit ses gants de caoutchouc.

– Est-ce que je dois sortir ? dit le père avec crainte.

– Je préfère que vous restiez.

Ferreras s'approcha du lit et la fillette, même sans le regarder, se recula contre le mur.

– Aidez-la à s'étendre. Dites-lui de ne pas avoir peur.

– Qu'est-ce qu'on a fait à ma fille – l'homme se penchait sur elle, calait sous sa tête le petit oreiller, lui couvrait la poitrine avec sa chemise. Qui a été capable de cela.

– Ne lui touchez pas encore les cheveux, dit Ferreras. Aidez-la à écarter un peu plus les jambes. Comme cela. Cela te fait sans doute très mal.

Il approcha encore la lumière, s'assit au pied du lit entre les genoux écartés et relevés de la fillette. Il recueillit des traces de sang, de flux, peigna la toison légère du pubis, y trouvant plusieurs poils noirs, épais et frisés, qu'il mit de côté dans un sac de plastique : il avait la sensation irrationnelle et forte de les reconnaître, d'identifier une trace perdue des mois plus tôt, non pas sur un lit d'examen mais sur une table d'autopsie, une trace aussi familière qu'une voix ou qu'un visage entrevu plusieurs fois, floue, retrouvée, maintenant précise et distincte de toute autre.

« Alors c'est encore toi », pensait-il en examinant avec une délicatesse extrême, dont il ignorait que ses mains étaient capables, le sexe déchiré et souillé de la fillette, les blessures, les éraflures, la chair rose, absolument sans défense, vulnérable à toute cruauté. La plus légère pression éveillait chez elle des contractions de douleur, et il tentait de la tranquilliser en parlant à voix basse, il ne va rien t'arriver, ma chérie, je ne vais rien te faire, j'ai tout de suite fini. Il examina les genoux écorchés et rouges, la peau des cuisses, qui commençait à redevenir tiède, même si elle gardait encore une pâleur bleutée, les plantes des pieds roses, salies de boue, où étaient incrustés de petits éclats de verre et des graviers. Il les retira soigneusement avec les pinces, les rangea dans un autre sac, avec une autre étiquette, et il répétait entre ses dents « alors c'est toi, salaud, alors il a fallu que tu l'emmènes au même endroit ».

– Vous disiez quelque chose ? dit le père, assis au chevet de sa fille, ne se hasardant pas encore à poser de questions.

– Non, rien, excusez-moi.

Ferreras lui avait fait baisser les jambes et l'avait couverte jusqu'à la ceinture avec un drap.

– Je parlais tout seul.

Les bleus à la ceinture et sur la peau tendue sur les côtes, les éraflures, les traces rougeâtres de la pression des doigts : je te reconnais, pensait-il, se disait-il en silence, et chaque chose qu'il découvrait confirmait son intuition, sa certitude vengeresse, un autre poil pubien à l'intérieur de la bouche, sous la langue, les traces des ongles sur le cou, les taches violettes aux épaules et sur la nuque, précises comme des empreintes digitales, comme l'autre fois, comme ces mains peintes qu'il se souvenait avoir vues sur la chaux des villages du Maroc, des silhouettes de mains bleues, tant d'années auparavant. Il choisissait les mots techniques qu'il écrirait plus tard dans son rapport, les termes exacts qui décriraient et en même temps estomperaient l'infamie, mais surtout il imaginait qu'il parlait à l'autre, celui qu'il reconnaissait aux traces de ses actes, l'incision au couteau autour d'un des seins légers de la fillette, les poils épais et frisés, mais surtout quelque chose de plus que ce dont il était déjà sûr, même si lui manquait la confirmation par un examen au microscope des prélèvements et du sang, une évidence qui lui semblait le portrait indiscutable, mais encore en partie dans l'ombre, de l'agresseur, de celui qui avait à nouveau tué, ou presque. Il le dit à haute voix parce qu'il savait que c'était ce que le père attendait le plus et redoutait, ce que jusqu'à présent il n'avait pas osé lui demander, assis à côté de sa fille, lui caressant les mains et lui donnant des surnoms enfantins à l'oreille tandis qu'il regardait de côté les mouvements du médecin, les expressions successives de son visage.

– Elle n'a pas été violée, du moins au sens technique du mot, si cela peut vous consoler, dit Ferreras. L'hymen a été déchiré mais il n'y a pas de traces de pénétration. Il n'y a pas trace de sperme.

– Dieu merci.

L'homme avait les mains croisées sous le menton, comme s'il priait.

– Je peux la ramener à la maison ?

– Il vaut mieux qu'elle reste ici en observation au moins quarante-huit heures. Il faut lui faire des radiographies, surtout du thorax, elle peut avoir une côte fracturée. Maintenant je vais lui faire une piqûre pour la faire dormir au moins douze heures. C'est ce dont elle a le plus besoin. Vous pourrez rester avec elle.

Le père l'aida à se lever, lui passa comme à une enfant maladroite ou endormie la chemise de nuit d'hôpital qu'une infirmière avait apportée. Tellement pâle, avec ses cernes violacés, cette chemise qui lui était trop grande, elle ressemblait soudain non pas à une fillette à peine arrivée à la puberté mais à une femme très maigre, affaiblie par la maladie ou la faim, hallucinée par la terreur, comme les femmes juives sur les photos des camps d'extermination. On va tout de suite venir la chercher pour l'emmener dans une chambre, dit Ferreras. Mais peut-être pourra-t-elle récupérer, pensait-il, il le désirait, le demandait dans une attitude de prière laïque intérieure, elle n'a pas douze ans, elle garde encore intacte la force vitale de grandir et d'oublier : tu n'as pas réussi à la tuer, salaud, tu n'arriveras pas à empoisonner sa vie à venir. Avec un soin extrême, il injecta à la fillette un somnifère dans le bras et fit signe à son père de tenir contre la peau un coton imbibé d'alcool. Maintenant tu vas t'endormir, lui dit-il, en s'approchant avec précaution, même si cette fois elle n'avait pas de réaction de refus, tu vas voir, tu ne feras pas de mauvais rêves.

Il enleva ses gants, mais pas sa blouse blanche, se lava les mains. Quand les brancardiers arrivèrent pour chercher la fillette, le père se retourna vers lui et lui serra les deux mains, longuement, avec une énergie très intense, de douleur et de soulagement, de reconnaissance. C'était un homme jeune, de moins de quarante ans, son visage, serein malgré l'épuisement nerveux et les heures d'angoisse, ressemblait beaucoup à celui de sa fille.

Quand il resta seul, Ferreras chercha dans sa veste de motocycliste ou d'explorateur pendue au portemanteau un flacon argenté et plat et but une gorgée de whisky qui lui brûla la gorge puis l'estomac, et qui le laissa dans un état d'inertie apaisée, de fatigue et d'insomnie : le téléphone l'avait réveillé à trois heures du matin, il était maintenant cinq heures et demie et il ne se passerait pas une minute sans que quelqu'un frappe à la porte. Il passa sous son nez le flacon de whisky ouvert : il ne sentait pas l'alcool mais la fumée et les algues, l'eau de torrent saumâtre. Le parfum du whisky de malt atténuait les odeurs médicales de la petite pièce, lui procurait une parenthèse de quelque chose qui ressemblait au repos, à l'oubli.

Où es-tu maintenant, salaud, que ressens-tu, que penses-tu avoir fait ? La porte s'ouvrit sans que personne ait frappé et l'inspecteur apparut.

– C'était lui ?

– J'en mettrais ma tête à couper.

Ferreras observa que les yeux de l'inspecteur se dirigeaient vers le flacon de whisky ouvert : il le sent de la même façon qu'il sent encore le tabac et qu'il est ému par les chères odeurs anciennes, les douces bribes brûlées, transformées en fumée et en cendre, les molécules d'alcool dans l'air.

– Buvez un coup – il lui tendit le flacon et l'inspecteur le refusa d'un geste rapide en détournant les yeux – whisky pur malt, sur ordonnance médicale.

Mais il y avait quelque chose, et ce n'était pas l'alcool, ni l'excitation renouvelée de la traque, de la chasse imminente. Quelque chose qui maintenant se trouvait dans les yeux de l'inspecteur et qui avant ne s'y était jamais trouvé, dans ses pupilles fixes et absorbées, une fragilité anxieuse, ou la peur de quelque chose, comme s'il avait perdu au cours des jours, le peu de jours qui s'étaient écoulés depuis la dernière fois que Ferreras l'avait vu, l'assurance ou la confiance en soi qui chez lui paraissaient aussi naturelles que la teinte grise de ses cheveux ou la tonalité rosée de ses joues, de ses pommettes saillantes, de sa peau toujours comme stimulée par un vent très froid, par les intempéries d'un climat beaucoup plus nordique.

– Au même endroit, dit Ferreras. À la même heure.

– Tu as parlé avec elle ?

– Elle ne peut pas parler. Ferreras était très étonné que l'inspecteur le tutoie. Elle avait des aiguilles de pin dans les cheveux et dans sa chemise, comme Fátima. Si tu veux, allons tout de suite au talus et je suis sûr que nous trouverons ses habits.

– Mais il ne l'a pas tuée ?

– Il se peut qu'il ne le sache pas.

– Je ne te comprends pas.

– Il se peut qu'il l'ait laissée pour morte, comme Fátima.

– A-t-il essayé de l'asphyxier ?

– Elle avait la mâchoire décrochée et la langue presque arrachée, toute sa bouche était pleine de fibres de coton.

– Il a voulu l'étouffer comme Fátima.

– C'est sûr. Exactement de la même façon.

– Allons au talus.

L'inspecteur se mit debout et Ferreras remarqua que sa chemise n'était pas bien boutonnée et qu'il y avait une tache de rouge à lèvres sur l'une des pointes de son col, près du nœud de cravate, moins serré qu'à l'habitude. C'était donc cela : Ferreras, confusément, au-delà de l'excitation et de la fatigue, de l'urgence à examiner des traces, identifier des empreintes, ressentait de l'envie, une rancune mélancolique.

– J'ai parlé aux chauffeurs de taxi qui l'ont trouvée, au médecin de garde et au père de la fillette. Cela va être presque impossible mais je vais tâcher que rien ne sorte demain dans le journal, que personne ne bavarde.

– Tu veux qu'il prenne confiance ?

– Au contraire – maintenant l'inspecteur s'était aperçu du regard de Ferreras et portait instinctivement la main à son col – je veux le déconcerter. Je veux qu'il ne soit pas sûr que la fillette soit morte ou qu'on ait trouvé le cadavre. Toi, parle aux infirmières, aux brancardiers, exige d'eux qu'ils te jurent de ne rien dire.

Ils sortirent de l'hôpital passé six heures du matin, silencieux tous les deux, se protégeant du froid et de l'humidité de la nuit, Ferreras avec sa sacoche pour recueillir les preuves, l'inspecteur avec une forte lampe électrique dans la poche de son anorak. L'hôpital était sur un terrain découvert aux abords de la ville, vers le nord, très près des premières oliveraies. De grands nuages noirs qui se répandaient depuis l'horizon ondulé de l'ouest couvraient déjà la moitié du ciel et avaient caché la lune. La nuit était plus profonde que quelques heures plus tôt et les fenêtres éclairées de l'hôpital brillaient avec une froideur de lointain inaccessible.

– Il faut nous dépêcher, dit l'inspecteur tandis qu'ils traversaient le parking. Il va bientôt pleuvoir.

– Comme l'autre fois. Ferreras s'était installé à côté de lui dans la voiture, la sacoche entre les jambes, il paraissait plus grand encore dans cet espace si étroit à cause de l'évidence un peu voyante de sa veste. Tu ne te rappelles pas ? Nous avons trouvé Fátima puis les pluies ont commencé. Je me souviens qu'il y avait le même vent qu'aujourd'hui.

Ils traversèrent la ville en entier, du nord au sud, les rues éclairées et solitaires où ne circulait encore presque aucune voiture. Le visage contre la vitre froide de la portière, Ferreras voyait se succéder dans l'obscurité les portes fermées et les fenêtres, certaines avec une lumière allumée, lumières électriques de lève-tôt qui avalaient un café au lait debout et s'apprêtaient à entreprendre, solitaires, leur trajet en direction des chantiers les plus matinaux, faibles lumières derrière des rideaux qui peut-être étaient ceux des chambres d'insomniaques ou de malades. Il est là, quelque part, pensait-il, ici même, près de nous, peut-être n'a-t-il pas pu s'endormir et l'une de ces lumières allumées est la sienne, ou bien il est éveillé dans le noir, ou il s'est endormi, qui sait, comblé et détendu, sûr de son impunité.

– Je veux qu'il attende et que rien ne se passe, dit l'inspecteur avec la brusquerie de qui a retourné longuement une pensée en silence. Qu'il cherche dans le journal du haut en bas et ne trouve aucune nouvelle, pas même qu'une autre fillette a disparu. Qu'il écoute la radio tous les jours, à toute heure, qu'il devienne nerveux en attendant le journal télévisé. Ces gens-là sont comme les terroristes. Au fond, leur vanité est comblée quand ils voient leurs exploits dans la presse. J'en ai connu certains qui collectionnaient des coupures de presse collées dans des albums, comme les artistes.

« Il parle plus que d'habitude » : Ferreras continuait à remarquer avec une perspicacité pointilleuse les moindres nouveautés dans le comportement de l'inspecteur. Il parlait plus et plus vite, le regardait plus souvent droit dans les yeux. Comme ils étaient enfermés dans la voiture, il croyait percevoir, par-dessus l'odeur du chauffage et des vêtements d'hiver humides, une autre odeur plus légère, même si elle était très faible, de parfum et de maquillage, de l'intimité d'une femme.

– On m'a appelé de ton bureau vers neuf heures, dit-il de façon très calculée, avec la plus grande apparence de naturel, ils ne te trouvaient pas et ils ont pensé que je pouvais savoir où tu étais.

Il surveillait de côté le visage de l'autre à la recherche de sa réaction : l'inspecteur demeura impassible, simplement il ne répondit rien, comme s'il n'avait pas entendu, retrouvant en un instant son inaccessibilité habituelle. De nouveau ils étaient deux inconnus qui s'apprêtaient à accomplir ensemble une tâche absorbante et ingrate, qui sortaient d'une voiture à six heures et quart du matin à l'extrémité la plus sombre et inhabitée de la ville et traversaient un petit jardin public aux haies maltraitées, avec des lampadaires dont les globes étaient cassés, des bancs renversés sur le gravier : silencieux, presque clandestins, l'un d'eux tenait une lampe électrique allumée et l'autre une sacoche. Des grands pins du talus, trempés de pluie, montait une forte odeur de résine et de bois.

– J'étais chez moi pendant qu'on m'appelait, dit l'inspecteur à l'improviste. J'avais mal raccroché le téléphone.

Au moins ne faisait-il pas comme s'il n'avait pas entendu : c'était déjà presque un acte de courtoisie que de se sentir obligé d'inventer un mensonge. De temps en temps le vent déchirait un gros bloc de nuages et la lumière de la lune dessinait devant eux leurs deux ombres. Un instant plus tard il faisait à nouveau noir et seul le cercle de la lampe les guidait.

Ils descendirent le talus, se retenant aux troncs des pins pour ne pas glisser, et ils trouvèrent sans la moindre hésitation l'endroit qu'ils recherchaient, le même replat que l'autre fois, la terre remuée, les vêtements arrachés et jetés, jusqu'à la lumière de la lampe leur paraissait soudain la même et ils se rappelaient tous les deux, sans rien se dire, la seule chose qui maintenant manquait pour que la répétition soit exacte, le corps petit et nu de Fátima, avec seulement ses chaussettes blanches, avec cette chose qui ressortait de sa bouche démesurément ouverte. À quelques pas des rues éclairées de la ville, des endroits habituels où l'on entend des voix et des klaxons et où vivent les gens, le talus avec ses grands pins, leurs coupoles élevées et leurs troncs penchés et tordus, était, dans la conscience de l'inspecteur et du médecin légiste, un bois archaïque d'obscurité et de terreur, très loin du présent, de la lumière du jour, de la partie civilisée et habitée du monde.

Ils cherchaient, agenouillés tous les deux au bord de la clarté de la lampe, comme se penchant sur un puits, leurs têtes proches l'une de l'autre, leurs mains tâtonnant entre les aiguilles de pin et les racines, avec l'humidité froide qui leur montait le long des os : les petits instruments de Ferreras, ses brosses, ses pinces, la minutie de collectionneur d'insectes avec laquelle il recueillait un mégot de Fortuna et le rangeait dans le sac de plastique correspondant, les traces de pas que l'inspecteur lui-même se chargea de photographier provoquant avec le flash de l'appareil des rafales d'ombres fugitives, les affaires de la fillette, une par une, les jeans, les chaussettes, les chaussures de tennis, plus grandes de plusieurs pointures que celles de Fátima, le chandail taché de sang à une épaule. « Il manque la culotte », dit Ferreras : ils la trouvèrent plus loin, en haut, dans la haie qui séparait le jardin de la pente, et, avant de la ranger, Ferreras l'examina en approchant très près la lumière de la lampe. Elle était déchirée, encore trempée de salive, de sang et d'une espèce de mucosité épaisse. Ils se rappelaient tous deux le moment où Ferreras avait sorti la culotte avec ses pinces de la bouche de Fátima, qui restait aussi ouverte que ses yeux, la langue enfoncée dans la gorge, arrachée au-dessus de la trachée, ses petites dents d'enfant affleurant au bord des lèvres vides de sang.

Sur un des rares bancs qui restaient intacts, Ferreras rangeait ses trouvailles à la lumière de plus en plus faible de la lampe : pendant qu'ils cherchaient penchés vers la terre, attentifs à chaque trace possible qui pourrait être effacée à tout moment par la pluie, ils ne s'étaient pas aperçus que le jour pointait. Vers l'est, entre la montagne encore noire et la couche de nuages, avait surgi une lueur rougeâtre qui devenait dorée.

– Rayon du matin, pluie au jardin, dit Ferreras pour lui-même, tournant le dos à l'inspecteur, il regardait la vallée qui avait déjà une teinte grise de matinée d'hiver pluvieuse.

– Que dis-tu ?

– Je parlais tout seul.

Ferreras se retourna, le visage maintenant bien net dans la clarté fantomatique de l'aube, venue comme de nulle part, étrangère aussi bien à la lune qu'au soleil.

– Je me rappelais un proverbe que disaient autrefois les gens de la campagne, quand ils se levaient si tôt pour aller aux olives, quand tout le monde s'entassait dans les camions alors qu'il faisait encore nuit. Les camions descendaient vers la vallée, les gens regardaient cette tache rougeâtre au-dessus de la montagne et décidaient que c'était l'annonce certaine de la pluie. Rayon du matin...

Il était transi d'humidité et de froid, ses genoux et son côté lui faisaient mal comme pour lui annoncer les rhumatismes de la vieillesse. Il regardait depuis le jardin abandonné les maisons blanches qui se prolongeaient vers le sud en suivant la sinuosité des remparts en partie ruinés, les toits, les clochers des églises, les coins de rues où s'évanouissait minute après minute la lumière des lampes. Il pensa qu'il n'avait pas vu les matins du quartier de San Lorenzo et de la vallée du fleuve depuis l'époque de son adolescence, quand il profitait des vacances de Noël pour travailler comme journalier à l'olivade et payer ses études de médecine. Maintenant, le froid, les douleurs d'articulations, le manque de sommeil affaiblissaient ses défenses contre la nostalgie et il remarquait qu'il était gagné par une sentimentalité impudique, ce qui, pour son inquiétude, lui arrivait de plus en plus souvent : il se rappelait le déjeuner chez Susana Grey, à peine quelques jours auparavant, le triste éclair d'intuition qui lui avait fait découvrir à côté d'elle l'espace vide, le creux ou l'ombre de quelqu'un, d'un autre homme qui une fois de plus n'était pas lui.

– C'était mon quartier, dit-il à l'inspecteur – ils avaient rassemblé tous les prélèvements ainsi que les vêtements de la fillette, les rangeaient dans la sacoche – c'est ici que se trouvait le cinéma d'été où mes parents m'emmenaient tous les soirs. Nous entendions de loin la musique des films et quand nous arrivions, cela sentait très fort le jasmin et les belles-de-nuit. Je me souviens du jour où l'on a inauguré cette merde de jardin, autres temps autres mœurs.

Il y avait une roseraie et une fontaine avec une vasque et les amoureux venaient s'y promener le dimanche matin. Je crois que c'est ici que j'ai vu pour la première fois des fiancés se tenir par la main, ce qui semblait à tout le monde quelque chose de très moderne, parce que jusque-là les fiancés se donnaient le bras. On arrivait et on s'achetait à l'étalage d'un marchand ambulant un petit cigare d'Amérique ou un cornet d'amandes grillées, et en été il y avait aussi la petite voiture d'un marchand de glaces et de citronnade. C'était la dernière mode de venir se promener le dimanche aux jardins de la Cava, je m'imaginais que j'étais plus grand et que je marchais en tenant ma fiancée par la main après la messe de midi à l'église Saint-Sauveur et que je lui achetais une boisson fraîche ou un cornet d'amandes chaudes, ou une cigarette à la pièce, une blonde mentholée qui coûtait une peseta, une fortune. Regarde ce que tout cela est devenu : seringues et bouteilles cassées. Et ce salaud qui y emmène deux fois de suite une gamine sans être vu de personne, sans le moindre risque. Même si elles avaient crié, personne n'aurait pu les entendre. Mon quartier d'autrefois est une ville fantôme.

Ils étaient encore debout, à côté de la voiture, et l'inspecteur l'écoutait en tenant ses clefs à la main, sans impatience pourtant, avec une attitude d'attention délibérée que Ferreras ne manqua pas de remarquer. « Je me fais vieux », déclara-t-il avec un certain dégoût de lui-même, et il haussa tristement les épaules avant de monter en voiture. « C'est très désagréable à penser mais le monde ne me plaît pas. » Et de plus je radote, pensait-il avec inquiétude, je me sclérose, à qui ai-je dit ces mots-là il y a peu de temps ? C'est à Susana Grey qu'il les avait dits, il se le rappela aussitôt, le samedi précédent tandis qu'ils partageaient le vin rouge, le poisson au four et la sauce subtile qui l'accompagnait, à une table mise avec une nappe et des serviettes de fil où ne manquaient qu'une autre assiette et d'autres couverts devant une chaise vide pour souligner plus ouvertement encore l'ombre ou l'évidence de celui qui n'était pas là. Alors, en pensant à elle, il reconnut la trace de parfum qu'il avait perçue en montant en voiture et il eut un moment de lucidité simultanément divinatoire et olfactive, et il comprit que cette présence fantôme du samedi précédent, dans le regard et dans la maison de Susana correspondait, avec une espèce de symétrie voilée ou secrète, à l'autre présence invisible qui accompagnait maintenant l'inspecteur, et qui lui avait laissé une tache de rouge sur sa chemise et une légère odeur de parfum, une certaine façon de regarder ou de rester absorbé ou d'esquisser un sourire. « Susana », répétait-il en silence, il pensait au prénom comme s'il le prononçait, « Susana Grey », en se souvenant de choses advenues ou qui n'avaient pas pu advenir bien des années auparavant, plus abattu maintenant par l'épuisement de la mauvaise nuit, le visage appuyé contre la vitre, tandis que le matin s'affirmait dans les rues encore désertes et que quelques petites gouttes de pluie isolées heurtaient silencieusement la vitre.

– Tu vois, ça n'a pas manqué, dit-il en se redressant pour secouer son sommeil, honteux de cette éclosion de détresse adolescente. Rayon du matin, pluie au jardin.

26

« Ce n'est pas que je n'aie plus la force de continuer à me cacher, dit la voix rugueuse et pas du tout sonore de l'autre côté de la grille, la voix usée, comme du sable grossier, faible en réalité, surtout à ce moment, alors qu'elle était privée du support évident de la présence physique, comme ces voix qui changent du tout au tout quand on les écoute au téléphone, révélant des choses que déforme ou déguise le regard. C'est que je n'ai plus l'âge. Il est indigne de vivre en mentant et en se cachant à plus de cinquante ans, et surtout je n'en ai pas l'envie, ou le courage, ou la foi aveugle, appelez cela comme vous voudrez, ce qui soutient celui à qui ne restent plus ni croyances ni perspectives. Je pourrais prendre ma retraite dans très peu de temps si je le voulais. On m'a fait comprendre en m'accordant ma mutation que si je le préférais je pouvais demander un poste administratif et y rester jusqu'à ce que j'aie accompli les années de service qui me manquent, un bureau de presse ou quelque chose d'un meilleur niveau, une responsabilité importante au ministère, la reconnaissance de toutes mes années d'expérience, de services rendus, comme on disait autrefois. Je ne sais pas si on me l'a proposé pour me récompenser ou pour se débarrasser de moi, peut-être eux ne le savaient-ils pas non plus, il n'y a rien de très clair dans ce travail, et cela fait des années que nous ne savons pas du tout qui est dans la légalité et qui est en dehors, qui ment et qui dit la vérité. Mais j'ai soudain eu très peur que soit en train de m'arriver ce qui m'avait toujours semblé si lointain, la mise l'écart ou pis encore la retraite, c'est un mot terrible, la retraite et par conséquent la vieillesse, car tout le monde croit que ceux qui se font vieux et meurent sont les autres, comme ceux qui sont victimes des attentats. Chaque fois qu'ils tuaient quelqu'un ou qu'ils laissaient l'un de nous gravement blessé, je tâchais de passer en revue ses actions pour découvrir en quoi il s'était trompé, quelles imprudences il avait commises, parce que c'était une façon de me tranquilliser, de sentir que nous n'étions pas tous semblables, qu'il y avait une manière raisonnable de diminuer le danger, même de l'éviter. Mais bien sûr c'était un mensonge, en grande partie, personne ne peut prendre toutes les précautions ni prévoir toutes les éventualités, personne n'est tout à fait à l'abri s'il existe quelqu'un de disposé à lui ôter la vie en risquant la sienne. Voyez ces terroristes palestiniens, ils s'attachent sur l'estomac avec du sparadrap un paquet explosif qui ne vaut et ne pèse pas plus qu'un walkman, ils montent dans un autobus à Jérusalem et provoquent un carnage, il n'y a rien de plus facile au monde, personne n'a moins de mérite, ou bien ceux de par ici, avec leurs lance-roquettes et leurs systèmes de télécommande qui sont souvent plus modernes que les nôtres, et en plus toutes ces personnes qui sont prêtes à leur donner des informations sur les horaires et les habitudes de ceux qu'ils ont désignés. Je pensais, je me convainquais moi-même que j'avais tout sous contrôle, mais c'était une hallucination, comme quand on a bu et qu'on monte en voiture et qu'on croit conduire très bien, y voir très clair et ne pas trembler des mains. C'est un mensonge, mais un mensonge très vraisemblable, disons, avec tout un luxe de détails, un de ces mensonges qu'inventent les grands escrocs, tellement parfaits que c'est justement pour cela qu'ils sont suspects, parce que dans la vie réelle il n'existe rien d'aussi achevé, d'aussi bien fabriqué, tout semble le résultat du hasard ou de la hâte, de l'improvisation, d'un coup de colère, comme la plupart des crimes, à part les crimes politiques ou ceux des professionnels, qui en réalité se ressemblent beaucoup. »

La voix fit silence, le père Orduña entendit avaler de la salive, il avait l'impression que celui qui lui parlait était un inconnu, un visage masculin voilé par la pénombre froide de l'église, fractionné par les trous en forme de losange de la grille.

« Mais c'est à cela que sert l'alcool, continuait la voix monotone, maintenant dubitative, comme recherchant un fil perdu, à inventer des simulacres. Quelqu'un est ivre et met sa vie en jeu, la sienne et celle des autres, et il croit qu'il conduit d'une main ferme, il a les yeux injectés de sang et l'haleine chargée de whisky et il pense que personne ne s'en rend compte, qu'il contrôle tout. Et l'on vit ainsi des années et des années, de plus en plus perdu dans des simulacres de toutes choses, de conversation, d'amitié, d'héroïsme, et aussi de désir sexuel. Je pensais qu'il était courageux de ne pas demander ma mutation malgré les menaces de mort, mais ce n'était pas du courage que j'avais, c'était un entêtement d'ivrogne, d'ivrogne de la pire espèce, celui qui ne sait pas à quel point il l'est, celui qui dissimule encore devant les autres. En réalité, dissimuler n'est pas difficile, parce que beaucoup d'autres gens boivent aussi, et les uns protègent les autres, et de plus parce que personne ne fait très attention, comme dit une de mes amies, Susana Grey, je ne sais pas si vous la connaissez, ou si vous vous souvenez d'elle, elle m'a dit que dans sa jeunesse elle allait à certaines de vos réunions, celles des chrétiens de base. Mais ne vous impatientez pas, je n'ai pas perdu le fil de mon récit, c'est précisément pour parler d'elle que je suis venu, mais ce n'est pas encore le moment, je dois expliquer avant d'autres choses que peut-être vous ne pourrez pas comprendre, parce qu'il est sûr que jamais de votre vie vous n'avez goûté à l'alcool. »

« J'y goûte tous les jours dans l'eucharistie, tu ne t'en souviens plus ? » dit le père Orduña un peu goguenard et la voix s'arrêta, recommença de résonner avec une nuance offensée, étrangère à tout humour, à tout délai.

« Je commençais à boire et, c'était automatique, tout de suite je m'échauffais, excusez l'expression, je devais chercher une femme, n'importe où et très vite, sans nuances ni lente séduction, sans aucune espèce de sentimentalisme, sans même penser à l'adultère. Entre autres choses je n'avais pas le temps, je devais rentrer à la maison à une heure plus ou moins raisonnable, je devais pointer, comme disait toujours un de mes collègues, celui qui a été tué dans le restaurant où il m'attendait. Quand je suis arrivé, son verre de whisky était encore sur la table, le whisky et le café à moitié bus et le cigare dans le cendrier. Il y avait des endroits, des clubs, où nous étions connus et où l'on ne nous faisait pas payer, nous les policiers, vous vous en doutez bien, il y en a dans toutes les villes, et plus d'un soir c'est là que nous finissions la soirée, ou que je la finissais tout seul, parce qu'en réalité je préférais y aller sans personne, j'en ai toujours eu honte, comme quand nous étions en pension et que les autres se masturbaient en groupe, faisaient des concours pour savoir qui finirait le premier. Je tâchais d'y aller seul, j'appelais ma femme pour lui dire que j'avais beaucoup de travail et qu'elle ne m'attende pas, encore que bien des fois je ne l'ai même pas appelée, je pensais à le faire et je remettais cela à plus tard, quand j'aurais fini mon verre, et quand je regardais ma montre il était déjà si tard qu'il valait mieux ne pas l'appeler car elle devait déjà être endormie ou qu'elle aurait peur si le téléphone sonnait à ces heures-là. Mais elle ne s'endormait pas, elle ne dormait pas plus qu'elle ne croyait un mot de ce que je lui racontais, elle m'attendait éveillée, avec sa robe de chambre et ses pantoufles, regardant la télévision jusqu'à point d'heure, j'arrivais et je lui racontais un mensonge, et elle commençait à me reprocher de ne pas l'avoir prévenue, se mettant à pleurer, et ce que je ressentais plus que tout c'était de l'ennui, l'envie qu'elle en finisse vite pour que je puisse aller dormir, parce que c'était toujours la même chose, nous deux qui disions ou répétions les mêmes choses, elle ses reproches et moi mes excuses et mes mensonges, toujours pareil, je ne sais pas combien d'années durant, et de mal en pis, parce que les appels anonymes avaient commencé, les menaces, on changeait mon numéro de téléphone et en une semaine ces gens-là étaient prévenus, et c'était elle qui les écoutait, pas moi, puisque je n'étais presque jamais à la maison. À la fin elle ne supportait plus aucune sonnerie, que ce soit le téléphone ou non, ni celle du réveil ni celle du four, elles l'effrayaient toutes et maintenant, dans cet endroit où elle est, on s'arrange pour qu'elle n'en entende pas, quand on reçoit un appel pour elle, c'est une sœur qui va dans sa chambre pour la prévenir. »

Le père Orduña écoutait, la tête baissée, penchée vers la jalousie, les yeux entrouverts, les mains jointes sur ses genoux ou jouant avec les franges de son étole, dans une position qui n'était pas dictée par la liturgie mais par l'habitude et la patience d'écouter, au long de tant d'années, à ce même endroit, d'entendre en sachant qu'en réalité ses interlocuteurs n'exigeaient pas son attention mais sa simple présence abstraite de l'autre côté, le bruit de sa respiration ou de ses mouvements, l'assurance que quelqu'un les entendait, qui contient déjà en elle-même une part du soulagement, de l'absolution sollicitée et toujours accordée. Il somnolait parfois dans le confessionnal, plus souvent à mesure qu'il prenait des années et que son sommeil devenait plus léger et irrégulier, un sommeil de vieillard, inquiet et superficiel. Il s'était éveillé ce matin-là alors qu'il faisait encore nuit noire, et comme dans l'obscurité il entendait la pluie, il avait eu un sentiment de gratitude, un bonheur de prières exaucées et même la paresse de rester au lit en écoutant pleuvoir, du moins la dose très limitée et très élémentaire de paresse qui pouvait se loger dans un caractère comme le sien, tellement fait pour l'action, si peu doué pour la complaisance envers soi-même, que ce soit pour la louange ou le regret.

La force de la pluie ébranlait les vitres de la fenêtre et maintenant le vent soufflait très fort sur les terrains vagues où se trouvaient auparavant les ateliers et la ferme, et où il y avait à présent des immeubles en construction, des grues qui tournaient avec des grognements métalliques tandis que les excavations des garages souterrains et des fondations en cours de creusement se remplissaient d'eau et de boue brune et épaisse. Il chercha à tâtons l'interrupteur de sa lampe d'architecte et quand la lumière s'alluma ses lunettes tombèrent par terre. Il se mit debout pour les ramasser et les plantes de ses pieds se glacèrent à marcher sur le carrelage. Il s'enveloppa dans une vieille robe de chambre à carreaux, se lava le visage avec de l'eau très froide dans le petit cabinet de toilette voisin de sa chambre où il y avait aussi un bac à douche. Le père Orduña ne vivait pas de façon à ce point austère parce qu'il avait renoncé délibérément au confort qui pour d'autres était indispensable : il vivait comme cela parce qu'il ne pouvait pas s'imaginer lui-même vivant autrement, et parce que les choses que les autres possédaient lui étaient indifférentes. Il regardait sans beaucoup d'attention les vitrines des boutiques et se rappelait l'étonnement de Socrate devant la profusion du marché d'Athènes : « Tant de choses existent dont je n'ai pas besoin. » Il aimait son lit étroit aux antiques barreaux cylindriques, collé au mur, encore peu de temps auparavant il y avait admirablement dormi, malgré son étroitesse, malgré les draps rugueux et le matelas mince, et ni sa table de nuit, écaillée aux angles, ni la lampe d'architecte avec son abat-jour bleu métallisé ne ressemblaient pour lui à ce qu'ils étaient, des témoignages d'une certaine modernité des années soixante, maintenant décrépite, qui avait été particulièrement faste aux pourvoyeurs de mobilier ecclésiastique. Il n'arrivait pas toujours à vivre en accord avec son âme, mais il était d'accord avec sa chambre, qu'il n'appelait pas sa cellule parce que cela lui aurait semblé présomptueux. Il était revigoré par le froid qui y régnait, et quand il s'éveillait le matin, encore de nuit, et qu'il marchait pieds nus sur le carrelage, il ne s'avisait pas qu'il aurait suffi d'un tapis et d'un radiateur pour rendre tout cela plus habitable. Il se levait très tôt parce qu'il ignorait le plaisir de rester au lit et qu'il n'avait pas à surmonter la tentation de la paresse, pour la simple raison qu'il n'en avait jamais fait l'expérience.

À sept heures moins le quart il était déjà habillé avec son chandail gris à col roulé et son pantalon de grosse toile bleue semblable à celui qu'il portait durant ses années de prêtre ouvrier, avec ses grosses chaussures noires que n'importe qui aurait jetées depuis au moins dix ans mais qu'il continuait d'entretenir et qu'il portait à ressemeler dans la boutique du seul cordonnier qui restait en ville, le fils d'un cordonnier communiste avec qui le père Orduña avait tenu des discussions harassantes et passionnées sur l'existence de Dieu, la nature humaine ou divine de Jésus-Christ, l'élan de révolution sociale des Évangiles, discussions à voix basse, bien entendu, tenues sous le porche même où entraient des femmes avec leurs vieilles chaussures enveloppées dans du journal, théologie du travail, clandestine.

Ses chaussures grinçaient quand il parcourut les corridors vides de la résidence, avec de très faibles lumières aux angles comme dans les rues d'une ville inhabitée, les carreaux blancs et noirs dissolvant leur perspective dans l'obscurité froide et dans le regard myope du père Orduña qui les enveloppait toujours d'une distance embrumée. Tant de gens étaient partis ou morts au long des années qu'il semblait que la résidence soit devenue plus vaste, qu'ait augmenté le nombre des chambres, des dortoirs, des classes, la longueur des couloirs et des escaliers, la monotonie arithmétique des carrelages, blancs et noirs, descellés, certains sonnant creux à des endroits prévus, tandis que le père Orduña descendait d'un pas lent et énergique vers l'église, la tête large et robuste, le menton en avant au-dessus de la poitrine, les mains dans le dos, ou suivant par précaution la rampe de l'escalier, les genoux avançant comme s'ils rencontraient toujours la résistance d'une soutane, même si depuis bien des années le père Orduña n'en portait plus. Il se rappelait encore le scandale dans la ville, les paroissiens et les bigotes, l'élément catholique comme on disait alors, déconcertés et furieux parce qu'un certain jésuite sortait habillé en *clergyman*, même si peut-être aucun d'eux ne l'avait vu, tout cela était un chapelet de commérages dans les sacristies et les neuvaines, les tables à brasero autour desquelles se fossilisait chaque soir l'ennui des rosaires, dans un des cafés qui se trouvait encore en ville : ce curé qui était le petit-fils ou le neveu du général de la statue est passé dans la rue Neuve habillé en civil, avec une veste et un col dur, comme un protestant, il avait toujours été un rouge, on le voyait venir et on refusait de le saluer, on le croisait en regardant ailleurs, un vétéran de la division Azul qui sortait encore avec son pistolet avait craché devant lui avant de changer de trottoir, l'après-midi d'un vendredi saint, au milieu de la foule.

Aujourd'hui toutes ces choses semblaient impossibles. Il semblait impossible qu'elles aient existé, et plus impossible encore qu'elles aient cessé d'exister avec le temps, solides comme elles étaient, indestructibles. Pour arriver à la sacristie le père Orduña devait traverser un terrain de sport exposé à la pluie. Il y avait des années que personne n'y jouait plus au basket-ball mais les lignes blanches étaient encore dessinées sur l'asphalte, et les poteaux métalliques des paniers étaient encore debout. Il voulut se presser mais ses chaussures trébuchèrent dans une flaque qu'il n'avait pas vue, ses lunettes tombèrent et pendant plus d'une minute il se vit lui-même, humilié et un peu ridicule, penché dans le noir, sous la pluie battante, cherchant ses lunettes, craignant de marcher dessus dans le flou nébuleux de sa myopie.

Il était trempé. Dans la sacristie il se sécha les cheveux et le visage avec une serviette, nettoya soigneusement les verres de ses lunettes avant de s'habiller pour la messe. Contre son habitude il alluma un petit radiateur électrique pour se sécher les pieds. Il s'assit un moment face à lui, si près que les semelles de ses chaussures sentirent tout de suite le caoutchouc brûlé. Il se frottait les mains, maintenant abattu comme un très vieil homme par le froid de l'aube, ennuyé par la possibilité d'attraper un rhume ou même une pneumonie s'il gardait pendant toute la messe, dans la vaste froidure de l'église sans fidèles, ces chaussettes épaisses et humides.

Assez souvent, en hiver surtout, il n'y avait personne sur les bancs et le père Orduña disait la messe pour lui seul, chose qui ne le décourageait nullement. C'était le concierge de la résidence, presque aussi vieux que lui, qui ouvrait l'église et allumait les lumières. Il s'habilla, mais sans beaucoup de courage, il avait plus froid encore au contact des vêtements liturgiques, du métal gelé de la custode. Il marcha vers le grand autel conscient de ses chaussettes mouillées, de son pas plus lent et de son dos plus courbé que les autres jours, il appuya ses mains sur l'autel, s'agenouilla pour se signer et en se relevant il vit les quelques silhouettes de femmes de tous les jours estompées par la distance et la pénombre. Mais cette fois-ci il y avait quelqu'un de plus, au fond, une silhouette plus grande, impossible à identifier de si loin, masculine, avec la tache vert sombre d'un manteau ou d'un anorak, un homme qui n'avait pas l'habitude d'être dans une église ou qui avait cessé de la fréquenter depuis si longtemps qu'il ignorait le changement des règles liturgiques. Sans voir son visage il le reconnut et quand il termina la messe, au lieu de se retirer comme il l'avait prévu pour changer de chandail et de chaussettes et se préparer un verre de lait chaud, il passa l'étole sur son chandail et s'en fut lentement au confessionnal, sans savoir du tout s'il allait à un rendez-vous ou s'il formulait une invite.

« Je me souvenais très souvent de vous. Au fond, quand je pensais que je me cachais des autres, c'était plutôt de vous que je me cachais, de ce que vous auriez pensé de moi si vous aviez su que je gagnais ma vie à l'université en donnant à la brigade politico-sociale des renseignements sur les étudiants politisés ou révoltés de mon cours, ou si vous m'aviez vu tituber en descendant de voiture ou m'emparer dans un club de rencontres d'une prostituée qui ne me ferait pas payer parce que j'étais un policier. Je ne crois pas en Dieu et depuis mon mariage je n'ai pas remis les pieds dans une église, si ce n'est pour des mariages ou des enterrements, mais je me suis parfois surpris à ressentir un grand besoin de me confesser et d'être pardonné, une nécessité très forte, pas maintenant, bien sûr, pas aujourd'hui, ce n'est pas la raison pour laquelle je suis venu. Cela fait des mois que je n'ai pas bu et que je ne suis pas allé traîner à la recherche d'une femme. J'ai arrêté l'alcool d'un seul coup, l'alcool et le tabac, un peu avant qu'on m'accorde ma mutation. Je suis arrivé chez moi un soir, plus ivre que d'habitude, je me suis déshabillé dans le noir, comme je le faisais toujours depuis quelque temps, depuis que ma femme ne m'attendait plus debout, je me suis déshabillé en me heurtant aux meubles, en faisant beaucoup de bruit, mais elle ne bougeait pas, et je ne crois pas non plus qu'elle se donnait la peine de faire semblant de dormir, elle me tournait le dos de son côté du lit, je la voyais comme une forme vague à la lumière des chiffres du réveil et je voulais savoir si oui ou non elle respirait comme lorsqu'on est endormi, et en même temps je devais dissimuler, j'étais persuadé que je n'y arriverais pas. Je me rends compte aujourd'hui que dissimuler n'était pas possible, depuis que je ne bois ni ne fume plus je sais sentir chez les autres l'alcool et le tabac, dans leurs vêtements et leur haleine, je les sens très fortement et je comprends qu'alors, lorsque je rentrais chez moi, l'odeur qui entrait avec moi dans la chambre devait être très forte, impossible à cacher même si je l'avais tenté. Mais je vous le dis maintenant, on croit qu'on est maître de soi et on ne contrôle rien, on est à la merci de n'importe quel accident, de n'importe quel malheur, un de ces terroristes qui me menaçaient par téléphone et déposaient des lettres anonymes dans ma boîte aux lettres aurait pu me tuer, ou j'aurais pu me tuer moi-même en voiture, ou en me mêlant à une bagarre avec des souteneurs ou des trafiquants dans un de ces bars où j'allais le soir, feignant bien souvent de le faire pour raisons de service, ou me l'imaginant et le croyant moi-même, me racontant des mensonges comme j'en racontais à ma femme. Les pires des mensonges c'étaient ceux-là, ou les plus dangereux, ceux que j'inventais pour moi-même et que je croyais, comme si un autre me les avait racontés, celui qui s'emparait de moi quand j'avais beaucoup bu. Je pensais parfois cela en me réveillant la nuit, encore sous l'effet de l'ivresse, j'étais couché dans le noir à côté de ma femme et je sentais qu'il y avait quelqu'un d'autre dans la chambre et j'étais pris de panique, mais je n'osais pas allumer pour ne pas la réveiller et l'autre restait là, comme s'il me regardait pendant que je dormais, je voyais son ombre précise et quand je clignais des yeux, ce que j'avais vu n'était qu'une veste posée sur une chaise. Parfois j'oubliais, les heures s'effaçaient, des nuits entières même, et j'ai fini par penser que lorsque cela m'arrivait c'était parce que l'autre avait complètement pris possession de moi et me volait jusqu'à mes souvenirs. Une nuit je suis rentré très tard, je me suis couché sur le canapé sans enlever mes chaussures ni ma cravate et je me suis endormi, mais le lendemain matin je me suis réveillé au lit, en pyjama, avec un horrible mal de tête, les poumons brûlés de l'intérieur par le tabac, sans aucun souvenir. Mais cette autre nuit dont je vous ai parlé, la dernière de toutes, j'étais tellement ivre que je n'avais pas osé conduire, et de plus je ne me souvenais pas où j'avais laissé ma voiture, et j'ai marché je ne sais combien de temps, trempé par cette pluie fine du nord, et je ne sais pas non plus comment j'ai pu retourner chez moi. Je cherchais un taxi mais pas un seul ne se montrait et je marchais et marchais sans que la marche et le froid me sortent de l'ivresse. Je me suis arrêté deux ou trois fois pour uriner n'importe où, longuement comme le font les ivrognes dont l'urine sent tellement l'alcool. Je suis arrivé face à l'entrée de ma maison, j'ai regardé vers le haut pour voir si la lumière était encore allumée chez moi et alors j'ai trébuché et je suis tombé. Je ne sais pas combien de temps je suis resté par terre, à plat ventre, sans bouger, heureusement qu'il y avait un auvent qui me protégeait de la pluie. J'étais affalé, conscient, le visage contre une dalle très froide, imaginez qu'un voisin soit arrivé à ce moment-là, j'y pense encore et j'ai honte rien que de m'en souvenir. Cela me plaisait d'être étendu là, je n'avais aucune envie de me lever et de rentrer chez moi, à ce moment-là je comprenais ces ivrognes qui s'endorment dans la rue, couchés sur le trottoir. On ne peut pas tomber plus bas, et cela est vrai, littéralement, on a la tranquillité d'être arrivé par terre, de n'avoir aucune crainte de tomber ni d'être pris de vertige, et le sol est si solide, si sûr et si vaste qu'il vous semble qu'il ne peut plus rien vous arriver, cela donne une sensation de force et de tranquillité très grande, de tranquillité et d'abandon, il semble qu'on soit protégé par la loi de la gravité elle-même. Je pensais que quelqu'un pouvait arriver ou sortir, même s'il était quatre ou cinq heures du matin mais la honte n'était pas une raison suffisante pour me lever. Je me suis levé parce que j'étais pénétré de froid, et en me mettant debout j'ai été pris d'un tel tournis que je suis presque retombé, je regrettais déjà la sécurité du sol, la terre sacrée comme disaient les gens autrefois. Vous imaginez sûrement avec quelles précautions je pouvais me coucher cette nuit-là, ou comment je pouvais croire qu'elle était endormie et qu'il était possible de ne pas la réveiller, avec tout le bruit que je faisais, même avec l'odeur que j'apportais. Je savais que dès que je m'allongerais les nausées commenceraient, et pourtant je me suis couché, et quand je suis entré dans le lit, elle s'est écartée plus loin de son côté, comme pour que je ne l'effleure même pas. À peine étendu et les yeux fermés, le pire est arrivé, d'abord l'idée qu'il y avait quelqu'un d'autre dans la chambre, puis les nausées, la sensation que si je ne me levais pas et si je n'allumais pas la lumière j'allais mourir. Je me suis levé à tâtons et j'ai réussi à arriver jusqu'à la salle de bains, je me suis assis sur la cuvette et alors j'ai commencé à vomir et je n'avais même pas la volonté de tourner la tête de côté pour que le vomi tombe par terre. Je me suis vomi dessus, sur ma veste de pyjama, sur mon pantalon baissé et sur mes genoux, et l'odeur de vomi me provoquait d'autres spasmes et me faisait vomir à nouveau. Je restais tête basse et la bouche ouverte et bavante, et je regardais comme un idiot ce qui en était sorti et qui en sortait à nouveau, comme si ce n'était pas moi qui vomissais. Je devais remettre de l'ordre là-dedans, je devais éviter que ma femme voie cela, nettoyer la salle de bains et me nettoyer moi-même et jeter tout ce que j'avais sur moi, le pyjama, les chaussettes, les pantoufles, le tout couvert de vomi, et moi assis sur la cuvette, incapable de bouger, désirant mourir, avec une envie d'être mort plus forte que toutes les envies de vivre réunies que j'avais eues jusque-là. Je ne sais pas comment j'ai pu tout nettoyer, ce temps-là s'est presque totalement effacé, je ne sais même pas si c'est moi qui l'ai fait, en tout cas je me suis réveillé le lendemain à onze heures et je n'avais pas entendu le réveil. Je portais un pyjama propre et j'avais les poumons comme écrasés par une dalle, et ma femme n'était pas là, je suis allé à la salle de bains et tout était en ordre, comme si les vomissements et le désastre de la nuit précédente avaient été un de mes rêves, mais dans la glace j'ai vu que j'avais une plaie et un bleu très marqué au sourcil droit. Depuis, je n'ai plus jamais bu ni fumé. Je ne l'ai pas décidé, cela ne m'a coûté aucun effort, au contraire, si je sentais de l'alcool ou de la fumée de tabac cela me donnait la nausée, me ramenait aux horribles malaises de cette nuit-là. Maintenant, ces derniers temps, je bois un peu de vin, mais seulement quand je suis avec cette femme dont je voulais vous parler, Susana, Susana Grey. »

La voix s'interrompit : pour reprendre son souffle après avoir tant parlé, ou peut-être pour attendre une question que le père Orduña ne posa pas, tête baissée, attentif, fatigué, bougeant faiblement la tête tandis qu'il frottait lentement ses mains croisées, ressentant le froid et l'humidité dans ses pieds, la proximité du rhume.

« Savez-vous ce que j'ai commencé par ressentir après avoir abandonné l'alcool ? Pas de l'angoisse ni de la déception à revoir les choses comme elles étaient, les choses et les visages des gens. J'ai senti que j'étais parti, avant même de partir du nord, que j'avais changé de pays et que je vivais maintenant dans un autre pays plus froid, à l'air plus limpide, comme dans ces matins de par ici quand il a gelé pendant la nuit et que le ciel est complètement bleu. Autour de moi, dans ce pays, tout était devenu plus intense, comme plus exact, les couleurs et les odeurs surtout, quelqu'un pelait une orange à vingt mètres de moi et l'odeur m'envahissait, ou bien je voyais s'approcher une femme dans la rue et je remarquais le moment exact où j'étais entré dans le cercle de son parfum. Mais tout cela se passait en dehors, parce que le pays dans lequel j'étais dorénavant et que je ne voulais pas quitter n'était pas vraiment le mien et ne le serait jamais. Je ne sais pas si je peux vous expliquer cela, dans ce pays il y avait toujours une lumière du matin et j'arrivais d'un autre pays où il faisait toujours nuit, de plus une nuit artificielle, et enfermée, avec les éclairages des bars sombres, avec un air plein de fumée. Je n'avais pas de nostalgie, pas d'envie d'y retourner, dès le premier moment j'avais su que ma vie précédente était terminée, mais dans ce nouveau pays je me rendais compte que, pour ainsi dire, je ne serais pas naturalisé, que je serais de passage, jusqu'à ce qu'on me tue ou que je meure, que les odeurs ou les couleurs des choses me touchaient, mais pas les personnes qui m'étaient toutes étrangères, hostiles ou aimables, mais indifférentes. Jusqu'à il y a deux mois, quand a éclaté l'affaire de cette fillette, Fátima, quand je l'ai vue morte sur le replat du talus, sans rien sur elle, rien d'autre que ses chaussettes blanches, alors je me suis rendu compte que presque jamais dans ma vie je n'avais véritablement ressenti quelque chose par comparaison avec ce que j'ai ressenti en la voyant jetée là-bas, violacée, jaune, et vous savez, j'en ai vu des choses dans ma vie, j'ai vu des gens morts et démantibulés, des cadavres décomposés, tout ce que l'on peut voir, mais il y avait quelque chose en moi qui en réalité n'était jamais ému, et moi je prenais cela pour de la force de caractère, pour du courage physique, mais ce n'était pas cela, c'était de l'indifférence, ou comme une haine extrême, une intoxication de mort et de rage quand je voyais le cadavre d'un camarade, de quelqu'un qu'on venait d'assassiner, je vivais souvent enivré de mort et j'en étais aussi peu conscient que de mes ivresses d'alcool. Mais souffrir, souffrir vraiment à cause de quelqu'un, non pas haïr, non pas vouloir faire justice moi-même, souffrir comme si l'on m'avait arraché quelque chose, comme si on m'amputait sans anesthésie, cela je ne l'ai ressenti que cette fois-là. Je n'ai jamais été préoccupé de ne pas avoir d'enfants, et quand j'ai su que ma femme ne pourrait pas être enceinte, ce que j'ai ressenti était surtout du soulagement, mais quand j'ai vu Fátima j'ai senti que c'était ma fille qu'on avait violée et tuée, moi qui n'avais jamais eu ni la vocation ni l'envie d'être père, qui ne faisais même pas attention aux enfants. J'ai commencé à les regarder pendant ces deux mois, quand je parlais avec les camarades de Fátima, quand j'allais à la sortie des écoles à la recherche de gens suspects, de leurs visages et de leurs yeux comme vous me l'avez dit. C'est ainsi qu'une chose en amène une autre, tout s'enchaîne, et c'est cela le plus étrange quand j'y réfléchis, si je n'avais pas été nommé ici et si je n'avais pas vu cette fillette avec la bouche et les yeux ouverts et ses chaussettes blanches, au plus j'aurais été au courant de quelque chose par le journal ou la télévision, ou peut-être même pas, et je n'aurais pas fait la connaissance de cette femme, Susana, je ne sais pas si je vous ai dit que c'était son institutrice. La première fois que je l'ai vue, c'était pour lui poser des questions à propos de Fátima, et il me semble que je n'ai pas fait beaucoup attention à elle, peut-être seulement à son accent de Madrid très net, mais c'est tout. Elle, se rappelle tout, les vêtements que je portais ce jour-là, chaque chose que je lui ai dite, mais elle dit toujours que c'est normal que les gens ne fassent attention à rien, ne se souviennent de rien, et elle a raison, pour cela aussi, je me croyais très observateur et avec elle je me suis aperçu que ce n'est pas sûr, que si je ne sentais rien, je ne voyais, n'entendais presque rien non plus. C'est comme cette histoire de la Bible que vous nous racontiez, je ne me souviens pas bien, quelqu'un qui était devenu aveugle parce qu'il lui était venu des écailles sur les yeux, *comme des écailles*, cela oui je me le rappelle, ces mots, *comme des écailles.* »

« Le père de Tobie, dit le père Orduña, je croyais que tu ne te souvenais de rien. »

« Je le croyais aussi. Mais tout était simulacres, comme ceux de l'alcool, comme toutes les dissimulations de ma vie, seulement c'était bien moi le plus abusé. Je croyais voir et je ne voyais rien, je croyais savoir et j'ignorais tout, je croyais avoir de l'expérience avec les femmes et c'était faux, si j'étais mort sans avoir rencontré Susana je n'aurais jamais su ce que c'est que désirer vraiment et avoir du plaisir avec une femme. Cela va vous paraître vulgaire ou peu convenable, mais cela est certain, et je ne peux pas le dire, même à elle, cela me fait honte, je jure que je ne savais pas que cela pouvait être ainsi, si doux et si fort, si facile, et pardonnez-moi d'être venu vous raconter un adultère, vous le raconter pas le confesser, ni vous demander l'absolution. Je ne me sens pas le cœur douloureux, comme vous autres disiez, je n'ai pas non plus le projet de m'amender. J'étais avec elle il y a encore un moment, c'est la première fois que je dormais chez elle. Je n'ai jamais connu quelqu'un qui ait autant de livres, autant de disques de tant de musiques dont j'ignorais jusqu'à l'existence, c'est pourquoi je me sentais comme un apprenti, en apprentissage de toutes choses, à mon âge, avec presque vingt ans de plus qu'elle, cela fait que je me demande à quoi j'ai vraiment consacré le temps que j'ai vécu, à part au travail, au travail et à l'alcool et à toujours dissimuler et me cacher. Une autre chose aussi qui ne m'était jamais arrivée, ni avec les femmes ni avec les hommes, l'envie d'écouter quelqu'un, d'apprendre ce que sait un autre, pas comme ces pédants qui étaient à l'université quand je faisais mes études, qui savaient tout et humiliaient celui qui n'était pas aussi vif et cultivé qu'eux. Quelqu'un qui sait quelque chose vraiment, je veux dire avec naturel, comme elle le sait, elle, Susana, même en se moquant un peu d'elle-même, elle dit qu'elle n'aurait pas lu autant de livres ni écouté autant de disques si elle s'était un peu mieux débrouillée avec les hommes. Quelle honte, et moi maintenant qui découvre que je ne sais rien, qu'en réalité je ne me suis pas préoccupé d'apprendre ni de rien comprendre, soudain je ne sais pas à quoi j'ai passé ma vie, à part avoir peur, poursuivre des terroristes et boire du whisky. Je me sentais intimidé hier soir quand je suis arrivé chez Susana je lui avais acheté des fleurs et une bouteille de vin mais dans l'ascenseur je me suis mis à penser que les fleurs devaient être très vulgaires et le vin très mauvais. Jusqu'à présent je n'avais pas fait attention à ces choses-là. C'est soudain comme si j'étais au commencement de tout. Je sais que c'est faux, en partie, mais cela me plaît de le penser, et ce qui est certain c'est que beaucoup de choses m'arrivent pour la première fois. Cela va vous sembler bizarre mais jamais je n'avais dormi avec une femme qui ne soit pas la mienne, jamais comme cela, enlacés, nus tous les deux, je m'entends vous raconter cela et je me sens un peu ridicule, mais je me sens fier aussi. Elle s'est réveillée en s'apercevant que je me levais et elle est allée à la cuisine me faire du café, je l'ai senti pendant que je me rasais dans sa salle de bains, entouré de toutes les pommades et les crèmes qu'elle a, hier elle me les a montrées et s'est mise à rire et m'a dit que quelqu'un qui verrait tant de produits de beauté pourrait penser qu'elle se trouvait dans un état de décrépitude terminale. J'ai ouvert les pots de crème, les flacons de parfum, sans qu'elle me voie, je les ai tous sentis, et aussi son peignoir, et alors j'ai commencé à sentir le café, quand je suis sorti de la salle de bains elle était assise à la table de la cuisine en face de mon café au lait, décoiffée, elle portait un peignoir de soie, à fleurs rouges je crois, le peignoir était entrouvert et elle avait les jambes croisées, pieds nus, l'air ensommeillé, mais elle s'était passé du rouge à lèvres, seulement pour me dire au revoir, cela non plus ne m'était jamais arrivé, elle m'a accompagné jusqu'à l'ascenseur et m'a donné un baiser sur la bouche, et maintenant, la seule chose à quoi je pense c'est au temps que je vais attendre avant de la revoir, avant de l'appeler pour qu'elle déjeune avec moi, même si je pense qu'elle ne le pourra pas, elle doit être à trois heures et demie à l'école. Je ne veux penser à rien d'autre pour l'instant, à ce que je ferai demain et après-demain, dimanche quand je devrai aller à la résidence, je ne sais pas ce que je vais faire et je n'ai pas envie de me cacher et de dissimuler, ni l'envie ni l'âge, je ne regrette rien, je ne sais pas si c'est de la canaillerie mais je ne me sens pas coupable. Cela aussi m'arrive pour la première fois de ma vie, je ne suis pas mort de culpabilité et de remords, et cela ne m'est plus égal de mourir. Ce n'était pas du courage que j'avais, toutes ces années passées, quand je pensais avoir dompté la peur et que cela ne m'importait guère d'être tué, c'est que je ne connaissais pas la différence entre être vivant et être mort. »

La voix s'arrêta mais le père Orduña continua d'écouter la respiration au-delà de la grille, il voyait l'ombre maintenant silencieuse et en attente, l'ombre de quelqu'un qui perdait presque ses traits individuels, qui se dissolvait dans d'autres traits, ceux de tant d'hommes et de femmes et de voix innombrables qui s'étaient agenouillés au même endroit tout au long des années, qui avaient murmuré leurs confessions et leurs fautes maintenant si confuses, si interchangeables, confidences peureuses, susurrées, énoncées avec peur ou vanité, avec la hâte de recevoir une absolution, péchés mesquins ou atroces, adultères monotones, convoitises de posséder les biens ou les femmes des autres, terribles turbulences qui demeuraient cachées des années ou des décennies dans la conscience de quelqu'un, dans la voix monotone d'une ombre à qui le père Orduña, bien souvent, n'avait pas pu attribuer les traits d'un visage. Il ne disait toujours rien, mais l'ombre attendait encore, cet homme qui s'était agenouillé pour la première fois à cet endroit plus de quarante ans auparavant pour sa première confession, obligée : le père Orduña ne savait pas ce qu'il attendait et ne croyait pas non plus qu'il le sût lui-même. Il l'entendait respirer, inquiet, agité dans l'étonnement de sa vie nouvelle fraîchement découverte, par sa capacité de félicité et d'impudeur, aussi maladroit au fond pour en profiter que pour oublier l'autre vie plus sombre qui l'attendait, le bureau de la police où il retournerait en quittant ce lieu, ses obligations conjugales, le regard épouvanté et vide de la femme qu'il irait voir à nouveau le dimanche. Vieux et austère, protégé dans l'intérieur du confessionnal, les pieds froids, un début de fièvre, de lourde somnolence au front et au-dessus des yeux, le père Orduña ressentit de la pitié pour lui et pour toutes les ombres qui l'avaient précédé derrière la grille, de la pitié et aussi de la gratitude envers la providence ou la miséricorde divines pour l'avoir dispensé des tribulations et des révoltes de la passion sexuelle qui l'avait à peine effleuré au long de sa vie, de la même façon qu'il n'avait presque jamais succombé au découragement ni à la maladie. Qui suis-je pour juger ou pardonner ce qu'ils viennent me raconter, pensait-il, que puis-je savoir de leurs désirs et de leurs tourments.

27

Il allait la chercher tous les matins, à neuf heures moins le quart, il appelait à l'interphone et c'était elle-même qui lui répondait, prête à partir, elle surmontait sa peur et ses souvenirs et descendait seule dans l'ascenseur, elle le voyait à la porte et lui souriait tout de suite, avec son enjouement retrouvé, intact, comme fortifié, maintenant plus adulte, sans plus de traces visibles de son malheur qu'une petite cicatrice à la joue droite, peut-être causée par la pointe du couteau même si elle ne se rappelait ni le moment ni la douleur de la blessure, c'était une des rares choses qu'elle avait oubliées, comme elle avait oublié ce qui lui était arrivé quand elle avait commencé à perdre connaissance, quand l'homme furieux s'était écarté d'elle et qu'elle avait cessé d'être écrasée par son poids et par les coups violents et inutiles de son pelvis et qu'elle avait senti quelque chose de rigide et cruel qui lui fendait le ventre et la déchirait et qu'elle avait pensé que cette fois elle allait vraiment mourir et que c'était son couteau et non pas ses doigts que l'homme était en train de planter en elle pour se venger de ne pas être parvenu à ce qu'il voulait, ce qu'il avait tant de fois répété qu'il allait lui faire, avec les mots les plus grossiers qu'elle ait jamais entendus et qu'elle avait tant de honte à dire à l'inspecteur, en présence de son père.

Elle se mettait sur la pointe des pieds pour lui donner un baiser et sortait seule de l'entrée, comme on lui avait appris à le faire, en se mettant à marcher devant lui, en route pour l'école, le cartable sur le dos, avec un ciré jaune et un parapluie rose les jours de pluie, avec des bottes de caoutchouc jaunes. De temps en temps elle tournait un instant la tête vers l'inspecteur, rien que pour s'assurer qu'il la suivait et veillait sur elle, mais si elle rencontrait des camarades, elle obéissait aux instructions et agissait avec une désinvolture parfaite, sans regarder en arrière, ou le faisant de façon si habile que personne n'aurait pu soupçonner le lien qui l'unissait à cet homme grand et grisonnant qui marchait à une certaine distance, toujours attentif à elle, sans la perdre de vue jusqu'à ce qu'elle disparaisse à l'intérieur de l'école, dans le tourbillon de garçons et de filles et de mères de chaque matin, où il voyait surgir tout d'un coup, comme un cadeau imprévu, la présence de Susana Grey, affairée et grave sur le chemin de son travail, presque méconnaissable, avec sa parka bleu marine ou sa gabardine des jours de pluie, toujours pressée, sur le point d'arriver en retard, les bras chargés de livres et de dossiers, ses yeux myopes à demi fermés pour le distinguer, lui qui la saluait d'un geste indécis, plus par timidité que par souci de discrétion.

Il aurait pu charger de cette tâche un autre inspecteur ou un agent en civil, mais il préférait l'assumer lui-même, et pas seulement à cause du plaisir de voir Susana Grey et de la croiser en lui disant bonjour comme si elle avait continué d'être ce qu'elle était au début, quelqu'un à qui il devait poser des questions et montrer des photos de délinquants sexuels. Il aimait attendre la fillette dans l'entrée et poser un baiser sur sa joue fraîche, déjà proche de l'adolescence, où l'on remarquait à peine la cicatrice, puis la suivre dans la rue en la regardant de dos, si fragile en apparence et pourtant si forte, survivante, revenue de la terreur, sûre qu'il la protégeait, complice d'un secret nécessaire qu'ils avaient réussi à garder, fière de sa propre adresse à le seconder. Il l'avait vue trembler le premier jour, sur le lit des urgences, dans les bras de son père, maigre et pâle, avec cette chemise de nuit d'hôpital qui lui était si grande, sa voix pas encore vraiment retrouvée, parlant très bizarrement quand elle ouvrait les lèvres, à cause de la blessure de sa langue qui, d'avoir été tellement repliée en arrière, lui avait sauvé la vie, avait dit Ferreras, parce qu'il était resté un espace très étroit par lequel continuait de passer vers ses poumons un mince filet d'air, malgré sa culotte déchirée et introduite dans sa bouche jusqu'à la gorge, destinée à provoquer chez elle la même asphyxie que chez Fátima, prédécesseur, double inexact.

Ce filet d'air et le froid, avait dit Ferreras, le froid qui l'avait réveillée, mais surtout cette chose tranquille et indomptée qui est en elle, pensait l'inspecteur en la voyant marcher vers l'école ou quand il la voyait ressortir à une heure et demie de l'après-midi, unique à ses yeux parmi les autres filles qui en réalité lui ressemblaient tant, avec leurs cirés et leurs survêtements, avec leurs cartables et leurs classeurs décorés de photos de chanteurs ou d'acteurs de cinéma. Il se rappelait quelque chose que lui avait raconté Susana Grey : ce qu'elle avait ressenti la première fois qu'elle avait laissé son fils dans la cour d'une garderie, au milieu des autres enfants, il n'était soudain plus l'être unique qui était né d'elle et qui partageait sa vie, mais un parmi les autres, difficile à reconnaître de loin et pourtant le sien plus encore que si elle le voyait seul, avec un air de désarroi mais aussi d'assurance, un début d'autonomie.

La fillette, Paula, sortait de l'école avec les autres et immédiatement ses yeux le cherchaient discrètement, avec un éclair de complicité et d'astuce, personne ne devait rien savoir lui avaient-ils dit, ni ton institutrice, ni ta meilleure amie, personne. Ils avaient tissé autour d'elle un filet solide et invisible de protection et de secret, un système de silence auquel obéissaient aussi bien les chauffeurs de taxi qui l'avaient recueillie que les infirmières qui avaient été chargées de la soigner dans une chambre discrète de l'hôpital, et maintenant, l'inspecteur s'accordait un satisfecit intime et prudent en constatant qu'il avait réussi ce qui au début lui semblait si nécessaire et impossible, que la disparition et la découverte de Paula restent ignorées des journaux et des télévisions, que pas même une rumeur ne se propage dans la ville : qu'il se demande pourquoi personne ne disait rien, qu'il perde le contrôle de lui-même, qu'il se hasarde à retourner là où il avait laissé la fillette en croyant qu'elle était morte comme Fátima.

Mais il lui était plus agréable encore d'assister tous les matins et tous les soirs à la remontée progressive de Paula, de la suivre dans son trajet vers l'école, de parler ensuite avec elle, à l'heure du café, pas seulement de ce qui lui était arrivé cette nuit-là, mais de ses examens et de ses jeux, des livres et des programmes de télévision qui lui plaisaient le plus. Elle devenait soudain sérieuse, regardait l'inspecteur avec une expression qui maintenant lui était familière, de peur mais aussi de souvenir, de fierté d'avoir retrouvé un nouveau détail qui allait lui être utile, qui serait noté dans le cahier qui était toujours à portée de sa main : « son blouson était en daim marron », disait-elle, non pas parce qu'elle s'était efforcée de s'en souvenir mais parce qu'à la surface de sa mémoire encore perturbée avait émergé cette image isolée, « la montre qu'il portait n'était pas à aiguilles mais à chiffres, avec un bracelet de plastique noir ».

Il avait fallu attendre dix jours avant qu'elle retourne à l'école, qu'elle ose sortir et croiser des inconnus, et au début son père et l'inspecteur l'avaient accompagnée, mais tout de suite elle avait commencé à surmonter sa peur, pas à pas, un jour elle se risqua à prendre seule l'ascenseur, un autre elle dit qu'il n'était plus nécessaire qu'on l'accompagne à l'école, sinon ses camarades soupçonneraient quelque chose – elle l'avait dit d'elle-même, certaines lui avaient déjà demandé pourquoi elle venait en donnant la main à son père, à douze ans, comme si elle était à la maternelle.

L'inspecteur l'attendait devant la grille de l'école, plus âgé que la plupart des parents, mieux habillé aussi, avec ses vêtements d'hiver du nord, il regardait un à un les visages des enfants qui sortaient en remous tourbillonnants, dans un désordre de voitures et de foule, de parapluies les jours pluvieux, et quand il reconnaissait le visage de Paula, il y remarquait un éclair soudain de tranquillité et de joie. Il marchait derrière elle, connaissant déjà le trajet par cœur, il l'accompagnait jusque dans l'entrée, lui ouvrait la porte de l'ascenseur, lui donnait un baiser et la quittait, puis il revenait dans l'après-midi pour parler avec elle, toujours en présence de son père qui lui caressait la main et l'écoutait avec un mélange de dévotion et de rage, dévotion absolue à sa fille retrouvée et rage dont il ne voulait pas montrer toute l'intensité devant elle. « La seule chose à quoi je tienne c'est la promesse que vous allez l'enfermer, lui disait-il quand sa fille n'était pas présente, qu'on ne le laisse pas ressortir avant sa mort. »

L'inspecteur arrivait vers quatre heures et demie ou cinq heures, et le café était déjà prêt, c'était Paula qui le servait pour lui et pour son père, et elle pensait à ne mettre dans sa tasse qu'une seule cuillerée de sucre et à lui demander un peu plus tard s'il ne voulait pas boire un Coca-Cola : elle lui disait qu'elle n'avait jamais vu un seul adulte qui aime tant le Coca-Cola. Le père était employé de la Poste et avait été nommé dans la ville depuis moins d'un an. La mère travaillait comme femme de chambre dans un hôtel. Elle était de l'équipe de l'après-midi et d'habitude l'inspecteur ne la rencontrait pas. Ils avaient tous deux à peu près quarante ans et leur appartement donnait une impression d'aisance dans la simplicité, de vie sans contrainte et bien vécue : il y avait des photos du couple dans les bras l'un de l'autre, ou avec leur fille très petite, tenue par la main dans un paysage qui semblait étranger, tous les trois avec l'air d'être en vacances, avec des jeans, des chandails et des chaussures de tennis, devant une voiture chargée ou une tente.

Il arrivait avec un magnétophone, avec un bloc-notes, avec des albums de fiches et de matériel d'identification, et la fillette venait lui ouvrir et se mettait sur la pointe des pieds pour l'embrasser, tout de suite chaleureuse parce que l'affection semblait être son penchant naturel, comme chez d'autres personnes l'hostilité ou l'indifférence. Ils s'asseyaient tous les après-midi au même endroit, l'inspecteur dans un fauteuil, la fille et son père sur le canapé autour de la table basse où était le service à café et où l'inspecteur mettait son magnétophone en marche. « Je veux que tu te souviennes de tout, lui disait-il, sans avoir honte. Cela n'est pas grave que tu ne sois pas certaine, ou que tu m'aies déjà raconté une chose. »

Mais ce n'était pas la peine de l'encourager, elle avait une mémoire infaillible, une capacité de perception et de souvenir qui devenait jour après jour plus aiguë, des vagues de détails nouveaux, de nuances ou de mots pas encore remémorés. Le premier jour, à l'hôpital, c'est à peine si elle balbutiait, avec sa langue enfoncée et tordue, tremblante, les yeux perdus. Maintenant elle était capable non seulement de se souvenir de tout mais aussi de le raconter avec une précision qui parfois lui devenait intolérable. Jamais elle ne se contredisait, jamais elle ne disait quoi que ce soit dont elle n'était pas vraiment sûre. Elle se taisait, avalait sa salive avant de répéter un mot ou un geste particulièrement répugnant, elle regardait son père de côté, serrait sa main, tête baissée, sans oser regarder l'inspecteur dans les yeux.

– Il me commandait des choses et moi je ne comprenais pas. Il disait des mots et je ne savais pas ce qu'ils voulaient dire. Il m'a traitée plusieurs fois de putain, il m'ordonnait d'enlever mes vêtements et je ne lui obéissais pas, et alors il me donnait un coup de sa main ouverte et me jetait par terre, mais je ne me relevais pas, il devenait furieux, il respirait très fort, sa voix tremblait.

– Dis-moi comment il était, quel accent il avait.

– Normal, de par ici, comme n'importe qui. Une voix bizarre, très douce. Il fumait beaucoup. Il prenait sa cigarette et l'allumait d'une seule main pendant que de l'autre il tenait son couteau.

– Dans quelle main ?

– Dans la main droite.

Elle ferma les yeux, serrant les lèvres, faisant un effort de mémoire.

– Dans celle qui avait du sang. La cigarette dans la main gauche et le couteau dans la main droite. Le briquet bleu, il avait beaucoup de mal à l'allumer. Il léchait le sang de sa main.

– As-tu vu la couleur du briquet sur le talus ?

– Je l'ai vue dans l'escalier, la première fois qu'il l'a sorti. Il n'y arrivait pas parce que sa main tremblait. Les cigarettes, c'étaient des Fortuna. Il fumait en les mordant, sans les retirer de sa bouche. Il disait qu'il allait me brûler. Il aspirait très fort et approchait la cigarette de moi.

– De ton visage ?

La fillette ne répondait pas, elle fit non de la tête, détournant de nouveau les yeux.

– D'ici.

Elle désigna fugitivement de son index à l'ongle rongé la courbe légère d'un sein.

– Ensuite, il a pris son couteau. Il demandait si j'aimerais qu'il me le coupe.

« Incision superficielle par arme blanche autour du mamelon gauche », avait lu l'inspecteur dans le rapport de Ferreras. Dans la salle à manger familiale, chaude et protégée, en face de la table basse où se trouvait un service à café élégant, à côté du père et de la fille assis sur le canapé, il fut soudain comme bouleversé par cette pure méchanceté, le froid du couteau entamant la peau transie de la fillette, sa chair blanche et sans défense sous la lumière de la lune. Elle disait qu'en arrivant au talus il lui avait ordonné de se déshabiller. Elle avait refusé ou simplement n'avait pas pu obéir, paralysée par la peur, et il l'avait jetée par terre d'un coup de poing, de sa main qui tenait le couteau, et alors elle avait commencé d'enlever ses vêtements, grelottant de froid, accablée par la peur mais aussi par l'étonnement, par son incapacité à comprendre. Elle ne comprenait pas ce qu'on lui ordonnait, ne ressentait que le dégoût et la terreur que lui provoquaient les mots inconnus et les gestes impérieux.

Quand elle était par terre elle avait remarqué que l'homme portait des jeans et des chaussures noires, sans lacets, tachées de boue, qui n'étaient pas des chaussures d'hiver. Mais non, les chaussures et les chaussettes, elle se rappelait maintenant les avoir remarquées plus tôt, elle les voyait pendant qu'elle marchait la tête baissée à travers toute la ville, avec ces doigts qui lui serraient la nuque, des chaussures qui ressemblaient à des mocassins, avec des glands qui sautaient d'un côté à l'autre, non, avec un seul gland, celui d'une des chaussures était parti, elle ne se rappelait pas lequel, peut-être celui de droite : l'inspecteur notait, lui souriait, l'encourageait, mais prenait grand soin de ne pas faire pression sur elle, de ne pas tenter d'accélérer le rythme ou le courant de sa remémoration des détails, il fermait son cahier et rangeait son stylo s'il voyait que la fillette commençait à devenir très tendue, lui posait des questions sur son école, la félicitait de sa bonne mémoire, elle n'avait sûrement aucune difficulté pour apprendre ses leçons, lui disait-il, si elle avait besoin de travailler quand elle serait grande elle n'aurait qu'à être candidate à un poste d'inspecteur de police.

– La couleur de ses chaussettes, recommençait-il à questionner. Tu m'as dit qu'elles étaient claires. Blanches ou d'une autre couleur ?

– Blanches, j'en suis sûre.

– Est-ce qu'il portait une bague à l'une des mains, avait-il une cicatrice ?

– Pas de bagues mais un bracelet.

– Ce qu'on appelle une gourmette ?

– Il me semble, c'était comme un bracelet de femme mais plus petit.

– Est-ce qu'on aurait dit de l'argent ou de l'or ?

– De l'or.

La fillette sourit.

– Mais il était sûrement faux. Des mains très grandes, plus grandes que les tiennes ou que celles de mon père. Quand on voyait son visage on était surpris par ses mains. Les ongles cernés de noir, ils me griffaient.

– Avait-il les ongles longs ?

– Non, pas longs, cassés, comme quand on ne se les coupe pas bien. Sa ceinture avait une grande boucle, je n'arrivais pas à la lui défaire et il me tirait les cheveux, me mettait son couteau sur la figure. La boucle de la ceinture était très froide, il pressait ma tête contre elle, me disait que je ne lui raconte pas d'histoires, que j'avais déjà fait souvent ce qu'il voulait que je lui fasse.

Un visage rond, se rappelait-elle, le menton très petit, cela elle l'avait bien remarqué, on aurait dit que le bas de son visage n'était pas terminé, les cheveux noirs, frisés, le front étroit, les sourcils épais, se touchant presque au-dessus du nez : l'inspecteur lui montrait des planches, des catalogues d'yeux, de bouches, de nez, d'ovales de visage, et elle choisissait rapidement ou hésitait, les cheveux n'étaient pas exactement comme cela, un peu moins frisés, presque lisses, le front était un peu plus grand, les oreilles moins décollées. Ils enlevaient de la table le plateau du café et les fragments de visage possible étaient les pièces d'un jeu qui les absorbait tous trois, mais qu'elle seule devait assembler, incertaine, stupéfiée, soudain effrayée par une combinaison de traits qui lui rappelait un souvenir trop vif, par une succession d'yeux qui avaient toujours un air menaçant mais qui finalement ne ressemblaient pas aux yeux de l'homme qui l'avait jetée à terre en la battant et l'avait obligée à se déshabiller et à s'étendre sur le dos contre la terre rude et gelée et à voir comment il se penchait vers elle, une cigarette mordillée dans la bouche et le couteau à la main droite, la ceinture débouclée et le pantalon tombé jusqu'aux chevilles.

Peu à peu, avec une lenteur qui n'exaspérait plus l'inspecteur parce qu'il savait maintenant qu'il avait l'avantage du secret, un visage prenait forme devant lui, une silhouette entière, la fillette la construisait comme si elle mettait en place chacune des pièces d'un puzzle, à la manière de ces sculpteurs qui, comme l'inspecteur l'avait vu dans un documentaire, ajoutent peu à peu de petits morceaux de glaise humide ou de cire pour modeler une statue. Quand il se retrouvait seul en sortant de chez Paula, ou quand au milieu de la nuit il ne pouvait pas dormir et qu'il relisait les notes de son cahier et écoutait à nouveau la voix de la fillette sur son magnétophone, il passait en revue une par une toutes les choses qu'il savait déjà, tous les fragments et les détails minuscules qui s'agrégeaient à la silhouette de glaise rudimentaire qu'il construisait. La montre digitale bon marché, les ongles noirs, la gourmette dorée, le visage rond. Il le racontait à Susana Grey, lui faisait entendre les paroles de la fillette, lui énumérait, tout excité, tout ce qu'il savait de cet homme à qui le reliait déjà une familiarité envenimée de répugnance. Il était proche et pourtant restait un inconnu total, ils connaissaient sa stature et la forme de son visage et la couleur de ses cheveux et l'aspect de ses ongles et la marque des cigarettes qu'il fumait et pourtant, l'inspecteur aurait pu tomber sur lui sans le reconnaître. Il était passé avec la fillette presque devant la porte du commissariat sans que personne ne fasse attention à lui, il avait croisé une voiture de patrouille en lui enfonçant ses doigts dans la nuque et en serrant dans sa poche un couteau automatique mais rien de tout cela ne l'avait rendu plus visible. Quel aspect a-t-il, demandait-il souvent à Paula, souhaitant qu'elle se rappelle ou retrouve un seul trait indiscutable, un défaut physique, n'importe quelle particularité, mais la fillette répondait toujours la même chose, se déclarait vaincue, haussant les épaules, sur le canapé, à côté de son père, devant le désordre des fiches de police avec des visages dessinés :

– Il a un aspect normal.

Ils partaient en voiture, certains soirs, le père au volant, l'inspecteur et Paula sur les sièges arrière, ils refaisaient l'itinéraire de ce soir-là, et l'inspecteur lui demandait de faire attention à tous les hommes jeunes qu'elle verrait, qu'elle le prévienne si elle remarquait une ressemblance, quelle qu'elle soit, dans les vêtements ou le visage, dans la manière de marcher. Ils roulaient lentement, près des trottoirs, et Paula regardait en direction de la rue sans ciller, sérieuse et attentive, de profil face à la vitre, presque adulte, elle levait une main, l'index tendu, la laissait retomber, se mordait les lèvres : elle croyait avoir vu son blouson, ou ses mocassins noirs, elle croyait même dans un moment de panique et d'hallucination l'avoir vu, lui, surtout quand la nuit était déjà tombée et que les rues ressemblaient tant à celles qu'elle avait parcourues dans un automatisme d'hypnose, de morte vivante. Cela pouvait être presque n'importe qui, n'importe qui à l'aspect normal, parmi les hommes jeunes et banals qui marchaient dans la rue, le soir, avec des jeans, des visages pleins et des cheveux noirs, avec des blousons chauds contre l'humidité de la nuit d'hiver. Chaque soir, quand tombait la nuit, la peur lui revenait, bien qu'elle fût protégée par l'intérieur chaud et la pénombre de la voiture, et alors elle posait sa main sur l'épaule de son père et le priait de la ramener à la maison. Elle regardait les lumières des vitrines, les gens avec des manteaux et des parapluies sur les trottoirs, assise à côté de l'inspecteur, sans oser trop approcher son visage de la vitre, de crainte que ne la découvrent ces yeux qu'elle n'avait en rien suspectés la première fois qu'elle les avait vus, dans l'ascenseur.

Elle se rappelait presque tout sauf cela, les yeux, elle les voyait dans ses cauchemars et les avait oubliés quand elle se réveillait. Elle ne se rappelait ni leur couleur ni leur forme, ne pouvait dire s'ils étaient grands ou petits, saillants ou enfoncés, sur les fiches des détenus, dans les dessins que l'inspecteur étalait devant elle, elle ne voyait jamais d'yeux auxquels elle aurait trouvé une ressemblance avec ceux-là. Elle ne se souvenait que de sourcils grands et noirs. Le portrait-robot que l'inspecteur regardait seul dans son bureau à la lumière d'une lampe de table, tandis qu'il ne se décidait pas à composer le numéro de la clinique qu'il avait cessé d'appeler tous les soirs, était un visage banal et rond aux sourcils grands et courbes, à la bouche petite et au menton fuyant, avec une tache blanche, comme un masque, à la place où manquaient les yeux.

28

Rien qu'à le voir immobile et seul au bout du comptoir, la femme le reconnut, bien qu'il n'y eût pas beaucoup de lumière et qu'en réalité elle n'eût aucune raison de se souvenir de lui. Elle ne l'avait vu qu'une seule fois, des mois plus tôt, et ne lui avait alors pas même parlé parce qu'elle était occupée avec un autre client, un fermier au visage rouge et bouffi qui regardait son décolleté avec des yeux troubles de noceur ivre. C'était avant le début du mauvais temps, elle en était sûre, avant qu'arrive cet hiver précoce qui avait tout fichu par terre, l'hiver et la mort de cette gamine qui avaient claquemuré les gens chez eux et vidé les commerces de nuit. Qui aurait eu le courage de sortir le soir avec toute cette pluie, avec ces policiers en civil qui rôdaient dans les bars, décourageant le peu de clientèle qui y restait, faisant tous les soirs des descentes pour poser des questions et montrer des photos, pour demander aux filles si elles se souvenaient d'un client très bizarre, qui aurait eu quelque chose de particulier, par exemple des difficultés d'érection lui avait demandé celui qui paraissait être leur chef, un homme aux cheveux blancs ou gris, très sérieux, et elle au début n'avait pas compris, mais tout de suite elle s'était mise à rire, vous voulez dire un type qui ne banderait pas avait-elle dit, mais le policier l'avait regardée d'une manière qui avait coupé son rire, et même lui avait fait honte, en fin de compte ils recherchaient l'assassin d'une gamine de neuf ans, il n'y avait pas de quoi plaisanter.

Un type qui ne banderait pas répéta le policier, ou qui deviendrait plus violent que la moyenne, elle avait haussé les épaules, sérieuse maintenant elle aussi, sur son tabouret devant le bar, il y avait tellement de types bizarres ou violents que ni elle ni ses camarades ne pouvaient se souvenir de chacun d'eux, c'est du contraire qu'elles se souviendraient si par hasard il leur en tombait un de normal.

Le policier qui n'avait pas regardé une seule fois son décolleté, pas même d'un regard involontaire ou furtif, lui donna un carton en blanc où il avait écrit à la main un numéro de téléphone, mais elle ne savait pas où le ranger, elle portait si peu de vêtements et si ajustés, elle le posa quelque part, près du téléphone ou de la caisse enregistreuse et il lui sortit de la mémoire. C'était plus tard, ce soir-là ou le soir suivant, tandis qu'elle crevait d'ennui en attendant que quelqu'un arrive, debout, accoudée au bar, une cigarette allumée entre ses doigts aux ongles si longs et si fragiles qu'ils se cassaient illico, dans la pénombre rougeâtre, bleuâtre et presque vide du club, où un disque de Julio Iglesias effaçait la conversation des autres filles avec un client, qu'elle s'était souvenue de ce type, mais seulement en passant, elle ne savait rien de lui et n'avait même pas su s'il avait parlé à la fille qui l'avait emmené dans une cabine, une chèvre folle qui avait disparu du club quelques jours plus tard, emportant avec elle son désastre de voyous et de drogue, s'évadant de quelque chose ou de quelqu'un. Elle n'aurait pas pensé à lui s'il n'y avait pas eu cette conversation avec le policier aux cheveux gris, mais il ne lui était pas passé par la tête de l'appeler, ni de chercher son numéro de téléphone qui était Dieu sait où. Elle avait oublié ce type, solitaire et silencieux, comme elle les oubliait tous, même ceux qui devenaient des habitués, elle confondait leurs visages dans la demi-lumière du club, penchés au-dessus du sien et respirant très fort contre sa bouche ou son cou sur les couchettes des cabines. Ils repassaient la porte, congestionnés de luxure hâbleuse ou déprimée, elle leur disait au revoir chéri, reviens bientôt, et elle les oubliait complètement, si ce n'est que son expérience ou son instinct lui donnaient des avertissements infaillibles, la prévenaient du danger, de la convoitise. Mais celui-là n'avait rien qui semblait digne d'être retenu, et encore moins redouté, et on ne pouvait pas non plus déduire de son apparence qu'il eût beaucoup d'argent ni une hâte démesurée à le dépenser.

Ce qui se passait peut-être, ce qui avait attiré son attention la fois précédente et qui maintenant se confirmait à le revoir, même s'il avait quelque chose de changé, elle ne savait pas encore quoi, c'était qu'il ne cadrait ni avec l'endroit ni avec l'ambiance, qu'il ne ressemblait en rien aux clients habituels, camionneurs ou représentants ou propriétaires de magasins d'électroménager, d'ateliers de mécanique ou de commerces de tissus, qui fermaient boutique à huit heures et avant de rentrer chez eux partaient en voiture aux abords de la ville, dans l'espace ouvert entre la route et les oliveraies, là où clignotaient les lumières du club et où brillaient, éclairées de l'intérieur, les petites fenêtres voilées de rideaux rouge sombre.

Elle le voyait maintenant, avant de s'approcher de lui avec une cigarette non allumée entre les doigts, comme elle l'avait vu l'autre fois, à la même place et dans la même attitude, étranger à tout ce qui l'entourait, réfractaire au sentimentalisme et à la vulgarité de la musique, à la pénombre où ressortaient les fausses dorures de la décoration et le verre des coupes, les décolletés et les visages, contracté comme un séminariste, à l'angle du comptoir le plus proche de la porte, avec un blouson de daim, les épaules étroites, penchant son visage arrondi, comme s'il avait honte ou qu'il n'osait pas regarder ouvertement les filles, concentré sur le verre qu'il avait devant lui, sur le paquet de cigarettes et le briquet qu'il avait posés sur le bar dès son entrée. Il était très jeune, sûrement, son visage tellement rond lui donnait un air d'enfant, et de plus, même s'il était assis, on voyait qu'il n'était pas très grand, pas plus d'un mètre soixante ou soixante-cinq. En descendant de son tabouret pour s'approcher de lui, elle fit un clin d'œil au garçon, aussi inactif qu'elle par cette soirée de vent glacial qui apporterait peut-être la neige. Malgré le volume de la musique, cet éternel disque de Julio Iglesias, on entendait le vent siffler sur le toit et secouer volets et fenêtres en violentes rafales. Elle s'avança vers le jeune homme en se déhanchant un peu, sans aucune effronterie, sans véritable conviction. Il avait les sourcils et les yeux très rapprochés, et bien qu'il se soit aperçu qu'elle arrivait près de lui, il n'osait pas lever le regard, il était très nerveux, il avait bu une longue gorgée et tirait fort sur sa cigarette, il essayait de se reprendre et quand elle lui dit bonjour, l'expression de son regard changea en un instant, hautaine, sur la défensive, même un peu insultante, il cherchait maintenant à ressembler aux autres clients, il devait s'agir de quelque chose que les hommes portent en eux et qui à un moment donné affleure même chez les plus pusillanimes, une jactance réitérée, une manière de vous examiner et de vous évaluer, de haut en bas, avec une suffisance d'experts, comme s'ils exerçaient des savoir-faire et des pouvoirs immémoriaux, hérités de mâle en mâle, connus d'instinct, sans besoin d'apprentissage ni d'exemple.

Mais chez celui-là, il demeurait quelque chose qui n'était pas chez les autres, elle le savait maintenant comme elle l'avait su l'autre fois, même si elle ne se rappelait pas la carte avec un numéro écrit à la main qu'avait laissée le policier, et si elle était incapable d'expliquer ce qu'elle remarquait en lui, ce qui le distinguait à part l'attitude de méfiance et de retrait avec laquelle il s'était installé au bout du bar, les épaules de son blouson mouillées et les cigarettes, le briquet et les clefs de voiture tenus dans une de ses mains si grandes, apportant avec lui quand il avait poussé la porte un courant d'air froid et de neige fondue pulvérisée par le vent, une allure bizarre qu'ensuite sa voix si douce n'avait pas effacée. Ce n'était pas le genre de ton avec lequel parlent les hommes dans cet endroit, ce n'est pas comme cela qu'on s'adresse aux filles, qu'on les regarde, avec cette expression intimidée de jeune homme d'autrefois, de fiancé comme il faut, irréprochable, congénital, avec cet air de fils adoré de maman et des amies de maman, de fils modèle, inaccessible et indifférent aux tentations de la canaillerie et de la chair, aussi étranger à la lumière, à la musique et aux parfums épais du club qu'un chrétien primitif qui aurait été obligé d'assister à l'une de ces orgies qu'on filme pour les péplums.

D'où pouvait-il venir, par cette nuit où personne n'aurait aimé s'aventurer hors des maisons chaudes et des rues familières, que pouvait-il venir chercher en voiture jusqu'à cette désolation d'au-delà des dernières maisons, des dernières stations d'essence où presque personne ne s'arrêterait pour se ravitailler. Timide, respectueux, apeuré, avec cette ombre que projetaient ses sourcils sur des yeux trop rapprochés, ces mêmes yeux qui, à peine avait-elle commencé à répéter la conversation rituelle – tu me donnes du feu, comment t'appelles-tu, tu es de par ici, tu m'offres un verre –, avaient acquis un éclat particulier qui n'était pas tant de désir que de domination, d'impatience d'affirmer sa virilité.

Il y avait autre chose qui le différenciait des autres, il regardait de plus loin, de plus au fond, et s'il suffisait de regarder les autres dans les yeux pour savoir avec dégoût ce qu'ils étaient et ce qu'ils cherchaient, avec celui-là tout demeurait caché comme au plus profond d'un puits ou d'un tunnel dont on n'aurait pas vu le bout. Il lui donna du feu, lui dit un nom sans doute aussi faux que celui qu'elle lui avait dit, resta à regarder ses ongles si longs, vernis de rouge, déplacés et provocants au bout de ses mains vraiment courtes et grosses, avec une tache plus sombre qu'estompaient la faible lumière du club, le bruit et l'éclat de ses bracelets de toc. Il n'était venu que pour prendre un verre, dit-il, bavarder un moment, il était avocat, avait un bureau dans la capitale de la province, il vivait seul, dans un appartement, et quand elle heurta la coupe de champagne qu'on venait de lui servir contre la sienne et lui dit qu'il devait être très intelligent, si jeune et déjà avocat avec son propre cabinet et un appartement, il est probable qu'il avait rougi, mais elle n'aurait pas pu s'en rendre compte, la lumière du club était rougeâtre et la couleur naturelle des visages s'y dissolvait, remplacée par des taches ou des ombres, par des pâleurs de poudre de riz et de grasses sensualités de fards et de rouge. Il parut un peu inquiet ou surpris quand elle lui dit qu'elle se rappelait l'avoir vu une autre fois, mais il chercha immédiatement du courage dans un mensonge évident, c'était vrai, il était passé par là quelques mois plus tôt, en rentrant d'un voyage d'affaires à Madrid, il avait bavardé avec une autre fille, il ne se rappelait pas son prénom, Soraya, lui dit-elle, ou du moins c'était comme cela qu'elle se faisait appeler, jolie mais maigrelette, pour la chose, sûr qu'avec elle il aurait mieux de quoi se remplir les mains, et elle avança vers lui ses hanches et son décolleté, frôla ses genoux d'une cuisse généreuse gainée de nylon bien tendu. Je vais devenir jalouse, dit-elle, tu te rends compte que tu te souviens d'une autre alors que c'est moi qui suis là, je te pardonne si tu m'offres un autre verre, mais lui maintenant ne s'occupait plus beaucoup d'elle, la regardait comme s'il méprisait la vulgarité de ses paroles, de ses gestes et de ses mains épaisses et ménagères malgré le rouge et la longueur de ses ongles, de ses cheveux décolorés avec une raie sombre en leur milieu. Qu'est-ce qu'elle est devenue, demanda-t-il, mais il parlait si bas que la voix de Julio Iglesias ne laissait presque pas entendre la sienne, elle était partie d'un jour à l'autre sans même dire au revoir, elle était complètement junkie, même si elle le cachait, si elle avait dû le démentir pour qu'on l'accepte dans un club de classe comme celui-ci, mais sûr que maintenant elle était retombée dans la rue, à souffrir du froid sur une route.

Ce n'est que plus tard qu'elle pensa vraiment à Soraya, comme elle se faisait appeler, et au motif de sa fuite, même si son instinct aurait dû la prévenir plus tôt, elle aurait dû savoir, refuser, mais parfois on sait qu'on ne doit pas faire quelque chose et pourtant on le fait, comme une fatalité, comme si l'on n'y pouvait rien, par fatalité ou par habitude, parce que ce soir-là elle s'ennuyait et qu'elle était en colère et qu'il était probable que personne d'autre ne viendrait avant la fermeture, parce que le type, en réalité, ne paraissait pas dangereux du tout, bizarre oui, mais pas plus que d'autres, un cul-bénit, il avait une tête à aller à la messe et à dire son chapelet, sûr qu'après il allait se confesser, et qu'il était membre d'une de ces confréries de la semaine sainte, peut-être même qu'il avait une fiancée officielle et qu'il ne se l'enverrait pas avant la nuit de noces. Il en restait encore beaucoup comme cela, elle le savait bien, elle avait supporté l'ivresse et la luxure de pas mal d'entre eux quand ils enterraient leur vie de garçon, entourés et encouragés par des camarades plus ivres encore, avec des cravates défaites, des mains qui tenaient des whiskies au-dessus d'épaules fraternelles, et la bouche agrandie par la grosseur des cigares qu'ils mordaient, quelle horreur.

Celui-là non, une sainte nitouche, celui-là sembla ne pas comprendre quand elle lui fit un signe pour lui indiquer la cabine, où ils pourraient boire un autre verre plus tranquillement, en bavardant, en faisant mieux connaissance, il ferait même moins froid, c'était plus intime et il y avait un radiateur. Il changeait, en quelques secondes, il paraissait ahuri et tout doux et soudain il avait un geste décidé, un regard, des façons très brusques qui la déconcertaient et auraient dû l'avertir. Il passa avec elle derrière un rideau rouge et quand ils se trouvèrent dans la chambre petite et presque dépouillée de tout, il resta debout sur le sol de ciment froid, le verre dans une main, le paquet de tabac et le briquet dans l'autre, si démonté qu'il faisait même de la peine, il semblait que jusque-là jamais il n'avait été avec une femme, il avait bredouillé avec cette voix de garçon bien élevé quand il lui demandait le prix avec hésitation ou tentait de s'assurer de ce qu'il aurait en échange, sans dire un mot grossier, sans appeler les choses par leur nom, les évitant, comme il évitait ses yeux tandis qu'il la voyait se déshabiller, expéditive et transie, la chair de poule malgré la chaleur du radiateur qui éclairait le coin de la pièce proche du lit, plutôt un châlit métallique, sans draps, avec un matelas de caoutchouc mousse couvert d'un vieux dessus-de-lit, dont le sommier grinça sous le poids de l'homme qui n'avait pas même quitté ses chaussures ni son blouson, il n'avait que baissé son pantalon et continuait à fumer, buvant de petites gorgées de rhum-Coca, silencieux, incongru avec son blouson, son air de communiant et son pantalon baissé, comme s'il était assis aux toilettes, les jambes courtes et épaisses, avec beaucoup de poils, petits et frisés, il en avait sûrement aussi beaucoup sur le dos, comme il en avait sur les phalanges et le dos des mains.

Il lui dit à voix basse de ne pas retirer ses chaussures ni ses bas, il écarta plus les jambes et lui fit signe de s'agenouiller devant lui, et le geste fut alors d'une grossièreté et d'une évidence inattendues, brutales, comme les mots qu'il prononça et qu'une seconde plus tôt elle n'aurait pas pu imaginer entendre de sa bouche. Il y avait un tapis sale au pied du lit mais malgré cela le froid lui pénétra immédiatement les genoux, c'est pour cela qu'elle décida qu'il fallait en finir au plus vite, sûr que cette sainte nitouche ne tiendrait pas la durée, qu'il s'abandonnerait avec un gémissement et un faible râle, et resterait ensuite découragé et déçu, la bouche encore ouverte et les paupières baissées, sans arriver à s'essuyer avec le papier de toilette dont un rouleau était toujours à portée de main sur la table de nuit.

Elle sentait les doigts de ses mains qui lui serraient la nuque, lui imposant un mouvement rapide et mécanique, elle respirait par le nez, écoutait au-dessus d'elle le fil des paroles de l'autre, les phrases apprises dans des revues ou dans des films qu'il répétait sans doute pour s'exciter et qu'elle n'était pas capable d'associer à son visage ou à sa voix de quelques minutes plus tôt, mais elle comprit tout de suite que cela allait être difficile ou peut-être impossible, elle s'en était doutée dès qu'elle avait vu ce qu'il y avait sous les jeans et qu'elle avait tenté de dissimuler sa réaction, sa surprise, son envie de faire une plaisanterie. Suffoquée maintenant, les yeux fermés, écoutant sa propre respiration et les mots grossiers que l'homme récitait d'une voix basse et douce, comme une litanie, elle était consciente du froid et de la dureté du sol sous le tapis et de la douleur de ses genoux, du vent qui soufflait à l'extérieur, au-delà des murs, de la musique de Julio Iglesias qui continuait de jouer dans le bar. C'est en vain qu'elle léchait et pressait, impatiente, avec un dégoût neutre qu'elle atténuait en pensant à d'autres choses, mais alors une des mains qu'il avait refermées sur sa nuque se mit à la tirer par les cheveux, lui faisant lever la tête, l'obligeant à regarder le visage rond et transfiguré de l'homme et la lame du couteau automatique qui bondit juste devant ses yeux, lui frôlant la joue. Elle se souvenait maintenant du policier aux cheveux gris, de la carte avec un numéro de téléphone écrit à la main, mais sur le moment elle ne put se souvenir de rien ni penser à rien, il lui semblait que cette main allait lui arracher le cuir chevelu, et elle ne pouvait pas crier de douleur parce que le tranchant du couteau était contre son cou, pressait sa peau, sur le point de s'y enfoncer, tandis que continuaient les paroles et la main qui lui tirait les cheveux, l'obligeant à bouger la tête encore plus rapidement. Voilà qu'elle se regonflait, les mots ne lui avaient pas suffi et il avait besoin du couteau pour s'exciter, il respirait plus à fond, mais cela ne dura guère qu'un instant, elle recommençait déjà à rétrécir, au début de manière imperceptible, puis évidente, et sans espoir, elle se rejeta en arrière et réussit à se libérer de la main, elle fut sur le point de crier mais l'air lui manquait et une seconde plus tard ce n'était plus possible parce que l'homme, l'inconnu, l'avait jetée par terre sur le dos contre le ciment, la tenait serrée entre ses jambes écartées et traçait des cercles avec la pointe de son couteau autour du bout de ses seins, lui disant doucement ce qu'il allait leur faire si elle ne se taisait pas, lui demandant si elle ne savait vraiment pas pourquoi cette fille, Soraya, avait quitté la ville si subitement et sans dire au revoir à personne, de quoi elle avait eu si peur.

Exalté, requinqué, sûr de son invulnérabilité, il la regardait dans les yeux sans ciller tandis qu'il remontait son pantalon et sa fermeture éclair et bouclait sa ceinture. Il rangea le tabac et le briquet dans les poches de son blouson, vérifia qu'il avait bien son portefeuille, les clefs de la camionnette, celles de chez lui. La femme s'était relevée et assise sur le lit, ses cheveux décolorés lui cachaient la moitié du visage, ses talons usés, sa chair molle et blanche, maintenant repoussante, aussi peu excitante que la pièce avec son plafond de Fibrociment et sa nudité de garage, avec sa petite fenêtre aux vitres peintes de rouge qui devaient avoir un éclat d'invite et de mystère pour qui passait en voiture sur la route. Il s'approcha d'elle le couteau toujours à la main, lui fit relever la tête en lui tirant les cheveux. Attention à ce que tu vas faire ou dire, lui dit-il, parce que je peux revenir. Il lâcha ses cheveux, ramassa le corset ou le body ou quoi que ce soit qu'elle avait porté sur elle et le lui jeta dessus, et quand il lui avait déjà tourné le dos, sûr qu'elle n'allait pas appeler à l'aide, qu'elle ne crierait pas pour qu'on l'empêche de partir (l'autre non plus, Soraya, n'avait rien dit, il lui avait suffi de se coucher sur elle et de commencer à lui enfoncer son slip dans la bouche pour qu'elle se rappelle et qu'elle comprenne), il resta immobile en l'entendant parler, sans se retourner encore vers elle, comme tardant à comprendre ce qu'elle avait dit, serrant très fort le couteau dans sa main.

« Moi, les types, je les préfère avec plus de bite et moins de couteau. »

Il rougit, son visage le brûlait, il se retourna et la femme, assise sur le lit, reculait en le regardant, il serrait si fort le couteau dans la paume de sa main qu'il allait se faire une blessure, il leva le poing et la femme suivit son geste comme si elle n'arrivait pas à quitter des yeux le pendule d'un hypnotiseur, il ne la cogna qu'une fois, un poing solide et énorme comme une mailloche, il la vit tomber sur l'oreiller, sur le dos, saignant du nez, il serra les dents et se planta les ongles dans la paume de la main, il passa le rideau et traversa l'air épais et la musique sans rien voir que des taches, sans rien entendre que sa respiration et les coups du sang à ses tempes. Il sortit dans le froid, dans le vent glacé, démarra la camionnette, entendit des portes claquer et des cris dans son dos, regarda devant lui la route éclairée par les phares, les lignes blanches et les rangées rapides d'oliviers, les lumières de la ville un peu au-delà, se réverbérant sous un ciel blanc et bas, comme éclairé de l'intérieur, un ciel d'hiver profond et qui présageait l'arrivée de la neige.

Il parcourut les rues vides sans s'arrêter aux feux rouges, sans savoir quelle heure il était ni vers où il allait, de plus en plus vite, en ligne droite, il entendait le moteur vibrer et rugir et il tachait de sang le plastique du volant, il le tenait de la main gauche pour lécher sa blessure à l'autre main, sans plus faire attention il essuyait le sang sur son pantalon, sur son blouson, avalait sa salive et le goût du sang lui donnait la nausée, l'odeur de poisson qui ne disparaissait jamais de la camionnette l'écœurait. En arrivant à la place de l'horloge il s'arrêta à un feu, avec une trace de lucidité ou de prudence, il y avait toujours des agents à la porte du commissariat. Mais il n'y avait pas de lumière aux fenêtres du balcon et la porte était fermée, ces salauds s'abritaient du froid à l'intérieur. Il tambourinait sur le volant en attendant le feu vert, il se léchait avec impatience la paume de la main, il démarra violemment avec un crissement de pneus sur le pavé, défiant les agents invisibles, la ville endormie ou peureuse qui se cachait derrière les volets fermés des maisons : ils se taisaient, ils avaient peur, une ville entière terrorisée par un seul homme, elle conspirait en vain pour l'attraper, lui tendait des pièges dans lesquels il n'allait pas tomber, lui cachait des choses, essayait de les effacer, comme s'il était idiot.

Un jour, puis un autre, et rien dans le journal qu'il jetait taché de graisse et d'écailles après l'avoir regardé de la première à la dernière page, rien à la radio rien à la télévision, on voulait le berner, c'était sûr, le faire avouer, lui faire faire un faux pas, il allait au kiosque à journaux, les premiers matins, en contenant les palpitations de son cœur, en se plantant les ongles dans les paumes des mains, et comme il n'était pas habitué à les lire, il les mettait en désordre en cherchant, la colère le dominait, déçu ou blessé, déconcerté, avec au début de brusques accès d'inquiétude et même de terreur puis d'irréalité, il avait plus que jamais l'impression d'avoir rêvé ce qu'il se rappelait, et certains soirs, sans pouvoir se retenir, il partait par les ruelles abandonnées du quartier en direction du jardin et du talus, mais il s'arrêtait toujours avant d'arriver, juste au bord, peut-être qu'on ne l'avait pas encore trouvée, la première en fin de compte, c'était un balayeur qui l'avait trouvée par hasard, maintenant personne n'allait plus dans le jardin avec le vent et le froid de l'hiver, pas même les drogués ni les bandes d'ivrognes du vendredi soir. Mais il ne semblait pas non plus qu'on la recherche, qu'on ait remarqué sa disparition, c'était impossible, bien sûr on le surveillait, à lui on ne la faisait pas, ils attendaient qu'il fasse un faux pas, qu'il s'énerve et commette une erreur. Il était encore à l'abri, invisible, il avait envie de composer le numéro du commissariat et de le dire à cet inspecteur principal, de le défier, trouve-moi si tu en es capable, puis de raccrocher le téléphone, ici même, dans la cabine de la place, à deux pas des agents et du balcon éclairé : s'approcher beaucoup de la limite de quelque chose, puis prendre du champ et reculer, invulnérable, invisible, approcher la main d'une porte métallique qui prévient *Ne pas toucher, danger de mort*, et sentir comme un aimant au bout de chacun de ses doigts, enfoncer le tranchant ou la pointe du couteau dans une peau lisse et tendre, juste une fraction de millimètre, une piqûre qui ne devient pas une blessure, qui ne fera pas couler le sang.

Il freinait peu à peu en s'approchant du jardin, il stoppa le moteur, éteignit les lumières et la voiture continua de descendre sans bruit, en roue libre, il finit par s'arrêter au-delà des derniers réverbères mais encore à une certaine distance des vagues ombres des haies et des arbres immobiles, s'apercevant alors que le vent avait cessé. Sa main ne saignait plus : il pouvait suivre de la pointe de sa langue la fine ligne de la blessure. Il n'y avait personne alentour, on n'entendait rien, ni vent ni moteurs de voitures. La silhouette noire des toits et des arbres ressortait contre l'éclat voilé de brume du ciel si bas. Il était sain et sauf, tranquille, protégé, caché à l'intérieur de la camionnette sans lumières, à l'extrémité déserte de la ville, loin de tout soupçon, maintenant serein, presque confiant, fumant, la braise de la cigarette cachée dans le creux de la main, par précaution, pour mieux profiter de son invisibilité, si quelqu'un passait il ne s'apercevrait probablement pas qu'il était dans la camionnette, confondu avec l'obscurité de l'intérieur, avec la fumée.

Si maintenant il allumait le moteur et descendait la côte du rempart, en quelques minutes il serait de retour chez lui. Il se vit couché dans son lit sans pouvoir dormir, écoutant la toux ou les murmures des vieux, imaginant qu'il se levait discrètement et qu'il marchait en flottant au-dessus du sol jusqu'à entrer dans le jardin et descendre sur le talus, le rêvant. Il sortit de la camionnette, comme étranger à ce qu'il faisait, presque comme s'il se voyait de l'extérieur, une part de lui immobile ou passive et l'autre qui avançait, comme il arrive dans les rêves, comme lorsqu'on se couche dans le noir et que l'imagination vous montre tous les détails de quelque chose qui s'est déjà passé ou qui jamais ne se passera. Il entendait sous ses pas le gravier et les tessons de bouteilles du jardin. Il laissait derrière lui la camionnette, les dernières lumières des coins de rue, les maisons blanches aux volets fermés, et la terre qu'il foulait avait une clarté morte, comme celle du ciel, qui par contraste rendait plus sombres les silhouettes des arbres. Trop de temps s'était passé, il était impossible qu'elle soit encore là, renversée, oubliée, décomposée, ou peut-être dans l'état où il l'avait vue en partant, à la lumière de la lune, il perdait soudain la notion du temps et se retrouvait pour la troisième fois dans la même nuit répétée, et le visage qu'il voyait était celui de la première fille, Fátima, l'autre s'était effacée, il n'avait même pas su son nom. Il descendit sur le talus, s'appuyant aux troncs des pins, glissant dans la boue, certain de ne pas avoir besoin de la lumière de son briquet pour retrouver l'endroit exact, le replat, il y serait parvenu les yeux fermés, comme il y était parvenu dans chacune de ses nuits d'insomnie, dans des rêves dont il s'éveillait dans un sursaut d'inquiétude, de danger, de vertige.

Il trébucha contre quelque chose, il s'était pris les pieds dans un enchevêtrement de racines déterrées, mais il avait de bons réflexes et ne roula pas sur le talus, il resta étalé par terre, comme quand il avait onze ou douze ans et qu'il épiait les amoureux. Il se remit debout, furieux, il s'était couvert de boue, dès qu'il rentrerait il devrait mettre la machine à laver en marche pour éviter, le lendemain matin, les questions insidieuses et apeurées de la vieille. Où as-tu été, pourquoi es-tu tout taché de boue, est-ce que tu ne te serais pas soûlé mon fils. Il tâta l'intérieur de ses poches, il avait entendu tomber quelque chose, les clefs de la camionnette, non, le couteau, il jura à haute voix, tâtonnant, à genoux, maintenant il ne trouvait pas non plus le briquet, il finit par mettre la main dessus, heureusement qu'il n'était pas tombé lui aussi, il le garda allumé quelques secondes et quand il s'éteignit il eut à retardement l'impression d'avoir vu quelque chose, mais ce n'était pas possible, il voulait le rallumer mais la flamme ne venait pas, seul le gaz sortait mais la roulette tournait sans que jaillisse l'étincelle, la pierre s'était abîmée, ou ses doigts tremblaient, ou il avait très froid aux mains. Des chaussures, c'est ce qu'il avait vu, mais il regardait autour de lui et ne voyait rien d'autre que les troncs et les ombres des arbres, il valait mieux se relever et partir, il était encore temps, un des arbres paraissait bouger et un instant plus tard un éclair jaune lui blessa les yeux, il se cacha le visage de la main, une lampe électrique s'était allumée à quelques mètres devant lui et s'approchait, puis une autre plus à droite, et une troisième derrière lui, trois cônes de lumière épaissis de brume s'avançaient vers lui qui ne voyait encore personne et ne distinguait pas les silhouettes humaines de l'ombre des arbres. Il se mit debout essuyant ses genoux, son blouson, écartant les yeux des lumières qui l'entouraient et mettaient une éternité à s'approcher de lui, accompagnées maintenant de bruits de pas et de corps qui bougeaient tout autour, parmi les buissons, surgissant des haies, se séparant des silhouettes des pins. Du calme, dit une voix, ne bouge pas, ne marche pas, et dans la lumière jaune des lampes émergea un pistolet. Il tourna le visage de côté, ferma les yeux et leva lentement les mains, bien que personne ne le lui ait ordonné.

29

« Enlevez-lui les menottes », dit l'inspecteur. L'agent obéit puis resta debout immobile derrière la chaise où était le prisonnier, les menottes dans les mains et les bras croisés, comme pour le surveiller de près, le regardant de côté sans cacher son mépris, sa curiosité, sa haine. Mais d'un mouvement de main, l'inspecteur lui indiqua de sortir et l'agent, contrarié, salua d'un geste sommaire et sortit en refermant presque brusquement, il resta pourtant debout derrière la porte, son large dos comme une ombre bleue sur la vitre dépolie. L'inspecteur avait ordonné qu'on ne laisse entrer personne et qu'on ne lui passe aucun appel.

Il voulait être au calme et avoir du temps, pas beaucoup, peut-être seulement les quelques heures qui restaient de cette nuit, non pas pour confirmer ce qu'il savait déjà, ni pour obtenir des aveux, mais pour comprendre quelque chose, du moins pour essayer, avant que ne commence l'agitation des journalistes et des caméras de télévision et que ne se mette en marche la mécanique de la procédure judiciaire. Maintenant il avait plus que jamais besoin de tranquillité, de lenteur, de secret. Derrière le balcon de son bureau, sur la place du général, dans la ville entière angoissée et endormie à l'abri de la nuit d'hiver, personne encore ne savait rien, et lui aurait voulu que le secret ne s'achève pas avec le lever du jour, que ne revienne pas entourer le commissariat la foule accablante de ceux qui recherchaient des gros titres et des images, et de ceux qui crient la bouche grande ouverte et agitent les poings exigeant une justice sommaire, la vengeance.

Tellement de temps passé à chercher et ne disposer que de

quelques heures, pas plus de deux ou trois calculait-il, avant que les téléphones se mettent à sonner et que les groupes se forment devant le commissariat, autour de la statue et de la fontaine dont l'eau gelait maintenant toutes les nuits. Mais il ne disait toujours rien, ne se rappelait aucune des questions que pendant tout ce temps il avait voulu poser, depuis le début d'octobre, depuis qu'il avait vu sur le talus puis sur la table d'autopsie le visage de Fátima, ses yeux ouverts, ses socquettes blanches au bout de ses maigres jambes raides et meurtries. Tant de mois passés à chercher un seul regard et maintenant il l'avait en face de lui, vulgaire et fuyant, sans mystère, sans trop d'expression, un regard qui pouvait être celui de n'importe qui, comme le visage et les mains, comme le blouson en imitation de daim, taché de boue aux coudes et aux poignets, tout cela bon marché et banal, les choses qu'il avait sorties de ses poches et qui maintenant étaient sur la table, un briquet Bic bleu, en plastique, un paquet de cigarettes Fortuna presque vide, les clefs d'une voiture, celles d'une maison, avec le porte-clefs publicitaire d'un atelier de lavage et graissage, un couteau, exactement celui qu'avait décrit la fillette, Paula, avec des garnitures noires et une tête de taureau métallique à l'extrémité. Presque rien d'autre, deux billets de mille pesetas salis, qui sentaient très fort quelque chose, le poisson, quelques pièces, un mouchoir de cellulose avec des taches sombres, peut-être du sang : ces choses sur la table, banales mais aussi insolites, à côté du téléphone et de la lampe, du bac à documents métallique et du classeur de carton où étaicnt rangées toutes les photographies et toutes les pièces de l'enquête, des mois de paperasse, de rapports et de communications dactylographiées et de formules répétées dans l'ennui du jargon administratif. La première pièce du dossier était une copie de la déclaration de disparition de Fátima. La dernière, un rapport remis par la délégation provinciale des services météorologiques, avec les dates et les heures exactes du lever de la pleine lune pour les mois écoulés.

L'homme jeune assis en face de lui tenait la tête basse et se frottait les poignets, si épais que les menottes y avaient laissé des marques d'un rouge très vif. Les ongles, les doigts, les poils frisés sur le dos de la main, la couleur de viande crue, tout cela Paula l'avait vu et rapporté, la chaîne dorée au poignet, la montre grande et ordinaire. Même s'il le voyait pour la première fois, l'inspecteur le reconnaissait, mais il se rendait compte qu'il ne ressentait pas l'exaltation nerveuse que tant de fois il avait imaginé devoir dominer quand ce moment arriverait, la sensation de victoire et de colère. Ce qu'il remarquait au fond de lui était un début de déception, de lassitude, l'impatience d'en finir au plus vite. Ce visage rond, aux sourcils longs et arqués, au menton fuyant et aux yeux très rapprochés était celui qu'il avait recherché tous les jours et presque toutes les heures des quatre derniers mois, le visage d'un ennemi démesurément grossi par l'imagination, d'un monstre, le dernier visage qu'avait vu Fátima avant de mourir de panique et d'asphyxie, celui qui apparaissait toutes les nuits avec une ponctualité sinistre dans les cauchemars de Paula, même si le regard s'en effaçait toujours au réveil. « Je lui achetais du poisson tous les samedis, lui dit plus tard Susana Grey, en regardant les photos avec incrédulité et étonnement, avec un degré d'écœurement que ses mots ne pouvaient pas rendre, il me faisait de la peine parce qu'il me semblait trop timide pour faire un bon vendeur, et qu'il n'y avait jamais beaucoup de monde à son étal, les clientes disaient que lorsque son père était tombé malade il avait dû quitter le lycée pour se mettre à travailler. »

« Cherche ses yeux », avait dit le père Orduña dans un temps maintenant si lointain, juste après la mort de Fátima, avant Susana Grey : ils étaient là, rougis, fuyants, serviles, ils regardaient fixement le sol ou le bord de la table, les marques rouges des menottes. Il aurait pu les voir mille fois sans les soupçonner. N'importe quel regard peut être celui d'un innocent ou d'un coupable, pensait-il en se rappelant les regards calmes et francs qu'on trouvait sur chacune des photos de l'affiche des terroristes les plus recherchés. En fin de compte, le visage n'est pas le miroir de l'âme. Que voyait en ce moment même ce jeune homme dans le sien, dans ses yeux gris qui n'arrêtaient pas de le regarder avec une curiosité et une déception égales, sans trace pourtant de cette rage agressive avec laquelle les autres policiers le regardaient quand ils l'avaient arrêté, quand il avait porté la main à sa poche d'un geste qui pouvait être mal interprété et que quelqu'un lui avait tiré le bras en arrière et l'avait tordu presque jusqu'à le casser, lui écrasant consciencieusement le visage dans la boue, en l'insultant. Tu vas voir, salaud, on va te faire la même chose que tu as faite aux gamines.

Du calme, avait dit une voix rude et basse, la première qu'il avait entendue quand la lampe s'était allumée devant son visage. Quelqu'un lui avait fait relever la tête de par terre en l'attrapant énergiquement par le col de son blouson et une lampe s'était approchée, tellement que lorsqu'il avait ouvert les yeux il lui avait semblé qu'on les lui brûlait, et il les avait refermés, se protégeant de ses poings serrés, avec un réflexe enfantin. « Je n'ai rien fait », avait-il dit les yeux encore fermés, tandis qu'ils se jetaient sur lui et le poussaient en arrière, vers le haut de la pente, jusqu'à la haie qui séparait le jardin du talus et des pins, « vous n'avez pas le droit de m'arrêter ». La voix rude et basse avait parlé sans la moindre nuance de menace ou d'ironie : « Nous ne t'arrêtons pas, tu nous accompagnes pour une vérification d'identité. » Autour de lui bougeaient confusément les faisceaux des lampes et de hautes silhouettes en uniforme. À l'entrée du jardin, près de l'endroit où il avait laissé la camionnette, scintillaient les lumières rouges et bleues de trois voitures de police. D'une bourrade experte et comme habituelle ils l'avaient fait entrer dans l'une d'elles et deux agents s'étaient assis en l'encadrant. Il serrait les cuisses en espérant qu'ils ne s'apercevraient pas qu'il avait uriné. Maintenant, il voyait le visage de l'homme en civil qui avait tellement approché la lampe de ses yeux, ce même visage qu'il avait vu cette fois-là au journal télévisé, quelques secondes, avant qu'il ne se cache derrière un journal : il donnait des ordres, parmi les lumières et les claquements de portières et l'agitation silencieuse des uniformes, il disait de ne pas actionner les sirènes, qu'il valait mieux ne réveiller personne. « Je n'ai rien fait », avait-il répété, emprisonné entre les épaules des deux agents plus grands et plus forts que lui, les mains déjà menottées jointes sur les genoux, percevant l'humidité, « je vous jure, j'habite juste à côté, je faisais une promenade ».

« Je t'en ferai faire des promenades », avait dit un des policiers sans le regarder et la voiture démarra et monta lentement la rue droite et vide qui débouchait sur la place, encadrée par les deux autres voitures, toutes lumières tournantes éteintes.

Il espérait vaguement que dès qu'ils arriveraient au commissariat on l'enfermerait dans un cachot. Il y avait peu de lumière dans l'entrée et dans l'escalier, un bruit amorti de pas, de conversations à voix basse et de portes qui s'ouvraient et se fermaient. « Le chef veut que rien ne se sache encore », dit quelqu'un tout bas derrière lui, un des deux agents qui lui faisaient monter par brusques bourrades un escalier étroit et mal éclairé. C'était comme d'être arrivé dans une maison où l'on s'est levé très tôt le jour d'un déménagement ou d'un voyage, et où l'on fait tout avec d'extrêmes précautions pour ne pas réveiller les voisins. On l'emmenait au long d'un couloir garni d'un soubassement de faïences marron, de bureaux ouverts où il y avait des machines à écrire et des papiers en désordre sur des tables métalliques. Dans un coin il y avait un seau d'eau sale et une serpillière. En face d'un des agents considérablement plus vieux que les autres, qui portait des lunettes et tapait à la machine très lentement, il lui fallut dire son nom, son adresse, le numéro de sa carte d'identité, son métier, le nom de ses parents. Personne ne l'insultait, personne ne lui accordait grande attention : on le poussait, l'emmenait, quelqu'un lui saisit les doigts un à un pour imprimer ses empreintes digitales sur des cartons blancs, on lui donna pour se nettoyer un chiffon sale qui sentait l'alcool, on le fit descendre par un autre escalier, pourtant on ne l'emmenait pas là non plus au cachot mais dans une pièce carrelée de faïences blanches où on le photographia de face et de profil, et aussi en pied à côté d'une échelle métrique.

« Mais il s'est pissé dessus », dit aux agents l'homme qui prenait les photos, mais sans y accorder d'importance ni faire non plus trop attention à lui, comme s'il commentait une des taches de boue de son pantalon ou de son blouson. « Viens mon grand, on va te mettre une couche », dit un des agents, et il le poussa de nouveau en montant l'escalier, vers le même couloir aux faïences marron où se trouvait le seau et la serpillière. La lumière des tubes fluorescents donnait à tous les visages qu'il croisait une pâleur d'insomnie, de fatigue de travail nocturne. « Tout ceci est une erreur, monsieur l'agent, vous verrez bien que je n'ai rien fait du tout » : il marchait en tournant la tête vers le policier, serviable, obéissant, avec l'humilité convenable, cherchant en vain à croiser son regard, à lui exhiber l'expression de son indubitable innocence, dont il n'avait pas grand effort à faire pour se convaincre lui-même. « S'il vous plaît, n'appelez pas chez moi, avait-il dit quand on lui avait demandé son téléphone, que ma mère ne soit pas au courant, elle serait contrariée. » Ils ne se moquaient pas de lui, ne faisaient jamais mine de l'effrayer ou de l'humilier : seulement ils semblaient ne pas l'entendre. L'agent ouvrit une porte après y avoir frappé du doigt et le fit passer devant lui. Il n'était ni dans un souterrain ni dans un cachot mais dans un bureau, moins éclairé et aussi moins en désordre que les autres, avec une lampe sur la table, une machine à écrire sur une petite table roulante voisine, une armoire métallique, un portemanteau où pendait un anorak vert sombre, une chaise à dossier métallique sur laquelle l'agent le fit s'asseoir d'un geste rapide et brusque. Sur les murs blancs, il n'y avait qu'un calendrier et une photo de Fátima. Le policier en civil, l'homme aux cheveux gris, était de dos à côté du balcon et il se retourna lentement cherchant ses yeux, très tranquille semblait-il, les mains dans les poches.

Il attendait debout, regardait la place désolée au milieu de la nuit d'hiver, le ciel nuageux et pâle, avec des nuances violettes qui provenaient de la diffusion de la lumière des rues, des réverbères qui éclairaient la statue, l'église de la Trinité et la tour de l'horloge où très bientôt allaient sonner deux heures. Il avait eu la tentation d'appeler Susana Grey simplement pour lui dire, « ça y est, je l'ai attrapé », pour entendre sa voix assombrie et adoucie par le sommeil, mais il ne voulut pas l'exposer au choc d'une sonnerie de téléphone à cette heure de la nuit, même si peut-être elle n'était pas encore endormie, si elle lisait au lit, à côté de la table de nuit où il y avait toujours un désordre de livres empilés et de crèmes de beauté, si elle l'attendait sans trop se permettre de croire qu'il allait arriver.

Il avait attendu qu'on lui monte le prisonnier avec ce même sentiment de tranquillité tendue, d'expectative et de vigilance absolue avec lequel il s'était rendu chaque soir au talus les derniers jours de la lune croissante, à mesure qu'approchait la pleine lune. Il n'avait rien dit au début, pas même à Susana Grey, mais c'était elle qui, involontairement, lui avait fait concevoir une idée que lui-même trouvait saugrenue, ou du moins très extravagante, une de ces idées qui lui faisaient tellement détester les films. Ils se promenaient par une soirée très froide sur le chemin de ronde des remparts, derrière l'église Saint-Sauveur, face à la vallée et à la montagne, très couverts, sans se toucher, vaguement abattus par ce qu'ils ne se disaient pas, et Susana lui avait montré le croissant jaune de la lune qui venait de surgir d'une des collines : « Tu te rappelles quand nous l'avons vue la dernière fois, le mois dernier ? La lune est menteuse. Si tu ne me l'avais pas dit je ne saurais pas qu'elle est croissante. »

Avec une avidité de souvenirs communs il amassait les détails de leur passé récent, les choses mémorables des quelques semaines écoulées qui lui donnaient déjà une conscience fragile de la durée de l'amour. Le lendemain matin, enfermé dans son bureau, il vérifia des dates et consulta le calendrier, il appela l'institut météorologique, incertain, excité, se rappelant soudain la nuit de pleine lune et d'insomnie où on l'avait appelé au téléphone pour lui dire qu'on avait trouvé le cadavre de Fátima, possédé par cette ivresse matinale d'intelligence et d'énergie physique qui s'était éveillée en lui depuis qu'il avait abandonné le tabac et l'alcool, très nerveux, sans oser en discuter encore avec Ferreras, se rappelant une fois de plus le flot de clarté lunaire où s'était détachée de dos la silhouette de Susana Grey, la première fois qu'il l'avait regardée nue, juste huit semaines plus tard, jour pour jour, il le vérifiait sur le calendrier et dans le dossier et ne pouvait y croire, la nuit même où la seconde fillette, Paula, avait été sur le point de mourir.

Il ne dit rien à personne. Quelqu'un de l'institut météorologique lui expliqua au téléphone qu'on était à quatre jours de la pleine lune. Le soir, il partit de son bureau, très couvert contre le froid extrême, le col de son anorak boutonné et relevé et les mains gantées enfoncées dans ses poches, presque clandestin, il emportait une lampe électrique et un revolver, descendit par la rue droite, progressivement assombrie et désertée, qui se terminait au jardin de la Cava. Il regardait de temps en temps derrière lui, par un instinct de méfiance que le temps n'atténuait pas. Le quartier qui avait été celui de Ferreras était aussi peu éclairé que l'espace de la vallée : quelques lumières aux coins des maisons chaulées, derrière les rideaux de certaines fenêtres, bruits lointains de musique, cris des téléviseurs, applaudissements.

Mais dans le jardin on n'entendait plus rien, il n'y avait aucune trace de présence humaine, il semblait invraisemblable qu'on soit aussi près des rues, avec leur circulation et des maisons habitées, à quelques pas et déjà dans un autre monde. Les globes de l'éclairage avaient été cassés à coups de pierres depuis déjà longtemps et personne ne s'était occupé de les remplacer, de même que personne ne taillait plus les haies ni ne ratissait les feuilles mortes, les tessons de bouteilles, les sacs de plastique et les cartons de vin vides. Pour trouver l'endroit exact qu'il cherchait sur le talus, le replat où avaient été couchées Fátima et Paula, il n'eut besoin d'allumer sa lampe qu'une seconde, à peine un clignement de lumière qui le laissa ensuite dans une obscurité plus profonde. Très vite il perdit la notion du temps et l'intention qui l'avait conduit à cet endroit s'effaça. Il était immobile, le dos appuyé au tronc d'un pin, remarquant le froid de la terre qui montait en lui depuis la plante de ses pieds malgré les semelles de ses solides chaussures du nord et ses chaussettes de laine. L'obscurité se peuplait d'ombres et de silhouettes précises aussi progressivement que le silence se peuplait de sons : bruissements de museaux dans les terriers, de pattes aux ongles minuscules sur le lit d'aiguilles décomposées par l'humidité qui recouvrait la terre ; le grincement des hautes branches et, par-dessus, le ciel blanc et nuageux, parfois la tache imprécise de la lune presque pleine, disparaissant jusqu'à s'éteindre presque, surgissant un peu plus tard entre des lambeaux de nuages rapides poussés par un vent qui soufflait très au-dessus de la terre froide et humide, des arbres calmes, des grands pins inclinés. En bas, à la fin de la pente, là où commençaient les jardins, on entendait la rumeur de l'eau dans les canaux grossis et il en montait une odeur de végétation et de brume. Il se rappelait avec détachement et affection les nostalgies d'enfance que lui avait racontées Ferreras : les voix et la musique du cinéma en plein air qu'on entendait dans le jardin et dans tout le quartier par les nuits tièdes d'été.

Mais il ne pensait à rien, il ne faisait qu'être là, immobile, il demeurait, attendait, indifférent au froid et au passage du temps, dans une tranquillité qui n'était pas de la patience, et pas même de la discrétion, mais un état particulier de ses sens et de son âme, tout en lui suspendu, aux aguets, aussi difficile à distinguer parmi les ombres des arbres qu'un animal à l'affût dans un fourré, qu'un tigre dans les cannaies qui ressemblaient aux rayures de sa peau, ou qu'un insecte dans l'herbe sèche de la même couleur fauve que lui. Les mains au chaud, enfouies dans ses gants et ses poches fourrées, touchant le pistolet, la lampe, ses pieds qui ne bougeaient même pas pour dissiper le froid en les tapant par terre. Il sentait qu'il s'effaçait lui-même, qu'il se dissolvait et disparaissait dans le flux de ses sensations comme la lune dans les nuages rapides. Il vivait dans une parenthèse de silence et de temps. La cloche commença de sonner à l'horloge de la tour, et comme il y avait longtemps qu'il ne l'avait pas entendue il calcula qu'il devait être neuf heures : il continua de compter, il était déjà minuit, il avait passé cinq heures sur le talus, il avait la peau du visage gelée et le froid de la terre lui engourdissait déjà les genoux.

Il revint la nuit suivante, puis l'autre. La température avait beaucoup baissé et le ciel demeurait toujours bas et nuageux, d'un gris sale et uni, comme celui d'un pays beaucoup plus au nord. La troisième nuit, la veille de la pleine lune, il entendit près de lui un bruit de voix et de pas et eut la sensation de se réveiller d'un rêve dans lequel il serait tombé sans l'avoir su. Plus haut, très près, de l'autre côté des haies, quelqu'un bougeait, deux voix différentes parlaient bas, celles d'un homme et d'une femme. Il entendait une agitation de vêtements et de corps, le crissement d'un briquet, il se dit soudain, comme une nouveauté inhabituelle, que s'ils le surprenaient ils le prendraient pour un rôdeur. En se penchant un peu, il vit les braises de cigarettes, puis une flamme rougeâtre et plus durable qui éclaira deux visages maigres et éphémères, penchés sur quelque chose de brillant : ils brûlaient de l'héroïne sur un morceau de papier d'argent, se disputaient pour quelque chose avec une grossièreté monotone de drogués, avec une lente pesanteur d'ivrognes.

Cette nuit-là, il était plus d'une heure quand il sonna à la porte de Susana Grey, mort de froid, épuisé de découragement et de désir. Susana portait ses lunettes mais elle avait eu le temps de se passer du rouge à lèvres pendant qu'il montait par l'ascenseur. Elle utilisait pour la nuit une de ses chemises d'homme, trop grande pour elle. Elle aimait beaucoup mettre ses chemises et ses cravates, elle avait un talent particulier pour se rendre attrayante en portant des vêtements masculins. D'où viens-tu lui dit-elle en posant sur son visage gelé ses mains si chaudes, on dirait que tu as rencontré les âmes du purgatoire.

La pleine lune était pour le lendemain. Il composa une patrouille avec les agents en qui il avait le plus confiance, exigea d'eux le secret et leur dit qu'il avait reçu un appel anonyme, une délation qu'il fallait vérifier. Au bout de trois heures de surveillance, alors que ses hommes commençaient à remuer d'impatience et de froid, que l'un d'eux lui demandait à voix basse la permission de fumer, ils virent la silhouette s'approcher entre les haies, sans hésitation, prudemment, comme si elle allait à un rendez-vous clandestin. C'est là qu'il avait vu son visage, il le fit se tourner, encore à genoux, lui mit sa lampe devant les yeux et au début, en le regardant, il eut pendant quelques secondes l'impression qu'il s'était trompé. Il ne ressemblait pas au portrait-robot, ce visage simple et rond ne pouvait pas être celui qu'il avait passé tellement de temps à chercher.

Il sait qu'il a l'allure d'un brave type : à ce moment, dans le bureau, de l'autre côté de la table, le prisonnier osait pour la première fois soutenir son regard, levait les yeux vers lui qui était toujours debout avec une expression de douceur effrayée, d'obéissance respectueuse : « Je n'ai rien fait, monsieur le commissaire, je vous le jure sur la tête de ma mère, j'habite tout près de là, je faisais une promenade. » La voix très douce, geignarde, docile, parfaitement imitée, comme la révérence apeurée de ses yeux très rapprochés, grands et morts, en amande, comme les yeux des saints sur les icônes et les mosaïques byzantines, dirait Susana Grey en les voyant. La bouche petite et charnue, un menton minuscule, imperceptible dans la rondeur du visage, les deux mains s'agitant sur ses genoux, l'une contre l'autre, les ongles grattant ou griffant leur dos velu, se plantant dans leur paume, le bruit de la salive qu'on avale.

Il suivait des yeux les mouvements de l'inspecteur : il s'était penché sur la table, prenait le couteau entre le pouce et l'index, fit jaillir l'éclair de sa lame. Son claquement instantané fit tressaillir le prisonnier. « Il n'est pas à moi, dit-il, avalant à nouveau sa salive, tête basse, regardant ses mains, je l'ai trouvé dans le jardin. » Mais l'inspecteur n'avait encore rien dit, ne lui avait rien demandé. Il reposa le couteau sur la table, finit par s'asseoir, penchant la tête en arrière contre le dossier du fauteuil tournant, s'y balançant imperceptiblement. Le regard fuyant glissait maintenant sur la table, s'arrêtait sur le briquet, sur le paquet de cigarettes froissé et presque vide. « Vous pouvez fumer si vous le voulez », dit l'inspecteur : il vit se répéter la gratitude automatique, l'avidité apeurée de n'importe quel prisonnier, la main qui s'avançait nerveusement vers le paquet et cherchait une cigarette, le tremblement de la bouche, la difficulté pour allumer la flamme. Le bruit plus profond de la respiration, la fumée soufflée en bouffées de réconfort. Un filet de fumée mince et blanc qui lui sortait du nez lui fit penser à la pointe de tissu qui apparaissait dans une des narines de Fátima. Il souriait tandis qu'il soufflait la fumée, le remerciait des yeux, lui proposait son innocence, la probité de son visage.

L'inspecteur se remit debout avec une brusquerie qui alarma instinctivement l'autre. Il décrocha du mur la photo de Fátima, écarta d'un revers de main inattendu les objets qui étaient sur la table, sans se soucier que certains d'entre eux, le briquet ou les clefs, tombent par terre, et la posa dans la lumière de la lampe. « Est-ce que vous avez déjà vu cette enfant ? » Il regarda fixement puis écarta les yeux, nia d'un geste de la tête, avalant de la fumée et de la salive, toussant. « Je l'ai vue à la télévision et dans le journal, comme tout le monde », tarda-t-il presque une minute à dire. L'inspecteur écarta la photo et sortit du tiroir où il la gardait sous clef l'enveloppe marron des autres photos, celles qu'avait faites Ferreras sur le talus, puis plus tard dans la salle d'autopsie. Il poussa lentement l'enveloppe de l'autre côté de la table, du bout des doigts, se pencha en arrière contre le dossier du fauteuil. Le prisonnier faisait semblant de ne pas s'en apercevoir, il avait la tête tellement penchée sur la poitrine que l'inspecteur ne voyait pas l'expression de son visage. Il respirait très fort par le nez, s'agitait sur la chaise comme qui serait resté trop longtemps sans bouger. L'inspecteur lui approcha un cendrier. Quand le prisonnier y eut éteint son mégot, l'inspecteur le prit très naturellement, avec beaucoup de soin, et le glissa dans un petit sac de plastique, notant quelque chose sur l'étiquette de papier adhésif. Ce geste simple éveilla un éclat d'inquiétude dans les yeux de l'autre, une expression de rouerie contrariée qui pour un instant y effaça toute trace de docilité ou de peur. Ensuite, l'inspecteur sortit du paquet la dernière cigarette tordue et abîmée et la tint entre ses doigts. Il semblait qu'il allait la proposer, ou bien l'écraser. Les yeux trop rapprochés et ovales se levèrent pour regarder la cigarette, pas le visage de l'inspecteur ni l'enveloppe marron qui était sur la table.

– Ouvrez-la, dit l'inspecteur de sa voix basse et rude, regardez ce qu'il y a dedans.

– Vous me permettez de fumer ?

– Ouvrez l'enveloppe, dit l'inspecteur, mais un peu plus fort maintenant, pas beaucoup, suffisamment pour que l'autre le remarque.

Les doigts grands et maladroits tremblaient légèrement tandis qu'ils prenaient l'enveloppe et en sortaient à peine à moitié la première photo. Il n'y a pas d'autres mains au monde que je connaisse autant, pensa l'inspecteur avec lassitude et dégoût, avec un désir soudain d'en finir au plus vite. Il connaissait leurs empreintes digitales, la longueur et la largeur de leurs doigts, la capacité à blesser des ongles. Il avait suivi leurs traces dans les taches de sang, sur le panneau de commande d'un ascenseur, sur la rampe et les murs d'un escalier, sur le tissu d'un survêtement, sur les marques violettes sur la peau d'une enfant morte. Il les vit incongrues et peureuses, paralysées, n'osant pas continuer de sortir la photo en noir et blanc où l'on voyait en plan rapproché le visage de Fátima.

– Je te donne un ordre, tu n'entends pas ? dit l'inspecteur, grossier, délibérément agressif, abandonnant le vous comme pour l'avertir que dorénavant il ne tarderait pas à oublier d'autres ménagements. Regarde les photos. Regarde ce que tu as fait.

Il se remit debout, brusque et pressant, passa de l'autre côté de la table, arracha l'enveloppe des mains grandes et mortes et déposa les photos l'une après l'autre sur la table jusqu'à l'occuper tout entière, les yeux ouverts et sans regard et la bouche démantibulée de Fátima, le corps désarticulé et nu, éclairé par les flashes, entouré par l'obscurité. L'autre tremblait, niait de sa tête baissée, sans regarder les photos, et le tremblement secouait ses mains, ses lèvres, son visage replet. Le tirant par les cheveux d'un geste vengeur, l'inspecteur l'obligea à lever la tête. Il le lâcha ensuite avec une profonde répugnance physique, comme s'il avait touché de la graisse. Maintenant les yeux regardaient grands ouverts et les muscles mous de ce visage subissaient des contractions violentes et rapides. Il se cacha le visage dans les mains et l'inspecteur s'aperçut que derrière ses doigts étendus il gardait les yeux ouverts, continuait à le surveiller.

« C'était la faute de la lune, dit-il le visage encore caché, ses doigts le dissimulant comme une jalousie, je m'enivrais et la lune me faisait penser des choses bizarres. Quand j'étais enfant, ma mère me disait que j'étais un lunatique. Mais je ne voulais pas les tuer. La seule chose que je voulais c'était qu'elles ne crient pas... »

L'inspecteur lui posa la main sur l'épaule et il fut secoué tout entier comme par une décharge électrique. Il avait les coudes sur les genoux et pleurait, ou semblait pleurer bruyamment derrière le masque de ses mains. L'inspecteur lui donna la cigarette et l'aida à l'allumer, le tenant fortement par le poignet pour arrêter le tremblement de sa main, puis le lâchant aussitôt. Il pensa avec déplaisir que le moment était venu d'appeler l'agent qui prendrait sa déposition à la machine. « Il joue la comédie », se disait-il à lui-même en écoutant les sanglots convulsifs, la respiration encombrée par la morve. Il lui tendit un mouchoir de papier et l'autre se nettoya le nez et les yeux, répéta qu'il n'avait rien voulu leur faire, que tout était la faute de la boisson et de la lune. « Il joue la comédie et même si maintenant il raconte chacune des choses qu'il a faites et dit qu'il se repent, tout fera partie de son jeu et ni moi ni personne ne pourra jamais savoir ce qu'il pense ou ce qu'il sent véritablement, ni même s'il pense quelque chose, s'il sent quelque chose. » Presque autant que par la cruauté froide du crime, il était maintenant indigné et découragé par la médiocre qualité de l'imposture, la comédie évidente. En réalité, il est possible qu'il ne ressente ni crainte ni responsabilité, pensait-il, il n'a peut-être même pas grand effort à faire pour simuler.

30

À peine réveillée, elle se rendit compte que cette matinée ne serait pas comme les autres. C'était comme se réveiller au début des vacances de Noël en sachant qu'il fait froid dehors et qu'on n'aura pas à abandonner le cocon du lit, et qu'il y a encore tellement de jours avant de retourner à l'école que ce n'est même pas la peine de les compter, comme on ne compte pas les pièces de monnaie quand on en a plein les mains. Se réveiller tôt, à l'heure de l'école, mais rester couchée et donc en profiter beaucoup mieux que pendant le sommeil, écoutant alentour les bruits de la maison, la radio dans la cuisine, la conversation des parents puis sentir l'odeur du café et du pain grillé. Elle dormait maintenant dans leur lit, parce qu'elle ne supportait pas encore de rester seule et dans l'obscurité de sa chambre, et son père et sa mère se relayaient pour dormir près d'elle, dès qu'elle commençait à s'agiter dans ses rêves ils l'embrassaient et lui parlaient à l'oreille, allumaient la lumière, la secouaient pour l'éveiller, mais elle était si endormie et si enfermée dans son cauchemar que bien souvent ils n'arrivaient pas à l'en arracher, et ils la voyaient se raidir, haleter de plus en plus fort, se blottir contre l'oreiller comme pour se protéger d'un coup, ouvrir démesurément des yeux qui pourtant ne voyaient ni la lumière de la chambre, ni le visage de son père ou celui de sa mère, mais la clarté de la lune dans le bois, la terreur répétée chaque nuit, un visage qui descendait sur elle, des mains et des genoux qui l'écrasaient, invisibles, et dont elle tentait sans succès de s'échapper, jusqu'à ce qu'une secousse plus forte ou l'un de ses propres cris la réveillent. D'autres fois, sans se réveiller tout à fait, elle se calmait, fermait les yeux et retrouvait la détente de ses bras et de ses jambes, sa respiration redevenait lente et douce, la respiration salutaire et profonde d'un sommeil d'enfant : le cauchemar s'était apaisé ou elle avait réussi par elle-même à s'en échapper vers un rêve plus paisible, comme si nageant sous l'eau elle était passée d'eaux troubles et noires à d'autres plus chaudes. Son père ou sa mère éteignaient la lumière, et parfois n'arrivaient pas à se rendormir. Le matin, Paula se réveillait sans mauvais souvenirs et elle aimait se retrouver dans ce lit si grand, avec son odeur et sa température de corps d'adulte, ce mystère qu'ont toujours les chambres et les choses qui appartiennent à la stricte intimité des parents.

À la différence de tous les autres jours ouvrables, quand elle s'éveilla ce jour-là, son père était à la maison, s'activant dans la cuisine, écoutant la radio, et c'était sa présence et le bruit de voix de la conversation qui avaient donné à Paula une impression si précise de début de vacances : chaque année, le jour du tirage de la loterie de Noël, son père et sa mère écoutaient la retransmission à la radio, et ils faisaient toujours la même plaisanterie qu'elle seule pensait réalisable : « Si nous avons joué le bon numéro, nous n'irons pas travailler aujourd'hui. »

Plus encore que celui du jour des Rois, Paula aimait ce réveil-là : entendre de si près les voix de ses parents qui lui parvenaient de la cuisine aussi claires, aussi chaudes que l'odeur du pain grillé et du café. Très paresseuse, en écoutant la pluie contre les volets fermés de la chambre, elle se retourna sous la couette pour regarder l'heure au réveil sur la table de nuit et vit avec inquiétude qu'il était plus de neuf heures, ses parents avaient peut-être oublié de l'appeler et elle arriverait en retard à l'école, parce que bien sûr ce n'était pas le matin du tirage et qu'on était encore à plus de deux semaines des vacances, elle s'en était souvenue avec un peu de déception en s'éveillant tout à fait. Elle appela sa mère, la radio de la cuisine s'arrêta et ses parents se présentèrent ensemble à la porte, sans perdre encore leur expression inquiète. Ce n'était pas un matin comme les autres, bien sûr, son père portait une cravate et une veste sombre et sa mère n'était pas en pyjama et en pantoufles, comme d'habitude quand elle travaillait l'après-midi à l'hôtel et qu'elle en profitait pour rester en pyjama jusqu'à dix ou onze heures.

Ils s'approchèrent tous deux du lit et elle pensa qu'ils faisaient une tête à s'approcher d'un malade. Son père s'assit à côté d'elle, lui passa une main dans les cheveux et lui dit qu'ils n'étaient pas pressés, qu'aujourd'hui elle ne devrait pas aller à l'école, mais qu'à dix heures l'inspecteur viendrait les chercher. « Maintenant, tu n'auras plus jamais à avoir peur », dit sa mère, assise au pied du lit à côté de son mari, lui passant le bras sur les épaules, un geste qui surprenait Paula et qu'elle aimait beaucoup, parce qu'elle avait observé que d'habitude ce sont les hommes et non les femmes qui passent le bras sur l'épaule de leur époux (son père et sa mère, à la différence de presque tous les autres parents qu'elle connaissait, étaient de même taille). « Ils ont arrêté cet homme », dit le père, et elle demanda tout de suite, tranquille par avance, avec fierté, si c'était l'inspecteur qui l'avait arrêté. « Et qui voudrais-tu que ce soit, dit son père, il nous a appelés il y a un moment pour nous le dire. Tout à l'heure, quand il viendra, il te racontera lui-même comment il a fait. »

Mais ils n'osaient pas encore lui dire où ils l'emmèneraient quand l'inspecteur viendrait : elle le devina d'elle-même, avec une perspicacité peut-être apprise dans les films, mais elle ne dit rien, parce que en se taisant elle avait moins de mal à surmonter sa peur. Elle sentit lui revenir, dans la lumière du matin et à l'abri de sa maison, si près de ses parents, la terreur de l'obscurité et de la persécution, qu'elle descendait à nouveau par l'escalier vers l'entrée avec ces doigts qui s'enfonçaient dans le bas de sa nuque. C'est avec un sursaut violent qu'elle entendit la sonnerie de l'interphone, elle courut ouvrir elle-même, certaine qu'elle allait entendre la voix de l'inspecteur. Son père l'accompagnerait. Dans l'ascenseur elle lui serra très fort la main et en poussant la porte elle vit tout de suite l'inspecteur qui attendait sur le trottoir, à côté d'une voiture de police banalisée qu'elle mettait une certaine fierté à reconnaître. Elle se redressa pour l'embrasser, posa deux baisers sur son visage très froid à l'odeur masculine de lotion de rasage.

L'inspecteur lui avait apporté quelque chose comme chaque fois qu'il venait la voir : d'habitude des petites boîtes de bonbons ou des livres, toujours emballés de papier cadeau. C'était Susana Grey qui choisissait les livres à sa place. Ils montèrent dans la voiture, elle et son père sur le siège arrière et quand l'inspecteur se retourna vers eux, Paula remarqua la fatigue sur son visage. Il était très pâle et mal rasé et ses yeux, plus enfoncés que d'habitude, avaient de petites taches rouges aux coins : il lui faisait soudain presque de la peine, lui semblait plus maigre, plus vieux.

– Il ne faut pas t'inquiéter, lui dit-il, lui ne te verra pas.

– Je vais le regarder à travers une de ces vitres qui sont des miroirs de l'autre côté ?

L'inspecteur approuva en souriant. Comme il n'avait pas d'enfants, il n'était au courant que depuis peu de temps de leur familiarité, grâce à la télévision, avec les méthodes de la police. Dans le rétroviseur il observait les yeux intelligents et calmes de Paula. Elle s'appuyait un peu sur son père qui lui tenait doucement une main sur ses genoux. La sienne grande et chaude, celle de Paula de plus en plus froide à mesure que la voiture s'approchait du centre de la ville, encombré de voitures et de klaxons à cette heure de la matinée, de passants sur les trottoirs. Mais elle n'avait plus à faire attention à chacune des silhouettes qu'elle voyait pour signaler un détail sur quelqu'un, un pantalon, une coupe de cheveux, des chaussures, une manière de marcher. Elle savait maintenant où elle allait et qui elle allait voir et ce visage, elle l'avait complètement oublié, il ne lui restait qu'un espace en blanc qui devenait plus angoissant à mesure que ses mains devenaient plus froides et ne se réchauffaient plus à la chaleur des mains de son père, et que son cœur commençait à battre plus fort.

– Ils ont déjà entendu la nouvelle à la radio, dit l'inspecteur avec indifférence et lassitude, sans se retourner, montrant les groupes qui se formaient sur la place près du commissariat, des caméras de télévision qui commençaient d'apparaître. Le bruit a déjà couru.

La voiture tourna dans une rue latérale puis s'arrêta devant une petite porte où attendaient deux hommes en civil. Ils sortirent rapidement, les policiers très sérieux surveillaient le bout de la ruelle pour le cas où apparaîtrait une caméra ou un journaliste. Paula prit instinctivement la main de l'inspecteur et celle de son père et fut conduite presque sans toucher terre au long d'un couloir peu éclairé entourée des pas et de la corpulence des policiers, les mains gelées, la respiration rapide et inégale, les genoux aussi faibles que cette nuit-là, quand cet homme la poussait en lui serrant la nuque entre ses doigts et qu'il lui semblait qu'elle avançait sans bouger les pieds, qu'elle glissait comme en flottant dans l'escalier et dans les rues pleines de gens qui la croisaient et ne la voyaient pas, qui n'auraient pas écouté sa voix si elle avait été capable d'appeler au secours.

Ils entrèrent dans une petite pièce et la porte se ferma derrière eux, les laissant dans une pénombre bizarre, comme quand on regarde la télévision lumières éteintes. Il y avait un mur de verre, comme une baie vitrée, et deux chaises disposées en face. L'inspecteur dit à Paula et à son père de s'asseoir, elle avait l'impression qu'on allait leur projeter un film. En réflexion sur le verre elle voyait vaguement son visage et celui de son père, et au second plan les policiers, debout, l'inspecteur se penchait vers ce qui devait être un micro.

Alors la lumière s'éteignit complètement et quand elle se ralluma, il y avait une autre espèce de lumière et elle ne voyait rien. Elle vit ensuite une pièce derrière la vitre, un mur blanc sur lequel se réverbérait une clarté, comme celle du réfrigérateur quand on s'est levé la nuit et qu'on est allé presque en rêve boire de l'eau à la cuisine. Le mur était divisé par cinq lignes verticales avec des échelles métriques et en haut de chacune des sections il y avait un grand chiffre peint en noir, de un à cinq. « Allons-y », dit l'inspecteur dans le micro en approchant beaucoup la bouche. Sa voix était plus rauque que les autres fois, plus basse, et quand elle entendit les mots « allons-y », Paula sursauta. Son père lui serra la main, la retint, elle avait eu le mouvement réflexe de s'en aller.

Un à un, cinq hommes entrèrent dans la pièce au-delà de la vitre et se placèrent, la tête sous les chiffres. « De face », dit l'inspecteur, et avant qu'ils ne se soient complètement retournés, sans même regarder les visages des autres, Paula vit ce dont sa mémoire n'avait pas voulu se souvenir, ce qu'elle n'avait qu'entrevu, nuit après nuit dans ses cauchemars, les yeux en amande et très rapprochés, avec une zone d'ombre autour des sourcils, le regard froid, mort, immuable, fixé sur elle, la reconnaissant à travers la vitre, la devinant dans le miroir, comme s'il pouvait le transpercer, voir au-delà de ce que d'autres regards pouvaient voir, dans l'obscurité, à travers des murs, au-dedans d'elle, Paula. L'inspecteur lui disait quelque chose mais c'est à peine si elle l'entendait, il lui demandait si elle reconnaissait l'un de ces hommes, lui demandait de le désigner du doigt, de dire son numéro. Mais elle voulait lever la main droite et n'y arrivait pas, elle voulait parler et sa voix était prisonnière de sa gorge, elle manquait d'air, bougeait les lèvres mais n'arrivait pas à articuler une parole, comme quand on essaie de dire quelque chose en rêve et qu'on est comme muet. Elle ne faisait que regarder, raide sur sa chaise, penchée un peu en avant, sans plus remarquer la main dans la sienne ni la présence de personne dans la pièce plongée dans l'ombre, voyant juste en face d'elle, dans une proximité et une exactitude terrifiantes, les mêmes jeans et les mocassins noirs et le blouson de daim, la ceinture large et sa boucle métallique, le visage rond et surtout les yeux, les yeux qui ne regardaient qu'elle, qui la découvraient sans effort, sans incertitude et sans distraction, avec une absolue tranquillité, une expression non pas de menace mais presque de moquerie, comme pour lui faire savoir que ni les miroirs ni les pièges ne comptaient, qu'il se moquait d'être d'un côté du miroir et elle de l'autre, séparés par des agents en uniforme, par des portes blindées et des verrous, par des armes à feu. Il avait les mains jointes même s'il n'était pas menotté et tenait la tête légèrement en arrière : il la voyait, ni son père ni l'inspecteur ni les autres policiers ne s'en rendaient compte mais elle si, elle le connaissait et elle en était sûre, il lui disait des yeux ce qu'il lui disait parfois dans ses rêves, qu'il allait revenir pour en finir avec elle et que la prochaine fois il ne la laisserait pas vivante, il faisait un mouvement de bouche, lui parlait, et personne d'autre qu'elle ne pouvait entendre.

Maintenant elle tremblait, son père la tenait embrassée et elle tremblait plus fort encore, comme cette nuit-là, on entendait le bruit sec et monotone de ses dents, mais il fallait qu'elle dise un mot, qu'elle lève la main et tende l'index. « Le numéro quatre », dit-elle, mais sa voix sonnait si bizarre que personne ne comprit, elle avala sa salive bien qu'elle eût la bouche sèche, passa la langue sur ses lèvres, les yeux qui la regardaient l'hypnotisaient pour qu'elle se taise, mais elle ne ferma pas les siens et ne céda pas, elle répéta chacun des trois mots, plus clairement, s'écoutant elle-même, leva la main droite et tendit le bras jusqu'à ce que l'index touche la vitre. Alors elle crut qu'elle allait continuer à parler mais ce qui sortit de sa gorge fut un sanglot ou un cri, semblable à ceux qui parfois la réveillaient au milieu de la nuit : de la même façon que s'interrompaient ses rêves, les yeux et la pièce éclairée de l'autre côté de la vitre s'effacèrent, comme par l'effet de son cri, et maintenant ce qu'elle avait devant les yeux était de nouveau le miroir dans la pénombre, son propre visage inconnu et livide à côté de celui de son père. « C'est terminé, dit l'inspecteur, posant sur son épaule une main qui lui transmettait une sensation très forte de courage et de tendresse, je te promets que tu n'auras plus à le voir, plus jamais. » Mais juste au moment de le dire, il pensait avec tout le découragement de tant d'heures sans sommeil qu'il n'existait personne qui puisse faire une telle promesse, que personne n'avait le pouvoir de la tenir.

31

Il arrêta sa voiture à une station-service vers la moitié du parcours et pendant qu'on lui faisait le plein et qu'on nettoyait les vitres il entra dans une cabine téléphonique, mais au début il ne composa pas de numéro, il gardait le combiné décroché dans la main droite, entendant faiblement le signal et lisant les mots qui s'inscrivaient et clignotaient sur le petit écran à cristaux liquides, *Introduisez des pièces*. Il chercha dans ses poches et parvint à en réunir quelques-unes, mais il n'était toujours pas certain de devoir appeler, et bien sûr ne savait pas ce qu'il dirait s'il osait le faire.

En descendant de voiture il avait mis ses lunettes de soleil, la lumière du matin de mai blessait ses yeux fatigués par l'insomnie, l'étourdissait comme une sonorité très aiguë après une nuit de boisson. Il allait faire chaud quand la matinée avancerait, un léger brouillard se lèverait de la terre profondément imbibée d'eau durant tant de mois, et la verdure odorante et propre des semis resplendirait violemment au soleil, le jaune éblouissant des sisymbres qui croissaient avec une vigueur inhabituelle de végétation tropicale entre les alignements d'oliviers et dans les fossés de la route.

À travers les verres de ses lunettes, la clarté du jour atténuée devenait beaucoup plus tolérable. L'inspecteur ressentait la pesanteur d'une gueule de bois sans avoir bu, le dégoût, le découragement, la réprobation de lui-même, la honte de cette soirée, de son comportement. Susana lui avait raconté que certains Indiens de l'ouest du Canada, quand ils avaient voyagé trop vite en guidant une expédition d'Européens, s'arrêtaient pour se reposer un ou deux jours entiers, pour s'assurer que leurs âmes, beaucoup plus lentes que leurs corps, les avaient rattrapés. Il lui arrivait malheureusement que juste ce matin-là, dans sa voiture, son âme l'avait rattrapé, son âme ancienne, celle qu'il avait eu l'illusion de croire abandonnée derrière lui quand il avait arrêté l'alcool et qu'il était parti du nord, quand il avait rencontré Susana Grey. L'âme ancienne avait mis quelques mois à le retrouver, mais elle était de nouveau là, souillée de vieilles gueules de bois et comme d'un dépôt ou d'un oxyde dont elle ne pouvait pas se dégager, empoisonnée de repentirs secrets et de rancœurs et de désirs rancis, de duplicité, d'impuissance et de torts. Il pressa un par un les chiffres du numéro de téléphone de Susana (il les connaissait par cœur, mais il était douteux qu'il les utilise à nouveau) et à peine avait-il fini qu'il raccrocha avec brusquerie, puis décrocha de nouveau, de crainte d'avoir détraqué l'appareil. Mais maintenant ils étaient blindés, construits assez solidement pour résister aux vandales.

L'employé de la station lui indiqua par gestes que la voiture était prête. En moins d'une demi-heure il pouvait être à la clinique, mais il était encore trop tôt, et en tout cas il avait quelque chose de plus urgent à faire, un autre rendez-vous. Mais il ne savait pas pour quelle raison il allait s'y rendre, il s'y laissait porter ou attirer avec autant d'indifférence que par l'obligation de se trouver juste à une heure dans le petit jardin avec la statue de plâtre de l'Immaculée Conception, ou par celle de retourner le lendemain matin à son bureau. Alors il composa le numéro de téléphone de la clinique. Celui-là aussi, il était probable qu'il ne l'utiliserait plus. Il parla à une sœur et lui confirma sans nécessité l'heure à laquelle il arriverait, lui demanda des nouvelles de sa femme, qui avait déjà rangé sa chambre et préparé ses bagages dit la voix, serviable et ecclésiastique, en ce moment on ne pouvait pas la lui passer parce qu'elle était à la messe.

Avoir téléphoné lui donnait un fugitif répit de soulagement, lui permettait de s'imaginer qu'il faisait des choses, qu'il réalisait des actes nécessaires et précis. À peine la voiture démarrée, il mit en marche sur la radio une des cassettes que lui avait enregistrées Susana Grey. Maintenant il le faisait toujours, de manière automatique, et comme il n'avait pas d'autre musique que celle qu'elle avait choisie, toutes les chansons et tous les morceaux qu'il écoutait restituaient instantanément sa présence, les paroles qu'elle avait prononcées pendant qu'ils les écoutaient ainsi que les souvenirs qu'elles convoquaient. Il avait pris par hasard un des enregistrements que Susana préférait et qui la rendaient le plus triste, l'adagio de Barber. Comme c'est étrange pensait-il, je connais maintenant même des noms de compositeurs. Il conduisit quelques minutes en écoutant la musique, mais il l'arrêta très vite, honteux de l'effusion sentimentale qu'elle lui provoquait, et aussi de l'évidence de son imposture qui le transformait à l'instant même, dans la solitude de sa voiture, quand il regardait son visage et ses lunettes noires dans le rétroviseur de gauche, en une espèce d'acteur. Il pensait qu'il n'avait plus le droit de s'émouvoir de ce qui lui avait été donné grâce à Susana, de ce qui en réalité ne lui appartenait pas, ne relevait pas de lui et lui serait retiré du simple fait de s'éloigner d'elle, qui peut-être lui avait déjà été retiré, et que maintenant il usurpait des émotions qui n'étaient pas les siennes.

Quand elle monterait en voiture, sa femme lui poserait des questions, étonnée par toutes ces cassettes, si tant est qu'elle y fasse attention, s'il était vrai qu'elle était sortie de la léthargie chronique de ces derniers mois. Je ne savais pas que tu aimais tant la musique, dirait-elle, peut-être déjà avec des soupçons, sur le point de remarquer aussi certains changements subtils et feutrés dans son habillement, ses cravates, même dans la simple manière dont il regardait. « Tu ne t'en rends pas compte, mais ton regard n'est plus celui d'avant », lui avait dit Susana alors qu'ils se regardaient tous deux dans la glace de la salle de bains, chez elle, nus tous les deux, décoiffés, avec un commun éclat de satisfaction et de confiance dans les yeux.

Mais tout cela était du passé. Il vivait alors le premier matin d'un autre temps, au seuil d'un avenir qui ressemblerait beaucoup à sa vie passée. Avant de partir, il n'avait pas fait qu'inspecter la voiture à la recherche d'un paquet collé avec du ruban adhésif sous le siège avant, d'un fil ou d'une connexion à l'aspect anormal sous le capot. Il avait cherché dans le vide-poches, sur le plancher, dans le coffre quelque objet qui aurait appartenu à Susana. « Comme tu es un policier, tu feras ces vérifications mieux que les autres maris adultères », lui avait-elle dit avec une capacité d'amertume et de sarcasme qui avait surpris l'inspecteur et l'avait blessé, parce qu'il n'avait pas l'habitude de la sentir agressive. C'est toi qui es venue vers moi, pensa-t-il lui dire, mais il n'en eut l'idée que beaucoup plus tard, et en réalité il ne le lui aurait pas dit parce que le simple fait de le penser lui faisait honte par sa mesquinerie. Il vida le cendrier de la voiture où il y avait quelques mégots, répandit honteusement une dose excessive de désodorisant, voulant effacer toute trace du parfum de Susana que soudain il sentait très fort partout, dans les garnitures, dans ses propres vêtements, dans l'air. Il passa ses poches et son portefeuille en revue : il y avait des reçus de carte de crédit avec des dates et des lieux précis, l'heure d'un dîner, le jour de leur première rencontre à L'Ile de Cuba. Avec chagrin il les déchira un par un en tout petits morceaux, dans la crainte d'abjurer quelque chose.

Il ne lui parlait presque jamais de sa femme et Susana, par un excès de délicatesse ou de réserve, cessa peu à peu de le questionner. Quand ils se retrouvaient, ils faisaient comme si rien n'existait en dehors d'eux, comme s'ils pouvaient séparer les heures et les lieux où ils étaient ensemble de l'écoulement du temps normal de chacun d'entre eux : comme la première nuit, dans cette chambre voisine du fleuve, à L'Ile de Cuba, protégés de la vie et du temps quotidiens, les effaçant, de la même manière tranchée dont on coupe les images inutiles dans un film avait dit Susana en faisant ce geste de l'index et du majeur, la veille au soir, à peine quelques heures plus tôt, devant le dîner qu'aucun d'eux n'avait presque goûté, assombris déjà par la proximité des adieux, installés par avance dans la séparation, incapables de profiter du temps si court qui leur restait. « Mais la vie n'est pas un film, avait dit Susana et elle avait bu une gorgée de vin dans un de ses verres préférés, ceux qu'elle mettait sur la table quand il venait dîner, à l'âge que j'ai, je n'arrive pas à me mettre cela dans la tête. »

Lui ne disait rien, il regardait son assiette, buvait un peu de vin, s'essuyait les lèvres avec un excès de bonnes manières. Il avait passé sa vie d'adulte à taire et à différer des choses, recouvrant de silence ou remettant à plus tard ses décisions intimes et ses désirs. Il ne lui coûtait pas de ne pas parler à Susana de ses visites dominicales régulières à la clinique, et pour ne pas se décider et ne pas agir il s'accordait à lui-même des trêves et des délais successifs : encore un mois, quelques semaines et soudain, pour finir, quelques heures, celles d'une seule soirée, après lui avoir tu plusieurs jours durant la nouvelle de la date exacte de sortie de sa femme. De nouveau, son âme ancienne réintégrait son corps, retrouvant d'anciens délais, des mensonges, de misérables astuces. Le lendemain il le lui dirait, il le pensait, se le promettait, se le jurait, exaspéré de lui-même et de son incapacité à parler, ce soir-là, quand il la reverrait, dans un moment, ou de nouveau le lendemain. Il quittait Susana et l'indignité de son comportement l'éloignait d'elle par avance, le faisait vivre prématurément dans le temps futur où seraient brisées les habitudes récemment acquises et en partie clandestines de leur intimité. Il avait des chemises et des cravates dans l'armoire de Susana, son blaireau et son savon à barbe étaient sur une étagère de verre de la salle de bains au milieu d'un étalage de cosmétiques dont jamais il n'aurait soupçonné la variété, et que Susana lui énumérait en se moquant d'elle-même, crèmes exfoliantes, hydratantes de jour et de nuit, réparatrices, anticellulite, raffermissantes, à la limite de l'orthopédie disait-elle, à deux doigts de la sorcellerie. Aujourd'hui il était parti sans rien emporter, il s'était douché plus tôt que les autres jours et elle l'avait accompagné jusqu'à la porte, enveloppée dans son peignoir de soie à grandes fleurs jaunes et rouges, pieds nus, les cheveux en broussaille et déjà du rouge à lèvres, mais en lui disant au revoir elle n'avait pas eu le geste de l'embrasser comme les autres fois, et lui n'avait pas osé se pencher vers elle, il lui dit à bientôt sur le ton neutre de leurs premières séparations, il alla vers l'ascenseur et y entra sans se retourner. Ils n'avaient pas dormi ou presque, ni l'un ni l'autre. Comme dans une répétition sordide de son ancienne vie, vers six heures du matin, alors qu'il commençait à faire jour, il avait fait semblant de dormir pour éviter d'autres questions, pour éluder de possibles reproches que Susana Grey ne lui fit pas.

Il avait honte de ne pas l'avoir avertie du peu de temps qui restait avant que sa femme sorte de la clinique, mais sa honte était chaque jour plus grande, presque à chaque heure qui passait, et il lui devenait plus difficile encore de parler. Il aurait pu, il fut sur le point de le faire quand elle lui dit qu'on venait de lui accorder sa mutation dans une ville toute proche de Madrid. Elle lui parlait très sérieusement, en toute franchise, avec un naturel qui était l'inverse exact de ses peurs et de ses atermoiements secrets.

– Tu sais qu'il y a bien des années que je souhaite partir d'ici, mais si tu me demandes de rester, même si tu ne me promets rien, si tu me demandes une seule fois de rester, demain même je renoncerai à cette mutation. Tu vois si je t'aime pour être prête à continuer pour toi de vivre dans cette ville, ne serait-ce que pour te voir de temps en temps, pour que tu viennes ici quelques heures avant de rentrer chez toi, ou que tu m'emmènes en fin de semaine pour un voyage professionnel, en me laissant cachée dans une chambre d'hôtel, comme une de ces maîtresses qu'avaient autrefois les hommes. Cela je ne devrais pas te le dire aussi nettement, je sais déjà que je serais bien plus mystérieuse si je me faisais plus inaccessible ou si je me taisais, même beaucoup moins que tu ne le fais, mais je n'en ai pas envie, je te l'ai déjà dit une autre fois, je n'ai pas le temps, je ne vaux rien pour cela.

Soudain c'était le temps qui venait à leur manquer, provoquant chez lui (pas chez elle, qui prévoyait tout avec une lucidité sans fatalisme, mais aussi sans aucun espoir) la même stupeur que s'il découvrait que l'air venait à lui manquer, qu'une maladie allait le tuer un jour prochain. Tout faisait partie de la séparation, de la fin inacceptable. Il était à son bureau, à six heures, et la lumière qui entrait par la fenêtre ouverte, la texture d'odeurs tièdes de l'air de l'après-midi lui provoquaient une sensation insupportable d'outrage : il regrettait le froid et la pluie de l'hiver lointain, la nuit précoce et les portails fermés, le privilège secret d'arriver exténué et transi chez Susana, après minuit, et de se laisser caresser et déshabiller par elle, par ses mains chaudes et efficaces qui dénouaient les lacets de ses chaussures puis les lui enlevaient et les laissaient tomber pesamment sur le sol de la chambre, qui massaient vigoureusement ses pieds presque gelés par l'attente sur le talus, les serrait contre sa poitrine pour mieux les réchauffer.

Ce qu'il ferait cet après-midi-là, ce soir-là, c'était probablement la dernière fois qu'il allait le faire. Le matin, il avait eu avec le docteur de la clinique une conversation inutilement longue ou plutôt il l'avait écouté très longuement au téléphone. Grâce à Dieu, sa femme se trouvait sinon complètement rétablie du moins dans l'état d'achever sa guérison chez elle, en famille. À partir du lendemain, avec l'aide de Dieu, c'était à lui, son mari, qu'il incombait de continuer la tâche des infirmières et des médecins, des professionnels comme il disait. Vie tranquille, alimentation équilibrée, médication légère, promenades, exercice physique modéré, pas d'émotions. Sans doute pouvait-il se rendre compte que sa femme était en convalescence. Que vas-tu faire quand elle sortira, lui avait demandé le père Orduña avec moins de réprobation que de pitié dans la voix, pitié surtout envers sa femme malade et enfermée, assommée de cachets, mais aussi envers Susana Grey et envers lui : dans quels labyrinthes vont s'égarer les sentiments des hommes et des femmes, en vertu de quelle loi se convertissent-ils alternativement en anges et en exécuteurs, en bourreaux et en victimes les uns des autres, régulièrement, sans apprentissage ni repos, sans que leur serve de rien l'expérience de la douleur ni que les décourage jamais complètement la répétition de l'échec.

Il rangeait sa table, renfrogné, tournant le dos au balcon et à l'après-midi de mai, il rangeait des papiers dans des classeurs et dans les tiroirs avant de partir. Au mur se trouvait toujours la photo en couleurs de Fátima, déjà éloignée dans le temps, sept mois seulement depuis sa mort, anachronique dans son éloignement d'enfant perpétuelle. Sur la table il avait maintenant posé une autre photo prise quelques dimanches plus tôt par la mère de Paula, sur la place, devant le jardin qui entourait le socle de la statue : la fillette souriait entre son père et lui, les tenait tous les deux dans ses bras. Par comparaison avec eux, avec ce père si jeune et sa fille de douze ans, il se voyait désespérément plus âgé, il pensait avec inquiétude que quelqu'un qui ne l'aurait pas connu aurait pu le prendre pour le grand-père de l'enfant.

Mais c'est à peine s'il se souvenait encore de ce qui lui avait tant importé, l'obsession de la recherche, l'affût nocturne sur le talus, l'arrestation, les interrogatoires, les flashes des photographes, la foule qui se rassemblait un matin de neige fondue autour du commissariat, demandant justice à grands cris, vengeance immédiate. Après l'exultation des premières heures et la fierté qu'il ne s'était pas aventuré à afficher, même devant Susana, ce qu'il avait ressenti par la suite était abattement et vide, un désir très fort que tout cela se termine, une fois la déposition signée et les preuves confirmées, que le juge ordonne l'incarcération et que cette seconde invasion de caméras et de journalistes disparaisse de la place.

C'est parce qu'il se sentait si loin de toutes ces choses que l'appel téléphonique qu'il avait reçu dans l'après-midi, quand il était sur le point de partir, l'avait surpris plus encore, cet après-midi du dernier jour où il lui serait permis de conserver la fiction d'une vie commune avec Susana Grey. Le ton de la voix dans le combiné lui faisait penser au directeur de la clinique, même, un moment, il avait cru que c'était lui. Mais celui qui l'appelait était le directeur de la prison provinciale, pour lui transmettre, disait-il, la demande d'un détenu qu'il devait bien connaître, bien sûr il n'avait pas besoin de lui dire son nom. Il parlait avec une nuance de flatterie soupçonneuse, peut-être de jalousie professionnelle. Depuis qu'il avait réussi à arrêter l'assassin de Fátima, l'inspecteur avait remarqué chez certaines personnes une admiration méfiante et aussi un peu abjecte qui l'incommodait beaucoup, et qui de plus lui était étrangère.

– Il désire vous voir au plus vite, demain même si c'est possible, il dit qu'il s'agit d'une affaire de grande importance, de vie ou de mort.

– Son avocat est-il au courant ?

– Pour l'instant, il n'a pas d'avocat. Le sien l'a abandonné la semaine dernière. Personne ne veut le défendre. Il faudra tirer un défenseur au sort parmi les responsables du barreau, je pense. Personne ne veut sombrer avec lui.

Il eut une sensation très forte de désagrément en voyant depuis la route le bâtiment de la prison, construite depuis peu de temps ; ses murs blancs et lisses, au milieu d'une plaine stérile, ni de banlieue ni de pleine campagne, lui semblaient hermétiques et aseptisés. Il aurait pu ne pas venir, il était encore temps de repartir. Il n'avait rien dont parler avec cet homme. Après qu'il eut recueilli sa déposition et réuni les preuves, son travail s'était achevé, et c'est juste à ce moment-là que lui était venue cette sensation de désolation et de vide, de futilité surtout : tant qu'il avait recherché l'assassin, sans s'en rendre compte il avait démesurément grossi l'importance de sa tâche, et alors qu'elle était achevée depuis peu, il la comparait à toute l'étendue de la cruauté et du mal, à la douleur sans soulagement des parents de Fátima et à l'épouvante qu'il avait lue dans les yeux de Paula. Il n'y avait pas de compensation possible, il n'existait aucun moyen de réparer l'outrage, de faire vraiment justice, d'effacer même en partie la souffrance. Se sentir fier, s'enorgueillir de son succès lui aurait paru non seulement une obscénité, mais aussi un manque de respect pour les victimes.

« Mais personne ne se soucie des victimes », pensait-il : leur bourreau méritait beaucoup plus d'attention, immédiatement entouré de psychologues assidus, de psychiatres, de confesseurs, d'assistants sociaux, poursuivi jusqu'à l'intérieur de la prison par les envoyés des journaux et des chaînes de télévision qui lui offraient de l'argent pour raconter sa vie et ses crimes, pour céder ses droits pour un film, un feuilleton. Du moins on ne lui rendait pas d'hommage public comme cela se fait dans le nord, avait-il dit à Susana Grey avec dégoût et découragement, du moins on ne donnerait pas son nom à une rue, on ne sortirait pas son portrait d'une église pour le promener à bout de bras comme s'il s'agissait d'une bannière de procession.

Mais il était venu le voir, il avait été convoqué par lui et accourait au rendez-vous, passait les contrôles de sécurité d'une prison récemment terminée et qui avait un air d'asepsie technologique, comme celui d'un hôpital, mais où s'imposaient déjà avec plus de force que les tableaux de surveillance électronique, que les murs blancs, que la clarté inhabituelle des couloirs, l'odeur ancienne et éternelle de toutes les prisons, le bruit creux et immémorial des pas et des voix, des verrous, des portes métalliques. Il entra dans un parloir blanc, sans fenêtres, fermé et cubique comme une cellule d'asile, dans une lumière qui se réverbérait avec la même intensité sur tous les murs et sur le sol et qui ne projetait pas d'ombres. Au centre il y avait une table, blanche elle aussi, comme celle d'un bureau moderne et une seule chaise, du côté où était assis l'inspecteur. Juste en face de lui se trouvait une seconde porte et, au-dessus une petite caméra vidéo.

Le fonctionnaire en uniforme qui l'avait accompagné sortit en fermant doucement la porte qui était dans son dos. Au-dessus d'elle il y avait une autre caméra. Il attendit plus d'une minute assis sur l'unique chaise, mal à l'aise, imaginant les écrans où l'on pouvait alors le regarder, lui découvrant des gestes instinctifs que lui-même ignorait, ces choses que l'on fait quand on est seul. La porte située en face de lui s'ouvrit et l'homme que l'inspecteur vit sur le seuil n'était pas l'assassin de Fátima.

Pendant une seconde il supposa qu'on avait commis une erreur, mais il retint à temps le mouvement instinctif de se lever. Il reconnut les yeux, même s'ils n'étaient plus injectés de sang par de nombreuses nuits d'insomnie, ni enfoncés et comme embusqués dans l'ombre des sourcils. Maintenant il regardait ouvertement, avec une attitude d'affabilité et de déférence confirmée par les autres choses qui au début l'avaient rendu méconnaissable, pas seulement le costume sombre et la cravate, le petit insigne religieux à la boutonnière, les cheveux très courts, le visage rond parfaitement rasé, rose jusque sous la lumière fluorescente. Il se retournait pour remercier dans un murmure le fonctionnaire qui l'avait accompagné, inclinait la tête, les mains jointes sur le ventre, croisées, tenant quelque chose, un livre à la reliure noire et aux lettres dorées, une bible. La position particulière des mains venait sans doute de ce qu'il était menotté, mais justement, ces menottes étaient le trait le plus incongru de son apparence. Il avait dans la position des épaules, dans sa manière de pencher légèrement la tête, de se tenir pieds joints une douceur d'apostolat séculier, la béatitude de celui qui vient de recevoir la communion. Même ses mains n'étaient plus les mêmes malgré les menottes : elles étaient beaucoup plus blanches, plus affinées qu'avant, et ses ongles étaient propres et roses, bien que rongés observa l'inspecteur, il se les mordait et dès qu'il s'en rendait compte il devait se corriger lui-même et baissait les mains, cachait ses ongles derrière la reliure de la bible.

Il restait tranquille de l'autre côté de la table, acceptait calmement l'humiliation d'être debout. De temps en temps il levait la tête de manière presque imperceptible et regardait un instant la caméra vidéo, peut-être se demandait-il si elle fonctionnait vraiment. À cause d'attitudes comme celles-là, plus rapides et fugaces qu'un clin d'œil, l'inspecteur l'identifiait, se tenait sur ses gardes. Jusqu'à sa voix qui avait changé, elle était aussi douce qu'avant mais beaucoup moins confuse, comme si elle avait, elle aussi, été soumise à une espèce de nettoyage sanitaire, à l'image des mains et du bord de ses ongles.

– Je pensais que vous ne viendriez pas, dit-il sans le quitter des yeux, presque sans ciller, je priais pour que vous veniez, je voulais vous dire la vérité, à vous avant quiconque, en fin de compte c'est à vous que je dois le premier pas de ma rédemption. Vous avez cru être l'instrument de la justice des hommes et vous ne vous êtes pas aperçu que c'était la main de Dieu qui vous guidait. Vous ne m'avez pas cru et vous aviez tout à fait raison, je ne vous disais pas la vérité. Je vous ai dit que c'était moi qui avais tué cette fille et laissé l'autre pour morte. Vous me demandiez pourquoi j'avais fait cela et je vous ai dit que c'était la faute de la lune, je m'en souviens bien, et vous n'avez rien répondu mais je voyais bien sur votre visage que vous n'en croyiez pas un mot et vous m'avez dit, pourquoi avec des enfants, pourquoi n'oses-tu pas avec des femmes, et je ne répondais pas, je ne savais pas, plus tard le psychologue lui aussi me l'a demandé et je lui ai dit, parce que les femmes riaient de moi, parce qu'elles disaient que je l'avais toute petite. Et alors, ça leur a plu, à eux, pas à vous, à vous j'avais eu honte de le dire, ils me demandaient de leur raconter de nouveau quand j'étais aux douches, à la caserne, et que l'eau arrivait froide et que j'avais la bite qui rétrécissait, et je le leur racontais, et aussi cette histoire des deux putes qui se sont moquées de moi, la première, la plus jeune, je lui ai sorti mon couteau et elle a eu si peur qu'on n'a jamais revu ses talons, et l'autre a eu très peur aussi, même si elle le cachait mieux, parce qu'elle était plus vieille et plus vicieuse. Ils restaient à me regarder, très sérieux, avec leurs blouses et leurs cahiers, ils me demandaient de raconter encore une fois, je ne sais combien de fois, et si quand j'étais petit on me battait ou on se moquait de moi à l'école, et si j'avais très peur de mon père, et s'il était très attaché à ma mère. Et je répondais oui à tout, et ils me croyaient, ils n'étaient pas comme vous, vous à qui je n'aurais jamais eu l'idée de raconter rien de tout cela, mais je voulais vous tromper, vous aussi, parce que le premier qui se trompait c'était moi, on le dit ici, dans le Livre, égaré dans les ténèbres, vous m'avez demandé pourquoi j'avais tué Fátima et je vous ai dit que je n'avais pas voulu la tuer ni lui faire de mal, je voulais seulement qu'elle ne crie pas, et pareil avec l'autre, rien que la faire taire, et tout ça c'étaient des mensonges, et vous le saviez bien parce que c'est la main de Dieu qui vous avait guidé, vous saviez combien de méchanceté il y avait au fond de mon âme, c'est le camarade du Culte qui me l'a dit, celui qui m'a appris à lire dans le Livre, ton âme est un puits d'immondices, c'est cela qu'il me dit, et il a raison, mais maintenant je ne dirai plus de mensonges, je veux dire la vérité, à vous.

Il reprenait souffle, avalait sa salive, pendant une seconde il regarda l'inspecteur sans douceur, baissa les yeux, il serrait la bible entre ses mains, faisant tinter la chaîne des menottes, se passant la langue sur les lèvres, peut-être avait-il besoin d'une cigarette.

– Cet avocat est venu, il m'a dit que les psychiatres allaient dire que j'étais fou, que j'avais des troubles mentaux et qu'ils déclareraient qu'on ne pouvait pas m'imputer mes actes, comme ils disaient, mais finalement non, ils ont déclaré qu'on pouvait me les imputer, et j'ai demandé à l'avocat, qu'est-ce que ça veut dire, et il m'a dit, eh bien que tu es responsable de tes actions, mais tout cela m'est égal, ce qui compte pour moi c'est la justice de Dieu, pas celle des hommes, et l'avocat m'a dit que même si on me déclarait responsable je ne passerais pas plus de dix ans en prison, mais pour moi ils peuvent bien me tenir enfermé jusqu'à ma mort, mon esprit est libre, pour autant qu'on m'entoure de murs et de grilles, comme dit le camarade du Culte, le plus beau c'est la véritable liberté de l'esprit et cela, la justice des hommes ne peut pas le mettre entre des grilles. Je sais que Dieu a voulu que je sois amené ici, que vous vous saisissiez de moi comme ils se sont saisis de Son Fils, la nuit, au Jardin des Oliviers, pour me sauver de celui qui me possédait, c'est cela que je voulais vous dire, c'est pour cela que j'ai demandé qu'on vous appelle. Je n'étais pas celui qui a tué cette fille.

L'inspecteur voulait partir. Il regarda de côté vers sa montre et l'autre remarqua son geste. Il aurait dû se lever à l'instant même, tourner le dos à cette voix monotone, à ce regard fixe et vicieux et tâcher de les oublier tous les deux pour toujours. Mais il ne faisait rien, écouter seulement, assis, et tambouriner légèrement des doigts de sa main droite sur la surface plastique et blanche de la table où ne se projetait aucune ombre, déprimé par la voix, par les yeux, par l'oscillation contenue de son corps qui lui fit se rappeler son enfance, quand il montait sur l'estrade du tableau noir pour donner de mémoire au père Orduña la réponse à quelque question du catéchisme, et quand pour la répéter avec le plus d'exactitude possible il fermait les yeux et se balançait en prenant appui tantôt sur un pied, tantôt sur l'autre.

– Ça n'était pas moi. C'étaient mes mains, c'était mon corps, pas moi. C'était le démon, l'Ennemi. Il avait pris possession de moi. Lisez dans le Livre. Tout y est expliqué. Je suis innocent. La pierre n'est pas responsable du mal qu'elle fait mais la main qui la lance. Ce n'est pas le fil de l'épée qui tue mais le maudit qui la lève contre les enfants de Dieu. Vous ne me croyez pas, maintenant non plus, homme de peu de foi, j'aimerais que vous rencontriez les camarades du Culte, eux savent le Livre par cœur, ils pourraient vous expliquer cela beaucoup mieux que moi. Avant j'oubliais les choses, ou je voulais les oublier et je n'y arrivais pas, je restais réveillé toute la nuit à réfléchir. Maintenant je peux me rappeler tout ce qu'ont fait mes mains et je n'en souffre plus, je peux les regarder sans avoir honte, bien qu'elles soient liées par la justice des hommes, comme furent liées les mains de Notre Seigneur Jésus-Christ.

– C'est cela que cet avocat t'a dit de raconter au procès ? L'inspecteur essayait de ne pas montrer toute sa colère, de ne pas trop élever la voix. Cette saloperie du diable ?

L'autre observait avec calme, attendait, debout, la tête un peu de côté, les épaules serrées, blanches de pellicules. Une fois de plus son regard se leva vers la caméra. Il continue de jouer un rôle, pensa l'inspecteur, il ne le joue pas que pour moi, mais aussi pour ceux qui le surveillent dans la salle des écrans, pour ceux qui plus tard entendront sa voix et reverront son visage sur la bande vidéo.

– Mais voilà, j'ai vaincu l'Ennemi, c'est cela que je voulais vous dire, vous me comprendrez, même si je pense que maintenant vous ne me croyez pas. Maintenant je peux me rappeler tout ce que j'ai fait, tout ce que mes mains ont fait, et cela ne me trouble plus, je ne passe plus mes nuits sans dormir comme avant, quand le démon me tenait éveillé, dans ce cachot, quand j'entendais de loin les cris de la foule qui voulait me tuer. Moi aussi je voulais qu'on me tue. Mais maintenant je lis le Livre, je dis mes prières, je ferme les yeux et je m'endors, l'Ange du Seigneur m'apporte la miséricorde du sommeil parce que mon âme est en paix. Savez-vous combien d'années de prison le procureur requiert contre moi, presque cinquante, mais ça serait pareil s'il en demandait mille, ça m'est égal de ne pas avoir d'avocat, je n'ai pas à répondre devant la loi des hommes mais devant la loi de Dieu, et Lui sait qu'Il m'a mis à l'épreuve et que je suis innocent, loué soit le Seigneur, qu'Il soit à jamais béni et célébré.

L'inspecteur se mit debout et l'autre recula avec un mouvement de peur automatique qui pourtant ne troubla pas le calme de ses yeux, grands et morts, qui avaient une intensité aussi vide et aussi totalement insondable que les yeux des mosaïques byzantines ou des portraits égyptiens de la période romaine que Susana Grey lui avait montrés dans un livre, les comparant à ceux de la photo qu'avaient publiée les journaux le lendemain de l'arrestation.

– Quel âge as-tu maintenant ?

Il regardait ses yeux aussi fixement que l'autre avait regardé les siens en entrant dans le parloir.

– Vingt-trois ans. Et vous ?

– Cela n'est pas ton affaire.

– Vous vous rendez compte ? Vous pourriez être mon père.

– Tu feras dix ans au maximum.

L'inspecteur avait haussé la voix, plus rude que d'habitude, presque tremblante, avec une fureur inutile qu'il ne savait pas contenir.

– À un peu plus de trente ans tu seras de nouveau dehors et tu referas la même chose que tu as faite cette fois-ci, et si on te rattrape, tu en prendras encore pour quelques années et tu seras encore un homme solide et nuisible quand on te relâchera de nouveau, si ton Dieu ne veut pas que tu sois mort avant.

Il fit le signe convenu à la caméra qui était en face de lui. Il ne voulait plus jamais voir ces yeux. Quand il aurait à témoigner au procès, deux ou trois ans plus tard, au terme d'une procédure aux lenteurs exaspérantes, il tâcherait de ne pas les regarder, tenterait de ne pas penser qu'ils le regardaient. Il entendit s'ouvrir la porte qui était derrière lui avec une discrétion technologique de prison moderne et le fonctionnaire qui l'avait accompagné s'arrêta sur le seuil, les bras croisés et une expression neutre dans les yeux, sous sa visière galonnée, comme s'il ne regardait que le mur blanc en face de lui, que la porte qui un instant plus tard s'ouvrit de l'autre côté. Le prisonnier, quand il l'entendit, sourit à l'inspecteur et posa la bible sur la table.

– Gardez-la, dit-il. Je l'ai apportée pour vous l'offrir. Plaise à Dieu qu'elle vous fasse autant de bien qu'elle m'en a fait.

Il sortit sans que personne ne soit venu le chercher et la porte se ferma en silence derrière lui, si ajustée dans son cadre, sous la réflexion de la lumière fluorescente, qu'il ne semblait pas rester la trace d'une fissure sur le mur lisse et blanc.

32

La sonnette de la porte résonna avec une netteté oubliée dans l'appartement maintenant presque vide, et Susana Grey alla ouvrir en imaginant distraitement que ce serait son fils qui était descendu acheter quelque chose à la quincaillerie, un rouleau de papier adhésif pour fermer les derniers cartons remplis de livres et de disques. Il était descendu de lui-même demander les cartons au supermarché, avec une décision qui avait beaucoup surpris Susana parce qu'elle était toute nouvelle chez lui qui, peu de temps auparavant, était encore si renfermé, incapable de parler à des inconnus, de se comporter avec naturel en présence d'étrangers. Il avait rangé les livres et les disques, fermé et attaché chacun des cartons avec une adresse elle aussi surprenante et une force physique presque aussi nouvelle que son aisance pour demander un service au supermarché. Quand il saisit un des cartons, plus lourd que les autres parce qu'il contenait une partie des volumes d'une encyclopédie, Susana avait remarqué la musculature de ses bras qui étaient très minces et nerveux, avec des biceps bien marqués et des tendons d'homme, d'homme adulte tout comme ses grands pieds qu'elle avait observés presque avec inquiétude quand elle l'avait vu le matin sortir de la douche, enveloppé dans un peignoir masculin dont il ne demandait pas à qui il appartenait même si elle était sûre qu'il avait remarqué la nouveauté de sa présence, tout comme il avait vu et utilisé pour se raser les pattes le blaireau et le savon à barbe qui étaient encore sur l'étagère de verre, parmi les flacons de parfum et les crèmes de beauté.

Il démontait les rayonnages avec un tournevis qui avait toujours été dans le tiroir à outils et dont il ne s'était jamais servi, heureux de pallier la maladresse manuelle de sa mère qui assistait, incrédule et souriante, à la démonstration de ses compétences masculines. Avant de ranger les livres, il regardait certains d'entre eux avec approbation, et il s'était enthousiasmé en découvrant beaucoup de disques qu'il était maintenant capable d'aimer, parce que son goût avait grandi autant que son corps, et que maintenant il avait plaisir à écouter Eric Clapton, B.B. King, Police ou Paul Simon, et il s'étonnait et se sentait flatté que sa mère ait toutes ces musiques et de plus connaisse et apprécie les chansons du moment qu'il avait découvertes pour lui-même, celles de REM surtout dont il avait apporté une cassette qu'il avait mise en marche à peine arrivé.

L'appartement résonnait d'une chanson d'Eric Clapton quand on sonna à la porte, et Susana se dit qu'elle aurait préféré voir son fils rentrer de la quincaillerie quelques minutes plus tard, parce que c'était *Tears in the Heaven* et qu'elle ne pouvait pas éviter d'avoir les larmes aux yeux quand elle l'écoutait. Elle l'avait écoutée avec son fils la veille au soir pendant qu'ils démontaient quelque chose dans la cuisine et il lui avait demandé de quoi il s'agissait. « D'un homme qui a perdu son fils et veut savoir comment cela serait de le retrouver au ciel. » En disant cela, elle craignait de voir son fils penser que cette chanson était quelque chose de très mièvre, elle l'avait remise du début et la lui avait traduite vers par vers. Elle avait noté, heureuse et réservée, qu'il avait remarqué l'émotion de sa voix et qu'au lieu de la condamner ou de s'en sentir gêné il était capable de la partager, peut-être aussi de pressentir que les paroles de cette chanson évoquaient chez sa mère des sentiments de privation, de tendresse envers lui. Il la découvrait maintenant, alors qu'il avait cessé d'habiter en permanence avec elle, il l'admirait secrètement d'avoir ces goûts, de s'habiller d'une manière un peu extravagante, et de paraître plus jeune que la femme de son père et que les mères de ses camarades, dont aucune sans doute n'aurait su lui traduire de l'anglais les chansons qu'il aimait.

Il était maintenant plus grand qu'elle, pourtant il n'y avait pas que ses bras et ses jambes qui avaient grandi durant l'année écoulée mais aussi son caractère, ou son âme, et l'expression de ses yeux était plus franche que ce qu'elle avait été quelques mois plus tôt, sa voix avait pris une sonorité grave, aussi définitivement adulte que la dimension de ses pieds ou sa musculature de passionné de sport. Il avait les cheveux presque rasés sur la nuque, abondants et frisés sur le front et les yeux, et il s'habillait avec l'engouement d'originalité mêlé de grégarisme, typique des quatorze ans qu'il venait d'avoir : un T-shirt trop grand qu'elle lui avait offert, des jeans noirs, des chaussures de sport énormes et noires qui lui grandissaient encore les pieds et accentuaient le balancement mi-désordonné mi-provocant de sa démarche.

Mais surtout il parlait, il lui parlait, la nuit précédente ils avaient discuté jusqu'au-delà de trois heures du matin, assis l'un à côté de l'autre sur le grand lit qui était un des rares meubles à n'être pas encore démonté, bavardé et écouté des disques, le garçon avait même bu un verre de vin au dîner, qui lui avait visiblement donné du courage, et il lui avait parlé de ses difficultés en chimie et en mathématiques, de son enthousiasme pour *L'Attrape-cœurs* qu'elle lui avait offert lors d'une de ses visites de week-end, de ses amis, de cinéma et, pour finir, d'une de ses camarades de troisième qui lui plaisait beaucoup mais qu'il ne reverrait probablement plus, parce que l'année suivante elle irait habiter à Madrid.

« Comme moi », avait-elle dit : elle l'écoutait parler, le regardait, si jeune et si sérieux, avec sa moustache sombre et de l'acné sur le front et le nez, à peine arrivé au seuil de la vie adulte, des incertitudes et des désirs des aînés, et en même temps beaucoup plus enfant que ne le suggérait son apparence physique, tellement au début de tout, tellement perdu pensait-elle, avec une espèce d'affection qui n'était plus du tout l'amour qu'elle lui avait porté dans son enfance. Elle se reprochait son amertume si longue envers lui, la rancœur et la jalousie qu'elle avait éprouvées quand le garçon lui avait dit qu'il aimerait vivre un temps chez son père.

Elle n'allait pas lui demander de partir à Madrid maintenant avec elle. Elle ne voulait pas entrer en compétition avec son ex-mari dans les ruses et les sinuosités plutôt visqueuses du chantage sentimental, mais il était certain aussi qu'elle n'avait ni l'envie ni la force de se risquer à essuyer un refus. Le garçon était allé se coucher après trois heures et elle était restée un moment à fumer sur le balcon, assise dans le rocking-chair, ses pieds nus croisés sur le métal de la rambarde, goûtant l'air calme et tiède de la nuit de juin. Puis en passant devant la porte de la chambre où il dormait, elle l'avait entendu respirer et n'avait pas résisté à la tentation d'entrer pour le voir dormir à la lumière du couloir. Tellement grand, couché sur son lit d'enfant trop étroit avec une pesanteur d'homme dans son corps dénoué par le sommeil et une dernière trace de fragilité ou d'enfance sur ses lèvres entrouvertes et sur ses paupières soudain contractées par la lumière, tandis qu'il avalait sa salive et faisait un bruit de bouche. De crainte de le réveiller elle ne s'était pas penchée sur lui pour lui donner un baiser.

La sonnerie de la porte la sortit de la musique et de ses réflexions sur la nuit précédente. La sonnette résonnait de la même façon que trente ans plus tôt dans l'appartement qu'ils venaient d'acheter et où ils commençaient à s'installer après avoir signé d'innombrables traites qu'ils finiraient de payer au début du vingt et unième siècle : de nouveau tout était vide, presque sans rien d'autre que la chaîne hi-fi, les cartons et le grand lit au milieu d'une chambre sans rideaux ni tables de nuit, avec une ampoule suspendue à un fil replié et taché de peinture. Tout et rien en un peu plus de dix ans, la quantité inimaginable de choses qu'on accumule sans but au long de la vie, les gisements inutiles de papiers et d'objets, de vieilles chaussures, de vêtements oubliés, de photos, de coupures de journaux, de documents administratifs, le carnet de vaccinations de son fils, son diplôme d'institutrice, des cahiers de notes, des manuels de poterie ou de marxisme de son ex, un passeport périmé depuis bien des années. En faisant place nette dans sa maison, en vendant presque tous ses meubles et en ne gardant que quelques objets qui lui plaisaient vraiment ou qui étaient des souvenirs auxquels elle ne voulait pas renoncer, elle faisait aussi place nette dans sa vie, la simplifiait et il lui semblait qu'elle l'aérait, qu'elle la rendait plus ouverte et plus grande, comme une maison vide qu'on vient de peindre. Parmi les choses inattendues qu'elle avait retrouvées, il y avait l'étiquette d'identification qu'on avait attachée à l'une des chevilles de son fils à l'hôpital, après sa naissance. En voyant le garçon coller énergiquement le couvercle des cartons avec du ruban adhésif, elle s'était souvenue de lui quand il avait un an et demi, le jour où on leur avait remis les clefs de l'appartement et où ils avaient commencé à le nettoyer et à y installer quelques objets. Le garçon blond et replet marchait, encore incertain, vêtu d'une salopette de velours, d'un chandail, avec de petites chaussures vertes, il se promenait dans les pièces avec une bouteille de produit à vitres et un chiffon, affairé, empressé, imitant ses parents, la sucette à la bouche, respirant par le nez.

Elle arrêta la musique avant d'ouvrir : elle pensait en allant vers la porte que son fils devenait adulte et qu'on le remarquait même dans sa manière de sonner. En même temps qu'elle ouvrait, elle commença à se retourner, avec la rapidité de qui est sûr de l'identité du nouveau venu et veut reprendre au plus vite une occupation interrompue, mais ce n'était pas son fils à qui elle avait ouvert. L'inspecteur était sur le seuil, habillé de clair, une expression incertaine et presque désemparée dans les yeux, comme s'il craignait qu'elle ne le laisse pas entrer.

– Écoute, tu aurais pu prévenir, dit-elle.

Elle porta instinctivement la main à ses cheveux, toujours sérieuse, déconcertée, avec l'inquiétude de ne pas être coiffée, de ne s'être pas même passé de rouge à lèvres. Elle portait un T-shirt de son fils, des vieux jeans et des sandales de toile blanche. Elle ne pouvait pas savoir combien ces vêtements d'été et cet air négligé le troublaient, après des semaines sans l'avoir vue, à quel point il était bousculé de désir. Il s'avança pour l'embrasser, aussi incertain qu'il était apparu à la porte, sans faire encore un pas vers l'intérieur, découvrant soudain, désolé et inquiet, les murs blancs et vides, les cartons empilés par terre.

– Tu ne m'avais pas dit que tu partais.

– Tu ne me l'as pas demandé.

Ils entendirent monter l'ascenseur et le garçon apparut en face d'eux qui n'avaient pas encore bougé. Susana observa la gêne de l'inspecteur qui se sentait très intimidé par son fils, incapable de réagir avec naturel en sa présence. Très vite, en une seconde, le garçon avait dû avoir l'intuition de qui était cet homme, et après avoir croisé le regard de sa mère, il lui demanda de l'argent pour aller chercher quelque chose d'autre, ficelle ou papier d'emballage.

– C'est Pablo, dit Susana, amusée au fond par la manière guindée avec laquelle l'inspecteur tendait la main à son fils, exaspérée par la rigidité de ses gestes. Pablo à cause de Pablo Neruda et de Paul Simon, cinquante cinquante.

Le garçon dit au revoir et descendit par l'escalier, dans un bruit de galop.

– Veux-tu entrer ?

Susana s'effaça dans la porte. L'inspecteur fit quelques pas vers le salon et resta à regarder les murs où ne restaient, comme des images en négatif, que les surfaces plus claires où avaient été fixés les cadres, les marques des meubles récemment démontés. Il était saisi par une angoisse de séparation irréparable, plus forte encore du fait qu'il ne l'avait pas prévue. Comme il restait toujours paralysé au bord de ses décisions et de ses actes, il croyait que le monde et le temps se paralysaient aussi en les attendant, et maintenant il était étonné de découvrir le contraire, que des choses avaient continué de se passer pendant les semaines durant lesquelles il n'avait ni appelé ni cherché à voir Susana, et pas non plus cessé de penser à elle, d'avoir besoin d'elle, tandis qu'il aidait sa femme à s'installer dans sa vie nouvelle, dans l'appartement de location qu'elle n'avait pas vu jusque-là.

– Quel âge a ton fils ?

– Bientôt quinze ans.

– C'est incroyable.

– Aujourd'hui les garçons grandissent très vite.

– Ce n'est pas cela. L'inspecteur sourit pour la première fois depuis son arrivée. Ce qui est incroyable, c'est que tu aies un garçon aussi grand. J'ai toujours pensé à toi comme à une jeune femme, pas la mère d'un adolescent plus grand que moi.

– Allons, ne cherche pas à me flatter.

– Je ne te flatte pas, ce que je préfère dans la vie, c'est te regarder – dans les yeux de l'inspecteur transparaissait l'évidence de ce qu'il disait. Il m'arrive une chose étrange avec toi. C'est plus tard que je m'en suis rendu compte. La première fois que je t'ai vue à l'école, tu ne m'as pas paru très jeune. Je pense que je te voyais comme on s'imagine les institutrices, une femme d'âge moyen, dans les quarante ans. Ensuite, chaque fois que je me trouvais avec toi, il me semblait découvrir que tu étais plus jeune que la fois précédente. C'est que je devais apprendre à être attentif, comme tu dis.

– Ou que je m'apprêtais mieux pour te plaire.

– Là-bas, à L'Ile de Cuba, quand tu es revenue de la salle de bains, je t'ai vue plus jeune que jamais. Tu ne paraissais pas plus de vingt et quelques années.

– C'est que la lumière était éteinte.

– Mais la lune était pleine.

Ils étaient face à face au milieu du salon vide, sans s'approcher vraiment, sans faire un pas en arrière. On ne pouvait s'asseoir nulle part, dans la cuisine il ne restait rien à boire. Comme c'est absurde, pensait Susana, d'être en face de lui et que tout soit beaucoup plus difficile parce qu'il ne reste pas même deux chaises où nous asseoir.

– Je suis désolée, dit-elle à la recherche d'un ton distant. Il ne me reste rien, ni un Coca-Cola, ni une chaise, ni un verre pour te donner un peu d'eau. Comment va ta femme ?

– Bien, beaucoup mieux.

L'inspecteur baissa les yeux et avala sa salive avant de parler à nouveau.

– Mais je ne suis pas venu te parler d'elle.

– Cela ne m'étonne pas, tu ne l'as jamais fait. Tu pensais je suppose que c'est en taisant ces choses-là qu'elles disparaîtraient. C'est ce que font les petits enfants, qui ferment les yeux pour effacer ce qui leur fait peur, ils pensent que ce qu'ils ne voient plus cesse d'exister. Tu ne m'as même pas appelée en un mois et demi. J'ai lu dans le journal que tu aurais de l'avancement à cause de l'affaire de l'assassin de Fátima et j'ai acheté une bouteille de Vega Sicilia pour fêter cela avec toi, mais quand une semaine a passé sans que tu m'appelles, c'est moi qui ai appelé Ferreras, et je l'ai bue avec lui. Il m'a fait à nouveau sa déclaration. Il se déclare chaque fois que nous buvons ensemble plus de deux verres de vin. Je lui ai mis une chanson de Kurt Weil que chante Lotte Lenya :

Pauvre cœur imbécile,
qui fuit celui qui t'adore,
qui pleure celui qui t'ignore.

– Ferreras m'a raconté qu'il t'avait rencontrée. J'étais mort de jalousie.

– Tu n'as pas dû vraiment mourir beaucoup, pas vrai, puisque tu ne m'appelais pas. Tu pensais qu'en te dissimulant mon existence et en faisant comme si tu ne me connaissais pas j'allais disparaître ?

– Ma femme venait de sortir de la clinique. Il ne me semblait pas correct de t'appeler.

– Correct envers qui ? Elle ou moi ?

– Susana, s'il te plaît.

Elle eut du plaisir à l'entendre dire son nom, et à la manière dont il le disait, mais elle n'avait pas l'intention de céder à son regard contrit et désemparé, maintenant elle ne passerait plus rien sous silence.

– As-tu oublié dans quel état j'étais quand tu es parti par cette porte, la nuit que nous avons passée, tous les deux en silence dans le noir, sans rien faire, comme deux impotents, sans pouvoir dormir ? Tu ne m'avais même pas dit que ta femme sortait le lendemain.

– J'allais te le dire ce soir-là.

– Tu aurais été capable de ne jamais me le dire si je n'avais pas trouvé cette lettre de la clinique. Tu l'avais oubliée, posée sur la table de nuit. Cela m'a fait plus de mal que si j'avais trouvé la lettre d'une autre femme.

– J'avais des obligations envers elle.

– Et envers moi, tu n'en avais pas ? Personne n'est obligé de coucher avec une femme pendant six mois.

– C'est incroyable que tu puisses dire cela. Être avec toi n'avait rien à voir avec une obligation.

– Quelle chance j'ai dans la vie, personne ne se sent obligé à rien avec moi. Personne ne reste avec moi par obligation, mais personne ne reste non plus pour un autre motif, et alors, c'est moi qui reste seule, ça oui, sans causer à personne ni culpabilité ni remords, à la différence de ta femme et de mon ex-mari. Je suis une bonne affaire, l'abandonnée parfaite. Je tomberais volontiers malade, je prendrais un air tourmenté comme en prend le père de mon fils, pour voir si quelqu'un se sentirait des obligations envers moi. Putain ! Coupable comme tu te sentais envers ta femme, pendant tout ce temps-là tu ne t'es pas senti coupable une seule fois envers moi ?

Elle lui tourna le dos, elle ne voulait pas qu'il la voie pleurer, et moins encore que son fils la trouve avec les yeux humides et le nez rouge quand il rentrerait. Dans la chambre, sous l'oreiller, il y avait un paquet de kleenex. Elle s'assit sur le lit pour se sécher les yeux, puis respira à fond, et quand elle écarta les mains de son visage il était sur le seuil, dans la même attitude que quelques minutes plus tôt, quand elle lui avait ouvert et qu'il n'osait pas avancer dans l'entrée. Elle pensa que chaque personne peut être décrite par un seul geste et que celui-là le décrivait tout entier : arrêté dans le passage d'une porte, sans se décider à faire le pas suivant, par incertitude ou par peur de ne pas être accepté, ou peut-être, au fond, par manque d'une véritable conviction, d'un simple élan vital. C'est comme cela qu'il l'avait regardée le dernier jour, le dernier matin, elle se fardait les lèvres et les yeux devant la glace de la salle de bains, cherchant à effacer les traces de leur mauvaise nuit, et lui, arrêté dans la porte, à peine appuyé, la regardait avec en même temps beaucoup de désir et une parfaite tendance à renoncer, comme si en réalité il ne lui en coûtait pas vraiment de partir, et même de la perdre. Tout habillé, elle s'en souvenait, rasé, coiffé, avec une cravate et une veste sombres, ce qui convenait pour aller à la clinique, prêt à obéir alors très exactement aux normes dont, grâce à elle seule, Susana, il disait s'être libéré.

– Regarde mon fils quand il avait six mois.

Elle avait retrouvé son calme, elle se mit debout en lui montrant une photo qu'elle avait retrouvée la veille au soir parmi des papiers et qu'elle ne se lassait pas de regarder, elle l'avait laissée près du lit avant de s'endormir.

– Il était si glouton qu'il serrait très fort la tête contre mon sein et qu'il ne pouvait presque plus respirer.

L'inspecteur vit une Susana pas beaucoup plus jeune, mais dans un âge antérieur de sa vie, presque dans l'adolescence, avec le visage plus rond, sans les lignes si nettes du nez et du menton, sans les pommettes saillantes, les cheveux longs et une petite frange sur les yeux, avec une manière de s'habiller non seulement démodée mais comme plus ingénue, une chemise blanche à large col brodé, une jupe longue, des sandales de cuir. Il la préférait maintenant, faite par le temps, modelée par son intelligence et l'apprentissage des années. Sur la photo elle donnait le sein à un enfant qui avait le visage rouge et rond, les yeux fermés.

– Je n'ai pas voulu te le dire, dit Susana, mais juste après ces jours-là j'ai cru que j'étais enceinte. J'étais terrifiée, je me disais que le monde te tomberait plus encore sur la tête si tu l'apprenais, mais pour te dire la vérité, quand je me suis réveillée un matin et que mes règles étaient revenues, j'ai été mortellement déçue. Tu n'avais pas réfléchi à cela, que toi et moi pourrions avoir un enfant, ou que nous pouvions l'avoir déjà ? On donne pour terminées certaines choses de la vie et l'on découvre soudain qu'elles pourraient commencer. J'ai trente-sept ans, c'est encore un âge parfait pour être enceinte. Mais dis quelque chose, ne me regarde pas comme cela. Tu n'as pas envie de me dire pourquoi tu es venu ?

– Te demander de ne pas partir – l'inspecteur la prit dans ses bras d'un geste brusque. Je ne peux pas vivre sans toi.

– Tu as un peu tardé, ne crois-tu pas ? Elle essaya de se dégager de ses bras mais il ne la laissa pas faire. Si tu me l'avais demandé il y a un mois je n'aurais pas hésité à rester, même si tu avais continué à vivre avec ta femme je n'aurais pas fait pression sur toi. Mais je ne t'aurais pas proposé de devenir ta maîtresse attitrée. La seule chose que cela aurait signifié c'est que j'étais amoureuse.

– Je l'étais moi aussi, de toi.

– Tu l'étais ?

– Et je le suis. C'est à cause de cela que je suis venu.

Ils se séparèrent en entendant l'ascenseur s'arrêter tout près, mais il repartit sans qu'on ait sonné à la porte.

– Mais voilà, ces temps-ci je me suis rendu compte que j'ai très envie de retourner vivre à Madrid, dit Susana. Je suis venue ici pour suivre un homme et il m'a abandonnée et j'y suis restée la moitié d'une vie, et la vérité c'est que je ne voulais plus rester sans autre raison que d'être près de toi. Mon père est enchanté de m'accueillir de nouveau chez lui. Depuis la mort de ma mère il n'a trouvé personne qui lui tienne compagnie et mette un peu d'ordre dans sa vie. Il est solide et très indépendant, et il me semble qu'il continue d'avoir auprès des femmes autant de succès qu'il en avait du vivant de ma mère, je crois donc qu'il ne pèsera pas beaucoup sur moi. Il a un grand appartement rue Ibiza où tiendront tous mes livres, tous mes disques et les quelques meubles que je n'ai pas vendus. Un logement d'oligarques, disait mon ex, et il me rendait honteuse d'habiter dans cet endroit qui me plaisait tant. Je suis très lasse de cette ville et de ce travail. Je n'ai plus aucun enthousiasme pour enseigner, je n'ai plus de forces, et de plus notre époque n'est pas bonne pour faire ce métier. Il est bien triste de voir comment les enfants à qui tu as appris à lire et à écrire grandissent et s'abrutissent, avec quelle rapidité ils apprennent à perdre leur imagination et leur charme, à devenir adultes et grossiers. Avec moitié moins de travail ils pourraient devenir charmants et cultivés, mais personne ne les y pousse, et leurs parents moins que quiconque, ni presque aucun d'entre nous. T'ai-je dit que j'ai été nommée dans une école de Leganés ? J'irai et je reviendrai en train à Madrid tous les jours, mais je veux faire d'autres choses à côté, je veux terminer ma thèse et trouver un autre travail si je le peux, à Madrid j'aurai beaucoup plus de facilités qu'ici, la ville elle-même va m'obliger à être plus éveillée. Je veux retourner me promener au Retiro le dimanche matin, aller au marché aux puces et au Prado, boire une bière ou un vermouth à midi place Santa Ana. Je n'en suis pas à prendre ma retraite, je ne vais pas passer le reste de ma vie à petit-déjeuner de nescafé et de biscottes ni à me chauffer au radiateur électrique de la salle des professeurs. Je suis amoureuse de toi et mon fils me manque beaucoup quand je reste quelques jours sans le voir, mais je ne peux pas passer ma vie à vous attendre, suspendue à ce que vous déciderez, l'un ou l'autre.

– Laisse-moi du temps, dit l'inspecteur. Pas beaucoup si tu veux, donne-moi un délai.

– Je ne te pose pas un ultimatum. Je n'exige pas de toi que tu fasses quoi que ce soit. Est-ce que tu ne t'es pas demandé si ta femme avait très envie de continuer la vie qu'elle a menée avec toi pendant tant d'années ? Tu connais bien un de mes défauts : je regarde toujours les choses du point de vue de celui qui est en face de moi. Peut-être serait-il important que tu lui dises une fois ce que tu penses et ce que tu ressens vraiment.

Il la prit à nouveau dans ses bras, la serrant très fort, cherchant sa bouche, la peau si douce de sa taille sous son T-shirt, mort de désir, avec l'impatience sexuelle d'un homme beaucoup plus jeune, de celui qui n'a goûté vraiment que depuis peu à ce dont il avait ignoré l'existence et qui ne peut plus vivre sans cette douceur. Il la poussait vers le lit, mais elle préféra se séparer de lui tant qu'elle pouvait encore se contrôler, le garçon allait revenir d'un moment à l'autre, dit-elle, encore raisonnable, heureuse de son emportement, de son air désarçonné quand elle s'écarta de lui.

– Tu ne peux pas rester quelques jours ?

– Si je reste, il se peut que je ne m'en aille jamais.

En même temps qu'elle refusait énergiquement de la tête, Susana désignait les murs vides d'un geste des deux mains.

– De plus, je n'ai plus rien ici.

– Tu pars aujourd'hui même ?

– Cet après-midi. Je veux arriver à Madrid avant la nuit. C'est à peine croyable, avoir passé tant d'années enterrée ici alors qu'il n'y a pas quatre heures de voiture pour retourner dans ma ville.

Elle l'accompagna à la porte et ne lui laissa pas la possibilité de dire au revoir de sa manière désastreuse comme tant d'autres fois, tant de séparations intolérables d'amertume et de paralysie. Elle l'embrassa la bouche grande ouverte, savourant ses lèvres humides de salive, lui ébouriffa les cheveux en se séparant de lui. Elle ferma la porte et s'en fut rapidement vers la fenêtre pour le voir apparaître en bas, dans la rue, à trois étages de distance, dans la lumière violente de ce midi de juin. Un homme jeune, avec des lunettes, qui était en face du côté de l'ombre, regarda vers le haut et détourna aussitôt les yeux, sans doute le bruit métallique de la fenêtre dans le silence de la rue avait attiré son attention. Elle l'oublia dès qu'elle vit apparaître la tête grise et droite, le dos vigoureux sous les épaulettes de la veste de lin clair qu'elle avait elle-même choisie pour lui, c'était la dernière chose qu'elle lui avait achetée avant qu'ils cessent de se voir. Parmi un millier d'hommes elle aurait reconnu cette manière de marcher, cette espèce de lourdeur énergique avec laquelle il bougeait. Dans quelques secondes il allait disparaître au coin de la rue. Elle allait fermer la fenêtre mais elle vit que le jeune homme aux lunettes n'était plus sur le trottoir d'en face. Il avait traversé en regardant la rue d'un côté et de l'autre, il portait quelque chose dans la main gauche. Il marchait si vite qu'il rattrapa tout de suite l'inspecteur sans pourtant monter sur le trottoir, il était le long de la bordure, il fit un geste bizarre, levant quelque chose, ce qu'il tenait à la main. Alors Susana Grey comprit soudain et commença à crier avec une force qui ébranlait l'air immobile de la rue, qui lui déchirait la gorge, l'empêchant d'entendre le bruit du premier coup de feu.

33

Une fraction de seconde avant d'entendre le cri il avait commencé à se retourner, non pas qu'il ait été alarmé par un bruit de pas qui s'approchait derrière lui, même si c'étaient les pas discrets de semelles de caoutchouc, de chaussures de tennis que plus tard, couché par terre, il regarderait, éclaboussées de sang : c'était l'ombre qui l'avait alerté, l'ombre oblique qui s'allongeait vers lui depuis la chaussée, à sa droite et qui comme un éclair avait réveillé son instinct de vigilance, sa conscience du danger si endormie les derniers temps, complètement occultée ce matin-là quand il était sorti de l'immeuble de Susana Grey en pensant à l'urgence pressante de la vérité et du courage, craignant d'être vaincu non pas par sa lâcheté ou par la force de ses remords et des contraintes sociales, mais par quelque chose de plus détestable, de plus toxique et de plus enraciné en lui, son penchant à la résignation, à l'ajournement, son habitude d'accepter la situation établie comme irrémédiable, de se taire et de ne pas agir. Il sortit de la pénombre fraîche de l'entrée et le soleil lui blessa les yeux, et il se mit à marcher sur le trottoir en résistant à la tentation de se retourner et de lever le regard vers la fenêtre du troisième étage où sans le moindre doute devait se trouver Susana Grey, se souvenant des précautions de ses premières visites, de sa maladresse pour la clandestinité et de la nervosité que lui occasionnaient les regards des voisines. Il sortit en pensant à la Susana de maintenant, celle qu'il venait d'embrasser, désespéré de craindre qu'il pourrait la perdre, et à celle qu'il avait vue sur la photo vieille de quatorze ans, avec ses cheveux longs, sa petite frange droite, ses pommettes rondes et son chemisier ouvert où apparaissait un sein petit et rond que tétait avec ardeur son garçon de six mois. La tension physique du désir ne s'était pas encore apaisée : il sortit de l'entrée tête basse, sans regarder la rue d'un côté et de l'autre, étranger et hostile à la lumière crue de l'été, découragé, possédé par un élan intérieur qui pouvait être en même temps de félicité et de malheur, de capitulation et d'enthousiasme, alimenté par une énergie nerveuse semblable à celle des premiers matins où il s'était réveillé lavé des effets de l'alcool et du tabac. Il fit quelques pas sur le trottoir et ne se retourna pas pour regarder derrière lui comme il aurait dû, comme il le faisait toujours, il ne surveilla pas à sa droite, son côté le plus vulnérable parce qu'à gauche il était protégé par le mur tout près duquel il marchait, entrant et sortant des courtes zones d'ombre des auvents et des stores. Il entendit le cri, mais une fraction de seconde plus tôt la partie de sa vision non contrôlée par sa conscience avait perçu quelque chose de banal et de pas du tout alarmant, une ombre qui s'approchait de la sienne, et peut-être son oreille avait-elle aussi enregistré le crissement des semelles de caoutchouc sur le goudron, l'ébranlement de l'air provoqué par quelqu'un qui se dépêche et respire plus fort. Mais ce fut le cri qui le réveilla de ses réflexions, et il est probable que s'il n'avait pas commencé à se retourner et à pressentir le danger, il n'aurait jamais su ce qui était sur le point de lui arriver et qu'il serait mort sans même réaliser qu'il allait mourir : c'était moins d'une seconde de différence, mais tout était contenu dans ce temps-là, cette fraction de temps si infime qu'un chronomètre n'aurait pas pu la mesurer contenait tout entières la vie et la mort, la dernière crue de la mémoire et l'explosion de l'oubli, l'impact de la balle qui traverse la peau et brûle la chair et brise un os et arrête le cœur, le mouvement d'une main qui se lève en tenant un pistolet à hauteur de la nuque et celui d'un visage qui se retourne et celui d'une autre main levée et ouverte, comme pour protéger les yeux du soleil. L'inspecteur entendit le cri, et dans une bulle de temps très ralenti logée à l'intérieur de quelques dixièmes de seconde il vit un visage très proche, juste séparé de lui par la longueur du bras tendu pour que le canon du pistolet vienne se poser contre sa nuque. Cherche ses yeux, se rappela-t-il, en voyant des yeux clairs derrière des lunettes à monture légère et un visage qui se superposa à celui de l'assassin de Fátima même s'il ne lui ressemblait pas du tout, comme se superposent deux jeux de traits possibles sur des planches transparentes quand on essaie d'obtenir un portrait-robot. Il vit, avec une clarté parfaite et tous les détails, comme s'il étudiait une photographie ou un tableau, un visage jeune, bien rasé, avec son menton fort, ses lèvres fermes, son regard tranquille, des yeux inexpressifs et francs derrière les verres de ces lunettes qui étaient sans doute de bonne marque, elles avaient une monture très fine et dorée qui brilla un instant au soleil. Il pensa avec stupeur, avec une tranquillité inattendue « donc voilà le visage de celui qui allait me tuer », et à l'intérieur de cette seconde qui n'en finissait pas, il comprit que seul peut connaître la véritable sensation de l'imminence de la mort celui qui est sur le point de mourir, qu'aucune autre sensation dans la vie ne lui ressemble ou ne l'annonce : le calme, l'étonnement, l'arrêt silencieux du temps.

Mais le cri qui l'avait alerté se mêla au bruit du premier coup de feu pour briser cet instant immobile et le réveiller de sa torpeur, du fatalisme face à la mort. Sa main droite, en faisant le geste de se protéger le visage, avait heurté le bras raidi qui tenait le pistolet et le coup de feu qui, une fraction de seconde plus tôt, lui aurait fracassé la tête sans le laisser réaliser qu'il allait mourir brisa dans un cataclysme de verre la vitrine d'un magasin. Il se mit à courir mais se rendit compte qu'il n'aurait pas le temps d'arriver jusqu'au coin et il se jeta par terre et roula pour chercher refuge entre les voitures stationnées en se protégeant la tête de ses bras croisés sur le visage. Il compta un par un les trois coups de feu qui suivirent, étonné de ne pas sentir de douleur, d'être toujours vivant pour continuer d'entendre et de ramper sans jamais atteindre le bord du trottoir où se trouvaient les voitures, et pour sentir la poudre et voir sur le sol du trottoir des chaussures de tennis blanches éclaboussées de sang. « Maintenant il s'est approché plus près pour m'achever, mais ce coup de feu-là je ne l'entendrai pas », pensa-t-il avec une clairvoyance semblable à l'une de ces irruptions fugitives du rationnel qui surgissent parfois au milieu d'un rêve. Il voulut lever la tête de par terre pour voir à nouveau le visage de celui qui allait le tuer mais il n'en eut pas la force et continua de respirer la bouche ouverte contre les dalles brûlantes et il entendit un bruit métallique familier, celui de la détente d'un pistolet enrayé, puis le crissement des pas qui s'éloignaient. Le visage par terre, on entend tout résonner puissamment, les pas et les battements de son cœur, pas et battements qui retentissaient à la fois dans la profondeur de la terre et dans le corps renversé contre elle. Maintenant, tout se transformait en une forêt de pas, de battements et d'obscurités rougeâtres, de voix dont il ne parvint à reconnaître qu'une seule, au moment même où il reconnaissait le contact des mains qui lui caressaient le visage.

« Je ne suis pas mort », dit-il, il s'entendit le répéter pour lui-même à haute voix, « je ne suis pas mort », avant de s'évanouir dans les bras de Susana Grey, furieusement accroché à elle de ses deux mains, se perdant dans un rêve fiévreux de sang éclaboussé et de sirènes d'ambulances.

RÉALISATION : I.G.S. CHARENTE-PHOTOGRAVURE À L'ISLE-D'ESPAGNAC (16340)
IMPRESSION : S.N. FIRMIN-DIDOT AU MESNIL-SUR-L'ESTRÉE (EURE)
DÉPÔT LÉGAL : AVRIL 1998. N° 32381-5 (44783).